범의 눈물

- 600년 전의 서찰이 밝힌 조선건국의 경악할 비밀 -

범의 눈물

600년 전의 서찰이 밝힌 조선건국의 경악할 비밀

2021년 1월 15일 초판 1쇄 발행

지은이 이영웅

펴낸이 권혁재

편 집 권이지 · 이정아

인 쇄 성광인쇄
펴낸곳 학연문화사
등 록 1988년 2월 26일 제2-501호
주 소 서울시 금천구 가산디지털1로 168 우림라이온스밸리 B동 712호

전 화 02-2026-0541
팩 스 02-2026-0547
E-mail hak7891@chol.com

책값은 뒷표지에 있습니다.
잘못된 책은 바꾸어 드립니다.

ISBN 978-89-5508-423-8 (03810)

범의 눈물

- 600년 전의 서찰이 밝힌 조선건국의 경악할 비밀 -

이영웅 지음

학연문화사

이 책을 아버지, 어머니께 바친다.

삼십 여 년을 함께 해 준 아내 한은영과, 바르게 잘 자라 준 태현, 소현, 그리고 우리 가족이 되어 준 예슬에게 사랑과 고마운 마음을 전한다.

이 책의 출판에 많은 도움을 주신 권혁재 이사장님과 김용만 소장님께 감사 드린다.

역사란 단편적으로 기록된 사료를 엮어서 인간사의 개연성을 완성해 가는 일이 아닐까? 조선 건국에 관하여 관심을 가지고 보게 되면서 '과연 이 기록이 사실이었을까?' 혹은 '도대체 그들은 왜 그랬었을까?'하는 궁금증이 여기저기 들었다. 그리고 그 답을 나름 찾아 보자는 엉뚱한 생각에서 이 소설을 쓰게 되었다. 조선 건국의 긴 여정 속에서 우연으로 보이는 사건들을 모아 필연의 조합으로 만들어 보려고 상상의 나래를 펼쳐 보았다.

'역사란 역사가와 역사적 사실간의 끊임 없는 대화이다'

(E. H. Carr)

범의 눈물

등장인물

이성계

조선 건국왕, 태조

이지란

조선개국공신, 이성계의 의형제

김인찬

조선개국공신. 이성계, 이지란의 의형제

이방원

이성계의 다섯째 아들, 3대왕 태종

한씨 부인

이성계의 첫째부인, 이방원의 생모 (신의왕후)

강비(=강씨 부인)

이성계의 둘째부인, 조선 초대 왕비
(신덕왕후)

민비(=민씨 부인)

이방원의 첫째부인 (원경왕후)

민제

이방원의 장인. 민비의 아버지

최영

고려 장수

정도전

조선 개국 공신

정몽주

고려 문신

무학

승려. 조선 초대 왕사

조준

조선 개국공신

하륜

이방원의 책사

조영규

이방원의 측근

윤씨 부인

이지란의 처

조사의

조사의의 난 수장

방우

이성계의 첫째 아들

방과

이성계의 둘째 아들. 조선 2대 왕 정종

방간

이성계의 넷째 아들. 2차왕자의난 주동자

나옹선사

승려. 고려 왕사, 무학의 스승

서원길

승려. 정도전 유배시 만남

방석

이성계의 강비소생 둘째 아들. 조선초대세자

지공선사

인도출신 승려, 나옹선사와 무학의 스승

가상 인물

과거

스승(무명)

이지란의 스승

율

이방원의 호위무사

향

한씨 부인 젊은 시절의 하녀

몽

이지란의 비밀결사조직 수장

건

위화도 참전 하위급 부대장

현대

박찬

역사 학도

은사

강철과 김석의 대학교 은사

강철

형사

김석

박찬의 박사 논문 지도교수

1장

돈음

1. 뿌림

● 성계

'도대체 이런 놈이 어디서 갑자기 나타난 것인가?'

처음 보는 놈이다. 감정을 종잡을 수 없는 그의 눈이 내 눈을 또렷이 보고 있다.

하수는 자기의 화살이 향할 목표점을 바라보지만 고수는 상대방의 눈을 보며 당겨야 될 순간을 판단한다. 아직 살을 날려야 할 때는 아닌 것 같다.

시간이 꽤 흘렀다. 참고 있던 숨이 슬슬 차 올라오기 시작한다. 상대방은 아직도 숨을 멈춘 채 미동이 없다. 어릴 때부터 활시위를 최대한 당긴 상태에서 숨을 참는 연습을 많이 했다. 그러나 어른이 되어 실전을 시작한 이후로는 이렇게 오랫동안 숨을 참아 본 적은 없다. 이놈도 마찬가지겠지. 저쪽에서 먼저 당길 것 같지는 않다. 조금만 더 참아 보자.

■ 지란

'예상 했던 것보다 훨씬 강하구나!'

이마에 땀이 배기 시작한다. 그러나 팽팽하게 당겨진 활시위는 극도의 긴장을 유지하고 있다. 언제든지 튕겨 나갈 수 있지만 절대 그렇게 되지 않도록.

나와 활을 마주 겨눈 상태에서 이렇게 흔들림 없이 긴 시간을 버티는 상대는 처음이다. 긴장감이나 공포감을 찾을 수 없는 상대방의 눈은 나의 눈을 흔들림 없이 주시하고 있다.

또 한참을 지나서야 내가 먼저 미세하게 활시위를 풀기 시작 했다. 아주 조심스럽게.

[2020년 여름: 사건 다음날]

◆ **형사 강철**

'전형적인 자살 현장'

신림동 고시 촌에 있는 개인 주택 3층의 옥탑 방이다.

방에 번개탄을 피워 놓고 자살한 것 같다고 현장의 파출소 경찰이 설명을 한다.

"이상한 점이 없나요? 혹시 타살 흔적 등?" 뻔한 질문을 한 것 같다.

"없어요. 뭐 이렇게 자살하는 사람들 많지요. 하필 왜 우리 구역에서 이런 일이 벌어졌는지. 자살자는 박 찬. 32세 남자, 씨알대학 박사과정을 밟고 있는 사람이라고 합니다. 혼자 자취하고 있었답니다."

"유서는 있나요?"

"사체 옆에 유서로 보이는 간단한 메모가 있긴 합니다."

현장 경찰은 이미 자살로 단정하고 있는 분위기다. 그래서 그런지 폴리스라인도 엉성하게 쳐져 있고, 동네 주민들이 두런두런하며 담벼락까지 바짝 와서 올려다 본다. 현장감식반도 대충대충하는 것이 눈에 확연하다.

방은 엉망진창이다. 책이 책상 위와 바닥에 여기 저기 흩어져 있다. 라면봉지와 인스턴트 반찬 봉지 등이 방 구석에 무질서 하게 널려져 있다. 이불 위의 시신 옆에 반쯤 탄 번개탄이 깨진 돌 위의 냄비 안에 놓여 있다. 그 때문에 주위에 불이 번지지는 않았다. 책들은 주로 역사에 관련된 것이지만 관상에 관한 서적도 몇 권 있다.

벽면에는 태조 이성계를 비롯한 몇몇 다른 왕들의 어진과 어떤 선비의 초상화가 걸려 있고, 그 얼굴들의 각 부위에 뭔가 표시들이 되어 있다.

번개탄 옆에는 소주병과 종이컵이 각각 한 개씩 놓여 있다. 감식반이 봉지에 싸서 보여 주는 유서에는 정말 간단한 메모가 있다. 방 분위기와는 딴 판으로 유서는 간결하구먼.

대충 살펴 보고는 밖으로 나왔다.

집 문 앞에서 여기 저기 두리번거리며 살펴보는데 문 옆의 나무에 보라색 꽃이 피어 있다. 처음 보는 꽃이다. 가까이 가서 감상한 후 핸드폰으로 사진을 찍었다. 내 취미이다. 찍은 사진을 확인하여 보는데 꽃 뒤의 나뭇가지 사이에 뭔가 보인다.

☙ 1356년 여름: 성계와 지란의 첫 만남 다음날 ❧

■ 지란

이성계가 스승이 말한 바로 그 용일까?

갑자기 나타난 나에 맞서 활을 겨루는 그 침착함과 민첩함. 나와 팽팽하게 신경전을 하면서도 흔들리지 않던 다부진 몸체와 날카로운 눈빛.

그리고 마지막에 내가 활시위를 미세하게 풀자 그것을 알아채고서 자기가 먼저 화살을 내리고는 미소를 살짝 띤 채 등을 보이며 떠나는 여유.

만일 그가 화살을 날린다면 그의 화살 촉을 맞추어 빗나가게 하려 하였었다. 그가 쏠 경우와 안 쏠 경우는 각각 반 반, 쏘는 경우 내가 그의 화살을 맞출 가능성은 거기에 또 절반. 내가 그의 화살을 맞을 가능성은 삼 할이 채 되지 않는다. 그 정도 위험은 감수할 만한 일이다.

*** 며칠 후 ***

범 한 마리와 곰 두 마리를 싣고 성계의 집을 향했다.

성계가 아는 척을 한다. 여진족 출신 부하를 통하여 내가 누군지를 벌써 알아 놓았을 것이다.

"어이, 지란 족장! 이렇게 찾아 와 주시다니요."

"지난 번에 제가 몰라 뵙고, 결례를 했습니다. 사냥을 하다 보니 저도 모르는 사이에 좀 더 내려와서 장군의 영역을 범하고 무례하게 활까지 겨누었습니다. 그 날 잡은 놈들을 가지고 왔으니 너그러운 마음으로 이해 해 주시기 바랍니다."

"아니 무슨 말씀을요. 사냥하다 보면 그럴 수도 있는 것이지요. 경계선을 그어 놓은 것도 아닌데. 허허." 의외로 허물없이 나온다.

"들어 와서 술 한잔 하고 가시죠." 성계가 잡는다.

"오늘은 그냥 이놈들을 전해 드리러 온 것이고, 지금 따로 가 볼 곳이 있습니다. 연이 있으면 다음에 또 뵐 수 있겠지요. 허허."

서두르면 안 된다. 이제는 성계가 먼저 접근할 때까지 기다려야 한다.

*** 며칠 후 ***

성계가 초대를 하였다. 며칠 전 잡은 사냥감을 들고 온 것에 대한 답례라고 한다.

홀홀단신으로 활 하나만 들고 찾아 갔다.

"이렇게 다시 만나니 연이 있나 봅니다. 먼 길 까지 마다 않고 다시 찾아 주서서 고맙습니다. 지난 번에는 갑자기 오셔서 대접이 소홀했었습니다. 들어 오시죠."

성계가 껄껄 거리며 집 안으로 안내 한다.

잘 차려진 주안과 함께 담소를 나누었다. 상이 물려지자 성계가 제안을 한다.

"우리 같이 몸이나 좀 풀어 볼까요?"

예상대로 성계는 내 활 솜씨가 보고 싶었던 것이다. 자기 실력을 뽐내고 싶기도 하겠지. 집 뒤 넓은 뜰에 활 연습대로 같이 나갔다.

"화살 열 대를 연속으로 같은 표적에 동시에 쏴서 먼저 끝내는 사람이 이기는 것으로 합시다." 자신감을 과시하듯이 표적을 벗어난 화살에 대하여는 아예 얘기를 안 한다.

엽전이 떨어지는 소리와 동시에 살 열 대를 연이어 날렸다. 마지막 살 두 대가 이미 열 여덟 대가 꽂혀 있는 과녁 정중앙을 헤집고 동시에 꽂힌다.

주위에서 탄성이 쏟아져 나온다.

"와!! 어쩜 두 사람 모두 열 발이 전부 정중앙에, 그것도 똑같은 시간에 꽂혔네. 놀랍구먼!"

"저 사람은 도대체 누구인데 이성계장군과 겨루어 비겼단 말이야?"

성계의 얼굴에 당혹스러움이 살짝 스친다.

"역시 움직이지 않는 표적은 재미가 없지요."

껄껄 웃으며 성계가 문밖을 나선다.

사슴 사냥을 하기로 했다. 말을 타고 활로 사슴 두 마리를 누가 더 일찍 잡느냐는 것이다. 단, 화살 한 대로 즉사 시켜야 한다. 그러기 위해선 사슴을 바짝 앞질러 정수리를 노려야 한다.

내가 한 마리를 먼저 잡고, 성계가 한 마리를 잡았다. 또 한 마리가 나타났다. 몰이꾼들이 몬다. 성계와 내가 말끼리 살짝 부딪힐 정도의 거리를 두고 사슴을 뒤쫓는다. 한 두 번 살을 날릴만한 기회가 있었으나 성계가 살을 안 날린다. 나도 참았다. 사슴이 힘이 좋은 놈이다. 잘 도망간다. 말을 힘차게 달리는데 바로 정면에 벼락을 맞아 누운 큰 나무가 말 어깨 높이에 가로로 걸쳐져 있다. 사슴이 그 밑으로 재빨리 달린다. 말은 고개를 숙이고 지나갈 수 있겠으나 그 위에 탄 사람은 걸릴만한 딱 그런 높이다. 순간적으로 말 머리를 돌려 나무를 우회하여 달렸다. 옆을 보니 아니나 다를까 성계는 말 위에서 높이 뛰어 나무를 넘어서 그 나무 밑을 지나온 말 등에 다시 자리를 잡았다.

성계가 나보다 다섯 보는 앞서 있다. 득의의 미소를 띤 성계는 사슴을 앞질러서 사슴의 정수리에 살을 쏘아 박아 넣는다.

함성이 울린다.

"내가 졌군요."

"형씨 실력도 보통은 아니구먼요. 실력은 형씨나 나나 막상막하 인데 제가 오늘 운이 조금 더 좋았던 것 같습니다. 허허."

성계가 했던 그런 기술은 내기 삼아 친구들과 하기도 했던 기술이다. 오래 호흡을 맞춘 말이어야 되고, 나무 높이, 위치 등에 따라 변수가 많아 늘 성공하리란 보장은 없다. 성계가 운이 좋긴 좋았다.

저녁이 되자 성계 집에서 술판이 벌어졌다. 오랜만에 상대다운 상대와의 대결에서 이기고 신이 난 성계가 사냥에서 잡은 사슴, 멧돼지 고기와 술을 내와 잔치를 벌였다. 사냥몰이꾼들은 물론 동네 어른들까지 부른 큰 술판이다.

술과 말을 섞으면서 성계를 찬찬히 살펴 보았다. 고려의 관직을 가진 정도 되면 보통 여진족을 아랫사람같이 대한다. 게다가 오늘 자기가 이긴 상대이다. 그런데 술이 취해서도 나에게 하대를 하지 않는다. 이겼다고 우쭐대지도 않는다. 마을 어른들이 와서 인사를 하고 가는데, 일일이 일어나 공손하게 응대해 준다. 어떤 백발의 노인이 와서는 큰절을 한다. 성계가 황급히 손을 잡고 일으켜 세운다. 노인의 눈에 존경과 감사가 듬뿍 담겨있다.

밤이 깊어 술판이 끝나갈 무렵에 성계가 내 어깨를 감싸 안으며 술을 권한다. 취한 척 하며 성계의 손을 잡았다. 쇠뿔도 단김에 빼야 한다.

"장군, 저 보다 활 잘 쏘는 사람은 난생 처음 만났습니다. 제가 장남이다 보니 형님 있는 놈들이 늘 부러웠었는데 왠지 장군이 그냥 믿음직한 형님처럼 느껴집니다. 허허."

"허어, 저도 왠지 지란 족장이 오랜 지기 같이 느껴집니다."

"그럼, 제가 앞으로 형님으로 모셔도 괜찮겠습니까?"

의외로 성계가 선뜻 답을 준다.

"이심전심이외다. 연배는 서로 비슷한 것 같기는 한데 이렇게 아우를 자청하시고, 오늘 내가 이겼으니 형 행세를 해도 되겠지요? 이런 든든한 아우님을 가지면 나도 좋지요. 허허."

"그럼 앞으로 형님으로 모시겠습니다. 이제부터 말씀 놓으시죠."

"그럴까요? 허허허. 자, 아우님 그럼 우리끼리 한잔 더 하세나!"

술판은 다시 살아나 새벽녘까지 이어졌다.

*** 열흘 후 ***

● 성계

"형님으로 모시게 되었으니 제 아우들도 형님께 인사 드려야지요. 형님을 위하여 목숨을 바칠 놈들입니다. 아우의 선물을 받아 주십시오."

지란이 자기 부장급 장수 십여 명을 데리고 왔다.

"이 분이 내가 형님으로 뫼실 이성계 장군이시다. 장군의 명령이 내 명령보다 더 엄함을 반드시 명심하거라. 장군께 주군의 예를 올리고 충성을 맹세하거라!"

모두 깍듯이 무릎을 꿇고 예를 올린다. 떡 벌어진 체격들에 눈빛이 살아 있다. 내가 이제까지 받았던 선물 중 가장 구미가 당긴다.

나도 부장급 장수들을 급히 모아 명하였다.

"여기 있는 지란 족장은 나의 아우이다. 너희들 모두 나를 대하듯이 지란 족장에게도 대하라!"

나와 지란의 부장급 장수들이 함께 어울려 밤새 술동을 비웠다. 사냥터에서 우연히 만나 이런 인연까지 맺게 될 줄 상상도 못했다. 알아 본 바로는 지란은 여진족 중 삼산(參散)족의 족장인데, 그 군사의 용맹과 전투력이 뛰어나다고 한다. 나이는 나보다 좀 많은 것 같아 보이나 자기가 먼저 아우를 자청하니 굳이 마다할 이유가 없다. 유비도 관우보다 어렸다고 하지 않던가? 사람 볼 줄 아는 친구야.

지난 해에 아버지와 같이 고려 군을 도와 백 년 동안 원나라에 속해 있던 쌍성총관부를 다시 고려 영토로 귀속시켰다. 그 공으로 아버지는 동북면병마사에 임명되었고 우리 가문은 고려에 다시 귀화하였다. 원나라 풍의 머리와 복장을 고려식으로 바꾸니 잃었던 옷을 되찾아 입은 듯이 몸에 착 달라붙고 맵시도 좋다. 원나라 사람이 아닌 고려 사람으로서의 새로운 삶이 시작 되었던 것이다.

"배추와 사람은 자기가 태어나 곳에서는 제 값을 못 받는다!" 하시며 아버지는 나도 개경으로 데려갔다. 개경의 번화한 모습도 맘껏 보고, 공민왕이 지켜보는 가운데 격구 실력도 맘껏 발휘하였다. 그러나 나는 함주가 좋다. 개경은 오래 살기에는 너무 번거롭다.

*** 한 달여 후 ***

"와아!! 와!!!!"
우렁찬 소리가 천지를 뒤흔든다.
지란이 자기 부족마을로 초대하였다.
마을 입구에 들어서자 오백 여명쯤으로 보이는 기마병이 양쪽에 일사불란하게 도열하여 함성을 지르고 있다. 내가 그 열에 다다르자 더욱 질러대는 함성에 그들의 기가 느껴진다. 지란의 군사가 여진족 내에서도 가장 용맹하다는 소문은 들었지만, 내가 예상 했던 것 보다 훨씬 강한 군사들인 것 같다. 옆에서 나를 안내하던 지란이 의기양양한 눈빛으로 나를 흘끔 바라본다. 가볍게 고개를 끄떡여 주었다.
지란이 손을 번쩍 들자 병기를 두드리며 더욱 큰 함성 소리를 질러댄다. 그 함성소리와 기세만 보면 만 명 정도는 족히 되는 군사 같다. 막사에 들려 차를 한 잔하고는 산 중턱의 앞이 트인 곳으로 안내 한다. 저 멀리 밑으로 넓은 들에 도열해 있는 기병들이 보인다.
지란이 양손을 번쩍 들자 고동소리가 울린다. 군사들이 진격을 한다. 그 빠르기가 놀랍다. 고동소리의 변화에 따라 횡렬, 종렬로 순식간에 대열을 변화시키고, 전후좌우로의 방향 전환이 물 흐르듯이 이루어진다. 지란이 손을 또 한 번 드니 고수가 북을 두드린다. 대열이 흐트러진다. 각자의 병사들이 대열을 갖추지 않고 달려 나간다. 속도가 아까보다 더 빠르다. 전후좌우로 같은 편끼리 뒤엉킬 것 같을 법도 한데 신기하게 서로 부딪히지를 않는다. 전속력으로 질주하는 말 위에서 창검을 휘두른다. 땅 위에서 휘두르는 것 보다 더 현란하다. 쏘아 대는 화살은 예외 없이 과녁에 꽂힌다.

내 부대보다 강하구나!

찬찬히 그들의 진법을 살펴 보려 하는데 지란이 팔을 들어 훈련을 멈춘다.

"아우님, 좀 더 보여 주시게나."

"애들 훈련하는 것만 보셔가지고 성이 차시겠습니까? 형님이 전쟁터로 불러 주시면 실전에서 한 번 보여 드리겠습니다. 허허."

내 전투에 자기 부대를 동원해 주겠다는 얘기 아닌가? 허언일까? 진담일까? 이런 부대의 지원이 있다면 좀 더 과감한 전술도 가능할 것 같다. 기대감과 동시에 의문이 든다. 이 친구가 진정 나의 편이 되어 줄 것인가?

[2020년 여름: 사건 다음날]

◆ 형사 강철

조심스레 가지들을 제치고 안을 들여다 보니 가지와 가지 사이에 뭔가 있다. 흡사 누군가가 인위적으로 거기에 끼워 놓은 것 같다. 우표보다 좀 더 큰 황금빛 금속판에 한자 같은 것이 새겨진 징표가 있다. 이게 뭐지? 무슨 기념주화인가? 부적인가? 일단 비닐 봉지에 싸서 주머니에 넣었다.

'오늘은 그래도 한 건 했고 퇴근 시간도 거의 다 되었으니 어디 책방에 가서 책이나 읽다가 집에 바로 가야겠구먼.'

전화로 서에 간략히 보고하고 책방으로 향했다. 최근 나온 추리소설

하나를 뽑아 들고 구석 빈자리에 쭈그려 앉았다.

책 내용은 머릿속에 잘 안 들어 오고 상념만 넘친다.

나는 태권도 사범인 아버지 영향을 받아 어릴 때부터 태권도를 놀이로써 시작했고 중학교 때 이미 일찍이 3단을 땄다. 태권도 계의 대부로 불리는 아버지는 내게 올림픽 금메달은 따 놓은 당상이라 하며 태권도에 전념하라고 권유하셨다.

어릴 때부터 아버지는 우리 가문의 시조께서는 복면 검객이라 불리시며 조선 건국에 큰 일을 하신 당대 최고의 검객이었고, 조선이 세워지자마자 바로 흔적도 없이 사라져 산신령이 되신 분이라는 뜬금없는 얘기를 들려 주시곤 하셨다. 나도 그 핏줄을 이어 받았으니 무술을 해야 한다는 얘기였다. 내 맘을 잡기 위하여 지어 낸 얘기라고 생각은 하였으나 아버지가 하도 진지하게 얘기를 해서 고개를 끄떡이며 심각하게 들어 주는 척 하곤 했었다. 그런데 나도 나중에 아들을 낳으면 이 얘기를 전할 것 같은 느낌이 들었다.

그러나 한가지 무술을 업으로 삼아야 하는 인생이 재미가 있지는 않을 것 같았다. 고등학교 때도 재미로 검도와 합기도 각각 2단을 땄다. 체대에 들어가라는 아버지의 강력한 압박에도 불구하고 나는 결국 역사학과를 택하였다. 대학에서도 유도 동아리에 들어가 놀았다. 뭘 하겠다고 한 것이 아니라 그냥 무술 자체가 재미있었고, 운동하고 나서 느끼는 몸과 마음의 상긋함이 좋았다.

대학 졸업 후에 취업할 곳을 알아 봤으나, 역시 역사학도를 위한 자리는 찾기가 힘들었다. 월급이라도 제 때에 나오는 이름 있는 연구소들 같은 곳은 그나마 석사 학위 정도는 있어야 연줄로 들어 가는 곳이다. 학점만 간신히 딴 나 같은 학사 출신은 명함도 못 내미는 상황이다. 무슨 무슨 역사학회, 역사 연구소 등 몇 군데 임시직 자리는 있었으나, 가서 보면 조그만 사무실에 잠바 차림의 아저씨들 한두 명과 앳된 여사원 하나 정도 있는 수준이었다.

이렇게 일 년 넘게 취업 문을 기웃거리며 아르바이트를 하면서 방황하던 중, 대학 때 유도 동아리 총회 모임에서 경찰청 인사과에 근무한다는 선배를 만났다. 술이 거나해질 쯤 요즘 경찰들이 너무 약해 빠졌다면서 무술도 좀 하고 역사 의식도 있는 나 같은 놈이 딱 경찰 체질이라며, 응시만 하면 합격시켜 주겠다고 큰 소리까지 치면서 강력하게 회유를 하였다. 멋진 경찰에 대한 이미지도 떠오르고 밑져야 본전이란 마음으로 경찰대학 입시 준비를 하였다. 뻥인 것은 알지만, 혹시 그 선배가 진짜 나를 붙여줄지도 모른다는 허황된 생각도 조금은 작용을 한 것 같기도 했다.

다행히 필수 과목 중 한국사는 그래도 내 전공과목이고, 영어는 대학 때 공인시험성적을 이미 따 놓아 시험 면제이고 체력 검사야 자신이 있었으니 몇 가지 법률 관계 과목만 집중적으로 하면 될지도 모른다는 생각을 갖고 일년간 열심히 했으나 결과는 당연히 불합격. 그런데 오기가 생겼다. 일년을 더 했다. 또 낙방. 경찰대 지망생들 사이에서는 삼사 수는 기본이란다. 딱 한 번만 더 보자고 한 것이 덜컥 붙어 버렸다.

처음에는 국제 폭력 조직을 소탕한다던 지, 탐욕스런 고위공무원들의 비리를 파헤쳐 서민들의 응어리를 풀어주는 그런 멋진 경찰의 꿈이 있었다. 그러나 이제까지 십 년 가까이 폭행, 강도, 밀수, 가끔 있는 살인 사건 등을 주로 맡아 왔다. 몇 년 전부터 본청에서 오라는 요청이 있었지만 서장이 이 핑계 저 핑계로 놔 주질 않았다. 하기사 이것 저것 다 합치면 무술 10단이 넘는 나는 경찰 무술 대회, 실전 경진 대회 등에서 매번 상 타다 바치고, 위험한 일은 도맡아 해결하였다. 나 같아도 보낼 마음이 없긴 하겠다. 흉기를 든 열명 가까운 조폭을 맨손으로 혼자 붙어서

다 눕힌 적도 있다. 1년만 더, 1년만 더 하다가 훌쩍 또 몇 년이 지난 것이다. 내년에는 무슨 일이 있더라도 큰 물로 나갈 것이다. 인터폴에 파견 되어서 국제범죄단을 소탕하는 그런 기회 없을까?

⚜ 1357년 여름, 성계와 지란 만남 일 년 후:
성계 22세, 지란 26세, 한씨 부인 20세 ⚜

■ **지란**

'아아, 선녀가 여기 내려 와 계셨구나!'

눈이 부셔서 쳐다 볼 수가 없다. 은은한 자태. 화사하고 아름다운 미소를 머금고 있는 기품. 게다가 뒤에서 비추는 햇살은 신비로움까지 더해준다.

"어서 오세요. 장군님한테서 말씀 많이 들었습니다. 이리로 올라오시죠."

"이보시게, 아우님. 자네답지 않게 뭘 그리 꼼지락거리시나. 어서 올라오시게나."

재촉하는 성계의 목소리에 퍼뜩 정신이 들어, 마루 위로 올라 방에 들어 갔다. 방문턱을 넘는 내 발걸음이 뒤뚱 흔들린다.

"형수님, 이제서야 인사 올립니다. 듬직한 형님을 두게 된 것도 영광인데 이렇게 아름다운 형수님도 모시게 되다니 제가 몸 둘 바를 모르겠습니다."

"이렇게 든든한 아우님을 갖게 되어 우리 장군님이 얼마나 좋아하고 자랑을 하던지 모르겠어요. 우리 장군님 잘 좀 부탁합니다. 호호."

성계의 조강지처 한씨 부인과의 첫 만남이다. 조신하고 내조를 잘 한다는 이야기는 익히 들어 왔으나, 이렇게 아름다운 여인일 줄은 예상을 못했다. 내게 술을 따라 주라는 성계의 몇 차례 권유에 다소곳이 다가와 내 잔에 술을 따른다. 아주 가까이서 보는 그녀의 눈길과 은은한 향기에 두근거리는 가슴과 떨리는 손을 다잡느라 숨이 막힌다.

셋이 앉아서 술을 같이 하며 담소를 나누었다. 그런데 무슨 얘기들이 오고 가는지 귀에 잘 안 들어 온다. 그저 한씨 부인의 조용히 미소 짓는 모습만 내 눈에 아른거린다.

*** 4년 후***

◈ **1361년 8월: 성계 26세, 무학 34세** ◈

● **성계**

"장군님, 저기 아래 웬 스님 두 분이 묏자리가 어떻고, 지법이 어떻고, 왕후 장상이 어떻고 얘기를 하며 지나 가고 있습니다."

하인 한 놈이 헐레벌떡 뛰어와서는 고한다. 귀가 번쩍 뜨인다.

"소인이 보기에 보통 스님들이 아닌 것 같아 말씀 드립니다."

"당장 나를 그 곳으로 안내 하거라!"

지푸라기라도 잡고 싶은 마음인데 이 무슨 반가운 소식이란 말인가? 아버지가 돌아가신 지 넉 달이 지났건만 그 동안 좋은 묏자리를 못 찾아 애를 태웠었다. 용하다는 지관을 데리고 묏자리를 열심히 찾았지만 몇 달이 지나도 마음에 드는 곳이 없었다. 크게 낙담하며 오늘은 함주에서 십 리나 떨어진 귀주 쪽 산을 보던 중이었다.

곧 스님 두 분을 따라 잡았다.

"제가 아버님 상을 당하여 좋은 곳에 모시고자 하는데, 가르침을 주신다면 이 은혜를 잊지 않겠습니다." 예를 정중히 갖추어 청하였다.

"허어, 구름과 달빛을 벗삼아 떠도는 중놈들이 무슨 청오금낭[1]의 술법을 알겠습니까?"

눈빛이 예사 스님들이 아닌 듯하다. 일단 잡아야겠다.

"그러면 이것도 인연인데 저희 집에서 며칠 쉬시고 가십시오."

마다하지 않고 따라 온다. 술과 고기도 하고, 풍류도 읊고, 불경도 낭송하고 그렇게 삼 일을 지냈다. 나이가 든 스님은 방에서 거의 나오지 않았으나, 젊은 스님은 정원도 둘러 보고, 내 방에 부러 찾아와 이런 저런 얘기도 나누곤 했다.

새벽에 둘이 문을 나서는 것을 잡았다.

"가시려고 합니까?"

"달님이 벌써 저 산을 넘었으니 따라가려면 길을 재촉 해야겠소."

별 하는 일 없이 며칠 푹 쉬다가 급하게 가야 한단다. 그냥 보낼 수는 없다.

"마을 어귀까지 배웅 드리겠습니다."

옷을 챙겨 입고 아무 말 없이 앞장서 가는 그들의 뒤를 따라 나섰다. 걸음걸이가 바쁘지도 않은 듯싶다. 마을 어귀를 지나쳤지만 모른 척 계속 따라갔다. 귀주 쪽으로 다시 돌아가는 쪽이다. 갈림길이 나오자 나이든 스님이 왼쪽 길로 접어 들려고 한다. 젊은 스님이 "이 쪽 길이 더 편한 것 같으니 이리로 가시죠." 하며 오른쪽 길을 택한다. 그렇게 한참을 가다가 산등성이에서 잠시 쉬어 가자고 한다. 같이 앉아서 급히 싸 온 주먹밥을 꺼내 같이 먹었다.

"허어, 명당이 여기 숨어 있었구먼!"

---

1) 청오금낭 : 풍수지리에 대한 중국 고전인 청오경과 금난경을 합친 말

주변을 둘러 보던 젊은 스님이 혼잣말로 중얼거린다.

귀가 솔깃하였다.

"스님, 무슨 말씀인지요?"

"귀가 밝으시구면. 이왕 들으셨다 하고 또 대접을 융숭하게 받았으니 말씀 드리리다."

잠시 뜸을 드린 후 말을 잇는다.

"저 소나무 밑은 왕의 자리이고, 저 바위 옆의 자리는 장상의 자리이군요. 어디를 고르시겠소?"

"후손들의 왕이나 장상 자리가 뭐 그리 중하겠습니까? 아버님께서 더 편히 쉬실 수 있는 자리가 더 좋은 자리겠지요."

젊은 스님이 고개를 갸우뚱하며 내 눈을 한참 바라본다.

"그럼 왕의 자리를 쓰시지요. 사람의 일이란 최상의 것을 얻으려 해야 중간 것이라도 얻게 되는 법이지요. 두 자리 모두 아버님께는 편한 자리가 될 것입니다. 먼 길 배웅 오셨소. 이제 여기까지 오신 김에 묏자리나 자세히 보시고 가십시오. 허허." 하면서 털고 일어난다.

"법명이라도."

"이름이 뭐 중요하겠습니까? 속세 인연이 된다면 또 만나겠지요. 허허."

두 스님의 등에 대고 사라질 때까지 수십 번 합장을 하였다.

[2020년 여름: 사건 다음날]

◆ 형사 강철

상념을 접고 책방을 나왔다. 전철을 타고 멍하니 있다 보니 오늘 본 사건 현장이 떠오른다. 전형적인 자살 현장으로 보였고, 가난한 늦깎이 박사지망생이란 어려운 처지인데다 유서까지 있어서 그냥 간단히 보고 돌아 왔지만 찬찬히 현장 장면을 더듬어 기억해 보니 뭔가 무대 세트를 꾸미듯이 빠짐없이 소품을 장식 해 놓은 것 같았던 느낌이 든다. 대학시절 연극을 볼 때 너무 완벽한 무대 세팅이 도리어 눈에 거슬렸던 것이 생각난다.

아아, 이거 또 직업병이 도지려고 하네. 침입 흔적이나 타살 흔적이 전혀 없었잖아. 부검을 해 보면 확실해 지겠지.

*** 다음날 ***

고향에 계신 박찬의 노모가 불쌍한 자식 몸에 칼을 댈 수 없다고 하며 부검을 원치 않는다고 했다 한다. 박찬이 요즘 전화하면서 울먹이곤 하여 힘든가 보구나 생각 했다고 하며, 지난 달 마지막 고향에 내려 왔었을 때 좋아하는 고기나 실컷 먹여 보낼걸 하면서 울기만 하시더란다. 모바일 폰에서도 워낙 통화 수가 적고 특이사항은 발견할 수 없었다.

이 친구 힘들게 살다 갔구먼. 하늘 나라에서라도 편히 지내시게.

자살 이유라도 밝혀야지.

2. 접목

○❀○ 1361년 10월: 성계 26세, 지란 30세, 최영 45세 ○❀○

■ 지란

성계로부터 전갈이 왔다. 군사를 이끌고 급히 와 달라 한다. 홍건적이 이십만 명의 대군을 끌고 내려와 결국은 개경까지 점령했고 공민왕은 남쪽으로 피신하였다는 소식은 듣고 있었다. 드디어 성계도 참전하나 보다. 성계에게 내가 어떤 놈인지 확실히 보여 주어야 할 때가 왔다.

군사들을 바로 소집하였다.

"위대한 전사들이여! 드디어 결전의 순간이 왔다! 우리 부족의 운명을 결정지을 중대한 싸움이다. 모두 죽을 각오로 임하라. 혼자 살아 돌아와 부끄럽게 평생을 살 생각은 하지 말라!"

오백 명의 기병대를 이끌고 성계와 약속한 장소로 갔다.

"아우님, 와 주어서 고마우이. 개경을 점령하고 있는 홍건적을 격퇴하라는 조정의 명이 떨어졌네. 그 쪽 군사 수가 우리보다 훨씬 많다고 하네."

"제 부하가 곧 형님 부하인데 뭘 고맙고 자시고 할 것이 있습니까. 그냥 명을 내리시면 되지."

이제까지 이해가 얽히지 않은 관계로 벽을 터 왔다. 이번 기회에 확실히 성계의 믿음을 박아 놔야 한다. 나에게 빚을 진다는 마음도 갖게 하고.

"우리는 개경으로 바로 들어간다! 나의 부대는 오른쪽으로 돌아 공략할 테니 아우님 부대는 왼쪽으로 치고 들어가시게."

빠른 진군에 말들이 헐떡거리고 있으나, 성계는 지체하지 않았다.

총병관 정세운 장군이 이끄는 고려군은 3개 부대로 나누어 각각 동, 남, 서를 공격하는 작전을 짰다. 성계의 부대는 최영 장군 산하에 배속이 되었지만 성계는 최영의 지시가 있기도 전에 독자적이고 과감한 작전을 펼치는 것이다. 위험하지만 성공한다면 전쟁의 흐름을 바꿀만한 전략이다. 성계의 과감성에 속으로 놀랐지만 차라리 잘 되었다. 어려운 싸움이라야 뭔가 보여 줄 수 있는 것이니까.

성계의 일천오백 명과 나의 오백 명을 합치면 이천 명의 군사이다. 적의 수가 우리의 수보다 수배 이상이라고 한다. 어려운 싸움이니 성계가 나에게 도움을 청했겠지. 게다가 성계 부대와 나의 부대가 처음 합동 전투를 한다. 세밀한 작전 계획을 짤 여유도 없다. 오늘은 평상시의 작전대로 하면 승산이 높지 않다. 그러나 꼭 이겨야 한다. 위험을 감수하여야 한다.

잘 짜인 작전은 승률을 올리긴 한다. 그러나 큰 반전을 기대하기는 어렵다. 작전에 구속되고 부대 전체의 움직임에 맞추어 가려면 군사들은 자기 평소 능력의 칠, 팔 할 정도뿐이 발휘를 못한다. 작전을 잘 짜면 나머지 이, 삼 할을 더하여 십 할을 발휘한다. 그저 십 할 일뿐이다.

그러나 각자 알아서 싸우게 하면 군사간의 격차가 커진다. 물론 슬슬 눈치나 보며 적의 칼을 피하려고만 하는 놈도 있다. 이런 놈은 자기 능력의 오 할도 못 발휘한다. 그러나 내 부대에서 이런 놈은 오백 명중 이삼십 명도 안 될 것이다. 반면 고삐 풀린 용감하고 뛰어난 병사는 평소

집단 작전 하에서 보여주던 자기 능력의 몇 배를 발휘할 수도 있다. 그럴 만한 놈이 백 명은 족히 된다. 이놈들이 판을 흔들어주면 적들은 당황하게 되고, 나머지 우리 군사들도 덩달아 신이나 날뛰게 된다. 잘만되면 순식간에 전력이 몇 갑절이 되는 것이다. 물론 잘 안되면 전멸당할수도 있는 위험도 크다. 오늘 도박을 해도 될까?

군사들을 보니 눈빛이 살아 있다. 들고 있는 병장기들을 장난감 같이가볍게 흔들어 대고 있다. 말들도 발굽을 높이 들고 갈기를 휘날리며 나의 돌격 명령을 재촉하고 있다. 오늘은 될 것 같다.

"용맹한 나의 군사들이여! 오늘 전투의 작전은 따로 없다. 너희들 각자가 알아서 적의 목을 최대한 베어라! 그 동안 갈고 닦은 무예를 오늘원 없이 풀어 보거라. 자, 가거라! 나의 전사들이여!!"

"와아!!!!"

우레와 같은 함성과 함께 마른 가랑잎에 불 번지듯 적진을 향해 돌진한다. 그 함성은 수천 군사들의 그것 같이 들린다. 나도 맨 앞에서 달려나가며 활로 너 댓 명을 동시에 쓰러뜨리고 칼로 두 놈의 목을 베었다.오늘은 나도 지휘관이란 거추장스런 것을 벗어 던지고 오랜만에 맘껏몸을 풀어 보자.

내 칼이 스스로 춤을 추기 시작한다. 부하들도 굶주린 맹수들 같이 적들을 도륙 내고 있다. 짜인 대열도 없이 저돌적으로 달려드는 우리 군사들 앞에 당황한 적군들이 우왕좌왕 한다. 몇 놈들은 벌써 나보다 앞서나가 적들의 한 가운데서 칼바람을 일으키고 있다. 적들은 어느 쪽을 상대로 맞서야 할지 몰라 어정쩡하다가 목들이 잘려 나간다. 한참을 베며나아가다 보니 성계의 군대가 멀리 보인다. 양쪽에서 밀어 부치자 적들은 어쩔 줄을 모르며 퇴각을 시작한다.

이 때 최영 장군이 이끄는 본진이 들이 닥친다. 개경의 적들을 모두

격퇴하고 그 여세를 몰아 개경 인근의 홍건적까지 도륙했다. 홍건적의
절반이상이 죽었다. 이렇게 성계와의 첫 공동 전투는 대승으로 마무리
되었다.

*** 다음날 ***

● 성계

"네 이놈, 군령이 떨어지기 전에 군사를 멋대로 움직인 것은 참수로
벌하여 마땅하다!"

최영 장군이 쩌렁쩌렁한 목소리로 그 앞에 꿇어 앉아 있는 나를 향해
호통친다.

"허나, 목숨을 걸고 싸워 승전에 조금이라도 기여한 점과 처음 중앙군
에 참전하여 군령의 지엄함을 아직 모르는 점을 참작하여 다른 전투에
서 목숨 바칠 기회를 한 번 더 주겠다. 이놈을 당장 감옥에 처 넣어라!"

어제 처음으로 중앙군의 최영 장군 산하 부대에 편제되어 홍건적과의
전투를 치렀다. 육 년 전 쌍성총관부 수복 전투 시 처음 본 이후 먼 발치
서나 몇 번 뵙던 최영 장군을 직접 모시고 출정을 한다니 가슴이 설레었
다. 그는 규율과 원칙에 예외가 없이 냉엄하다고 하지만 반면 백성들을
위해 구제소를 설치해 양곡을 나누어 주고 전투에서 사망한 병사들의
시신은 한 구도 빼놓지 않고 거두어 끝까지 예를 다해 준다고 한다. 고
려 최고의 명장으로 존경 받는 그이다.

그러나 나는 최영 장군의 영이 떨어지기 전 독자적으로 군사를 움직
인 것이었다. 시간 싸움이라고 판단했었다. 고려군이 다시 진영을 갖추
고 곧 공격하리라는 것을 홍건적이라고 모르겠는가? 전체 작전을 짜고
부대간 역할을 조정하는 데만 적어도 반나절은 넘어 걸릴 것이다. 시간

이 없었다. 게다가 내가 본 중에 가장 빠르고 용맹한 지란의 부대가 힘을 보태 주고 있다. 기습 작전이 필요한 상황이었고 충분히 해 볼만하다고 생각했었다. 문책이 두려워 때를 놓친다면 올바른 장수가 아니라고 생각했었던 것이다.

난생 처음으로 옥문을 넘어 들어갔다.

*** 삼일 후 ***

옥 창살 밖의 달을 멍하게 바라 보고 있는데 최영 장군이 오라고 한단다.

'또 무슨 혼을 내시려고 야밤에 부르시나?'

방에 들어가니 단출한 술상이 차려져 있다.

"이 장군, 이리 앉게나."

아직 채 서른 살도 안된 지방 군 장수에게 장군이라 불러주시니 몸 둘 바를 몰라 어정쩡한 자세로 무릎을 꿇어 앉았다.

"편한 자세로 하게나." 하며 술을 한잔 따라 준다.

"그래, 중앙군 첫 전투가 어땠나?"

전투의 처음부터 마지막까지 상황이 어떠하였으며 각 단계마다 내가 어떤 판단들을 어떤 이유로 했는지 세세하게 물어 본다. 나도 자세하게 설명한다. 때로는 고개를 끄떡이고 때로는 고개를 가로 지으며 내 말을 끝까지 듣는다.

"자네는 오늘 하나의 위험한 판단과 하나의 잘못을 범했다네. 그 첫째는 칠할 정도의 성공 확률에 걸었다는 것이네. 자네가 단독 군으로 싸울 때는 그럴 수도 있겠지만 이렇게 여러 부대가 혼합된 경우는 사네의 실패가 전체의 실패로 귀결될 수 있지. 난 항상 구할 이상 성공할 전략을 택한다네."

그리고는 칠할 계산을 어떻게 했는지 자세히 설명해 준다.

고개가 끄떡여 진다.

"둘째는 자네 목숨을 걸고 무모하게 적진에 들어간 것일세. 장수가 전투에서 죽기는 쉬운 일일세. 살아 남아서 더 큰 전투의 승리를 계속 만들어 내는 것이 힘든 일이지. 자네는 도리어 쉬운 길을 택했던 것이야. 운이 따라 주지 않았다면 자네는 지금 내 술잔을 받지 못했겠지. 이제 일개 지방 사병의 우두머리가 아니야. 국가의 부름을 받은 장수일세. 이제는 자네 목숨이 자네 것이 아니네. 자네가 할 일은 적 백 명의 목을 베는 것이 아니라 우리 고려의 오백만 백성을 구하는 것일세."

술을 몇 잔 더 받아 먹고 일어 서는데 최영 장군이 같이 일어나 어깨를 다독인다.

"자네 오늘 보니 꽤 쓸만한 놈이야. 앞으로 내 잔소리 좀 더 들으면 나라를 구할 명장이 되겠구먼. 허허허."

돌아와 며칠 만에 편한 잠자리에 누웠지만 잠이 안 온다. 왜 최영 장군이 백전백승의 명장이고, 왜 부하들과 백성들의 존경을 받는지 알겠다.

내가 몇 십 년 후에 과연 최영 같은 장수가 될 수 있을까?

*** 2년 후 ***

○⋙○ 1364년 1월: 성계 29세, 지란 33세, 몽주 27세 ○⋙○

■ **지란**

원나라를 뒤에 업고 일만 명의 군사로 일으킨 덕흥군 반란을 성계와 같이 성공적으로 진압하고 돌아 왔다. 첫 전투였던 홍건적 전투 이후로도 이제까지 여러 번의 전투를 성계와 같이 치렀다. 원나라 무장인 나하추 격퇴, 그리고 수많은 왜구들과의 크고 작은 전투들. 성계는 스스로가 뛰어난 무사일 뿐 아니라 지와 덕을 겸한 장수이다.

덕흥군 전투 직후에 왜구 패잔병들이 마을에서 약탈을 하고 있다는 얘기를 듣고 병력을 이끌고 성계와 같이 급히 갔다. 얼마 되지 않은 적은 우리를 보더니 마지막 발악을 한다. 승패가 어느 정도 결정이 난 상태가 되자 성계가 나에게 제안한다.

"지란 아우, 나랑 내기 한 번 할까? 저 왜구 놈들을 우리 둘이 활로 쏴서만 죽이는데, 나는 왼쪽 눈, 자네는 오른쪽 눈을 쏘게."

병사들에게 진격하지 말라고 일러놓고, 둘이 화살을 날리기 시작하였다. 얼마 안되어 적들은 모두 쓰러지고, 부하들이 어느 쪽 눈에 화살이 박혔는지 세기 시작하였다. 총 스물 세 놈 중에 왼쪽 눈이 열 명, 오른 쪽 눈이 아홉, 양쪽 다 박힌 놈이 셋, 그리고 양미간 중앙에 박힌 놈이 한 명이다.

"내가 또 이겼구먼. 허허허. 이놈들을 다 놔 주거라!"

병사들이 고개를 갸우뚱하며 명을 따른다.

그 이후 왜구들 사이에서는 성계가 나타나면 왼쪽 눈을 조심하라는 얘기가 돌았다 한다. 성계의 심리전이었다. 전투에서 무엇인가에 신경을 쓰는 군사는 싸움에 집중을 못한다. 전투는 군사력이 아니라 적에 대한 공포가 누가 더 큰가에서 결정 난다.

내 마지막 화살 한 대는 왜놈의 양미간을 겨누어 날렸다.

그간 겪어보니 그의 부하들은 충심으로 그를 따른다. 성계의 인품에 반하여 그에게 항복하고 충복이 된 적장들도 많다. 각 병사의 무술 실력이나 군기는 나의 부대원보다 한 수 떨어지지만 내가 성계의 부대를 감히 얕보지 못하는 것은 그들은 자발적으로 움직일 수 있는 조직이기 때문이다. 내 조직은 내가 무너지면 오합지졸이 될 수 있다. 전투란 온갖 예상치 않은 상황이 다 벌어질 수 있고, 통제가 어려운 상황이 오면 그때는 개별 단위 부대의 자발적인 움직임이 큰 힘을 발휘한다.

내 부대는 일사불란하고 무서운 기세로 기선을 제압하지만 한 번 밀리면 상황 역전이 쉽지 않다. 주어진 임무대로만 수행하기 때문이다. 반면에 성계의 부대는 다 진 것 같은 상황에서도 역전이 일어나곤 했다. 하급 부대장들에게 부여된 자율권으로 상황에 따라 신속한 작전 변화 전개가 가능하다. 각 하위 부대가 각자 최적의 효율을 높여 갈 때 그 힘이 연쇄 작용을 일으키면서 엄청난 힘이 나오는 것이다. 그래서 성계의 군대와 내 군대가 합쳐서 천하무적이 된 것일지도 모른다. 그릇의 크기로는 내가 성계를 따라가기는 힘들 것 같다. 그러나 그 큰 그릇에 물은 내가 가득 채우리라.

*** 며칠 후 ***

"형님이라고 불러도 되지요? 전 삼돌입니다. 제 잔 한 잔 받으시죠."

성계의 술 취한 부하 한 놈이 내 곁으로 와서 주저 앉는다.

덕흥군 전투도 이기고 하여 두 부대가 같이 친목 삼아 사냥을 나갔다. 사냥감도 많이 잡히고 자리가 자리인 만큼 밤에 거나하게 술들을 같이 먹고 노래도 하고 춤도 추고 하였다. 그렇게 놀다가 흥이 끝날 무렵 아까부터 깝죽대어 눈에 거슬리던 놈이 버릇 없이 나에게 다가와 옆에 앉으며 추근댄다. 아무리 술자리라 해도 상석에 그렇게 허락도 없이 주저 앉는 것은 우리 조직에서는 용납되지 않는다. 성계가 옆에 있기에 뭐라 할 수는 없고 떨떠름하게 그냥 있었다. 아무 말 없이 잔을 받았다.

"아이고 형님 미안합니다. 제가 술이 좀 취해서…. 흐흐흐."

이놈이 내 어깨를 툭 친다. 사람 겉은 눈으로, 속은 술로 본다고 했다. 이놈은 나를 대수롭지 않게 생각하는 것이다.

저만치에서 내 부관이 계속 이쪽을 주시하다가 즉시 다가 오며 나의 눈치를 살핀다. 벌써 손이 칼 손잡이에 가 있다. 내가 가볍게 고개를 가로 지었다. 여기서 피를 볼 수는 없다. 내 부관이 자기랑 한잔 하자고 하며 그놈을 부축하듯이 끌고 가며 또 한 번 내 눈치를 살핀다.

살짝 고개를 끄떡였다.

*** 다음날 아침 ***

"아이고 이놈이 도대체 어딜 간 거야?"

막사 바깥이 소란하다. 나가 보았다.

사냥 길을 나서려는데 삼돌이란 놈이 안 보인다고 한다. 여기저기 흩어져 찾더니 그리 멀지 않은 곳에서 왁자지껄 소리가 들여온다.

"아이고 이놈! 절벽에서 떨어져 죽었네. 어째 어제 술을 너무 많이 먹더구먼. 소피 보다가 실족 했나 봐. 운도 없는 놈."

성계의 눈이 나를 슬쩍 보고 나서 두리번거리다가 내 부관을 찾아 눈길을 잠시 멈춘다. 그놈이 먼 산을 보며 성계의 눈길을 피하고 있다. 성계가 눈길을 거두고 말에 올라타며 말한다.

"그놈 장사 후하게 치러주거라. 자 떠나자. 오늘은 범 몇 마리는 잡아야지. 하하하!!'

사냥 중 휴식을 취할 때 몰려 앉아 히히덕 거리던 성계 부하들이 내가 나타나자 말을 끊고 자세를 고쳐 앉았다. 앞으로 성계의 군사와 내 군사가 섞일 것이다. 나의 지휘 방식을 성계의 부하들에게 미리 알려 놔야 한다. 한 놈을 그냥 놔두면 금방 퍼져서 나의 군사들까지 물들 것이다. 나는 부하들에게 충성심과 두려움 사이의 균형을 유지하게 하려고 노력하지만 부하들 입장에서는 두려움에서 오는 복종이 더 클 것이니라.

[2020년 여름: 사건 2일 후]

◆ 형사 강철

찬이 다녔다는 학교를 찾아 가 찬과 가까이 지냈다는 친구를 수소문 끝에 만났다.

찬이 죽었다는 말을 듣고는 깜짝 놀란다.

"자살인가요?"

"왜 자살이라고 생각하지요?"

"아니, 찬이가 뭐 남들에게 원한을 살 만한 일도 없고, 또 뭐 걔 하숙집에 가져갈 것도 없는데 강도가 들 일도 없을 것 같아서요. 제가 남들보다는 찬과 친하다고는 하지만 걔가 원체 말이 없어서 저도 아는 것은 별로 없습니다."

얘기를 길게 나누고 싶지 않다는 것이 표정과 말투에 역력하다. 그 입을 열게 하는 것이 내 일이다.

"타살의 흔적이 있어서, 본격적인 수사가 필요한데, 탐문해 본 바로는 그 쪽이 찬과 제일 친했다고 하더군요. 내일 경찰서에 나와서 취조에 좀 응해 주셔야겠습니다. 보통 시간이 오래 걸리니 아침에 오시는 것이 좋겠습니다."

위압적인 표정으로 위 아래를 훑어 보았다.

"꼭 서에 가야 하나요? 제가 요즘 많이 바쁜데……"

겁을 먹은 듯 자세가 누그러진다.

"그러면 일단 지금 아는 대로 얘기해 주시고, 미진한 것이 있으면 담에 또 서에서 계속하지요."

침을 꼴깍 삼키며 자세를 바로 한다. 사소한 것부터 시작해서 핵심으로 들어 가야 한다.

"술은 잘 했나요?"

"자주 먹는 편은 아니지만 한 번 먹으면 많이 마시는 편입니다. 가끔 속이 타면 병나발을 부는 버릇도 있지요. 그런데 요즘은 술을 끊었다고 하더라고요. 매달 끊었다고 하니 믿을 수는 없지만요."

"좀 깔끔한 성격인가요?"

"아니요, 항상 주위가 너저분합니다. 지난 번 술에 취해서 제가 자취방에 데려다 주었는데 이건 뭐 쓰레기장인지 뭔지 구별이 안될 정도로 난장판이더라고요. 더 있기 힘들어 깔려 있던 이불 위에 눕혀 놓고 그냥 왔습니다."

"노트북은 안 가지고 다녔나요?"

"하나 갖고 다녔지요."

"방에 없던데 혹시 최근에 분실했다는 얘기 없었나요?"

"그런 얘기는 못 들었습니다."

"방에 자필로 쓴 메모나 공책 같은 것이 거의 없던데 원래 그런가요?"

"그 친구는 필기를 거의 안 합니다. 자기 글씨 자체가 엉망이라 자기 조차도 나중에는 알아보기 힘들다고 하면서 필기를 잘 안하고 대신 노트북에 직접 입력을 했지요. 항상 들고 다녔는데 자취방에서 안 보인다니 이상하군요."

"학교에 사물함이 있나요?"

"아, 있지요. 혹시 거기 있을지도 모르겠네요."

"그 외에 뭐 특별한 것 없나요? 요즘 누구를 만났다던지, 최근에 사소한 것이라도 원한을 가질만한 사람이 있던지."

"글쎄요 뭐…… 워낙 말이 없어 잘 모르겠습니다만 이놈이 순진하고 착해서 아마 원한 관계 이런 것은 없을 것입니다."

"요즘 무슨 연구를 하고 있었나요?"

"조선의 건국에 대한 것을 연구한다고 하더라고요. 내용은 잘 모르겠습니다. 그 친구는 술 먹을 때도 그냥 상대방 말을 들으며 묵묵히 술만 마시는 스타일이거든요."

"요즘 특별히 우울해 하거나 특이한 행동을 보인 적이 있나요? 자살이라고 단정하는 이유가 따로 좀 더 있을 것 같은데."

"그건, 저……" 고민하는 표정이다.

"아, 그냥 있는 대로 편하게 얘기하시면 됩니다. 지금 얘기하기 곤란하면 내일 서에서 봅시다."

자리를 차고 일어났다.

"저기요…… 찬이가 요즘 스트레스를 많이 받고 있었습니다."

자판기에서 커피를 두잔 뽑아 다시 자리에 앉았다.

"찬이가 박사과정을 남들보다 2-3년 더하고 있습니다. 많이 늦어지니 최근 논문 완성에 스트레스를 엄청 받았었습니다. 땅 팔아서 박사 과정을 밀어주신 고향에 계신 노모께 죄송하다는 말도 하곤 했습니다."

"왜 그렇게 늦어졌나요?"

"제가 보기에도 열심히 는 했는데, 지도교수님이 심사를 계속 미룬다고 했습니다."

"왜요?" "그게…… 저……"

"친구의 죽음을 밝히는 일입니다. 제가 비밀은 꼭 지킬 것이니 아는 그대로 얘기하십시오."

눈을 감고 자기 머리카락을 서 너 번 움켜지더니 체념한 눈빛으로 얘기를 시작한다.

"제가 하는 얘기는 절대 혼자만 알고 계십시오. 잘못 소문이 나면 저도 곤란해 집니다. 사실 지도교수님이 찬을 많이 갈구셨습니다. 박사과정 초반부터 잡일도 많이 시키셨지요. 찬이놈이 묵묵히 시키는 대로 하니 오랫동안 잡아 두고 일을 시킬 생각이 아니었을까 하는 생각도 듭니다. 교수님이 일을 많이 준다는 얘기가 이미 돌아서 그 교수님 밑에 있으려는 지원자가 많지 않았거든요. 그리고 외부 프로젝트의 연구 용역비도 일은 밤새워 자기가 다 했는데 쥐꼬리만큼만 받았다고 합니다. 좋아하는 삼겹살 한 번 먹기도 힘들다고 찬이 불평하곤 했습니다.

다른 일은 많이 시키면서 논문 심사는 계속 미루니 찬의 속이 엄청 탔겠지요. 이번에는 꼭 통과시켜 주겠다고 하면서 최근엔 지도교수님이 논문에 관하여 심하게 밀어 부쳤고, 내용이야 제가 잘 모르겠습니만 찬은 자기가 과연 해 낼 수 있을까 하는 압박감에 요즘 많이 우울해 했습니다. 가끔 멍하니 있다가 이해 못할 혼잣말도 웅얼거리고 해서 걱정이 되었었는데 갑자기 죽었다 하니 자살 일 것이라고 생각 했던 것입니다. 아! 그런데 요즘 관상학을 배워야 하겠다고 책도 사고 학원도 열심히 다녔습니다. 박사 학위에 대한 열망이 강했었으니 아마 충동적인 자살 이었을 것 같습니다."

사물함을 찾아서 자물쇠를 부수고 열어보니 노트북과 곰팡이가 슨 티셔츠가 있다.

노트북을 사이버 팀에 주니 한참 후 불러서 화면을 보여 준다.

"이거 뭐 일반 역사 사료뿐이 없는데? 그런데 일부가 디가우징[2] 되었네? 이것은 복구 못해!"

---

2) 디가우징 (degaussing): 강한 자기장을 이용해 파일을 복구할 수 없도록 완전히 삭제하는 기술.

3. 지아비의 품

▲ 한씨 부인

"마님, 살려주세요!"

향이가 울부짖고 있다. 나는 향이를 찾으려고 맨발로 미친 년처럼 온 숲을 돌아 다닌다. 갑자기 향이가 숲 속에서 나타난다. 피 범벅이 되어 나를 원망스레 바라본다.

"아악!!!" 그 순간 눈이 떠졌다.

"향이야!" 부르는 순간 깨달았다. 아! 향이는 이제 없지.

내가 시집올 때 같이 데려 온 유모가 내 외침소리를 듣고 놀라 들어와 내 이마에 흥건한 땀을 닦아준다.

"아휴, 마님, 고뿔이 이렇게 오래가서 어찌하지요? 며칠 째 끼니도 거르시고 자리에 누워만 계시니." 유모가 내 몸 상태를 여기저기 살피고는 이런 저런 얘기를 하다가 문득 던진다.

"근데 마님, 좀 이상해요."

"뭐가?"

"그날 향이가 헐래 벌떡 들어와서는 마님이 물에 빠지셨다고 급하게 옷을 챙겨 갔거든요. 그랬던 년이 무엇이 무섭다고 도망을 갔는지. 쯧 쯧, 마님의 평소 착하신 성품을 아는 향이가 결국은 내가 무서워서 도망 갔단 얘기인데. 이해가 안가요. 제가 어릴 때부터 키우며 자주 혼내기는 했지만 자기를 친딸같이 아끼고 있다는 것을 느끼고 있었을 텐데. 내 언 제 그년 고향에 찾아가 꼭 물어보고 혼쭐을 내 줄 것입니다."

유모가 진짜 찾아 가보고 고향집에 오지 않았다고 고할까 두렵다.

"뭐, 그럴 것까지야 있겠나. 연이 되면 언젠가 또 만나겠지."

유모가 계속 고개를 갸우뚱 거리며 문을 나서다가 툭 던지 듯 말 한다.

"그년이 옷을 챙겨 급하게 가면서 내 금방 마님 모시고 올게요 라고 말하는 표정이 다급하긴 했지만 두려움 이런 것은 없었던 것 같았는데 갑자기 마음이 변하다니 이상하지요? 게다가 그년 평소 성품이 마님을 그곳에 두고 혼자 도망갈 년이 아닌데. 도저히 이해가 안되네요. 그리고 마님은 왜 향이가 가지고 간 새 옷으로 안 갈아 입으셨나요? 그 옷은 거 기 아직도 있겠네요? 그리고 향이가 직접 마님께 자기가 도망간다고 말 씀 드린 것이에요?"

유모가 쏟아내는 질문들 하나 하나가 내 가슴을 허빈다.

"아이, 몰라, 나도 경황이 없어서 정확히는 기억이 안 나지만 그런 뜻 으로 황급히 말하고 뛰어 갔어. 이제 향이 얘기는 그만하세. 도망간 년 인데."

유모는 머리가 비상하여 한 번 파고 들기 시작하면 그녀에게 거짓말 을 끝까지 숨길 수 있는 사람은 없다. 가끔 하인들이 거짓말을 하고는 유모의 질문 몇 마디에 이실직고를 하곤 했다.

"아아, 피곤해. 그만 나가보게."

"내일은 한 번 그 장소에 가봐야겠구먼." 유모가 나가며 중얼거린다.

향이가 내 옷을 가지고 오다가 일이 벌어지고 있는 장면을 보았고 어찌할 줄 몰라 숲 속에 그냥 숨어 있었을 것이다. 향이가 진짜 벌이 무서워 도망을 갔을까? 자기가 혼날 일도 아니지 않은가? 희미하게 들리던 울음 소리가 여우의 것이 아니라 향이의 비명소리 아니었나? 나를 애타게 불러댄 것이 아닐까? 그 때는 하도 황망하여 미처 생각을 못했지만 생각해 보면 볼수록 불길한 생각이 끝에 끝을 물고 이어진다. 고개를 세차게 저었다.

향이는 도망간 것이야. 박복한 계집. 내년에는 시집 보내려고 앞마을 건장한 청년을 점 찍어 놓기까지 해 두었는데. 아아, 불쌍한 우리 향이…… 이를 어째. 눈물이 핑 돈다.

*** 다음날 ***

아침 일찍 유모를 불러 딸같이 여기던 향이도 떠나고 손자도 봤다 하니 이제 그만 고향 아들 집에 내려가 편히 쉬라고 하였다. 울며 불며 안 가겠다고 하는 유모를 가까스로 설득하여 오늘 당장 내려가라고 말까지 내주었다. 귀먹은 종을 붙였다. 며칠이 걸리겠지만 중간에 주막 같은 곳에 쉬지 말고 아들 집까지 계속 가라고 했다. 유모가 짐을 꾸려 눈물을 한 바가지 흘린 후 큰 절을 하고 떠난다.

말 위에 올라타 말 등에 가득 실린 쌀 가마와 옷감들을 흘끗 흘끗 뒤돌아 보는 유모의 뒷모습이 무겁지 않아서 좋다.

'잘 사세요. 유모.'

유모에게 무슨 일이 일어날까 두려웠다. 향이에 이어 유모까지 내 곁을 떠나게 할 수 없다. 유모는 궁금한 것을 못 참는 사람이다. 궁금증을 풀기 위해 이리저리 다니며 다른 사람들에게 이야기 하다가는 유모도 어떻게 될지 모른다. 아들 집이 남쪽 끝 어디 산골짝이라 했으니 안전하겠지.

* * * 며칠 후 * * *

그렇게 시름시름하며 또 며칠이 흘렀는데 장군께서 열흘 후에 집에 오신다는 전갈이 왔다. 사나흘 머물다가 다시 개경으로 돌아 가야 한단다. 순간 정신이 바짝 들었다. 내가 이러고 있으면 안되지.

"식사 차려 오너라!"

급하게 차려온 식사를 허겁지겁 먹었다. 목에 걸려 잘 안 넘어 가지만 물을 마셔가며 삼킨다. 먹어야 한다. 시간이 별로 없다.

간신히 한 그릇을 비우고 거울을 보았다. 퀭한 눈에 거친 피부, 헝클어진 머리칼의 삐쩍 마른 낯선 여인네가 눈에 들어 온다.

* * * 열흘 후 * * *

장군께서 오셨다. 언제나 같이 얼굴에 미소를 머금고 늠름한 모습이다.

"부인 그 동안 좀 날씬해지셨군요. 서방 맞이 하려고 몸 관리 좀 하셨나? 허허허."

다행이다. 나의 야윈 모습이 그렇게 티가 나지 않은 것이다. 열흘 동안 몸 불리는 것과 피부를 다듬는데 온 정성을 쏟았다. 장롱 속에 오랫동안 묻어 두었던 사향가루도 다시 꺼내 치마춤 안에 찼다. 아래 것들에게는 내가 물에 빠졌던 일은 장군께서 걱정하시지 않도록 절대 함구하라고 일러 놓았다.

저녁이 되자 장군이 지란을 포함한 가까운 부하들 몇 명과 술을 마신다. 동정을 살필 겸 인사치레인 척 하며 안주 한 접시를 들고 그 방에 들어갔다.

"부인, 아우들에게 술 한잔씩 권해 주시구려. 허허허."

제일 가까이 있던 지란에게 술을 한잔 따랐다. 지란이 엉거주춤 반쯤 무릎을 꿇고 내 잔을 받으며 안절부절 못한다. 여기저기서 "형수님, 저도 한잔 주세요." 한다. 한 잔씩 다 돌렸다. 장군은 미소를 지으며 나를 지긋이 바라본다. 좀 거나해 보인다.

"장군님, 피곤하실 텐데 너무 많이 드시지는 마세요."

"알겠소. 그래도 오랜만에 만난 아우들이니 내가 조금만 더 있다 넘어가겠소. 흐흐흐."

서너 식경이 지나도 안 온다. 계속 시끌벅적한 소리만 들린다. 보통 이렇게 오랜만에 오면 첫날은 새벽까지 아우들과 술을 마시고 뻗는다. 오늘은 그러면 안 되는데……

화장을 다시 고치고, 단출한 주안상에 놓여 있는 전복탕을 다시 데워 오라고 하였다.

또 두어 식경이 지났다. 초조함에 몸이 단다. 장군이 새벽 첫닭 울음소리가 들릴 무렵에야 만취하여 방으로 들어와 바로 쓰러져 잠에 골아떨어진다. 오늘은 안되겠구나. 아아.

*** 다음날 ***

"어이쿠 이런, 오늘 사냥들 가기로 했는데 늦잠을 자 버렸네."

해가 거의 중천에 걸칠 무렵 장군이 잠자리에서 일어나자 마자 난감한 표정을 지으며 말한다.

꿀물을 드리며 좀 더 누워계시라 하고 머슴에게 몰래 명했다.

"지란 장군에게 오늘 사냥은 취소하고 장군을 댁에 계시도록 하라고 전하거라."

돌아서려는 머슴을 다시 불렀다.

"장군 명이 아니라 내 부탁이라고 꼭 전하거라."

지란이 장군에게 왜 취소했냐 물으면 곤란해 진다. 그리고 내 부탁이라고 하면 무슨 일이 있더라도 꼭 해 낼 것 같다는 기분도 들었다.

조금 후 장군이 밖에 나가서 지란을 포함한 몇 명과 두런두런 이야기하더니 들어 온다.

"허어, 어제 술 먹으면서는 그런 얘기 하지도 않더니 오늘 군사 훈련이 예정되어 있다는구먼. 병졸들 기본 훈련이니 훈련장에도 나오지 말라네. 내가 가면 군사들이 더 긴장해서 제대로 훈련을 못 받는다나. 이래저래 연못에서 잉어 낚시나 해야겠네. 허허."

낮에 정원구경을 같이 하고 초저녁부터 단 둘만의 주안상을 차렸다.

"부인, 오랜만에 보니 더 예뻐지셨구려."

"이렇게 오래 안 오시니 개경에 작은 살림 차리셨나 걱정을 얼마나 했다고요. 호호."

장군의 얼굴에 당황함과 미안함이 비춘다.

술에 얼큰하게 취하자 장군이 나를 품는다.

꽤 긴 시간의 정을 나누었다. 장군의 팔베개를 베고 품 안으로 파고 들었다. 오랜만에 단잠이 밀려 온다. 정말 오랜만에……

내일도 반드시 장군의 품 안에서 자리라.

[2020년 여름: 사건 3일 후]

◆ 형사 강철

지도 교수인 김석을 찾아 갔다.

가기 전 이력사항을 훑어보니 씨알대학에서 학사와 박사를 따고 다른 대학에 좀 있다가 씨알대학으로 왔다고 되어 있다. 무슨 무슨 위원회 위원 혹은 자문교수 등의 이력이 빼곡하다. 자리에 그냥 앉아 나를 맞이한 김 교수는 찬의 죽음 소식에 놀란다.

"어떻게 죽었나요? 자살 인가요?"

"조사 중이라 아직 단정할 수 없습니다만 혹시 자살할 이유가 있었을까요?"

"글쎄요, 특별하게 떠오르는 것은 없습니다. 이번엔 논문승인을 해 주려고도 했는데 안타깝군요. 쯧쯧. 그런데 왜 나를 찾아온 것이지요?"

대답을 안하고 그를 뚫어지게 노려보았다. 그도 내 눈을 맞받아 본다.

"교수님이 찬에게 잡일은 많이 시키면서도 논문 심사는 계속 미루셨다고 들었습니다만."

"아니, 누가 그런 허무맹랑한 얘기를 합니까? 일을 많이 준 것은 논문과 관련된 자료를 폭넓게 찾아 보게 할 목적으로 한 것이고, 심사 지연은 완성도가 떨어져서 그런 것이지요."

얼굴을 찡그리며 강하게 부정한다. 무시하고 또 한 번 치고 들어갔다.

"요즘 갑질에 의한 자살이 사회적 이슈가 많이 되고 있는 것을 교수님도 잘 알고 계시겠지만, 부하 검사에게 갑질을 하여 자살을 하게했던 모 부장검사가 수사를 받고 있지요. 또 아파트 경비원을 갑질로 자살하게 했던 주민도 구속되었습니다. 요즘 갑질은 가장 악질적인 범죄 중 하나로 취급되고 있습니다." 교수가 바로 맞받아 친다.

"정말 나는 찬에게 갑질한 적이 없습니다. 내가 얼마나 찬을 아꼈는데요. 경제사정이 안 좋아 보여 용돈을 주기도 했습니다."

"연구용역비 산출 내역서와 출납명세까지 한 번 같이 까 볼까요?"

"뭐, 까 보던지."

만만치가 않다. 좀 더 치자.

"게다가 찬에게 신체적 위해도 가하셨다고 하던데요……"

"어디서 그런 말도 안 되는 소리를 들었나요? 그런 일도 절대 없었습니다. 그냥 열심히 하라고 한두 번 등을 살짝 두드려 준 적은 있지요."

"그렇다면 혹시 요즘 찬의 행동에 예전과 달라진 점이 없었나요?"

"예? 최근에는 자주 보지는 못했지만 뭐 정상적이었습니다."

달라진 점이 있냐고 물었는데 정상적이었다고 강조한다. 찬의 최근 이상 행동을 김 교수도 눈치채고 있었던 거야. 찬이 김 교수의 갑질로 인한 스트레스로 자살한 것일 수도 있겠다. 더 파 볼까 고민하는데 내 책상 위에 쌓여 있던 미제사건들 서류가 눈앞에 스쳐간다. 김 교수도 만만한 사람은 아닌 것 같다. 이 사건을 한 번 벌려 보자는 결심이 선뜻 안 선다.

"오늘은 여기까지만 하고, 시간 나실 때 참고인으로 서에 한 번 오셔야 될 것 같습니다."

"왜 내가 경찰서에 가야지?"

*** 그날 밤 ***

▼ 교수 김석

골치 아프네. 형사는 박찬의 죽음을 나의 갑질로 인한 자살로 추정하는 것 같다. 정황도 많이 파악하고 있는 것 같다. 도대체 어느 놈이 불었지? 내가 세미나에서 서류를 집어 던지며 고성으로 찬을 질책하던 장면

등을 여러 놈들이 보았을 테니 누구라고 콕 집어내서 회유하기도 어렵겠네. 뺨 때리던 것도 본 놈이 혹시 있었나? 미리 미리 조심했어야 했는데……

서에 오라고? 내가 어떤 사람인데 서를 가나. 그래도 어쨌든 수사가 계속되면 위험하다. 일단 수사에 최대한 협조하는 것처럼 보이는 게 좋긴 하겠지.

*** 다음날 ***

◆ 형사 강철

김 교수, 전형적인 갑질 타입이다. 거만하고 위축되지 않는 태도도 그렇고 가끔 툭툭 뱉는 반말투도 그렇다. 보통사람들은 경찰서로 오라면 주춤하기 마련인데 김 교수는 까딱도 안 했다. 이런 타입은 내 객기를 자극하는데 어쩌지? 후후.

박찬의 친구와 김 교수를 만나고 나니 마음에 계속 걸려 사건 현장에 다시 들렀다.

방은 이미 정리가 다 되어 있어 따로 볼 것은 없으나 직접 현장에 와서 찬찬히 회상하니 당시의 장면들이 선명하게 떠 오른다. 내가 찬이 되어 본다. 죽음의 공포와 고통을 줄이는 목적으로 취하기 위해 술을 먹는 사람이 잔까지 준비를 해서 잔에 술을 따라 먹는다? 보통 병 채 나발 불지 않나? 평소에도 가끔 병나발 분다고 했는데. 죽기 전 마지막 술을 마시고 뚜껑을 닫아 놓았다? 보통 술집 가서 소주병을 비우면 그 뚜껑을 닫는 사람은 거의 없다. 집에서야 청소를 위하여 빠지지 않게만 돌려놓긴 하지만 평소에도 방정리를 안 하던 곧 죽을 사람이 청소 걱정을 했을까? 그리고 번개탄을 태운 냄비가 돌 위에 놓여 있었고 주위에만 다른 물건들이 없어 불이 번지지 않았다. 너저분한 성격에 반하여 자살 주위의 광경은 어울리지 않게 단정했다. 자살이 실제로 진행되었을 만한 상황과 현장 장면이 살짝 어긋나 있는 것 같다.

나오면서 두리번거리는 데 집 담벼락에 쓰레기 들이 쌓여 있는 것이 눈에 띄었다. 습관적으로 쓰레기들을 살펴 보는데 눈에 띄는 것이 있다.

"아! 혹시?"

⚜ 1372년 봄: 성계 37세, 한씨 35세, 방원 5세 ⚜

● 성계

좋은 날씨다. 아내와 함께 산책을 나왔다.

뜰 안 여기저기 꽃구경하며 가는데 뒤뜰에서 아들들이 놀고 있다.

장남 방우는 툇마루에 앉아 책을 읽고, 네 명이 공을 차고 있다. 방우는 말 수가 적고 꼼꼼한 것이 제 엄마를 빼어 닮았고, 방과는 힘이 좋고 운동과 무술을 좋아한다. 저놈이 앞으로 선봉을 서겠구먼. 방의는 조용하다. 방간은 공 차는 실력은 떨어져 보이는데 열심히 뛰어다닌다. 막내 방원이 악착같이 형들의 공을 뺏으려 한다.

"같은 씨, 같은 밭에서 나왔는데 어찌 저리들 다를까? 흐흐."

"그러게요. 다 똑같으면 키우는 재미가 없을까 봐 하늘에서 다 다르게 내 주시나 봐요. 호호."

아이들이 우리를 보고는 뛰어 온다. 방우는 그냥 제 자리에서 일어나 목례를 한다. 장남이고 나이도 스물을 바라보고 해서 그런지 아무래도 의젓하다. 그래서 듬직하긴 하지만 때로는 좀 더 살갑게 굴었으면 하는 바람도 있다. 지금도 와서 내 손이라도 잡아주면 좋으련만. 가끔 내 말에 토를 달고 자기 주장을 할 때도 있지만 장남이라 크게 뭐라고 하지는 않고 넘어가곤 했다.

아이들이 제 어미한테 가서 재롱을 떤다. 이제 다섯 살이 된 방원도 엄마 품에 안기려 하지만 형들에게 밀린다. 방원이 손을 잡고 흔들어도 다른 아이들과 이야기에 홀딱 빠져 있는지 아내는 방원에게 눈길을 얼핏 주고는 다른 아이들과 얘기를 이어간다. 방원이 머쓱해 하며 내게 와서 공 있는 곳으로 끌고 간다. 다른 아이들도 따라 온다.

한참 공을 같이 차고 뜰에 앉아 재잘거리는 아이들과 이야기를 나눈다. 이놈들이 우애가 좋아 보여 다행이다. 이놈들이 다 커서도 이렇게 좋은 사이로 힘을 합친다면 무슨 일인들 못 할까!

[2020년 여름: 사건 4일 후]

◆ 형사 강철

쓰레기 안에 섞여 있는 소주 페트병을 보고 바로 그 집에서 제일 가까운 편의점에 들어 갔다. 찬의 사진을 보여 주었다. 다행히 주인이 알아본다. 가끔 왔다고 한다.

"이 사람이 여기서 소주도 샀었겠네요?"

"가끔 사가곤 했던 것 같은데……"

찬의 카드번호를 알려 주고 최근 구매 목록을 알려달라고 하였다. 화면으로 조회하여 보여 준다. 잽싸게 소주를 찾았다.

"그렇지! 640 ml 페트병이야!" 보름 전쯤 마지막으로 산 것이다.

방에 있던 소주는 360 ml 유리병이었다. 술 먹는 정취야 유리병이 더 좋지만 혼자 사는 사람은 보통 페트병을 선호한다. 나도 그렇고 혼자 사는 친구들 집을 가도 마찬가지이다. 페트병은 깨지지 않고 가벼우니 운반과 보관, 그리고 쓰레기 처리가 편하다. 바로 가격을 확인하였다. 360ml 1,250원, 640ml 2,250원이다. 용량과 대비한 가격은 비슷하다. 굳이 유리병을 선택할 이유가 없다. 찬의 자취집 주인에게 전화를 걸어 확인해 보니 그가 버리는 쓰레기에서 가끔 페트 소주병이 보였다고 한다. 유리병으로 된 소주병은 별로 본 적이 없는 것 같다고 한다. 그렇다. 현장에 있던 그 소주병은 박찬이 아닌 누군가 다른 사람이 사온 것일 수도 있다.

신림동 파출소에 들려 찬의 집 근처 CCTV 일주일 분을 가져 왔다. 워낙 밀집해 있고 좀 낙후 되어 있는 동네라 그 집 가까운 곳에는 없어서 좀 떨어져 있는 골목 입구 쪽 세 군데 것의 사건 직전 일주일분을 가지고 왔다. 밀집된 고시촌이라 그런지 비슷비슷한 옷차림으로 혼자 지나다니는 사람들 투성이다. 밤새워 두 번을 돌려 보았으나 특이점을 못 찾겠다.

4. 밑거름

◎ 도전

이곳 나주에 유배 온 지 두 해가 다 되어 간다. 백룡산 서쪽 자락의 산으로 쌓여 있는 마을로 초가집이 십여 호 있다. 종4품까지 하던 고관이 유배를 왔다 하니 마을 사람들이 대감, 대감 하며 깍듯이 대해 준다. 겸연쩍다. 고맙게도 집주인이 없는 살림에도 술을 가끔 담아 저녁상에 올려 준다.

마을 주민들과 이제는 서로 인사도 하고, 수확 철이 되면 과일이건 쌀이건 가져다 준다. 나는 동네 청년들 글도 가르치고, 관가에 일이 있으면 가서 해결해 주고 함으로써 그나마 보답을 하고 있다. 백성들과 같이 지내며 그들의 삶이 얼마나 치열한지, 탐관오리들이 얼마나 그들을 갈구는 지를 체험하면서 분노와 좌절이 자주 복받치곤 하였다.

그나마 나와 같이 친명파로 몰려 언양에 유배가 있는 사형 몽주와 주고 받는 서찰이 유일한 낙이다. 몽주가 내 호를 넣어 만든 시 한편을 보냈다.

"나라를 돕고 세상을 바로 잡으려던 계획이 다 틀렸으니
머리털 하얗게 센 것을 슬퍼하네
은자 삼봉[3]과 뉘라서 비교하랴
처음에 세운 그 뜻 변함없이 지키는구나"

답신을 보냈다.

"마음의 벗이
각자 하늘 아래 떨어져 있네
……..
굳고 곧은 지조를 함께 지키며
서로 잊지 말자 길이 맹세하세"

저녁 때가 되자 스스로를 땡중이라고 자처한다는 서안길이란 친구가 평소 잘 알고 지내던 동네 사람 대 여섯 명과 같이 나를 찾아 왔다. 이 마을에 가끔 들리는데 오랜만에 왔다가 나를 만나고 싶다고 찾아 왔다고 한다. 스님의 복장으로 여기저기서 공양 받은 것 같은 나물과 떡, 전 몇 점, 그리고 술 한 병을 들고 왔다. 각도의 사투리, 창, 온갖 속담과 농담을 모르는 것이 없다고 하여 인기가 많다고 한다.

"왜구 놈들도 잠잠한데 오랜만에 맘 편히 술이나 같이 합시다. 언제 또 탐관오리들이 들이닥쳐 그나마 있는 곡물마저 다 빼앗아갈 지 모르는데 지금 즐겨나 봅시다. 흐흐흐."

---

3) 삼봉: 정도전의 호

술 한 병이 금방 비워지자 몇 사람이 나갔다가 술을 몇 병 더 갖고 온다.

술이 두어 잔 들어가니 이 땡중이 바로 나를 형님이라고 부른다. 나이는 나보다 많아 보이는데 넉살 좋게 엉겨 붙으며 부르는 호칭이 싫지는 않다. 대감이란 호칭보다 이 자리의 분위기에는 더 잘 어울린다. 이 땡중이 얼마나 말을 재미있게 하는지 다들 웃음을 멈추질 않는다. 흥이 가열되자 땡중이 일어나 춤을 덩실 덩실 추며 노래 장단을 한다.

"형님, 제가 전국의 노래는 다 아는데 특히 남도의 공알타령[4]이 제 십팔번입니다."

"섬에 가면 알 사나요
알만 사나 민어 알도 사지
민어 알만 사나 조기 알도 사지
조기 알만 사나 불알도 사지
가지 가지 공알도 사야지.
어서 가자 어서 가
갯가 공알에 어서 가자
꽉 물었다 조개 공알
요리쩌리 미꾸리 공알..
....
.........."

_____

4) 공알타령 : 출처 〈조선상말전: 정태륭〉

창이 흥을 더해가자 다들 배꼽을 잡고 자지러지다가 모두 같이 일어나 덩실덩실 춤을 추며 장단을 맞춘다.

"어기야 디여차! 어여디여어어에, 어기야자차!"

내가 구석에 겸연쩍은 표정으로 엉거주춤 앉아 있는 것을 본 땡중이 내 손을 잡아 일으켜 세운다.

"아니 형님, 왜 이리 수줍어 하시요?"

"이 사람, 아무리 술자리라 해도 노랫말이 좀……"

"허어, 이러니 글이나 읽는 샌님들이 백성들의 마음을 헤아리고 돌보는 정치를 제대로 하시겠소?

공자 맹자 다 읽어봐도 체면치레 하란 말만 있지 이렇게 진솔하고 생기 찬 민초들의 삶을 쓴 글은 없습디다. 우리 생명이 다 어디서 나왔소? 만물의 근원을 찬양하는 노래가 어떻다고 그러시오? 생명의 존귀함을 폄하하는 것 아니오?"

"아니, 그게 아니고……" 더듬대는 나의 말에 사람들이 웃어 젖힌다.

"자, 그럼 이제는 만물의 씨앗인 북도의 불알가를 불러 볼 테니 형님은 춤이나 추시오."

모두 왁자지껄 박장대소하며 내 손을 잡아 흔들어 댄다.

내 몸이 슬슬 스스로 움직여 지기 시작한다.

이 자리에는 탐관오리도 왜구도 없다. 백성들은 이런 작은 기쁨으로 평생의 큰 고통을 이겨내며 살아 가는 것이다. 맨날 따뜻한 밥과 편안한 잠자리는 못 해 주더라도 이런 소소한 즐거움이라도 맘 편히 가끔씩 가질 수 있게 해 주어야 하는 것 아닌가? 그게 나라의 최소한 도리가 아닌가? 그렇게 나라를 만드는 것이 사대부의 할 일 아니겠는가?

◇ **방원**

지란 숙부가 부하 몇 명을 데리고 사냥을 나간다 하여 방간 형과 같이 떼를 써서 따라 갔다. 사람들이 사냥에 몰두할 때 조그만 토끼 하나가 보여 그놈을 잡으려고 혼자 쫓아 갔다가 절벽으로 미끄러져 떨어졌다. 다행히 조그만 나무 하나가 절벽 중간에 나 있어 그것을 붙들고 있었다. 그나마 내가 어리니 나무가 지탱해 주고 있지 어른 정도의 무게는 견디지도 못할 작은 나무이다. 발 밑을 보니 꽤 높고 가파른 절벽이다. 나무를 놓치며 바로 떨어져 죽을 것 같았다. 살려달라고 외쳤지만 아무도 내 소리를 못들은 것 같다.

이제 죽는 건가? 힘이 거의 빠져 손이 미끄러지려는 순간이었다.

"방원아! 꼭 잡고 있어!" 지란 숙부 목소리다.

그 소리에 정신이 바짝 들어 다시 죽을 힘을 내어 나뭇가지를 꽉 쥐었다. 곧이어 옆으로 내려오는 소리가 들린다. 길다면 길고 짧다면 짧은 순간이다. 어느새 지란 숙부의 어깨가 바로 밑에서 내 다리를 받쳐 온다. 나뭇가지에서 미끄러진 내 손과 다리가 숙부의 목을 감쌌다. 지란 숙부는 내가 자기를 꽉 잡은 것을 확인한 후 그 가파른 절벽을 오직 손과 발로 기어 오르기 시작했다. 별로 잡을 것도 없는 절벽이다. 바위의 조그만 틈새 사이를 손가락과 발가락으로 움켜잡고 조금씩 조금씩 오른다.

한참 만에 올라온 것 같다. 절벽에서 완전히 올라오자마자 지란 숙부는 나를 붙잡고 혼을 내기 시작한다.

"방원 네 이놈, 네가 죽으면 네 아버지, 어머니께서 얼마나 슬퍼하시겠느냐? 다음에 또 이런 짓을 하면 몽둥이 찜질을 흠뻑 해 줄 거다."

숙부한테 이렇게 크게 혼나는 것은 처음이다. 숙부가 나를 들어 올려

품에 꼭 안더니 아무 말 없이 성큼 성큼 걸어가기 시작했다. 평소 나에게 엄한 숙부였지만 지금 그 품이 무척 포근하다.

집에 들어가자 어머니가 깜짝 놀라며 달려온다. 내 상처를 보더니 의원을 불러라, 뜨거운 물을 가져와라 난리를 친다.

"어떻게 된 것이니?"

옆에 있던 방간 형이 신나서 자기가 맘대로 떠든다.

"방원이가 숙부 말을 안 듣고 혼자 숲 속으로 들어가다가 넘어졌대."

나는 죽을 뻔 했는데 저렇게 신나게 떠드는 형이 속으로 야속했다.

나도 모르게 불쑥 나왔다.

"어머니, 저 진짜 죽을 뻔 했어요. 절벽에서 떨어지다 나무에 걸려서 가지를 잡고 있었는데 숙부가 저를 무등 태우고 절벽을 기어 올라왔어요. 정말 높고 가파른 절벽이었는데……"

지란 숙부는 고개를 푹 숙인 채 묵묵히 서 있다. 표정이 어둡다. 흡사 큰 잘못을 저지른 아이가 엄마 앞에서 혼날까 무서워하는 그런 모습 같다. 어머니가 지란 숙부를 바라본다. 지란 숙부의 손가락에 시선이 멈춘다. 열 손가락에 아직도 피가 난다. 발도 마찬가지다. 다리와 팔이 떨리고 있다. 산길을 몇 날을 쉬지 않고 가도 지칠 줄 모른다는 숙부이다. 전쟁터에서 막 돌아 와서 우리 형제들을 모두 팔에 매달고 집을 한 바퀴 돌던 숙부이다. 정말 힘들었나 보다. 아니, 같이 죽을 뻔 했을 지도 모른다.

어머니가 나와 지란 숙부를 번갈아 본다. 한참 그렇게 보다가 한마디를 한다.

"지란 도련님, 고마워요."

어머니의 눈동자가 햇빛을 받아 반짝 반짝 빛난다.

[2020년 여름: 사건 15일 후]

◆ 형사 강철

　다른 급한 사건이 생겨 얼마 동안 이 건에 신경을 못 썼다. 이미 공식적으로는 자살로 종결 처리 되었다. 바쁜 일이 끝나서 시간이 나니 또 그 사건이 머리에 떠오른다. 박찬이 소주병으로 마셨을 여러 상황을 머릿속에 그려 보았다. 예전에 친구가 사와서 먹다 남은 것이거나 혹은 술집에서 먹다 남은 것을 가져 온 것일 수도 있지. 소주병은 자살이 아닐 수도 있다는 추정의 단서일 수 있지만 아무래도 너무 약하다.

　뭐 또 없나 머리를 이리저리 굴리다 현장에서 주워 온 징표가 생각나 꺼내서 자세히 보았다. 무슨 글자 인지는 잘 모르겠지만 글씨가 멋있다. 보통 야외에서 오래 방치되었다면 녹이 슬거나 색이 바래거나 먼지가 끼어 있을 텐데 깨끗하다. 그렇다면 그곳에 오래 전에 떨어졌던 것은 아닌 것 같다. 게다가 나뭇가지 사이에 일부러 끼워놓은 것 같지 않았나? 혹시나 하여 동전 지문검사를 해 보았더니 지문은 하나도 없었다. 보통 여러 사람 지문이 있어야 하는 것 아닌가? 이것도 이상하네? 그런데 무슨 징표일까?

＊＊＊ 다음날 ＊＊＊

　겸사겸사하여 학창시절 은사님을 찾아 뵈었다. 내가 교수들과 친한 편은 아니었지만 유독 이 은사님은 강의를 재미 있고 유익하게 하여 수업에 열심히 참여했었고 마침 젊었을 때 유도를 좀 하셨다며 유도동아리 지도교수를 맡으셨었다. 동아리 회장일 뿐만 아니라 유도 실력도 뛰어나고, 같은 학과 제자인 나를 유난히 귀여워하시며 술도 몇 번 사주시곤 하였다. 역사뿐만 아니라 한학과 서예에도 일가견이 있으신 분이다. 졸업하고 몇 해 동안은 설에 세배도 가곤 했는데 요즘은 꽤 오랫동안 못 뵈었었다.

"은사님, 오랫동안 못 찾아 뵈어 죄송합니다."

"사회 나가면 다 그렇지 뭐. 경찰 생활은 할 만한가?"

"그럭저럭 할 만 합니다만, 이제 해외로 나가 큰 물에서 놀고 싶습니다. 흐흐."

서로 인사치레 말을 마치고 본론으로 바로 들어 갔다.

"이걸 어디서 주었는데 뭘까 궁금하여 들고 왔습니다. 이게 혹시 무슨 글자이고 무슨 뜻인지 알 수 있을까요?"

돋보기를 쓰고 징표를 보시고는 잠시 갸우뚱 하신 후 말씀하신다.

◦※◦ 1380년 9월: 지란 49세, 성계 45세 ◦※◦

■ 지란

"제발, 제발 살아만 계시오."

말을 채찍질하며 황산을 향해 달리는 내 얼굴은 땀과 흙먼지가 뒤범벅이 되어 있다. 지금쯤 성계의 군사는 압도적인 수의 적군을 맞아 많은 사상자가 났을 것이다. 이제 중요한 것은 친위병들이 얼마나 남아 있는가와 성계의 체력이 얼마나 더 버텨 줄 수 있을 지 하는 것이다. 약속된 시간에서 한 식경이나 늦었으니 전투의 판세는 쉽게 되돌릴 수 없을 상황이 되었을 지도 모른다.

역시 왜구의 장수 아지발도는 만만한 놈이 아니었다. 우리의 양면 공격을 예상하고 나의 부대 진격로에 복병을 매복해 놓았던 것이다. 당초 계획은 적들의 진지를 성계가 선공하며 적들을 유인하면 측면에서 내가 적의 허리를 끊고 우리에게 익숙한 지형을 이용하여 한 번에 적을 괴멸시키고자 하는 작전이었다. 다양한 상황을 상정하여 수 차례의 도상 훈련을 한 작전이다.

작전의 확실한 성공을 위하여 나의 부대는 매복이 쉽지 않은 험난한 길을 택하였다. 우리가 고려하였던 세가지 진로 중에 가장 어려운 길이다. 그런데 그 길에 매복이 있었던 것이다. 그것도 우리의 두 배 가까운 상당한 수의 병력이었다.

전투는 험난한 지형답게 금방 끝나지 못하였다. 나무와 풀 때문에 적병을 하나 하나 죽일 수 밖에 없었다. 들판 같으면 열명을 죽일 수 있는 시간에 고작 두세 명을 베는데 그쳤다. 만약 이 지형을 그렇게 이용하고자 이곳에 매복을 시켰다면 적장으로서는 현명한 선택이다.

가까스로 적의 전투력이 둔해졌다고 판단한 순간, 나는 재빨리 부대의 이동을 명하였다.

"좌군은 남아서 적의 추적을 방어하고 나머지는 신속히 당초 목표지로 이동한다!"

수십 년을 동고동락한 나의 부대는 주저함이 없다. 나의 명령 한 마디에 일사불란하고 신속하게 이동을 시작하였다.

이미 지친 말에 더욱 가열찬 채찍질을 하며, 나의 머리 속은 복잡하게 돌아 갔다.

성계의 군대가 이천 명, 지금 나를 따르고 있는 내 부대가 일천 명. 적군의 수는 족히 만 명은 넘을 것이니 병력수로는 적어도 1대3의 싸움. 게다가 우리 군대가 산 밑에서 산 위에 있는 적을 치는 공격이라 더욱 어려운 전투이다. 지금 성계의 군대가 많이 밀리고 있을 것이다, 이런 상황에서는 측면을 치는 것 보다는 후방을 쳐야 한다. 측면으로 들어가는 경우 적들의 기세를 꺾지 못하고 같이 휩쓸려 버린다면 승산은 절반 이하가 될 수도 있다. 게다가 도착했을 때 이미 승패가 완전히 기울었다면 병력의 추가 손실 없이 신속히 후퇴를 하여야 한다. 그렇게 하려면 진로를 바꿔야 하고 한식경이 더 걸린다. 어느 쪽인가? 성계의 생명력을 믿는 수뿐이 없다. 성계는 한 식경은 더 버텨 줄 것이리라.

"진로를 바꿔라! 산 중앙으로 돌파한다!"

전쟁터에 도착하여 보니 적병들의 위치가 본진에서 수백 보 정도 전진해 있다. 성계의 군대가 많이 몰리고 있단 얘기다. 하지만 함성 소리들이 격하게 들리고 있는 것으로 보아 아직 괴멸 된 것은 아니다. 다행이다. 더 이상 생각할 것은 없다. 돌진이다!!

적의 배후에서 활로 쏘고 칼로 베며 한참을 나아 갔다. 정예 백여 기만을 데리고 나는 적의 약한 부분을 뚫고 성계의 진영으로 나아갔다. 수십 명을 베고서야 성계의 군대가 보였다. 재빨리 훑어 보았으나 성계가 안 보인다.

'아아. 내가 늦었나?'

순간적으로 좌절감과 함께 다리가 풀리는 것을 느꼈다.

'아니 그럴 리가 없어! 성계가 죽었다면 우리 군대의 저항이 아직까지 이렇게 끈질 길 수는 없을 거야.'

십 수명의 적군을 더 베고 성계의 본진에 다가 가는 순간 성계가 말에서 떨어져 있는 것이 눈에 들어 왔다. 미친 듯이 성계에게 다가가 보니, 성계의 허벅지에 화살이 박혀 있어 선혈이 낭자하다. 공격해 오는 적들을 막아내며 아픈 다리를 부추겨 말에 올라타려고 하고 있으나 쉽지 않은 듯 보였다. 주위의 근위병들도 몰려드는 적들로부터 성계를 보호하는데 역부족이다.

나는 재빨리 주위를 둘러 보았다. 아니나 다를까 성계를 노리는 화살이 여기저기 눈에 들어 온다. 한 시위에 두 명을 제압하고 또 다른 화살 두 개로 두 명을 적중시켰다.

아직 하늘님이 성계의 목숨을 가져가실 생각이 없으시구나. 더욱 힘이 났다. 화살로 두어 명을 더 죽이고, 칼로 서너 명을 벤 후에야 성계 곁에 닿을 수 있었다. 말에서 내려 성계를 부축하는 순간 화살 한대가 성계의 목을 향해 날아 온다. 내 팔뚝으로 막아 냈다.

"형님!!" "아우님!!"

성계를 말 위에 태우고 앞장서서 일단 적진을 빠져 나왔다. 성계를 안전하게 놓고 숨을 고른 후 다시 적진을 향해 뛰어 들었다. 순식간에 전세는 역전되었다. 적군은 뒤에서 공격해 오는 우리 부대의 공격에 당황하며 죽어 넘어가고 있고, 내 군사들의 출현으로 기가 되살아난 성계의 부대도 지금 방금 전쟁터에 나온 군사들마냥 활발히 적들과 싸우며 더이상 한치도 밀리지 않고 있다. 전쟁은 기 싸움이다. 우리의 군사들이 기가 오르고 있다.

반나절의 혈투 끝에 적들은 밀리기 시작하였다. 그 와중에도 적장은 앞장서서 군사들을 독려하며 용맹스레 싸우고 있었다.

"저 놈을 죽이지 말고 데려 가세."

승기가 우리 쪽으로 넘어 온 것을 확인하고 여유를 되찾은 성계가 말한다.

"저 놈 하나를 살리는 것은 괜찮습니다만, 저 놈이 살아 남으면 저 수많은 왜구들이 또 살아나 우리 백성을 유린 할 것입니다."

내가 단호하게 이야기 하였다.

성계가 씨익 웃으며 적장을 향해 화살을 날린다. 숨돌릴 틈 없이 나도 화살을 날렸다. 성계 화살에 적장의 투구 끈이 끊어져 투구가 벗겨지는 순간 내 화살이 적장의 머리통에 박혔다. 저놈을 단번에 죽이지 않으면 성계가 미련을 가질 수 있다. 자기 대장이 죽은 걸 본 왜구들이 저항을 그치고 도망가기 시작한다. 널려져 있는 적들의 시신이 수천, 꺼꾸러져서 움틀거리는 놈이 또 수천, 나머지는 여기 저기 흩어진다. 대승이다.

적장은 말 듣던 대로 아직 앳된놈이다.

이 전투에서 성계와 나는 고려군 삼천 명으로 왜군 삼만 명을 격퇴하고 천여 마리 말을 노획했다. 또 하나의 대승이다. 이 전투는 몇 달 전 양광, 전라, 경상 삼도의 도순찰사로 임명되었던 성계를 명실상부한 명장 반열에 확실히 올려놓은 전투가 될 것이다. 그 동안 여러 번의 위기에서 서로를 구했지만 오늘은 정말 나와 성계의 목숨이 위태로웠다. 천운이다.

[2020년 여름: 사건 16일 후]

◆ 형사 강철

"방원이구먼! 태종 말이야. 조선 3대 임금! 이것은 방원의 수결 글자야. 물론 왕이 되고 나서는 수결을 잘 안 쓰니 잘 알려지지는 않았지만 틀림 없어. 자세히 보면 **방원**(芳遠)이란 한자가 아래위로 연결되어 있는 것을 알 수 있지. 방원의 수결을 가지고 만든 징표이지. 아마 방원의 가문이나 아니 면 태종 당시의 직할 호위 부대 같은 데에서 징표로 썼던 것 같은데 어떻게 이것이 아직 남아 있지? 재질이나 글씨체, 정밀도 등으로 보아서는 모조품이 아니라 당시의 진품 같은 냄새가 나긴 하는데 육백 년 전에 썼던 것치고는 너무 깨끗한 것이 이상하네?"

이런 저런 얘기를 나눈 후 일어서려는데 은사님이 쑥스러운 듯이 말을 꺼낸다.

"그것 나에게 놓고 가게나. 좀 더 연구해 볼게." 은사님은 학창 시절에도 고서점이나 고물상에서 뭔가를 발견하면 강의시간에 갖고 오셔서 그게 언제 때 무엇이고 얼마를 주고 샀으며 등등 자랑을 하시곤 하셨다. 징표를 놓고 나왔다.

600년 전? 방원? 역시 징표도 사건과 상관이 없는 것이구먼.

그나저나 김 교수를 쳐야 하나 말아야 하나? 친다고 해도 심증이야 가지만 물증 확보는 어려울 것이다. 주변 인물들도 막상 문제가 커지면 진술을 거부하거나 김 교수에게 유리한 증언만을 할 것이다. 찬의 가족들이 김 교수를 고소 한 것 도 아니다. 기껏해야 연구비 횡령 정도만 밝힐 수 있을 것이다. 쉽지 않을 것 같다. 그래도 학계에서 교수들의 갑질은 쉬쉬하는 건인데 이번에 나마저도 그냥 넘어가면 계속 마음에 걸릴 것 같다. 그것도 죽음과 관련된 것인데……

일단 김석 교수에 대하여 좀 더 알아 보아야겠다.

씨알대학 역사학과를 졸업하고 모 대학에서 교수를 하는 고등학교 선배가 떠 올랐다. 다행히 태권도부를 같이 했고, 실력이 좋았던 나를 귀여워해 주던 선배이다.

"형! 강철입니다. 오랜만입니다."

"강철? 이놈 살아 있었네? 하도 연락이 없어서 조폭한테 칼 맞아 죽은 지 알았다. 허긴 감히 너를 죽일 수 있는 놈이 한국에 있기나 하겠어? 흐흐." 이런 저런 시답지 않은 농담을 주고 받은 후 물었다.

"형, 씨알대학 교수 김석이라고 알지요?"

"김석? 그 꼴통 선배! 그 사람은 왜?"

"그냥 오다가다 만났는데 형과 대학 동문이라고 들었습니다. 형이 잘 아나 해서요."

"잘 알지. 그 선배가 머리는 좋은데 명예욕이 많아 대학 때도 공부는 열심히 안하고 과대표, 학생회장 이런 것은 도맡아 했고, 무슨 정치당의 청년 대표다 이런 것들도 많이 쫓아 다녔지. 그렇게 했어도 내가 못 간 씨알대학 교수로 간 것을 보면 능력은 있는 거지. 학문 능력 말고, 정치 능력 말이야. 흐흐. 목표를 위하여는 수단방법을 가리지 않는 그런 스타일이지. 석사 과정 시절 논문을 어디서 표절해서 내려다가 걸렸는데 어쨌든 기사회생하더라고. 지도교수 집에 황금거북이를 사 들고 가서 무릎 꿇고 하루 종일 빌었다는 등 소문이 돌았었지. 그리고 한 번 발동이 걸리면 스스로 도취돼서 남의 눈치 보지 않고 자기 얘기만 계속 하는 스타일이야. 학회모임이나 술자리나 혼자 다 얘기 해서 좀 왕따를 당했었지.

아! 그런데 요즘 소문에 듣기에 정치판에 기웃거리고 TV에 출연하느라 재임용에 필요한 논문을 못 채워서 똥 줄 타고 있다고 하던데? 또 한 편에서는 곧 큰 것 한방 터뜨릴 거라고 술 취해서 큰소리 치더라고 들리던데 워낙 말이 많은 사람이니 무슨 말이 진짜인지 알 수가 없지. 또 논문 표절하는 것 아닌지 모르겠어. 크크."

2장

만

남

I . 연(緣)

● **성계**

몽주는 가부좌를 틀고 앉아 눈을 감고 있었다.

내가 방에 들어가자 눈만 잠깐 마주치고는 다시 눈을 감는다. 몽주 앞에 가서 조용히 앉았다. 십여 년 전 삼선, 삼개의 난 때 만났던 이후 몽주가 참모장 격인 조전원수로 이번 전투에도 또 함께 참전하게 된 것이다. 첫만남에서 그의 기품과 겸손에 반했던 이후로 계속 호감을 가져 왔다. 그런 그를 또 만나니 반갑기 이를 때 없었다. 한참 시간이 지났을까? 몽주의 눈에서 눈물이 흘러 내리기 시작한다. 닦을 생각도 않는다.

"장군!"

한참 후 몽주가 눈을 뜨며 나를 부른다.

"우리의 백성들은 도대체 무슨 죄가 있소? 나라는 도대체 무엇을 하고 있는 것이요?"

좌절과 분노가 섞여 있다. 뭐라 대답할 말이 생각나지 않는다.

"아기들의 눈빛이 내 눈에 아른거리고, 울음소리가 계속 귀에 맴돌아 도저히 마음을 진정시킬 수가 없구려. 그 원망의 눈빛이, 그리고 그 어미의 절규가!"

오늘 황산에서 왜구를 괴멸 시키고 돌아 본 마을의 모습은 수많은 전장을 돌아 본 나에게도 끔찍하기 이를 데 없었다. 장기간 산간에 숨어 짐승같이 지내다 더 이상 견디지 못한 왜구들이 퇴각하며 마을을 습격하여 도륙을 낸 것이다. 백성들의 사지들은 잘린 채 여기 저기 흩어져 있고, 불에 탄 시신들은 숯덩이가 되어 있었다. 어미 젖을 물고 같이 죽은 아기들. 그리고 그 중에서도 가장 참혹했던 것은 배를 갈라 내장을 깨끗이 씻어낸 두세 살 정도의 여자아이 시체들이었다. 눈을 반쯤 뜨고 주춧돌 위에 올려져 있었다. 그 앞에는 악귀 같은 모습의 왜구 시신 몇 개가 널브러져 있다. 왜구들이 아이를 제물로 삼아 승전을 기원하는 제사를 지내고 있었던 것이다. 아이의 반쯤 뜬 눈 안의 동자가 나를 보고 있는 듯 했다.

몽주는 그 얘기를 하고 있는 것이리라. 전쟁터에 자주 나와 보지 않은 몽주로서는 이 참혹한 전쟁이 백성들에게 던져준 그 참상에 경악하지 않을 수 없었을 것이다. 고려의 백성으로 태어나 삶을 즐겨보기는 커녕 간신히 젖을 떼었을 나이에 적군의 제물로 바쳐진 고려 딸의 모습에……

이제 몽주의 눈물은 닭똥같이 뚝뚝 떨어진다. 내 눈도 촉촉해 진다.

몽주가 무릎발로 걸어 내 앞으로 다가오더니 내 손을 움켜 쥔다.

"장군! 장군!" 눈빛이 애절하다.

"우리 같이 합시다. 같이 해 봅시다! 장군이 외부의 적들을 막아 주면 내가 나라 안의 탐관오리들을 모두 제거 하겠습니다. 외적 침략의 두려움에 떨지 않고, 탐관오리들의 가렴주구에서 벗어날 수 있는 백성들의 나라를 만듭시다. 백성들이 웃는 모습을 보지 못 한다면 백성들이 땀과 눈물로 낸 녹을 먹는 자들로서 어찌 눈을 감고 죽을 수가 있겠소."

문사의 하얀 손의 힘이 어찌 그리 센지. 그의 마음속의 절절함이 그의 손으로 전해진 것이리라.

"장군! 우리 둘이 죽을 각오로 맘을 맞추고 힘을 모은다면 이 고려를 왜 못 구하겠습니까?" 그 애절한 말은 곧 비장한 눈빛으로 바뀌어 있었다.

몽주같은 충신을 내 주시다니 하늘이 고려를 아직 버리지 않으셨구나. 이런 사내와 대의를 위하여 맘을 맞춘다면 사나이 인생 더 바랄 것이 있겠는가?

"예. 대감! 합시다! 우리 둘이 같이 합시다! 재주는 없는 이놈이지만 죽을 각오로 몸 바치면 그깟 외적 놈들 못 막겠습니까! 대감은 외적이 없는 세상에서 백성들을 잘 먹고 맘 편히 살 수 있게 좋은 정치를 만들어 주십시오."

"장군!" "대감!"

두 손을 꼭 마주잡고 우리는 같이 울다가 웃다가 하며 밤을 그렇게 지샜다.

속으로 다짐했다. 백성뿐만 아니라 대감도 제가 꼭 지켜 드리리라.

∗ ∗ ∗ 며칠 후 ∗ ∗ ∗

■ 지란

아지발도와의 황산 전투에서 다리에 맞은 화살의 상처가 어떤지 하여 성계 병문안을 갔다. 마침 형수가 성계의 다리를 주물러 주고 있었다.

"아니, 피가 나네요!"

얘기를 나누다가 내 팔뚝에 피가 베어 나온 것을 본 형수가 깜짝 놀란다. 성계에게 날아오던 화살을 내 팔뚝으로 막다가 생긴 상처인데 성계 집에 오기 전에 붕대를 새로 갈아 매고 온다는 것을 깜빡 잊은 것이다.

"아니, 이 사람, 별 상처 아니라고 하더니만 상처가 컸었구먼."

성계가 벌떡 일어나며 미안한 표정을 짓는다. 형수가 주위를 두리번 거리다가 마땅한 것이 없으니 머리 댕기를 풀어 내 팔뚝 위를 직접 싸 매 지혈한 후 시종에게 약제와 붕대를 갖고 오라 명한다.

직접 내 팔뚝을 걷어서 피가 밴 붕대를 풀고 새로 갈아 준다.

"저런, 우리 장군님 목숨을 살리시다 이렇게 많이 다치셨군요."

형수 눈에 눈물이 글썽인다.

"아, 괜찮습니다."

형수의 눈물과 따뜻한 손길, 옅은 향내가 내 숨을 가쁘게 만든다.

*** 한 달 후 ***

성계는 상처가 어느 정도 아물자 개경을 오래 비울 수 없다고 하며 개 경으로 떠났다. 나는 고려와 여진 합동 훈련 차 성계의 집 바깥채에 머 물고 있었다. 가까이 지내는 부대장 서넛을 술이나 한 잔 하자고 내가 머무르는 바깥채로 불렀다. 어릴 때는 친구나 형님, 아우로 지냈던 사이 들이다. 찬모에게 간단한 안주와 술을 부탁 하였는데, 의외로 상다리가 부러지게 안주상이 들어 온다.

"마님께서 잘 차리란 명을 내리셨습니다."

"고맙다고 전해 주시게나."

형수가 이렇게 신경을 써 주다니 성계가 처복이 많은 사람이다. 누가 남편에게 중요한 사람들인지 알고 알뜰이 챙겨 주는 것이다.

처음에는 신변잡기와 농으로 시작을 했지만 술이 거나해지면서 고려 의 정세, 우리 부족과 여진의 앞날 등으로 주제가 바뀌어 갔다. 부족 전 원이 목숨을 걸고 부족장인 나의 명에 따르기는 하지만 나의 생각에 모두 찬성하는 것은 아니라는 것은 안다. 그래서 가깝고 쓸만한 몇 사람들과는 가끔 격의 없는 술자리를 만들어 솔직한 의견들도 듣고 설득도 하고, 맞는 얘기면 내 생각을 바꾸기도 한다. 내가 성계 밑으로 들어가 군사들까지 복속 시킨 것에 대하여 반대하는 의견도 만만치 않은 것이 사실이다.

"형님, 얼마 전 황산 전투에서 성계 장군의 목숨을 구하시다가 화살에 맞은 팔뚝은 이제 괜찮은가요?"

"이놈아, 내가 화살 한 두 번 맞아 보았냐? 이번 기회에 내 몸에 있는 썩은 피 좀 빼 내려고 했는데 피 한 방울도 안 나오더구먼. 하하하."

"그런데 형님이 이성계 장군에게 너무 많을 것을 바치고 있는 것 아닙니까? 요새 보면 우리 부족 군사들이 이제는 고려 군사가 다 되었습디다. 뭘 믿고 부족의 모든 것을 성계 장군에게 거는 것입니까?"

가끔 당돌하지만 핵심을 찌르는 얘기를 하던 친구가 술이 얼큰해 지니 또 비아냥대는 말투로 말을 꺼낸다. 맞는 말이긴 하다. 뭘 믿느냐는 것에 대한 답을 안 할 뿐이다. 스승의 예언과 내 스스로의 사람 보는 눈에 대한 믿음이라고 답하기가 쉽지 않다. 그리고 어느덧 성계가 좋아졌다. 답을 안 하니 재촉한다.

"언제까지 성계 장군 밑에 있을 겁니까?"

내 생각이 다 있으니 그냥 따르라고 얘기 하려다 참았다.

설득해야 한다. 끝까지 같이 갈 놈들에게는 공을 들여야 한다.

"성계 장군에게 우리가 필요하듯이 우리에게도 성계 장군의 힘이 필요하다네. 당장 다른 여진 부족들이 우리를 대하는 태도가 달라지지 않았더냐? 언제까지 될 지 모르지만 우리가 힘을 기를 때까지 당분간은 성계 장군을 도와야 하네."

"성계 장군이 우리를 이용만 하고 나중에 버리는 게 아닐까요?"

"성계 장군은 그럴 사람이 아니다. 그는 한 번 믿은 사람은 끝까지 믿는 사람이다."

"사람 마음이야 어떻게 압니까? 하여간 성계 장군이 만에 하나 형님을 배신한다면 저희들이 그냥 놔두지 않을 것입니다! 쥐도 새도 모르게 제거해 버릴 것입니다."

이 친구가 오늘 따라 말이 너무 나간다. 제동을 걸어야 한다.

"아니, 이놈. 성계 장군은 믿을 만한 사람이라고 내가 말하지 않았더냐? 성계 장군이 우리를 배신할 리도 없을 것이고, 나도 성계 장군을 배신할 마음은 추호도 없다. 네가 무슨 말을 해도 이제까지 다 받아 주었지만 앞으로 그 따위 말을 다시 입에 담으면 경을 칠 것이다. 말이 씨가 된다고 했다. 성계 장군은 크게 될 사람이다. 그가 크는 만큼 우리 부족의 힘도 커진다. 그와 우리는 같이 커 갈 것이니라."

이놈이 입을 삐죽거리며 입을 다문다.

"자, 이제 골치 아픈 얘기 그만하고 술이나 마시세."

나의 한마디에 금방 왁자지껄한 분위기로 돌아 왔다. 마침 주모가 한 상을 더 차려 들여 온다.

"마님께서 성계 장군님도 아껴 드시는 고급 술이라며 직접 갖고 들어오시려다…… 참, 아니…… 그냥 저에게 주시면서 드리라고 하셨습니다."

이렇게 해서 또 새벽녘까지 술자리가 이어졌다.

○※○ **1382년 7월: 성계 47세, 강씨 27세** ○※○

● **성계**

방석이 태어났다. 강씨와 결혼한 바로 다음 해에 방번을 낳고 또 한

해가 지나서 연이어 방석을 낳은 것이다. 내 나이 쉰을 바라보는 나이에 아들을 둘이나 보게 되니 한씨와의 사이에서 난 애들 날 때와는 또 다른 기분이 든다. 아기가 너무 사랑스럽다.

갓 태어난 아기를 옆에 두고 자리에 누워 있는 아내의 손을 꼭 잡아 주었다.

"수고 했구려."

강씨는 애를 방금 낳고서도 아름답다. 스무 살 차이가 나는 아내가 어떨 때는 딸과 같이 느껴질 때도 있는데 이렇게 아들을 낳아 주다니 대견하다.

"장군님, 우리 아들 예쁘지요? 장군님을 꼭 빼어 닮았어요. 커서 자기 아버지 같이 훌륭한 장군이 될 거예요."

"그럼 당연히 그렇겠지. 그런데 장군 가지고 되겠나. 내가 이놈을 왕을 만들어 주지. 허허허."

"어머. 장군님께서는 역시 통이 크세요. 그 약속 꼭 지키셔야 되요. 호호호."

기분이 너무 좋아 좀처럼 안 하는 허언까지 했다. 그래도 그 말에 깔깔대며 즐거워하는 아내가 귀엽고 사랑스럽다. 큰 마누라는 법에 살고 작은 마누라는 정에 산다고들 하던데……

오랜만에 느껴 보는 행복감이다.

❄❁ 1382년 봄, 황산대첩 2년 후: 성계47세, 방원15세 ❁❄

◇ **방원**

아버지와 지란 숙부와 사냥을 다녀오다 어떤 주막집에 들렸다. 노파가 혼자 장사를 하고 있다. 노파가 막걸리와 파전을 놓고 가며 중얼거리

듯 이야기 한다.

"아이고. 씨 도둑질은 못 한다더니……"

음식이 혀에 짝 달라 붙는다. 다 먹고 나가다가 문득 생각이 나서 저 멀리 앞장 서 나가는 아버지를 큰 소리로 불렀다.

"아버지!"

"왜 그러느냐?" 아버지가 뒤돌아 보며 묻는다.

"에그머니나!"

노파가 비명을 지르며 들고 있던 호리병을 놓친다.

"파전이 맛있는데 좀 싸가서 가족들과 같이 먹으면 어때요?"

"응, 그러자꾸나. 할멈, 여기 파전 재료 있는 것 다 부쳐 내오시오. 자 그럼 우리는 앉아서 좀 더 먹으며 기다리자."

다시 막걸리와 파전을 내오는 노파의 손이 파르르 떨렸다. 아버지가 손수 쟁반을 받아 상에 놓는다.

"방원아, 네 놈 소리 지르는 바람에 할멈이 놀라신 것 같구나. 할멈, 혼자 하니 더 힘들지. 사람이라도 하나 쓰시지. 허허."

아버지는 그렇게 사람들을 아끼고 챙기시는 분이다.

아버지는 전쟁터에 나가서도 절대 백성들에게 민폐를 끼치지 않도록 부하들을 엄하게 다스리고 모범을 보이신다고 들었다. 군사들이 장막을 치려고 동네 대나무를 베려다 백성들의 재산에 손을 댔다고 아버지에게 혼났다는 얘기, 마을에 가면 꼭 어르신들을 만나 인사를 하신다는 등등. 나도 크면 아버지 같은 장수가 되고 싶다. 백성들을 사랑하고 부하들로 부터 존경 받는 그런 사람이.

◆ 형사 강철

경찰대 동기생 회식이 있어 갔다.

동기들끼리 모이면 처음에는 같이 교육 받을 때 이야기로 시작해 결국은 범죄 수사 얘기로 간다. 정보와 아이디어를 교류하기 좋은 자리이다. 몇 놈이 요즘 자기가 맡고 있는 사건 얘기를 했고, 나도 박찬 사건에 대하여 얘기를 하였다. 이번 기회에 학계 갑질을 응징하겠다, 증거는 없는데 이런 저런 점이 개운치 않다, 방원의 징표를 현장 근처에서 발견했는데 사건과 관련이 있을지 의문이다 등등 두서 없이 얘기를 하는데 한 놈이 끼어든다.

"요새 왜 방원이 난리이지? 몇 주 전쯤에 우리 구역의 서삼릉에 도굴범이 있었어. 현장의 경비에게 들켜서 경찰서까지 잡혀 왔었지. 태종의 태실을 훼손하려다 잡힌 거라는데 이건 뭐 도굴꾼치고는 너무 엉성한 것 있지. 장비도 휴대용 삽과 호미 하나고 공범은 없는 것 같았고. 게다가 횡설수설 하더군. 더 붙잡아 놓고 어떻게 처리할지 고민 좀 해 볼까 하다가 다른 일로 바쁘기도 하고 씨알대 박사과정에 있다는 신분이 확인 되어 그냥 훈방 조치로 끝나기는 했지. 장난으로 반성문 쓰라고 하니 진짜 반성문을 진지하게 쓰더구먼. 별놈 다 있어. 태실을 파면 뭐가 나온다고. 전통 도굴꾼들은 다 죽었고 요즘은 도굴도 알바를 쓰나 보지? 하하하."

*** 다음날 ***

도굴범 사건 범인이 씨알대 박사과정에 있었다는 얘기와 함께 방원의 징표가 같이 머릿속을 맴돌아 출근하자 마자 동기에게 도굴범의 반성문을 보내라고 했다. 반성문 사진을 받아 보니 놀랍게도 박찬이었다.

다시 당시 피의자가 담긴 현장 CCTV를 요청하여 받아서 찬의 친구에게 반성문과 CCTV 화면을 보내 주었다.

"아, 이 사람 찬이 맞는 것 같은데요? 체격이나 꾸부정한 자세가 걔랑 많이 비슷해요. 모자나 옷도 예전에 본 것 같기도 하고. 글씨도 찬이 글씨 맞는 것 같아요."

태종 태실을 왜 어설프게 혼자서 도굴 하려고 했지?

2. 석왕사 회맹

1383년 여름: 성계 48세, 지란 52세, 인찬 47세

■ **지란**

용이 맞는 것 같다.

처음 내 군사를 끌고 성계를 도와 홍건적을 물리 쳤을 때 느낌이었다. 누구도 감히 생각 못한 그 과감한 전술과 화려한 무예. 군사들을 자기 손쓰듯이 다루는 지도력. 군령을 어겼음에도 최영 장군이 자기를 아들 같이 대하게 만드는 친화력.

그 이후에 수많은 전투를 같이 하며 죽을 고비를 여러 번 넘겼다. 그 중 절반은 내가 목숨을 걸고 구한 것이었지만 나머지는 하늘이 그의 편이라고 뿐이 생각할 수 없을 만큼 운이 따라 주었던 것이다. 더 이상 고민 할 것 없다. 그를 용으로 생각하자.

이젠 무엇을 해야지? 용이 하늘로 날아 올라 갈 수 있도록 도와 줘야 되는데 나만 가지고 될까? 글을 아는 사람이 필요해. 성계와 나는 전쟁에서는 따를 자가 없으나, 학문에서는 부족하다. 어릴 적 스승 토굴 생활에서 책을 많이 읽었고 전쟁터에서도 틈틈이 공부를 하였다고 자위하지만 역시 세상은 넓고 학문은 무궁무진하다. 성계가 연일 되는 승전으

로 백성들 사이에 영웅으로 등극하고 있다. 물론 아직은 최영 장군의 명성을 따라 갈 수는 없지만 몇 차례 공을 더 세우고 최영 장군이 연로 해지면 성계가 무관의 수장이 될 것이다. 지금부터 준비하여야 한다. 국가 대사는 창검으로만 되는 것이 아니지 않는가? 사람을 찾아 보자.

성계가 정몽주와는 절친한 사이인 것 같지만 그는 너무 거물이다. 우리 맘대로 할 수가 없을 것이다. 도리어 우리가 그 사람에게 휘둘릴 수도 있다. 일단 중앙에 발을 들여 놓을 수 있을 정도의 믿을 만한 문인이 필요하다. 수지타산이 개입되면 안 된다.

여기저기 수소문한 끝에 함주 인근의 안변 부사인 김인찬이란 사람이 있다고 한다. 글 좀 읽었다고 하며 활달하고, 게다가 선정을 베푼 공로로 조정에서 받은 상금을 다시 백성들에게 나누어 주었다는 미담도 들려 온다. 한 번 만나 보자.

* * * 며칠 후 * * *

인찬의 집을 찾아 갔다.

"이성계 장군의 의제 지란이라 합니다. 지나가는 길에 백성들의 칭찬이 자자하다는 얘기를 듣고 인사나 드리려고 들렸습니다."

"아, 말씀 들은 적이 있습니다. 이렇게 누추한 곳까지 와 주셔서 몸 둘 바를 모르겠습니다."

이런 저런 세상 돌아가는 이야기를 하며 그의 방을 살폈다. 양쪽 벽면에 책이 빼곡히 들어 차 있고, 본인이 쓴 것 같은 글도 걸려 있다. 얘기를 나누어 보니 그 깊이는 잘 알 수 없으나 많이 안다. 한 번 이야기를 시작하면 청산유수로 풀어 나간다. 논리가 정연하고 재치가 있다. 일단 이 정도는 된 것 같긴 하다.

"이성계 장군께서는 그냥 동북면에 계실 건가요? 용이 개천에서만 계셔야 되겠습니까?"

"형님의 큰 뜻을 우매한 아우가 어떻게 알겠습니까? 뭔가 생각하고 계시겠지요."

이 사람도 용 얘기를 한다. 우연인가? 오늘은 이 정도로만 하자.

밤에 그 집으로 염탐 보냈던 부하가 돌아 와 보고를 한다.

"방에서 글을 읽고 있었습니다. 자시가 넘어서 불이 꺼졌습니다. 첫닭이 울자 다시 불이 켜지고 글 읽는 소리가 났습니다. 글 읽는 목소리가 낭랑하더이다."

*** 며칠 후 ***

저녁 무렵에 또 찾아 갔다.

"지난 번 하신 말씀들이 재미있어서 오늘은 술 한 병 들고 찾아 왔습니다. 허허."

두 번째 만남이고 술도 같이 하니 분위기가 훨씬 부드럽다.

"김 부사께서는 이런 실력을 갖고 왜 촌에 계시는지요?"

"허허, 사람이 분수를 알아야지요. 이렇게 글도 읽고 심심하면 밖에 나가서 농사일도 좀 하고 백성들과 같이 어울리는 지금 생활이 만족스럽습니다."

"그래도 김 부사 같은 분이 이렇게 지내시는 것은 아깝습니다. 성계 형님을 도와서 큰 일 안 해 보시겠습니까?"

"사내로서 큰일을 할 기회가 주어진다면 당연히 해야지요. 허허."

심각하게 받아 들이지는 않는 것 같다.

"한 번 진중하게 생각해 보시죠. 담에 또 한 번 뵙겠습니다."

돌아와 곰곰이 생각했다.

자질은 일단 합격이다. 말하는 것이나, 학문에 몰입하는 자세나, 붙임성 있는 성격도 좋다. 집안이 대단한 것은 아니지만 우리가 좀 밀어 주면 개경 문사들 집단에 진입은 가능할 것이다. 문제는 큰일을 해 보겠다는 야망을 아직 발견할 수 없다는 것이다. 야망이 없는 사람은 중간에 어려움이 생기면 쉽게 포기한다. 다시 한 번 확인하고 엮어야 한다. 발을 담그고 빠져 나갈 수 없도록.

＊＊＊ 며칠 후 ＊＊＊

다시 찾아 갔다.

"우리 재미 있는 일 하나 합시다. 삼일 후에 성계 형님이 이 근처를 지날 텐데 그 때 나와 계시다 우연인 척 하며 말을 걸어 보십시오. 형님과 배짱이 맞으면 좋은 인연을 맺고, 아니면 그냥 말고요."

"재미있겠군요. 해 봅시다."

내가 바로 성계에게 천거를 하는 방법이 쉽고 빠르긴 하다. 그러나 그렇게 되는 경우 성계를 포함한 주변 사람들이 인찬이 내 사람이란 인식을 갖게 된다. 인찬의 급과 역할이 작아져서 제 능력을 충분히 발휘 못할 것이다. 성계와 인찬이 직접 연을 맺어야 한다. 둘의 배짱이 맞기를 바랄 뿐이다.

＊＊＊ 그날 저녁 ＊＊＊

¤ 인찬

지란이 오늘 또 찾아 왔다. 다변은 아니나 말에 힘이 느껴진다. 지나는 길에 들렀다고는 하나 그만큼 한가한 사람은 아닐 것이고, 아마 사람을 찾고 있겠지. 이성계 장군의 명성이 높아지고 서열이 올라가면서 자기 사람이 더 필요할 것이야. 촌에 은둔하며 지내는 나를 찾아 낼 정도면 공도 많이 들였고 사람 보는 눈이 있기는 한 것 같다. 나의 학문을 이 조그만 지방에서뿐 아니라 좀 더 큰 물에 가서 펼쳐보고 싶은 생각이 없는 것은 아니다.

그러나 여기가 좋다. 자연도 좋고 사람들도 좋다. 고을을 순시하다 계곡물에 발 담그고 마을 노인들과 같이 마시는 막걸리가 좋다. 대청마루에 앉아 먼 산을 감상하며 써 내려가는 시가 좋다. 큰 뜻을 펼친다고 하다가 진흙탕에 빠져 추하게 인생을 마감하는 사례가 역사에 얼마나 많았더냐. 이 고을 백성들이 편히 잘 살게 만드는 것 만으로도 내 인생을 헛되이 보내는 것은 아니리라. 지란이 성계를 한 번 데리고 온다 하니 만나서 그릇의 크기나 한 번 보자.

*** 며칠 후 ***

■ **지란**

"형님, 안변 지역에 마장이 선다는데 쓸만한 말도 고르고, 바람도 쐴 겸 한 번 안 가 보시겠습니까?"

며칠 전 성계에게 이렇게 권하여 오늘 안변 마장을 둘러 보았다. 해가 떨어질 무렵 되어 인찬의 집 쪽으로 성계를 데리고 갔다.

"형님, 좀 쉬었다 갑시다." 나무 그늘에 앉았다.

"날씨도 후덥지근한데 시원한 막걸리라도 한 잔 하면 좋겠구먼."

"그럼 형님이 안주 거리를 마련하면 제가 막걸리는 구해 보지요."

"그래, 어디 볼까?" 두리번거리는데 마침 밭 가운데 있는 뽕나무 위에 꿩 두 마리가 앉아 있다. 성계가 활을 재어 두 살을 동시에 날리니 두 마리가 동시에 떨어진다. 밭에서 농부들과 김을 같이 매고 있던 인찬이 저 멀리 떨어져 있는 꿩 두 마리를 집어 들고 이리로 온다.

"허어! 화살이 동시에 두 개가 날아오던데 활은 한 분만 들고 계시네요. 솜씨가 대단하십니다. 백 보도 넘는 거리인데. 허허."

"안주거리가 생각나 댕겨 보았지요. 그런데 밭갈이 하시다가 이렇게 꿩을 갖다 주시니 고맙습니다."

성계가 인사 치레를 하자 내가 나섰다.

"뉘신지 모르겠으나, 이것도 인연인데 이 꿩 고기를 안주 삼을 막걸리 좀 구해다 주실 수 있겠는지요?"

"아, 그렇지 않아도 술이 딱 맞게 익어 있는데 잘 되었습니다. 때를 맞춰 오신 것 같습니다."

곧 모닥불을 피워 꿩을 굽고 급히 갖고 온 막걸리와 김치 쪼가리로 조촐한 술자리가 나무 밑에서 벌어졌다. 인찬이 같이 일하던 농부 대여섯 명을 합석 시킨다. 성계가 촌부들과의 어울림을 좋아한다는 것을 이미 들었나?

술이 몇 순 돌며 날씨 얘기, 마장 돌아 본 얘기들을 한 후에 그제서야 자기 소개를 한다.

"저는 김인찬이라고 합니다만……" 서두르지 않는 것이 맘에 든다.

"아, 인사가 늦었습니다. 저는 이지란이라 합니다. 이 분은 제가 형님으로 모시고 있는 이성계 장군이십니다."

"아, 그 용맹하시다는 장군을 뵙게 되니 영광입니다."

"그런데 선생은 농부같이 보이지는 않소이다만……"

성계가 끝내 궁금증을 참지 못해 묻는다.

"허허, 농부가 따로 있겠습니까? 논밭에 발 담그고 있으면 다 농부이지."

"이 분은 저희 안변의 부사이십니다. 바쁜 공무에도 가끔씩 짬을 내서 이렇게 농사일을 도와 주신답니다." 옆에 있던 촌로가 말을 보탠다.

"허어, 성군이 따로 없군요."

성계가 흐뭇한 표정을 지으며 자세를 바르게 고쳐 앉는다.

"장군을 이렇게 뵈었는데 그냥 나무 밑에서 막걸리 한 잔으로 끝낼 수 없지요. 저희 고을의 영광인데 저희 집에 가서 술 한잔 더 하고 가시죠."

인찬의 집에서 벌어진 술판에서 인찬의 계속되는 재담 속에 큰 뜻이 때로 비친다. 그래, 그냥 촌에서만 지낼 인물은 아니야. 술도 많이 마셔서 거나한 분위기가 되었다. 이 때다.

"형님, 이렇게 연을 맺기도 힘든데 우리 김 부사하고 의형제 맺으면 어떨지요?"

"좋지. 자, 자, 우리 다같이 건배 함세. 우리의 형제 됨을 위하여!!"

"아, 이제부터는 형님이라고 하겠습니다. 지란 형님도 저보다 연상 이신 것 같으니 제가 막내이군요. 하하. 건배!"

인찬이 재빨리 서열을 정리한다.

일단 말을 꺼내서 엮어는 놓았으나 성계나 인찬 모두 심각하게 생각하지 않는 것 같다. 그냥 술자리에서 형님, 아우 하는 정도의 분위기 이다. 이 정도로 해서는 죽도 밥도 안 된다. 달리 방법을 찾아야겠다.

*** 며칠 후 ***

"형님, 인찬이 하고 의형제 맺지 않았습니까?"

"응, 그날 술 먹고 그랬지. 그런데 왜?"

역시 성계는 별로 의미를 두고 있지 않다.

"형님이 더 윗자리로 갈수록 글을 아는 사람이 필요합니다. 보니까 인찬이 글도 좀 알고, 사람도 좋은데 아주 형님 사람으로 만드시죠.”

“그래. 사람 똑똑하고 괜찮더구먼. 도움이 필요한 일 있으면 부탁하지. 뭐.”

“아니, 그렇게 할 것이 아니고, 그 친구가 스스로 우리를 도울 방법을 찾게 해야지요. 술자리이었기는 하지만 말이 나왔으니 아예 의형제 예식을 제대로 갖추고 충성 맹세를 받아 그냥 조력자가 아니라 동생같이 쓰시는 것이 더 좋지 않겠습니까? 그래야 인찬이가 목숨을 걸고 형님을 돕지 않겠습니까? 저도 제 밑에 동생 생기면 좋고요. 흐흐흐.”

“좋은 생각이구먼. 함세.”

＊＊＊ 며칠 후 ＊＊＊

¤ 인찬

성계와 같이 의형제 회맹식을 갖자고 지란이 청한다.

완전히 발을 담그란 얘기다. 술 먹다 농으로 나온 얘기가 이제는 장난이 아니게 된 것이다. 내 맘을 결정 해야 한다. 아니 내 인생을 결정해야 한다. 결국 이렇게 일이 전개 되는 것인가?

그 동안 지란이 뜻을 담아 계속 건네는 말들을 건성으로 받아 치며 거절의 뜻을 전했지만 지란은 집요했다. 그런데 성계를 만나보니 마음이 동한다. 솔직하고 통이 크다. 백성을 사랑하는 마음도 지긋하고, 게다가 고려 최고의 장수로 부상하고 있지 않은가. 이런 사람과 한 번 같이 뭔가 해 보고 싶다.

어떤 자리나 재화를 주겠다는 것도 아니다. 그냥 같이 형제 하자고 한다. 더 끌린다. 사내는 자기를 알아 주는 사람을 위해 목숨을 바친다고 하지 않는가! 인생 뭐 별 것 있나. 이리 살 건 저리 살 건 죽는 것은 매 한

가지인데. 이왕 일이 이렇게 된 것 의형제 들과 함께 내 뜻과 재주를 맘껏 펼쳐 볼까나.

*** 며칠 후 ***

● 성계

석왕사 앞뜰에 제단을 꾸미고 셋이 같이 섰다. 돼지 한 마리를 그 자리에서 잡아 피를 잔에 담아 나누어 마셨다. 지란과 인찬이 나에게 차례로 무릎을 꿇고 예를 올렸다. 지란과 인찬의 눈에 가득 담겨 있는 진지함과 진정성이 나를 엄숙하게 만든다.

인찬이 미리 준비한 회맹문을 낭독한다.

> "세 사람이 한 세상에 동맹을 맺으니, 일생 고락이 한 마음 속에 담겼네.
> 재주 없어 공자님 제자**만큼** 바랄 수는 없으**나**, 장차 강태공 같은 사람이 되길 원하네.
> 세상을 가지런히 하고 백성을 편안케 하는 것이 그 누가 할 일인**가**.
> 임금을 높이 받들고 **나라**의 기강을 세우는 것은 이 몸이 다 하리라.
> 관우 장비의 정의는 온 세상이 다 아는 일,
> 이와 같은 일들을 하지 않고 어찌 후세의 역사에 큰 공을 남기랴."

◆ 형사 강철

박찬의 태종태실 도굴 시도 사건을 듣고 나서는 아무래도 방원 징표가 맘에 걸려 돌려 받으려고 은사님을 다시 찾아갔다.

"은사님, 저 또 왔습니다. 흐흐."

"이놈이 형사가 되더니 나를 더 자주 찾는 구나. 학교 다닐 때 공부를 좀 더 하지."

거실을 한 번 둘러 보는데 문갑 위에 내가 준 동전이 유리로 된 상자 안에 장식되어 있다. 그 옆에는 웬 서찰 같은 것이 액자 안에 넣어져 거치되어 있다. 저 정도로 정성을 들였으면 예사 것이 아닐 텐데? 그리고 왜 나란히 놓았을까?

"허허. 자네가 준 징표를 고증을 해 보니 정말 육백 년 전쯤 만들어진 것이라고 하더구먼. 그래서 내가 이렇게 고이 모셔 놓았으니 혹시라도 돌려달라는 얘기는 입에 꺼내지도 말게나. 정 아까우면 소유는 그냥 네 것으로 하고 나한테 얼마간 임대해 준 것으로 하자고. 껄껄껄. 대신에 내가 징표 진본과 똑같이 모조품을 하나 만들었으니 이거라도 갖고 있어."

입맛을 쩝쩝 다셨지만 저렇게 까지 정성을 들이셨는데 어쩔 수가 없겠다. 모조품이 외형이나 무게가 진품과 구별이 힘들 정도로 잘 만들어졌다. 주머니에 넣었다.

"은사님 은혜를 이제까지 제대로 못 갚았는데 그럼 이걸로 퉁 치겠습니다. 흐흐. 그런데 그 옆에 있는 것은 무엇입니까?"

은사님이 고개를 갸우뚱하며 주저하신다. 그러니 더 궁금하다.

"알려 주시면 아예 징표의 소유권을 은사님께 드리겠습니다."

"허어, 이거 아무한테도 말하지 말라는 부탁을 받았는데 어떻게 하나? 징표를 꼭 갖고는 싶고…… 제자한테 거짓말로 둘러 댈 수도 없고 말야."

난감한 표정을 지으시다가 "그래, 귀중한 징표를 준 보답으로 너한테만 얘기 해 줄 테니 너도 비밀을 지켜야 해!"

"예. 알겠습니다. 무덤에 들어 갈 때까지 비밀을 지키겠습니다. 흐흐."

장난기로 이야기 하는 나에 반해 교수님은 심각한 표정을 지으시다가 결심한 듯 얘기 한다.

"그 동안 누구에게든 자랑하고 싶었는데 비밀유지 약속 땜에 마누라한테도 얘기 안 했어. 집에 찾아오는 사람들이 물어보면 입이 근질근질해서 미치겠더구먼 이왕 이렇게 된 것 너한테라도 자랑이나 실컷 해야겠구먼. 허허허." 얼굴이 밝아 지신다. 학창시절 골동품을 수업시간에 들고 와서 자랑하시던 때의 그 표정이다.

"음, 이게 보통 것이 아니야. 진본이 아니라 모조품이라 안타깝기는 하지만. 진본은 대략 육백 년은 되었고, 비단도 보통이 아니라 당시로서는 최상품이라 하네. 진본을 누가 가지고 있는지는 정말 말해 줄 수 없으니 아예 묻지도 말고.

일반 사람들은 고문서 검증쯤이야 돈 좀 주고 아무 전문가에게 맡기면 되는 것 아니냐 생각할 수 있지만 그 사회가 움직이는 원리는 그게 아니야. 나한테까지 와서 의뢰 했다는 것은 내 레벨이 다르단 것을 알았기 때문이지."

숨을 한 번 고르신다.

"고문서나 예술품 감정이란 것이 관계자들의 이해가 걸려 있어서 판정을 하더라도 그것이 진품 인지는 확신할 수 없어. '미인도 위작 스토리' 알아? 천경자 화가가 자기가 그린 것이 아니라고 생전에 분명히 자기 입으로 얘기 했는데도 그의 사후에 감정사들이 가치를 올리기 위해 진품이라고 판정을 했던 사건 이었지. 수십 년간의 논쟁이 아직도 끝나지 않았으니 웃기는 얘기지. 혹은 싸게 사기 위하여 진품을 모조품으로 평가 하는 경우도 다반사이지. 전문가 감정이란 것이 믿을 수 없단 말이야.

너 '블링크'라는 이론 아나? 한 분야에 평생을 바친 사람은 눈 한 번 깜빡 할 사이에 딱 보고 그 물건의 가치를 알 수 있다는 것이지. 로마에서 발굴된 조각상을 두고 여러 분야의 소위 전문가들이 모여 몇 달을 두고 갑론을박해도 결론이 안 나서 결국 그 분야의 최고 전문가로 알려진 어떤 원로 대가에게 갖고 갔는데 그 대가는 그것을 보자 마자 진품이라고 단정했고, 그 이후 또 몇 달이 걸려 첨단 장비를 동원하고서야 진품인 것이 검증되었다는 것이지.

말이 길어졌지만 내가 그 서찰을 딱 보는 순간 예사 것이 아니라는 판단이 들었지. 그래서 나중에 진품을 나에게 장기 임대 해 준다는 조건을 달았지. 죽기 전까지는 내가 갖고 있겠단 얘기지만. 흐흐. 결국 그 조건으로 부탁을 들어 주기로 하고 발 벗고 나섰어. 믿을 만한 진짜 고수들에게 감정을 부탁한 거야. 일반 교수들 레벨에서는 만나기 힘든 그런 고수들 말야. 젊었을 때부터 지금까지 그 친구들과 같이 먹은 술을 모으면 트럭 몇 대 분은 될 거야. 사람 사이에는 돈 만 갖고는 되지 않는 일이 있지. 오랜 관계에서 만들어진 믿음이란 것 말야."

은사님이 열을 내며 이야기를 이어간다.

"감정 결과를 종합하면, '육백 년 정도 된 문서인데 비단은 추운 지방에서 만들어진 당시 최상품이다. 여자 글씨 같다. 글을 전문적으로 쓰는 사람의 실력은 아니다. 글자체에 원나라 풍이 들어 가 있다. 먹 자국과 획의 끝 단을 보면 상당히 오랜 시간 걸쳐서 꽤 고민하며 쓴 것 같다. 나이가 들었던지 아니면 몸이 병약한 상태에서 쓴 것 같다.'는 것이었어.

그 얘기를 듣고 제일 처음 머릿속에 떠 오른 사람이 있었지. 누구인지 짐작하겠나?"

"그걸 제가 어떻게 알겠습니까?" 나도 모르게 침이 꼴깍 넘어간다.

❈❈❈ 1384년: 성계 48세. 무학 56세 ❈❈❈

● 성계

계속되는 전승으로 고려에서 최영 장군 다음으로 촉망 받는 장군이 되었다. 최영 장군도 이제 칠순을 바라 본다. 그가 물러나면 아마도 내가 그 자리를 맡아야 할 것이다. 이 난세에 그 자리는 그저 전투를 잘 한다고 되는 자리가 아니다. 내가 잘 할 수 있을까? 무엇을 준비하여야 하는가? 뚜렷한 답을 못 찾은 채 번민의 시간이 늘어 났다. 그래서 나만의 시간을 갖고 싶어 이 곳 학성으로 와 초가집에서 조용히 명상을 하며 지내고 있는 중이다.

어젯밤 꿈이 계속 머릿속을 맴돈다. 닭이 우는 소리가 들리고, 다듬이 소리가 들렸다. 내가 서까래 세 개를 지고 있었다. 통상의 개꿈과 달리 한 장면 한 장면이 선명하게 떠오른다. 길몽인가 흉몽인가? 혹시 내 번민에 대한 답을 신령이 주신 것인가? 궁금함을 참을 수 없어 마을의 점쟁이를 찾아 가 해몽을 물었다. 내 얼굴을 찬찬히 바라보다 갑자기 무릎을 꿇는다.

"장군 같으신 분은 감히 저같이 미천한 놈이 해몽을 드릴 수가 없습니다. 여기서 서쪽으로 사십 리 길을 가시면 설봉산 토굴에 얼굴이 검은 스님이 몇 해째 기거하고 있습니다. 예전에 우연히 그 곳을 지나다 궁금해서 찾아 봤습니다. 그 풍모가 감히 저 같은 놈은 말을 붙일 용기도 없어서 그냥 절만 하고 돌아 왔습니다. 아마 그 스님이라면 해몽을 해 주실 지 모르겠습니다."

말을 달려 단숨에 찾아 가 토굴로 들어갔다.

"스님, 해몽을 부탁 드리려고 왔습니다만."

어두컴컴한 곳이라 얼굴도 잘 안 보였을 텐데 대뜸 묻는다.

"장군, 묏자리는 잘 쓰셨습니까?"

아, 그럼 이 스님이 바로 아버님 묏자리를 점지 해 주었던 그 스님 이신가?

"스님, 그 동안 무고 하셨습니까?" 반갑게 손을 잡고 꿈 얘기를 하였더니 전혀 예상치 않았던 뜻밖의 얘기를 한다.

"허어, 왕이 되실 징조 입니다. 부친 묏자리가 효험을 발휘하나 봅니다. 오늘 일을 아무도 모르게 하시고, 이 자리에 절을 지어 공덕을 더 쌓으십시오."

*** 다음날 ***

■ 지란

성계가 이제 거물이 되었다. 그런데 거기서 만족하는 것 같다. 함주촌에서 시작하여 고려 대군의 2인자 자리에 올랐으니 이 정도도 만족할 만 하긴 하다만 성계가 더 커지기를 바라는 나는 목이 아직 마르다. 나의 모든 것을 바치지 않았는가! 성계의 야망에 불을 지필 불씨가 어디 없을까?

성계가 새까만 얼굴에 남루한 옷차림의 스님을 한 분 모시고 내 거처로 왔다.

"아우님, 스님과 인사 나누시게. 무학 스님이시네."

성계는 그를 극진히 모신다. 누구냐고 물어봐도 나중에 자세히 얘기 해 주겠다 하며 얼버무린다.

*** 다음날 ***

하룻밤을 머물고 집을 나서는 그를 성계와 내가 같이 배웅하였다. 스님이 나란히 서 있는 성계와 나를 한참 동안 번갈아 보더니 한마디 하고는 깊이 합장을 한다.

"허어, 용은 날아 오를 터에서 꿈틀거리고 있고, 범은 뛰어 오를 언덕에서 발톱을 갈고 있구려. 때가 되면 용호가 떨쳐 일어나 천지를 흔들겠습니다!"

눈빛과 던지는 말이 예사 스님은 아닌 것 같아 대문 밖까지 따라 나가 붙잡아 물었다.

"스님의 스승은 누구인지요?"

"허어, 땡중에게 스승이 있겠습니까? 백성의 마음과 부처님 말씀이 저의 스승이지요."

더 이상 할 말이 없다. 합장을 하고 돌아 서려는 데 한마디 툭 던진다.

"지공 스님이 저를 많이 혼내 주긴 했지요. 껄껄……"

지공? 어디서 들어 본 듯한 이름이다. 이런 저런 생각으로 새벽녘에서야 잠이 들었다. 스승이 오랜만에 꿈에 나타나서 할방5)을 한다.

"어리석은 놈, 잠 만 퍼 자냐?"

---

5) 할방 : 선사들이 큰 소리로 꾸짖으며 주장자(柱杖子; 좌선할 때에나 설법할 때에 가지는 지팡이)로 제자의 몸을 때리며 불도를 가르치는 것.

벌떡 일어 났다.

아, 지공 스님! 스승과 토굴에서 며칠씩 이야기를 나누시던 그 분! 그렇다면 그 때 지공 스님이 언급했고 스승이 잘 키워놓으라고 말했던 그 젊은 고려 스님이 바로 무학이란 말인가?

막막하던 가슴이 확 뚫리는 듯 하다. 스승께서 무심진 않으셨구먼.

성계에게 달려가 무학에 관해 언제, 어떻게 만났는지 물었다. 이십여 년 전 성계 부친의 묏자리를 잡아 준 얘기부터 어제 다시 만나 해몽을 들은 얘기를 자세히 해 준다.

"그저 개 꿈이겠거니 하면서도 심심하여 물어 본 것인데 글쎄 왕이 될 꿈이라 하니 어안이 벙벙하구먼. 스님이 자기가 묏자리 잡아 준 것 생색 좀 내려고 한 말 아니겠나. 허허."

성계의 표정이 심각하지는 않지만 생기가 돈다. 성계도 뭔가 돌파구가 필요 했으니 해몽을 해달라고 했겠지. 그 답을 찾을 것일까? 어쨌든 무학이 딱 맞는 때에 나타나, 필요한 말을 해 준 것이다.

"자고로 용은 왕을 상징하지 않습니까? 하하하."

살짝 운을 띄어 보았다.

"이 사람아. 나는 용이 되어 천지를 흔들더라도 반역을 할 생각은 절대 없네. 고려를 살리는 것이 내 몫이 아니겠나? 농담이라도 그런 말씀은 하지 마시게나. 그나저나 내가 용이라면 범은 아우님을 일컫는 것 같으니 발톱이나 날카롭게 잘 갈아 두시게나. 허허허."

진심인지 가식인지 분간이 안 간다. 어쨌든 왕이란 것에 대해 생각을 해보게 한 것만 하더라도 무학이 큰일을 해 주었다. 성계가 진짜 왕이 될 수 있을까? 지금 거기까지 생각할 필요는 없지. 그저 마지막까지 최선을 다 해 성계를 도울 뿐이다.

◆ 형사 강철

"한씨 부인! 이성계의 첫째 부인, 즉 방원의 친엄마이지. 서찰에 한 (韓)이라는 수결이 있었거든. 시기상 고려 말, 조선 초가 될 것이고, 추운 기후에 원나라 국경지역, 즉 함경도 지역에 살고, 고급 비단을 쓸 만큼 지체가 높은 한씨 성을 가진 여자. 바로 한씨 부인이 이 조건에 딱 맞아 떨어 지더구먼. 필요 조건은 안되지만 충분 조건은 되는 것이니 그냥 한씨의 서찰이라 생각해 보았지. 한씨가 아니라는 증거도 없지 않은가? 다른 가능성을 여러모로 검토해 보아도 달리 적합한 인물이 없었어. 우리나라 역사의 주요 인물들은 머릿속에 다 담아 둔 국사학의 대가인 내가 그렇다면 뭐 그런 것 아니겠어? 어느 놈이 감히 아니라고 반박할 수 있겠어? 그렇게 한 번 생각하니 확신까지 들게 되더란 말이야. 흐흐흐."

어린아이 같이 흥이 나신 모습을 보며 나도 모르게 웃음이 나왔다.

"그래서 네가 준 방원의 징표와 한씨 부인의 서찰을 저렇게 나란히 고이 모셔 놓고 하루에도 몇 번씩 보곤 하지. 육백 년 전 조선건국의 주역인 모자가 남긴 유물이 내 앞에 같이 있다는 것이 신비로웠지. 그렇게 보면 볼수록 서찰의 사연이 점점 궁금해 지는거야. 내용을 보면 한씨 부인이 아마 남편인 이성계나 아들들에게 써준 격려 편지 아닌가 싶었는데 그렇기에는 내용이 좀 생뚱맞은 거야. 과연 이 편지를 누구에게 왜 준 것일까? 점점 더 내 궁금증은 증폭하기 시작해 그냥 있을 수가 없었던 것이지."

"그래서요?" 은사님 쪽으로 바짝 다가 가자 갑자기 벌떡 일어나신다.

"내가 약속이 있어서 나가야 하니 얘기 듣고 싶으면 다음에 또 오게나. 그 때는 막걸리라도 사와야 엄청난 얘기가 술술 나올 거야. 흐흐흐.

좀 기다려. 같이 나가자."

옷을 챙겨 입으시는데 문득 생각이 났다.

"아 참, 그런데 혹시 씨알대 김석 교수라고 아시나요?"

"누구? 김석?" 의아한 표정으로 반문하신다. "예, 김석이요."

"아, 아마 그 친구 내가 씨알대에 있었을 때 제자였던 것 같은데. 그 친구는 왜?"

"오다가다 만났는데 은사님께서 발이 워낙 넓으시니까 혹시 아시나 해서요."

"글쎄…… 기억이 가물가물하네. 자, 나가자!"

3. 소나무에 새긴 뜻

❀❀❀ **1383년 여름: 도전 41세, 몽주 46세** ❀❀❀

◎ 도전

"요즘 어찌 지내시나?"

몽주가 책 몇 권과 술을 한 병 들고 오랜만에 찾아 왔다. 나는 몇 년 전 귀양에서 풀려 개경 인근으로 오긴 했지만 딱히 할 것이 없어 농사를 지으며 동네 아이들을 가르면서 생계를 꾸려가는 중이다. 내 살림살이를 흘끔 둘러 보고 나서도 내색을 안 하려고 애쓰는 그의 표정에 안쓰러움이 스쳐 지나간다.

바늘 하나 숨길 곳 없는 방에서 아내가 급하게 내온 밋밋한 부침개를 안주 삼아 물을 탄 듯한 막걸리를 홀짝 홀짝 마시며 나라의 사정과 유학의 움직임 등을 얘기하였다. 두어 식경이 지나자 아내가 닭백숙과 술 한 병이 놓인 술상을 또 가지고 들어와 놓는다. 닭이 갑자기 어디서 났지?

"아니 제수씨, 이거 우리 사이에 이렇게 안 하셔도……"

몽주가 어색해 한다. 아내가 나가지 않고 머뭇거린다.

"이렇게 찾아 주셨는데 변변히 대접도 못해 드리고……"

아내가 말을 마무리 않는다. 어정쩡 서 있다가 헛기침을 몇 번 하더니 의외의 말을 꺼낸다.

"대감, 이 양반이 이제 귀양에서 풀린 지도 십 년이 다되어 가는데 이렇게 농사만 짓다가는 그간 글 공부 한 것도 다 까먹겠습니다. 호호."

억지로 내는 아내의 웃음소리가 내 억장을 찌른다. 내가 술 한잔 들이키고 잔을 상위에 쟁 내려 놓았다. 아내가 깜짝 놀라며 나와 몽주의 눈치를 살피고는 "천천히 드십시오." 하며 나간다. 문을 나서는 아내의 어깨가 들먹이는 것 같다.

나랑 똑같이 남에게 아쉬운 소리를 못하는 아내가 갑자기 닭을 변통하러 동네를 돌아다니며 얼마나 그 걸음이 무거웠겠는가? 술상을 들고 문지방을 넘으며 얼마나 갈등했겠는가? 옛말에 여자 마음은 문지방 넘으면서 열 번이 바뀐다고 하지 않았던가? 몽주에게 이런 말을 하는 자기 입이 얼마나 민망했을까? 잘나가는 친구를 두고도 자리 하나 달라는 말도 못하는 무능한 남편에게 기대는 것보다 차라리 자기가 모멸의 무게를 감당 하는 것이 낫겠다고 생각했을까?

술 두 병을 비우고 몽주가 일어서며 말한다.

"조정이 좀 조용할 때까지 기다리게나. 그 때까지 기다리기 무료하면 이성계 장군 쪽에 사람이 더 필요할 텐데 당분간 그를 좀 도와주는 것은 어떻겠나?"

내 대답은 듣지도 않고 방문을 나서 신발을 신는다.

"잘 가시오 사형. 또 들리시오."

"제수씨, 오늘 정말 잘 먹었습니다."

"변변치 못해 미안합니다."

아내가 허리를 숙여 인사를 한 채 몽주가 문이랄 것도 없는 문을 나서 골목길을 꺾어 안보일 때까지 머리를 들지 않는다.

방으로 들어와 문을 쾅 닫았다.

백숙은 젓가락 한 번 안 댄 채 다 식어 기름기가 둥둥 떠 있다.

*** 며칠 후 ***

■ **지란**

한 달 만에 인찬이 돌아 왔다. 화색이 좋다. 놀다 만 온 것 아닌가? 불안하다.

성계가 더 크기 위하여는 큰 그림을 그릴 수 있고, 다방면의 깊이 있는 지식과 철학을 가진 참모가 더 필요하다는 고민 끝에 인찬에게 사람을 찾아 보라 부탁했던 것이다.

"형님, 잘 계셨습니까?"

"그래 잘 다녀 오셨나? 전국 기생을 다 안아 보고 왔나? 화색이 아주 좋구먼." 내가 비꼬듯이 말했다.

"아이고, 형님 말씀대로 제가 사람 찾느라고 얼마나 고생하신 지 아십니까? "

인찬이 넉살 좋게 받아치며 내 앞에 바짝 다가와 품 안에서 문서를 두 개 꺼내 펼친다.

"하나는 나라 정세이고 하나는 인재 목록입니다."

먼저 정치. 경제, 군사 등에 대하여 막힘 없이 풀어 놓는다. 결론적으로 동북면을 군정일치의 반독립적 지역으로 하여 거점을 공고히 하고 후일을 준비하여야 한다는 안변책(安邊策)을 설파하며 구체적인 방안까지 덧붙인다.

인찬이 또 다른 문서를 꺼낸다. 급한 마음에 문서를 열어 보니 열 명의 명단이 있다. 이름, 출신지, 나이, 집안, 가족관계, 주요경력, 주변 평등이 일목요연하게 정리 되어 있다. 한 사람 한 사람 설명을 다 듣고 나니 한 사람이 딱 집힌다.

"정 도 전." 들어보기는 했던 이름이긴 하다.

재능은 뛰어나나, 바른 말을 잘해 지금은 귀양살이에서 돌아와 서울 인근에서 농사를 짓고 있단다. 그의 외할머니가 승려와 여자 노비 사이에서 태어났다는 것과 그 어머니가 첩의 딸이라는 소문이 있다고 한다. 고려에 대한 불만이 대단하고 이를 타개하기 위한 대안들을 많이 가지고 있다는 주위 평이라 한다. 정몽주와는 동문수학하며 호형호제 했다고 하니 학문 실력은 불문가지이다. 조건은 딱 맞는다.

바로 세작을 불렀다. "지금 가서 정도전의 주변 조사를 하고 오너라."

*** 며칠 후 ***

세작이 돌아와 하는 보고 내용은 인찬이가 한 말과 크게 틀리지 않지만 물론 더 구체적이다. 주위의 평이 어떤지, 어떤 이웃의 어려움을 어떻게 해결해 주었다던지, 하루 일과가 어떻다든지 등을 상세히 보고 한다. 도전이 기거하는 집은 한 눈에도 오랫동안 어렵게 살았다는 것을 알 수 있을 정도로 누추했다고 한다. 특이한 것은 얼마 전에 선비 한 사람이 찾아 와서 도전을 한참 동안 만나고 갔다고 한다.

누구지? 왜 찾아 왔을까?

써야 하나 말아야 하나. 그릇의 크기를 가늠하기 힘들다. 성계나 내가 쉽게 다룰 수 있는 그릇이 아닌 것 만은 확실한 것 같다. 허나 만약 도전 같은 인물이 우리의 반대편에 선다면 상황이 어려워 질 수 있을 것이다. 더 이상 고민할 필요가 없다. 나중 일은 나중에 해결하면 된다. 바로 성계에게 갔다.

"형님, 앞으로 더 큰 일 하시기에 쓸만한 사람 하나를 찾았는데요."

"누구?"

'정도전이라고 합니다."

"아 정도전. 나도 알지. 그렇지 않아도 정몽주 대감이 지나가는 얘기로 한 번 만나 보지 않겠냐는 언질이 있긴 했었는데 말투가 떨떠름해서 별 신경 쓸 얘기가 아닌 듯 하여 그냥 잊고 있었지."

그 동안의 모은 정보를 자초지종을 이야기했다. 성계가 관심을 보인다.

"그럼 불러서 만나 보세." 그러자 인찬이 나선다.

"우리가 부르는 것 보다 자기 발로 스스로 걸어 오게 하는 것이 더 좋지 않겠습니까?"

"아, 이사람 삼고초려란 말도 못 들어 봤나. 우리가 찾아가지는 못 할망정 정중하게 초대는 해야지." 성계가 받아 친자 인찬이 지지 않고 바로 맞선다.

"이미 최강의 군사를 가지고 명장 반열에 오른 형님과 한씨 왕족이라는 것 빼고는 불알 두 쪽뿐이 없었던 유비를 어찌 비교하십니까? 게다가 지금 도전은 끈 떨어진 가오리연 신세 아닙니까? 재능은 있지만 출신 배경의 소문과 대쪽 같은 성격에 조정에서도 따돌림을 당했다고 하던데 지금 십 년을 농사일이나 하던 사람을 누가 데려다 쓰겠습니까? 그리고 제 발로 와야 부리기도 더 쉽지요."

성계도 고개를 끄떡인다.

"그래, 그런데 어떻게 제 발로 찾아 오게 하지? 지금 처지가 딱해 보이지만 자기발로 찾아와 써달라고 부탁할 위인은 아닌 것 같은데."

주장과 자존심이 세서 유배까지 갔던 위인이다. 자존심을 꺾었다면 벌써 미관말직이라도 얻어 차고 있었을 것이다. 마침 무학이 찾아 왔다. 성계가 무학에게 자초지종을 이야기 했다.

"아, 그런 일 갖고 무슨 걱정들을 하시오. 내 술 친구 중에 서원길이란 땡중이 있는데, 이 친구가 정도전하고 호형호제 한다고 들은 적이 있소. 허풍은 좀 있지만 거짓을 말하는 위인은 아니니 그 친구를 통한다면 부담 없이 한 번 만나 이야기 해 볼 수 있을 지도 모르겠구려."

*** 며칠 후 ***

◎ 도전

집 철거반이 들어 닥쳤다. 지금까지 열 번이나 쫓겨 다니다 겨우 이곳에 자리를 잡았는데 불법가옥이라 하여 집을 부수기 시작한다.

아내가 철거반 장정들을 붙들고 늘어지다 지쳐 땅바닥에 멍하니 앉아 있다.

집안에 들어 가 살 수 없을 정도로 부숴놓고 철거반은 사라졌다.

아내가 땅 바닥에 널브러져 한숨을 내 쉰다.

"우리야 그냥 이렇게 늙어가다 죽는다 칩시다. 그런데 우리 애들은, 애들은 어떻게 살란 말입니까? 우리처럼 살란 말입니까? 당신과 동문 수학 하던 분들의 자제들은 좋은 스승 모시고 서당에 다닌다 하고, 빠른 애들은 벌써 입조까지 하였답디다. 그런데 우리 애들은 좋은 스승을 모시기는커녕 밥 세끼 제대로 먹이지를 못하니…… 번듯한 옷도 없어 어디 나가면 천대나 받을 것이고, 몸 하나 건사할 집구석 하나도 없는데 이제 장가도 보내야 되고 도대체 당신은 무슨 대책이라도 있는 것이요? 나라를 구하는 것이 중하다고요? 우리 자식들은 이 나라의 백성이 아니오? 사십 줄에 들어섰어도 한집에 같이 사는 가족도 구제 못하는 위인이 어찌 먼 곳에 있는 그 많은 백성들을 구제 할 수 있단 말이요. 불쌍한 우리 자식들…… 흑흑흑."

막혔던 보가 뚫리듯 아내가 숨도 안 쉬고 내 뱉는다. 아내가 이렇게 말을 많이 하는 것은 처음이다. 그렇구나, 애들 때문이었구나. 그 동안 그 고생을 묵묵히 참아 왔던 아내가 최근 들어 짜증도 가끔 내고, 내 말에 대꾸도 하고 했었다. 몽주가 찾아 왔을 때의 일도 그렇다. 내심 이제 이런 생활이 고되고 희망도 없고 하니 짜증도 나겠구나 했는데 결국은 애들 걱정인 것이다. 가끔 아내가 애들 얘기를 하면 나는 애들은 그냥 알아서 크는 거라고 한 마디 하고는 말을 끊어 버리곤 하였다. 애들이 나이 먹는 속도보다 더 빨리 어미의 간장이 타 들어 가다가 이제는 폭발 직전까지 온 것이리라.

무심한 남편, 무능한 아비. 이것이 지금의 나의 모습이로구나.

*** 며칠 후 ***

철거반이 휩쓸고 지나간 집을 간신히 판자로 바람막이를 세우고 있는데 서원길이 웬 스님을 모시고 들어 온다. 무학이라고 한다. 불가에서는 알아주는 스님이라고 익히 들어왔다. 서원길이 무학과 대화를 나누던 중 내 얘기를 듣고 술이나 한잔 같이 하고 싶다고 하여 들린 것이라고 한다. 유불의 차이와 공통점, 각각의 지향점등 대화를 같이 나누다 보니 시간 가는 줄 모르겠다. 불가의 지식뿐 아니라 나라 살림, 나라 밖 소식, 풍수지리 등에 막힘이 없다. 오랜만에 제대로 된 말동무를 만난 것이다.

바람이 횡횡 들어 오는 좁은 방에 앉아 오랫동안 대화를 나누다가는 넌지시 성계를 찾아 가 보란 말을 한다. 당황스럽다. 몽주도 예전에 넌지시 성계 얘기를 꺼낸 적이 있었지만 크게 기대하지도 않았거니와 성계나 몽주 쪽에서도 별도 기별이 없었다. 불러도 갈지는 모르겠다. 전공을 많이 세워 무인으로서는 최영 다음 자리를 차지하고 있는 장수라고 하지만 종4품 벼슬까지 한 내가 북녘 지방 출신의 무장 밑에 들어가서 무엇을 하겠는가? 입에 풀칠이나 하려고 그럴 수는 없지 않는가?

무학이 그냥 서원길 얘기만 듣고 오진 않았으리라. 성계가 부탁했는지도 모르겠다. 몽주가 아마도 성계에게 내 얘기를 하긴 했을 것이고. 그렇다 치더라도 한 번 만나 보자고 하면 될 것이지 왜 굳이 무학까지 보내서 돌려 말하는 것일까? 내 발로 스스로 찾아 오란 얘기인가? 만약 기 싸움을 하는 것이라면 역설적으로 나를 가벼이 쓰지는 않겠다는 생각일 수도 있다. 나에게도 쉽게 생각하고 오지는 말라는 경고 인가?

*** 며칠 후 ***

머릿속의 복잡한 생각보다 가슴에 맺힌 최근의 기억들이 나를 더 옥 죈다. 몽주가 집에 왔을 때의 식어 빠졌던 닭백숙의 처량한 모습, 집이 철거된 날 바닥에 널브러져 토해 내던 아내의 한탄. 때가 오겠지 하며 마냥 기다리기만 했던 것은 나의 무능함 때문이었나? 자포자기였나? 감나무 밑에 누워 감 떨어지길 기다리는 것과 무엇이 다른가!

'그래, 가보자. 일단 만나나 보자. 이렇게 있을 수 만은 없겠네.'

무학이 만남을 권할 정도라면 이성계란 인물이 만만하게만 볼 위인은 아닐지도 모른다.

아침 일찍 행장을 차리고 나가는 나를 배웅하는 아내의 표정에 오랜 만에 보는 생기가 돈다. 이렇게 들떠있는 아내를 보니 생각했던 것보다 발걸음이 훨씬 가볍게 느껴진다.

◆ 형사 강철

태종징표-태종태실-태종생모의 서찰. 묘하다. 이렇게 태종으로 연결되는 것들이 갑자기 몰려 나올까? 찬의 죽음이 혹시 태종 태실 도굴사건과 관련이 있는 것 아닌가? 이럴 때는 현장에 가봐야 한다.

경기도 고양시의 서삼릉을 찾아 갔다.

그 동안 일반인에게는 공개를 안 하다가 얼마 전 부터는 1주일 전 예약해야 입장할 수 있다고 하여, 경찰 신분증을 보여 주고 안내원의 동행하에 둘러 보았다. 19기의 조선왕 태실비와 왕족 35기 합쳐서 총54기의 태실비가 한 곳에 나란히 놓여있다. 태종 태실비 앞에 섰다.

"그럼, 이 태실비석 밑에 실제로 태종의 태가 보존되어 있는 것인가요?"

"허허, 그랬으면 얼마나 좋겠습니까만, 사실 비석 밑에는 아무 것도 없습니다. 전국에 산재해 있던 왕족의 태실들을 일제강점기에 이곳에 모아 모셨지요. 태종의 태실은 원래 경상북도 상주에 있던 것을 그때 함께 이곳에 모시게 된 것이죠. 1996년 문화재연구소에서 태실 정비 작업을 하면서 태종의 태항아리 진본은 국립고궁박물관으로 보내졌고, 모조품은 이곳 서삼릉 태실 연구소에 존치되어 있습니다. 태 그 자체는 아쉽게도 행방을 알 수가 없습니다. 이 곳에는 그냥 태실비만 있는 것입니다."

"아, 그렇군요. 부끄럽습니다만 제가 역사를 전공했는데도 자세히 몰랐네요."

"뭐, 관심을 특별히 갖지 않으면 모르는 것이 당연하지요. 서삼릉에 태실이 있다는 사실 자체도 사람들은 잘 모릅니다. 특별히 안내 해 드렸으니 주위에 홍보 좀 해 주십시오. 허허."

"그런데 얼마 전 태종태실이 훼손 당할 뻔 했다고 하던데 혹시 그 사건 잘 아시나요?"

"직접 보진 못했지만 왠 정신이 나간 것 같은 사람이 태종태실 주위를 깨작거리다 잡혀 갔다는 얘기는 들었습니다. 그냥 해프닝으로 끝났지요."

태실비만 덩그러니 있다는데 박찬은 무엇을 찾으려고 도굴을 하려 했나? 장황하게 서삼릉에 대하여 설명하는 안내원의 말을 한 귀로 흘려 듣고 이것 저것 생각하며 걸어 내려오는데, 경비원 한 사람이 저 앞을 걸어 간다.

고개를 돌리려다 다시 자세히 보았다. 능 주변을 찍는 척 하며 여러 각도에서 경비원을 동영상으로 찍었다.

"저 분도 여기 근무하시는 분인가요?"

"예, 우리 경비원입니다. 그런데 왜요?"

"아까 처음 들어 올 때 친절히 길을 안내 해 주셔서요."

"예. 과묵하고 성실한 친구입니다."

"근무한지는 얼마나?"

"제가 오기 얼마 전부터 근무했다고 하니 대략 오륙 년쯤 되었나요?"

저 뒷모습을 어디서 보았지? 주요 수배자들 백 여 명의 얼굴을 늘 핸편에 담아 놓고 길을 가다가도 어디서 본 것 같은 얼굴이면 수배자들 얼굴과 그 자리에서 대조해 보는 것이 형사들은 습관화 되어 있다. 주요 수배자들은 동영상을 보며 체격과 걸음걸이 등을 눈에 익히기도 한다. 일단 근무일지를 확인해 보니 찬이 죽은 날 숙직근무였다.

서에 돌아 와 신원 조회를 해보니 전과 기록 등에는 달리 특이 사항이 없다. 주요 수배자들 동영상도 다시 돌려 보았으나 비슷한 인물이 없다. 잘 못 보았나? 갸우뚱거리다가 문득 집히는 것이 있다. 혹시?

*** 며칠 후 ***

■ 지란

"허어. 학이 이 촌구석까지 날아 올려나 모르겠네. 만일 오더라도 구미가 당기는 먹이를 좀 준비해 놔야 될걸세."

무학이 도전을 만나고 와서 던진 말이었다. 안 올지도 모른다는 말을 들으니 후회가 된다. 그냥 내가 가서 와 달라고 직접 부탁을 할 걸 그랬나? 그렇게 며칠을 기다리고 나서야 도전이 집을 나섰다는 보고가 올라왔다. 성계의 반색하는 얼굴에 긴장감이 돈다. 판은 우리가 다 깔아 놓을 테니 쓸 건지 말 건지 결정만 하면 된다고 성계에게 얘기 했다.

군사들을 불러 병기와 깃발을 손질하고, 말도 잘 먹여 두라고 했다. 척후병에게는 도전이 도착하기 하루 전에 알리라고 하였다.

*** 며칠 후 ***

● 성계

햇빛에 반짝이는 병 장기에 눈이 부시다. 며칠간 잘 먹은 말들의 우는 소리가 힘차다. 일러 둔 데로 군사들의 함성은 쩌렁쩌렁 울린다. 도전이 오는 시각에 맞추어 군대를 소집하여 훈련을 시작하였다. 도전이 병영으로 들어오며 군사들을 자세히 살핀다.

"먼 걸음 하셨구려. 오래 전에 조정에서 몇 차례 뵌 적은 있으나 이렇게 단 둘이 직접 만나니 더 반갑습니다."

"미천한 농사꾼을 이렇게 초대하여 주시어 고맙습니다."

인사치레를 몇 마디 하고는 인찬이 이야기를 끌어 나간다. 도전이 이를 이어 전개해 간다. 말을 해 갈수록 인찬의 말수가 줄어 들고 도전이 이야기를 끌어 나간다. 포부가 있다. 말에 힘이 들어 가 있다. 그냥 달변이 아니라 확신이 있는 것 같다. 정치, 경제, 종교, 예술 어느 분야가 나와도 막힘이 없다. 나라를 바로 잡을 책략이 일목요연하다.

학이라고 하더니 독수리 아닌가?

"이만한 군대를 가지고 무엇인들 못하겠습니까?"

느닷없이 정도전이 뜬금 없는 질문을 던진다. 잠시 침묵이 흘렀다.

"그 무엇을 하자고 이렇게 선생을 멀리까지 모신 것 아닙니까? 다음 번 만나면 무엇을 해야 할 지 선생 생각 좀 들려 주십시오. 자, 그 무엇인가를 위하여 건배합시다!"

인찬이 받아 치며 분위기를 바꾼다. 술 잔이 거나하게 돌며 서로 살아 온 얘기 등 가벼운 주제로 이야기를 나누었다. 유배 생활에서 민초들과 어울려 살며 느꼈던 큰 아픔과 소소한 즐거움을 얘기한다. 백성들에 대한 애정이 담겨 있다. 머리에 든 학식만 내세우는 선비가 아니다. 가슴에도 무언가 담겨 있는 듯하다. 마무리 될 무렵 내가 술을 한 잔 따라주며 도전의 손을 꼭 잡았다.

"저랑 같이 그 무엇인지를 해 보시겠습니까?"

"천년 대계를 결의하는 것이 말로써만 되겠습니까? 허허허. 이제 피곤해서 자야겠습니다."

그렇게 뜬금없는 대꾸 한마디하고 자리를 뜬다. 무엇이 더 필요하단 말인가? 직책을 달라는 것인가? 다른 뜻이 있나?

＊＊＊ 다음날 아침 ＊＊＊

"길목의 소나무에 그 동안 못 보던 글이 적혀져 있습니다!"

새벽에 도전은 이미 떠나고 없었다. 놓친 것인가? 아쉽다. 역시 너무 촌이라 생각했을까? 자리나 재물을 약속했어야 했나? 지금이라도 내가 말을 타고 다시 데려와야 되는 것인가? 한참을 고민하고 있을 때 경계병이 와서 보고를 한 것이다.

말을 타고 달려갔다. 소나무에 갓 새긴 것으로 보이는 글이 적혀 있다.

"아득한 세월에 한 그루 소나무,
푸른 산 **몇 만** 겹 속에 자랐구**나**.
잘 있다**가** 다른 해에 **만나**볼 수 있을까?
인간을 **굽어보며** 묵은 자취 남겼구**나**."

나의 호가 송헌(松軒)인 것도 알고 있었네.
옳다구나! 대어를 낚은 것 같다.

*** 몇 시간 후 ***

◎ **도전**

성계의 병영을 떠난 지 서너 식경이 넘었으니 소나무에 새긴 것을 지금쯤이면 발견했겠지.

내가 온다고 미리 준비는 해 놓았겠지만 군사들의 위세나 사기가 만만치 않다. 촌의 부대라고 생각했었는데 중앙군 보다 더 정비가 잘 되어 있는 것 같다. 장병기야 갈고 닦았겠지만 군사들의 눈빛과 군무의 일사 분란함은 금방 되는 것이 아니다.

성계는 말이 별로 없지만 그릇이 큰 것 같다. 길지 않은 시간이었지만 내가 있었던 곳이 막사 안이 아니라 성계의 품안 이었던 것 같은 느낌이었다. 그들의 눈은 빛났고, 세 사람 사이에 흐르는 보이지 않는 끈

끈함은 나까지 끌어 들이는 듯 했다. 인찬은 촌에서 있기는 아까운 인물이다. 핵심을 꽤 뚫는 능력과 임기응변이 강하다. 지란은 성계의 충복이고 전투를 잘한다고 들었다. 오늘 거의 말이 없었지만 오늘 두 번 고개를 갸우뚱 했다. 이해하려는 사람은 고개를 연신 끄떡거린다. 판단하려는 사람은 고개를 때로 갸우뚱한다. 내가 '사병 혁파'와 '신권(臣權) 강화'를 논할 때였다. 어떤 사람인지는 아직 감이 안 잡힌다. 무학은 안 보이던데 성계와는 무슨 관계일까?

해 볼만 할 것 같다.

자, 이제 곧 다가올 그 때의 무엇인가를 위해 준비해야지.

[2020년 여름: 사건 23일 후]

◆ 형사 강철

급히 신림동 CCTV를 다시 꺼내 보았다.

찾아냈다. 걸음걸이와 체격이 비슷한 사람을!

얼마 전 신림동 CCTV를 살펴 볼 때 먼 거리에서 경쾌하지만 무게가 있어 보이는 걸음걸이로 사람들 사이를 민첩하게 빠져 나가는 사람이 있었다. 보통사람들은 판별을 못하겠지만 평생 무술과 같이 살아 온 나는 알 수 있다. 그 때는 저 친구 무술 좀 했구먼 하고 그냥 지나쳤다. 서삼릉 경비의 동영상과 신림동의 CCTV를 보행 분석전문가에게 가져다 보여 주었다.

"두 사람이 같은 보행 습관을 가졌구먼. 체형도 비슷하고. 그러나 같은 사람은 아니라네. 키와 덩치가 비슷한 것 같지만 신체 별 비율과 보폭을 가지고 정밀하게 분석하면 이 쪽 사람이 1-2센티 정도는 더 큰 것 같네. 게다가 한 사람은 발이 일직선을 향하고 있지만, 다른 사람은 약간 벌어져 있어. Q앵글[6]도 미세한 차이가 있고. 그런데 자세와 걸음걸이가 우연히 체질적으로 비슷한 것이 아니라 뭔가 같이 다듬어진 것 같은 느낌이 들어. 예를 들면 같은 생활 습관을 가졌던지, 같은 운동을 했던지……

그나저나, 먼 거리의 짧은 CCTV 영상, 그것도 여러 사람 속에 파묻혀 있던 것을 기억해서 두 사람이 같을 것이다라고 강 형사는 어떻게 잡아내었어? 이 일로 십 년 가까이 밥벌이 한 나도 긴가 민가 하겠구먼. 역시 최정예 형사 눈썰미는 다르네. 대단해. 흐흐흐."

찬이 죽은 신림동과 찬이 도굴하려 했던 태종 태실에 각각 나타난 같은 무술을 했을 법한 두 남자! 우연이라면 너무 기묘한 우연이다. 자세히 돌려 보니 신림동의 그 자는 좌우를 한 번씩 살피며 간다. 그리고 보니 시선이 위쪽을 향하고 있는 것 같다. 지나가는 차를 살피는 것이라고 생각했었는데 그것이 아니라 CCTV들의 위치를 점검하였던 것 아닐까?

이 사건이 나를 쉽게 놔 주지 않을 것 같은 예감이 문득 밀려온다. 흡사 학창시절 시험을 앞두고 무협지를 보면서 몇 번이나 다음 페이지까지만 보자 하면서도 결국은 새벽이 될 때까지 마지막 페이지마저 다 봐 버리던 그런 느낌이랄까?

*** 그날 저녁 ***

"오빠가 웬일이유? 나한테 전화를 다 하고?"

---

6) Q앵글: 골격간의 각도를 활용한 체형 분석 기법 중 골반, 정강이뼈, 슬개골 간의 각도를 말함.

경찰대 시절부터 오빠 오빠하며 살갑게 따라 다니는 후배 여형사에게 전화를 걸었다.

"할 얘기가 있는데 지금 좀 만날까?"

"어머! 데이트 신청이야? 지금 바로 갈게. 호호."

술 한잔 거하게 사주며 태종 묘 경비원의 미행을 부탁했다. 휴가도 며칠 내야 하고 밤에 까지 미행해야 하는 위험하고 어려운 일을 부탁 했는데 이번 여름 휴가 때 동남아 여행을 같이 가는 조건을 내걸고 흔쾌히 받아 준다.

3장

얼

힘

I. 말 머리를 돌려라

● 성계

"주상의 의지가 워낙 강하서서 출정일을 늦추는 것을 윤허를 안 해 주신다네. 주상이 한 번 한다고 마음 먹으면 미루지 않는 성격이신 것 자네도 잘 알지 않는가?"

최영 장군이 찾아와 말문을 연다. 집까지 찾아 온 것은 드문 일이다.

그는 나를 항상 신임하여 왔다. 도당(都堂)에서 누군가 나를 비난하는 경우가 있으면 항상 나를 두둔해주었고 많은 가르침을 주었다. 오늘의 나를 그가 키워준 것이다. 땅 소유권 분쟁으로 시작하여 정치적 사건으로 비화되었던 조반의 사건을 처리하는 과정에서 나는 주동자인 염흥방과 임견미, 도길부 등 극히 일부 인물들만 제거하자고 하였으나 최영은 아주 단호하게 이 세 사람이 등용한 신하들을 모조리 내쫓았는가 하면 세 사람의 식솔들을 어린아이들까지 모두 주살하였다. 이러한 과정에서 일부 반대 세력들은 최영과 이성계가 대립했다느니, 사이가 갈라졌다느니 말들이 많았지만, 그에 대한 나의 존경심과 믿음은 변함이 없다. 그가 나를 바라보는 눈에서도 예전과 같은 자상함은 변함이 없다.

"자네가 요동정벌에 성공하면 주상께서는 자네를 요동성의 성주로 앉힐 생각을 하고 계신 것 같더구먼. 함주 촌놈이 대륙의 요동성주가 되다니. 허허허."

무리한 출병을 강요하는 것이 미안한지 왕 핑계를 대며 객쩍은 웃음을 짓는다.

"어차피 요동은 우리 것이었고, 명군은 원나라와 전면전 준비에 요동을 신경 못쓸 것일세. 우리 군사들은 그 동안 왜구와 원나라와의 전투로 전력이 최고일세. 언젠가는 꼭 해야 할 일이니 더 미룰 것 없이 이번 기회에 오백 년 고려 무사들의 숙원을 자네와 내가 해치우세. 게다가 자네는 잠깐이었지만 요동을 정벌한 경험도 있지 않은가. 우리가 요동정벌에 나서야 하는 것은 고려 역사의 필연이라네."

내가 별 반응을 하지 않으니 이야기를 이어간다.

"자네가 상신한 4대 불가론은 전술적으로 나도 어느 정도는 이해하네. 하지만 이건 전투가 아니라 전쟁일세. 국가의 백 년 대계를 결정지을 전략적 결정이지. 위험이 안 따를 수 없네. 하지만 이번 기회를 놓치면 다음 기회는 아마 나와 자네가 이미 이세상에 없을 때 일지도 몰라. 하지만 그 때 자네와 나 같은 명장이 있을 것이라고 누가 장담할 수 있겠나. 요동만 정벌이 되면 백 년 동안 명나라는 고려를 쉽게 넘볼 수 없을 거야."

"예. 알겠습니다. 장군님 명을 받들어 출정하겠습니다."

주저할 명분이 없다.

최영 장군이 무엇인가를 더 말하려는 듯 하다가 자리를 차고 일어난다. 문을 막 열고 나가려다 멈칫하고 뒤를 돌아 보며 한마디 던진다.

"성을 공략하다가 여의치 않으면 그냥 돌아 오게나. 자네를 잃는 것은 싫다네. 내 나이 벌써 칠순을 넘겼네. 내가 죽은 뒤에는 자네가 고려를 지켜야 될 것 아닌가?"

문밖까지 배웅을 하고 돌아 오니 지란이 벌써 방문 앞에 서 있다가 바로 뒤쫓아 들어 온다.

"예정대로 출정해야 하겠네. 주상께서 나를 요동성주에 앉히시겠다 하시는구먼. 허허."

아버지 같으신 분. 내가 스물 여섯 살에 아버님이 돌아 가신 후 나는 가장으로 또 만호의 장으로 외롭게 살아 왔다. 남이 보기에는 늘 내가 여유롭고 자신 있게 결정을 내리는 것 같아 보였겠지만 중대한 결정을 해야 할 때면 가끔은 누군가가 내 대신 결정을 해 주었으면 하는 생각이 들었었다. 최영 장군이 그런 분이다.

* * * 그 날 저녁 * * *

■ **지란**

출정 일은 정해졌다. 어차피 한 번은 겪어야 될 일이다. 명나라의 무리한 조공 요구와 철령위 설치사건으로 명에 대한 위기감과 적대감이 팽배하다. 불패의 무장 출신인 최영은 고구려의 옛 영토까지 회복하려는 야심을 가졌던 것이 분명하다. 죽기 전에 이 일을 해 내고 싶을 것이다. 그것은 고려가 고구려의 후신임을 자처하면서 고구려의 옛 영토까지 회복하고 싶어 했었던 태조 왕건 이래로 국가 최고의 과제 아니었던가? 게다가 성계가 있다.

최영이 굳이 성계의 집에까지 와서 이야기 한 것은 더 이상 왈가불가 하지 말란 의미일 것이다. 우왕은 성계를 못 믿는다. 성계의 위세가 점점 강해 지는 것에 불안감을 느끼고 있을 것이다. 요동정벌이야 그 동안 여러 차례 이야기 되어 왔지만 우왕으로서는 성계를 견제하고자 하는 목적도 있으리라. 실패하면 자연스럽게 성계의 위상은 약화된다. 성공하면 요동성주라는 그럴듯한 자리를 주어 명분을 챙기면서 성계를 변방으로 밀어내어 중앙 정계에서 멀어지게 하려는 계산일 것이다.

우왕의 장인이자 후견인인 최영 입장에서는 머리가 복잡할 것이나, 요동정벌이라는 무인으로서의 대망과 우왕의 입장을 고려한다면 요동정벌 결정이 당연할 것이다. 요동성을 정복할 승산이 낮지는 않다. 왕이 굳이 장마철에 가라고 하는 이유 중 하나일 것이다. 그의 입장에서는 정벌 성공 가능성을 낮추고자 할 수도 있다.

최영 장군을 정벌에 못 가게 하는 것도 성계와의 연결 고리를 끊고자 하는 의도 일 것이다. 최영 장군과 성계와의 관계가 부자지간 같다는 얘기는 이미 대신들 사이에서는 공공연히 도는 말이다. 성계의 최영 장군에 대한 존경심은 절대적이다. 현재까지는 약이지만 미래에는 독이 될 것이다. 계산은 복잡해지지만 어쨌든 이번 요동 정벌은 성계에게는 큰 전환점이 될 것이다.

인찬이 제안한 요동정벌 4대 불가론을 조정에 올려 놓은 것은 잘 한 것 같다. 장수가 전쟁을 앞두고 구차하게 무슨 변명을 하겠느냐고 성계가 반대했지만 대외적으로 이번 정벌이 우왕과 최영의 결정이란 것을 확실히 해 두는 것이 좋고, 만일 정벌이 실패하더라도 핑계거리를 만들어 놔야 한다.

[2020년 여름: 사건 25일 후]

◆ 형사 강철
후배 형사로부터 미행 이틀 만에 별 일 없다고 중간 보고가 왔다. 미

행에 회의적인 듯 짜증난 소리를 하길래 꼭 무슨 일이 있을 것이라 간신히 다독였다.

타살 일 수도 있다는 생각이 들기 시작한다.

만일 타살이라면 CCTV의 인물이 범인이고 서삼릉 경비원은 공범일 가능성이 있다. 또 누가 있지? 김 교수일 가능성은? 승진 논문을 못 채워서 똥줄이 타고 있다고 했다. 그렇다면 혹시 단순 갑질이 아니라 박찬의 논문을 가로채려 했고, 더 나아가 뒷탈을 없애기 위해 찬을 아예 해 치우려 했을 수도 있지 않나? 교수가 청부 살인을 했을 수도 있지.

생각이 너무 나가는 것 같아 주춤했지만, 김 교수의 스타일로 보아서 그렇지 않을 것이란 100% 보장도 없다. 세상에는 별일들이 다 벌어지지 않는가? 1%의 가능성이라도 포기하지 말라고 경찰대학시절에 수도 없이 들었다.

수사의 격언이 떠오른다. "누가 범인인가만 자꾸 묻지 말고, 왜 범죄를 저질렀을까를 먼저 생각하라."

*** 다음날 ***

김 교수가 오늘도 자리에 앉아 나를 맞이한다.

'왜'라는 것을 알기 위해 얘기를 끌어내려면 김 교수의 경계심을 풀어 주어야 한다.

"지난 번은 제가 여기저기 근거 없는 소문만 듣고 좀 무례하지 않았나 염려 됩니다."

"이제야 나에 대해서 제대로 알아 보고 왔나 보군요."

애써 웃음을 짓지만 얼굴은 굳어 있다.

"제가 몇몇 주위 사람들을 더 탐문해 보니 김 교수님에 대한 평이 좋더라고요. 제가 불만이 있는 학생들 얘기만 듣고 오해를 했던 것 같습니다. 교수님께 사과도 드리고, 겸사겸사 찬의 논문 내용에 호기심도 나고 해서 찾아 뵌 것입니다. 사실은 저도 역사를 전공했습니다. 학교 다닐 때 공부는 별로 안 했습니다만. 흐흐."

"아, 그래요? 같은 역사 학도라고 하니 반갑구먼. 하하."

지난 번과 달라진 나의 태도에 의아해 하는 표정이지만 경계심은 좀 풀린 것 같다.

고등학교 선배로부터 들은 얘기는 안 하는 것이 좋다. 내가 자신에 대해 많이 알고 있다는 것을 눈치채면 방어적으로 바뀔 것이다.

"논문 내용이 무엇이었는지 좀 말씀해 주시겠습니까?"

고개를 갸우뚱하며 말이 없다. 어떻게 하는 것이 유리할까 계산하고 있겠지.

"교수님께서 박찬을 열심히 지도하셨다 하니 그 내용을 꿰차고 계시지 않습니까? 논문 내용이 수사에 참고가 많이 될 것 같아 여쭙는 것이니 좀 자세히 설명해 주시면 고맙겠습니다만……"

교수가 좀 더 침묵한 후 거드름을 피우며 말을 떼기 시작한다.

"허어, 그렇게 간곡히 부탁하니 얘기해 주지요. 주제는 조선건국사의 재해석이었습니다. 처음에는 왠 당치도 않은 주제냐, 조선 건국에 대하여는 이미 수백 권의 책과 수천 건의 논문이 나와 있는데 또 뭘 쓰려고 하느냐 했지요. 굳이 쓰겠다고 하여 얘기나 들어보자 시작했는데 얘기를 들을수록 그 친구의 이야기에 빠져 들게 되어 그 날 같이 밤을 꼬박 세었지요." 물을 한 모금 마신다.

"사실 조선 건국의 역사에는 상식적으로 앞뒤가 안 맞는 부분이라던지 미심쩍은 부분이 많기는 하지요. 이건 조선 건국을 깊이 연구한 사람이라면 어느 정도는 누구나 느끼고 있을 거고요. 깔끔하지 않은 스토리,

그리고 몇 가지 핵심적인 의문들을 찬은 물고 늘어진 것입니다."

이럴 땐 맞장구를 쳐 주어야 한다.

"그 의문점들이 어떤 것이었습니까? 궁금하군요."

"이 친구의 논점은 크게 3가지 입니다.

첫째, 위화도 회군의 의문점입니다."

⊙❀ 1388년 5월 25일: 쉬촤도 출병 한 달 후 ❀⊙

■ 지란

"쏴…… 쏴…… 우르릉 쾅!"

출정한지 이십일만에 위화도에 도착 한 후 또 열흘이 지났지만 계속 내리던 비는 오늘도 멈추지 않는다. 물에 휩쓸리거나 목재에 깔려 죽거나 다친 부상자들이 계속 늘어나고 있다. 역병도 퍼지기 시작했다. 이렇게 며칠 더 지나가면 죽도 밥도 안된다. 강을 건너 요동성에 닿더라도 오 만 군사 중 수천 명이 부상병인데다가 이미 지친 군사들을 데리고 이긴다는 보장이 없다. 성계는 꿈적도 안하고 있다.

성계에게 돌아가자는 말을 하려고 계속 기회를 보고 있으나, 성계의 눈빛이 워낙 단호해서 섣불리 얘기 할 수가 없다. 철수 장계를 올렸으나 조정에서 받아 들이지 않은 상황에서 성계의 생각은 지레짐작을 할 수는 있다. 답답하다. 밤늦게 인찬을 찾아 갔다.

"형님, 언제 오시나 기다렸소." 여유 있게 빙긋 웃으며 나를 맞이 한다.

"이거 큰 일이구먼. 언제까지 기다릴 수도 없고."

"이미 늦긴 했지요. 사나흘 전에 회군령을 벌써 내렸어야 하는데, 그 사이에 또 수 백 명이 부상을 당했으니. 쯧쯧."

인찬이가 남 말 하듯이 내 뱉는 말에 부아가 치밀어 올랐다.

"이보게, 아우님. 강아지 먼산 보고 짖듯이 얘기하면 어떻게 하나!"

인찬이 내 곁으로 바짝 다가 오며 소리를 낮추어 말한다.

"형님도 성계 형님에게는 말씀을 못드리는게요? 웬만한 것은 성계 형님이 형님 말을 잘 들어 주지 않소."

"이게 웬만한 일인가? 섣불리 얘기 했다가 성계 형님의 입에서 아니라는 말이 나오면 정말 끝장이네. 자네도 알지 않는가! 성계 형님이 한 번 뱉은 말은 다시 주어 담지 않는 것을."

"조민수 장군!"

느닷없이 인찬이 좌군도통사의 이름을 거론한다.

"뭐?"

"조민수 장군을 움직입시다. 조 장군은 성계 형님을 견제하기 위하여 같이 출정하긴 했지만 명목상으로는 최고 자리 아닙니까?"

"어떻게? 조 장군은 지금 자기 책임은 아니라는 듯 강 건너 불구경하듯이 보고만 있지 않나."

"조 장군은 명예욕이 많고 상황 변화에 빠르게 변신하는 사람입니다. 이를 이용해 봅시다."

"허어, 이사람 공연히 일을 더 키우는 것 아닌가? 조 장군에게 잘 못 이야기 했다가 성계 형님이나 개경으로 말이 들어가면 경을 칠 텐데."

"그러면 형님은 다른 방법이 있거나 하시오?"

"정도전이나 정몽주를 움직이는 방법은 없을까?"

"정도전은 성계 형님의 마음을 움직일 수 있는 그릇이 못되오. 몽주가 회군에 찬성한다 하더라도 성계 형님은 임금의 명을 어기는 것에 찬성 하지 않을 것이요. 만일 계속 진군하라고 조언한다면 불가역적 상황이 될 것입니다." 할말이 없다.

"이래 죽으나 저래 죽으나 마찬가지 형국이요. 잘되면 모두 살 수 있고, 잘못되면 곤장 맞아 죽을 놈이 칼 맞고 죽을 것이니 매 한가지 아니겠소. 그저 이 아우와 같이 어찌 해 봅시다. 조 장군이라고 아무 생각 없이 그냥 있지는 않겠지요. 조 장군은 형님이 만나 보는 것이 좋을 듯 합니다. 제 말보다야 형님 말이 무게가 더 나가니까요. 흐흐흐."

내 등을 툭툭 두드리며 장막 밖까지 배웅한 인찬이 미소를 띠며 고개를 끄떡인다. 그래, 어차피 다른 방도도 생각나지 않는다.

＊＊＊ 다음날 ＊＊＊

■ **지란**

술 한 병을 들고 밤 늦게 조 장군의 막사를 찾아 갔다.

"이 야밤에 왠 일이시오?"

"맘 고생이 심하실 것 같아 술이나 한 잔 올리려고 왔습니다."

"맘 고생이야 이성계 장군이 나보다 더……. 허허."

명목상이긴 하지만 최고 책임자로서는 할 말이 아니란 것을 자신도 알아채고 말끝을 흐린다.

술이 몇 잔 오고 간 후에 말을 꺼냈다.

"장군님, 이렇게 병사들이 속속 드러눕는 상황으로는 요동정벌이 가능하겠습니까? 최적의 상태로 가도 정복 할까 말까 한데 이를 어쩐답니까?"

"흐음."

조 장군의 얼굴이 어두워지며 헛기침을 한다.

"이성계 장군의 우군이 주력군이라고는 해도 좌도통사인 장군이 결국 최종 책임자가 될 수뿐이 없지 않겠습니까? 출정식에서 장검을 직접 받은 것도 장군이십니다. 요동에서 싸우다 죽거나 패전 장수가 되는 것 보다는 일단 돌아가서 상황을 보고 재기를 노려야 되지 않겠습니까? 이성계 장군이야 우직해서 그냥 어명만 따를 것이지만 조 장군은 좀 더 넓게 보시는 분이시니 이 위기를 넘기고 나라를 구하셔야 되지 않겠습니까? 만일 승리한다 해도 그저 개선 장군일 뿐이지만 패하면 목숨이 위태로우시지요."

"음……" 입술을 꾹 다문다.

"아니, 이거 제가 주제넘게 말씀 드렸습니다. 하도 장군님이 힘드실 것 같아 말씀 드린다는 것이 도를 넘었습니다. 죄송합니다."

여기까지다. 이 정도 덫이면 걸려들 것이라는 나의 판단이 맞기를 바랄 뿐이다. 뭔가 더 얘기 하고 싶은 것 같은 조 장군을 뒤에 두고 나왔다. 비는 더 거세지고 있었다.

그래, 이왕 오던 거 며칠만 더 세게 내려다오.

[2020년 여름: 사건 26일 후]

◆ **형사 강철**

김 교수가 슬쩍 나를 훑어 보고는 이야기를 이어간다.

"위화도 회군은 가히 조선 건국의 첫발자국이라 할 수 있는 대반전의 사건이었죠. 따라서 위화도 회군이 어떻게 결정되고 진행되었는가를 안다면 그 후에 벌어지는 일들을 좀 더 정확히 이해할 수가 있겠지요.

먼저 요동정벌의 계기에 대한 가설들이 많이 있습니다. 그 중에 가장 유력한 설은 최영이 이성계의 세력을 약화시키기 위하여 일부러 장마철에 적은 병력으로 출정을 강행했다는 것이지요.

그러나 그간의 둘 사이의 관계를 돌아 보면 이 가설은 가능성이 희박합니다. 최영 장군은 이성계가 정적들로부터 공격을 받을 때마다 매번 이성계를 옹호 해 주었고, 황산대첩에서 개선한 이성계를 문무백관들을 데리고 성 밖까지 나가 융숭한 환영을 해 줄 만큼 이성계를 아꼈습니다.

　　그리고 나라에 충성스럽고 백성을 아끼던 최영 장군의 그간의 행적을 볼 때 자기가 죽은 후에 고려의 국방에 대한 걱정을 안 했겠습니까? 자기의 후계자로 삼을 이성계를 제거 할 생각은 안 했으리라 봅니다. 태조실록에 보면 개경함락 후에 이성계와 최영이 손을 마주 잡고 눈물을 흘렸다는 이야기도 나오지요. 그렇다면 이성계가 회군 후에 왜 최영을 반역죄로 몰아 처형까지 하였을까 하는 것은 또 다른 의문점이긴 합니다.”

　　“이성계도 최영을 아버지 같이 모셨다는 얘기도 있지요.”

　　내가 맞장구를 쳐 주니 김 교수의 얘기가 좀 빨라져 간다.

　　“또한 가기 전부터 회군을 결정 했는지, 아니면 장맛비란 우발적 변수를 만나 어쩔 수 없이 했는지 하는 논쟁이 있습니다. 그 이후 전개되는 상황에서 실마리를 찾을 수는 있습니다. 미리 결정하고 떠났다 하기에는 그 행보가 너무 느립니다.

　　이십일이 걸려 위화도에 도착, 위화도에서 보름 머문 후에 개경까지 돌아 오는데 열흘, 모두 합쳐서 총 한달 반이 걸렸습니다. 너무 오래 걸렸지요.

　　당초 회군을 마음 먹었으면 위화도까지 안가고 회군하는 것이 훨씬 승률을 높였을 것입니다. 명분을 쌓기 위해서 시간을 썼다 할 수도 있지만 예나 지금이나 성공한 거사는 혁명으로 칭송받지요. 전쟁의 귀재 이성계라면 쓸데 없는 명분때문에 공격시기를 늦추지는 않았을 것입니다.”

*** 며칠 후 (위화도 회군 전날 밤) ***

¤ 인찬

오늘도 비가 계속 쏟아지고, 병사들은 도강 작업을 하다 쓰러져 나가는 일 외에는 아무 일도 생기지 않는다. 지란이 조 장군에게 운을 띄었고 조 장군이 오늘 새벽에 성계의 막사에 들렸다는 보고는 받았으나 조용하다. 안달이 나서 전전긍긍하고 있는데 지란이 왔다.

"아우님, 성계 형님에게 같이 가야겠네."

아무 말 없이 앞서가는 지란을 따라 갔다.

성계는 군장을 한 채 탁자에 앉아 있었다.

"어서 오시게나, 아우님들."

반기는 웃음 속에 고뇌의 빛이 살짝 비추는 듯 하다.

"이렇게 비가 계속 온다면 어떻게 하지요?" 내가 먼저 운을 띄웠다,

"뭘 어떻게 해. 계속 도강 작업을 해서 요동으로 가야지. 어명인데."

"군사들을 저렇게 무의미하게 죽게 내버려 두실 것입니까?"

"군인이 어명을 받아 작전을 수행하다 죽는 것인데 무엇이 무의미 하단 말인가!"

"이것은 적의 칼에 죽는 게 아니라 그냥 군사들을 수장 시키는 것입니다. 장수들도 속수무책인 이 상황을 무척 어려워하고 있습니다."

"그런 모든 어려움을 겪어 내는 것이 장수들이 할 일 이니라."

말에 힘이 좀 빠져 있는 것 같긴 하다. 이때다 싶어 말을 던졌다.

"아니, 조 장군은 아무리 핫바지 총수라지만 이럴 때에는 자기도 나서서 군사들 돌보고 사기도 북돋아 주어야 하는 것 아니겠습니까? 형님에게만 모든 책임을 넘기는 것 같이 가만히 있기만 하다니."

침묵하던 성계가 불쑥 말을 꺼낸다.

"조 장군이 말일세……"

나도 모르게 성계 쪽으로 다가 갔다.

"예? 조 장군이 뭐요?" "……." 아무 말이 없다.

"형님, 조 장군이 어쩐다 말입니까?"

"아닐세…… 그냥 해 본말이야."

이리저리 얘기를 유도를 해 보아도 뭔가 말을 할 듯 하다가 멈춘다. 조 장군과의 사이에 무슨 얘기가 있었던 것은 맞는 것 같다. 결국 입을 열지 않는 성계를 두고 지란과 같이 내 방에 돌아 왔다.

"뭔가 두 사람 사이에 얘기가 있었던 것 같긴 한데 결국 조 장군도 실패 한 것 아닌가?"

"그런 것 같습니다만 성계 형님의 목소리가 예전과 달리 힘이 좀 빠져 있는 것 같지 않았습니까?"

"지금 조금 흔들려 가지고 될 일인가? 일각이 여삼추인데."

서로 한탄만 하다가 지란이 비장한 목소리로 말한다.

"다른 수가 없구먼. 내일 아침에 우리 같이 가서 목을 걸고 성계 형님께 단도직입적으로 다시 말씀 드리세. 자네가 가기 싫으면 나 혼자 가고."

"의형제의 피의 결의가 무엇이겠습니까? 당연히 제 목도 같이 걸어야지요."

"그래. 사나이 목이란 이런데 걸라고 달고 다니는 것이지. 껄껄."

■ **지란**

인찬의 막사에서 돌아와 내일 아침에 성계에게 어떻게 이야기 할까 전전반측하고 있는데 바깥에서 소란스런 소리가 나고, 곧 병이 들어와 보고를 한다. "탈영병들이 잡혀 왔습니다."

최근 들어 하루에 서너 명 정도는 탈영병이 생긴다. 잡히면 물론 그 자리에서 목을 친다.

"몇 명이나?"

"오늘은 열 명이 넘습니다. 그것도 같은 부대의 군사들이랍니다."

자리에서 벌떡 일어나 나갔다. 예삿일이 아니다. 같은 부대의 열명이 넘는 군사가 같이 탈영했다면 이것은 조직적 탈영이다. 그렇지 않아도 조금씩 무너져 가고 있는 군기가 크게 흔들릴 조짐이 보이고 있는 것이다.

열한 명이 결박 당한 채 무릎을 꿇고 앉아 있다.

그 맨 앞에 하급 부대장인 건이 앉아 있다.

"아니 건이가 왜?" 내심 깜짝 놀랐다.

건이란 놈은 사지가 다 잘려 나가더라도 목숨이 살아 있다면 적을 이빨로 물어서라도 마지막까지 싸울 놈이다. 졸병에서 시작하여 십여 년 동안의 충성과 용맹으로 부대장까지 올라간 군인중의 군인이다. 그런데 이놈이 왜?

"십오 명이 탈영을 했습니다. 열 명은 잡았고, 세 놈은 추적하다 사살했으며, 두 놈은 아직 소재 파악이 안 되었습니다." 초소장이 보고를 한다.

"열 명? 여기 지금 열한 명이 있지 않은가?"

"건은 탈영한 것은 아니나 탈영병이 모두 자신의 군사들이라고 하며 제 발로 왔습니다." 건이 고개를 숙이고 있다.

건이 부하들이 도망을 쳤다? 건은 부하들에게 높은 신망을 받고 있는 놈이다. 맹장 밑에 약졸 없다고, 건의 부대는 그의 지휘에 일사 불란하게 움직이던 가장 용맹스러운 부대이다. 그런데 집단으로 건을 배신하고 탈영을 했다? 뭔가 이상하다.

곧 이어 성계가 나타났다. 성계도 건이 무릎을 꿇고 있는 것을 보고 적이 당황한 눈빛이다. 보고를 듣고는 건에게 다가간다. 성계와 건의 눈이 마주친다.

"네 이놈. 건아! 어찌하다가 네 놈 부하들이 집단으로 탈영을 했단 말이냐!"

성계의 호령에 건은 아무 말 없이 고개를 숙인다.

"이놈아! 무슨 말이라도 해 보거라!"

보통 탈영병인 경우 간략한 심문 후에 그 자리에서 목을 바로 쳐 버린다. 그런데 오늘은 가장 믿었던 부대의 집단 탈영이라는 것에 성계도 분노를 넘어 궁금해 하고 있는 것이다. 도대체 무슨 일이 있었던 것인가?

건이 고개를 들어 성계를 바라본다. 삐쩍 마른 얼굴에서 눈빛만이 형형하게 빛나고 있다. 그 눈빛은 패잔병이나 탈영병의 비겁한 눈빛이 아니다.

"장군님. 죄인이 무슨 말이 있겠습니까? 죽여 주십시오."

"다 네 부대원들이 맞느냐?" "예."

"도망간 것을 알았느냐?" "예."

"그놈들을 잡으러 갔느냐?" "아니옵니다."

"그럼 도망치는 것을 알고도 그냥 놔두었단 얘기냐?" "예."

대답은 명료 하다. 일말의 망설임도 없다.

"그런데 왜…… 네가……"

말을 못 잇는 것은 도리어 성계이다.

"도대체 왜 그랬는지 말을 좀 해 보거라!"

성계의 말투가 어느새 달래는 투로 바뀌었다. 알고 싶은 것이다. 물론 힘들었겠지만 힘든 것으로 따지면 이것보다 더 힘든 전쟁을 수십 차례 같이 겪으며 늘 맨 앞에 서서 적을 쳐 나가던 건이 아닌가?

"장군님!!"

건이 띄엄띄엄 말을 시작한다. 장대비 속에서도 그의 목소리는 쩌렁 쩌렁하다.

"장군님을 따라서 십여 년간 전쟁터를 누볐습니다. 그 많은 전쟁에서 저는 단 한 번도 두려움에 도망가지 않았고 목숨을 구걸하지 않았습니다."

성계를 비롯한 모든 사람들이 묵묵히 듣고 있다. 그의 말이 사실 인 것을 누구나 알고 있기 때문이다.

"제 부하들도 저를 따랐습니다. 그 동안 단 한 명도 자신의 목숨을 부지 하기 위하여 제 명을 거역했던 병사도 없었고, 더더욱 도망 갔던 병사는 단 한 명도 없었습니다."

찢어지는 천둥 소리에 잠시 멈추었다 다시 말을 잇는다.

"어제 제 휘하의 봉이, 경이가 나무에 깔려 죽었습니다. 여기 제 뒤에 있는 진이는 다리에 못이 박혀 계속 썩어 들어가 다리를 잘라내야 할 판입니다. 민이는 물에 빠져 혼수상태에 있다가 간신히 살아 났지만 눈동자가 풀려 제대로 거동도 못하고 있습니다. 돌이는 역병에 전염된 상태이나 치료가 안 되어 언제 죽어 나갈 지 모르는 상황입니다. 그리고 명이는……"

그렇게 자기 뒤에 꿇어 앉아 있는 부하 한 명 한 명의 이름을 부르며 그 상태를 설명해 간다.

"병사로서가 아니라 지휘관으로서 어찌 해야 할 지 번민 했습니다. 전투도 아니고, 이런 천재지변 속에서 군사들을 이렇게 희생시키는 것이 옳은가? 이런 상태로는 어차피 전장터에서 제대로 싸울 수도 없는 저 놈들을 이렇게 대책 없이 노숙을 시켜서 죽어가는 것을 보고만 있어야 하는가? 나는 누구의 무엇을 위해 무엇을 하고 있는가?

이제까지 저는 장군의 명이 곧 하늘의 명이기에 장군의 명을 따랐습니다. 그리고 장군은 항상 저희 병사들을 아껴 주셨습니다. 늘 저는 장군과 같은 지휘관이 되겠다고 생각해왔습니다. 그러나 이번에는 혼란스러웠습니다."

숨을 한 번 고른 후 이제는 쉬어 버린 목소리로 계속 이어간다.

"무엇이 옳고 그른지 판단이 안되었습니다. 그래, 어차피 전장 터에서 싸울 수도 없고 이러다가 여기서 덧없이 죽을 놈들 집에 가서 몸이나 추리게 해주자. 가다가 반 이상은 죽겠지만 그래도 가족을 볼 수 있다는 희망을 잠시라도 가지게 하자. 그렇게 생각했습니다. 그래서 제가 보냈습니다."

비와 천둥소리만이 정적을 메워주고 있다.

"군령을 어긴 저의 목을 베어 주십시오. 다만 어차피 놔둬도 죽을 이 놈들을 저와 함께 이 자리에서 처단하지 말아주시기를 마지막으로 간청 드립니다. 이놈들과 같이 황천길을 가기가 두렵습니다."

"네 놈이 이 일로 목을 내 놓아야 한다는 것을 몰랐더냐!"

성계가 절규한다.

"그간 군령을 어긴 병사들의 목이 잘려 나간 것을 많이 본 제가 그걸 몰랐겠습니까? 단지, 많은 부하들의 희망의 무게가 저 하나 목숨의 무게 보다 더 크다고 생각 했을 뿐입니다."

건이 허리를 편 채 눈을 감고 목을 앞으로 내어 놓는다. 모두의 눈이 성계에게로 쏠린다. 성계는 눈을 감고 바위처럼 서 있다. 그 모습을 더 보고 있을 수 없어 내가 명령을 내렸다.

"이놈 목을 당장 베어라!"

옆에 대기하고 있던 병졸이 칼을 뽑아 들었다. 그러나 멈칫거린다.

"뭐하고 있느냐!"

내가 칼을 뽑아 들고 내려치려는 순간 성계가 일갈을 날린다.

"멈추시오!"

그리고 성큼성큼 건이 앞으로 다가와 칼을 뽑아 든다.

"건아. 십여 년을 너와 같이 전쟁터를 누볐지만 그 긴 세월 동안 내가 이 말을 못해 주었구나. 너는 고려 최고의 전사였다. 그 상으로 너의 부하들 목숨은 살려 주겠다. 잘 가거라!"

말이 끝남과 동시에 성계의 칼날이 건의 목을 단칼에 베었다.

피 보라 속에 건의 표정은 밝았다.

[2020년 여름: 사건 26일 후]

◆ **형사 강철**

물을 한 모금 또 마시며 김 교수가 말을 이어 간다.

"그리고 회군 결정 당시에 개경을 공격할 맘을 먹었었는지 하는 것도 또 하나의 쟁점이 될 수 있습니다. 이 쟁점은 회군 속도에서 일말의 단서를 찾을 수도 있습니다.

평양에서 위화도까지 200㎞거리를 20일 걸려 갔지만, 회군 시에는 위화도에서 개경까지의 400㎞를 열흘 만에 진격하였지요. 거의 4배의 속도로 진군한 것입니다. 일부에서는 빠른 속도의 회군을 근거로 회군 결정 시에 이미 개경을 치자는 마음을 먹었을 것이라 합니다.

그러나 정벌군 규모가 군사 5만과 군마 2만필이라 하였고 여진족 기마병 천여 명도 합류하였다 하니 기병만을 데리고 개성 공격을 해도 충분한 군사력이 되었을 것입니다. 몽골의 기마병은 하루에 100㎞를 진군하였다 합니다. 통상 군마의 속도는 시속 40㎞라고 하니, 쉬지 않고 달릴 수만 있다면 위화도에서 개경까지 단순 계산상 10시간이면 올 수 있는 거리입니다. 물론 현실적으로 말을 중간 중간 쉬게 해야 하고 군사들 숙식을 해결하며 왔다 해도 맘만 먹으면 사오 일이면 족히 올 수 있는 거리이지요.

개경을 치겠다고 당초 마음을 먹었었다면 속도전의 명수인 이성계가 열흘이나 걸렸을 리가 없지요. 그렇게 생각해 보면 이성계의 군대가 중간에 머뭇거렸을 것이란 가설이 더 설득력이 있습니다. 사냥을 하며 천천히 회군하였다고 쓰여 진 사료도 있습니다. 회군 결정 이후 개경 공략 결정까지 시간이 걸렸단 얘기이지요. 개경 함락 이후의 횡보를 보더라도 초기에는 조민수에게 정국 주도권을 빼앗겼던 것에서 유추할 수 있듯이 정권을 잡겠다는 뚜렷한 의도가 있었던 것 같지도 않고요.

자, 말씀 드린 이유 등으로 당초 회군하여 개경을 칠 의도는 없었다고 가정할 수 있고, 장마 때문에 회군했다는 것도 그 간 전쟁터에서 보여 준 이성계의 불굴의 의지나 충성심으로 볼 때 그 이유로서 너무 약합니다. 장마철이라는 것은 모두 알고 간 것이니 어느 정도 대비는 하였을 것이고, 역병이 돌았다고는 하지만 환자 규모 등 이에 대한 상세한 자료가 없는 것을 볼 때 회군의 명분을 위하여 훗날 과장되었을 수 있지요. 그렇다면 과연 무엇이 이성계로 하여금 회군을 결정케 했을까?"

◦◦◦ 1388년 5월 22일: 쉬화도 회군 당일 ◦◦◦

*** 새벽 ***

● **성계**

건의 목을 베고 막사에 들었으나 잠이 안 온다.

"부하 놈들에게 잠시라도 희망을 주고 싶었습니다!"

"병사 열 명의 희망보다 저 하나의 목숨이 더 크지 않다고 생각 했을 뿐입니다!"

건의 말이 계속 귀에 맴돌다 내 가슴으로 파고 든다.

흡사 칼날 위에 외다리로 서 있는 것 같던, 진격과 회군 사이의 팽팽하고 아슬아슬한 번민의 균형축의 한쪽을 건의 피맺힌 절규가 무겁게 때린다.

누구의 무엇을 위하여 지금 나는 무엇을 하고 있는가?

쉴새 없이 퍼붓는 천둥소리가 군사들의 아우성으로 들린다. 그 아우성에 백성들이 절규 하는 소리가 섞여 든다.

*** 잠시 후 ***

■ 지란

"지란 아우. 돌아 갈 준비를 하시게!"

건의 마지막 눈빛이 밤새 아른거려 자는 둥 마는 둥 하며 성계에게 어떻게 회군을 설득시킬 것인가를 고민하고 있는 와중에 성계가 급히 부른다 하여 옷도 제대로 못 추리고 달려 왔는데 성계가 의외의 명을 내린 것이다.

곧이어 장수들 회의가 소집되었다. 돌아간다는 성계의 말에 환호를 올린다. 조 장군은 못마땅하다는 듯한 표정을 짐짓 짓고 있다. 병사들이 순식간에 집결하였다. 성계가 말에 올라타 병사들에게 일갈한다.

"우리는 개경으로 돌아간다. 하늘이 아직 때가 아니라고 하시니 뜻을 잠시 접겠지만 반드시 멀지 않은 날에 요동을 정복할 것이다. 고려의 자랑스런 병사들이여! 지금의 용맹을 잊지 말고 칼 갈기를 게을리 하지 말아라. 내가 다시 너희들을 부르는 그 때는 우리가 저 압록강을 건너 요동정벌을 이루는 때이니라!"

"와!!! 와!!!"

병사들의 함성이 우레와 같아 억수로 쏟아 지는 빗소리 조차 먹어 삼킨다.

역사의 반전은 이렇게 예기치 않은 것에서 오는 것인가?

인찬은 성계가 회군 결정을 하자마자 즉시 2차 회군요청을 조정에 보냈다. 후일의 명분을 위하여 필요할 것이니라.

*** 다음날 ***

"형님, 이제 어쩌실 것입니까?"

"뭐를 어쩔 거란 말인가? 전하와 최영 장군 앞에 무릎을 꿇고 이실 직고한 후 명에 따르면 되는 것이지." 성계의 거침없는 답변이다.

가장 예상되었지만 정말 듣기 두려웠던 대답이다.

이 상황을 어떻게 풀어가야 할 것인가? 회군 이후에 벌어질 상황을 그동안 곰곰이 생각해 왔었다. 결론은 한가지. 개경을 치고 들어가 정권을 잡는 것이 성계와 고려를 살리는 유일한 방법이다. 그런데 성계는 단신으로 어전에 들어 목을 스스로 내어 놓겠다고 마음 먹은 것 같다. 벌어져서는 안 될 일이다. 이미 뜻을 맞춘 인찬과 같이 조민수를 찾아 갔다.

"조 장군님, 이제 어떻게 하실 것입니까?"

"그걸 왜 나에게 묻나. 이성계 장군이 다 생각이 있어 회군한 것 아닌가?"

"이성계 장군은 그냥 어전에 들어 회군 보고를 하고 명을 기다릴 것으로 보입니다만……"

"그래?" 애매모호한 표정이다.

조 장군은 아직 상황에 대하여 확신을 못 가진 것 같다. 어차피 결정은 성계가 한 것이고 일이 잘 못 되어도 자기가 실질적인 최고 지휘관이 아니란 것을 조정에서도 알고 있을 테니 자기는 큰 책임 질 일이 없다는 생각을 하고 있을 것이나 그 후 폭풍을 가늠하긴 힘들리라.

"결정은 같이 하신 것 아닙니까? 어찌 조 장군을 놔 두고 이성계 장군이 독단적으로 이 큰 일을 결정했겠습니까?"

"뭐라고?" 조 장군이 발끈한다.

"회군 결정 전날 새벽에 조 장군께서 이성계 장군 막사를 찾으셨다는 얘기는 병사들 사이에서도 알만한 놈들은 다 알고 있던데요?"

"으음……" 조 장군의 얼굴이 일그러진다.

"저희는 조 장군님의 명을 기다리고 있겠습니다."

막사에서 나온 후 바로 인찬에게 얘기했다.

"나는 군사들 군기를 재정비하고, 조정의 상황을 살피겠네."

인찬이 바로 이야기를 받는다.

"저는 회군 결정을 조 장군이 했다는 소문을 은밀히 병사들과 인근 백성들에게 전파하겠습니다. 아울러 조 장군이 군대를 이끌고 개경으로 진입하여 최영 장군을 치고 군 통수권을 쥐어 잡을 것이라는 소문도 아주 조심스럽게 돌도록 만들 계획입니다."

"그리하시게. 이왕 할 바에 이런 소문들이 최영 장군 입에서 나왔다는 얘기도 있다고 은근히 덧붙이시게나."

화살은 이미 시위를 떠난 것이다. 이만한 군사들이면 개경을 굴복 시키는 것은 일도 아니다. 성계의 결단 만이 남아 있는 것이다. 성계도 백성과 고려를 위한다는 명분으로 설득한다면 쉽게 뿌리치지는 못 할 것이다. 문제는 최영 장군이다. 성계의 고민은 최영과 백성, 그 사이의 선택일 수도 있다. 그 사이를 메워줄 징검다리가 바로 조민수이다.

*** 며칠 후 ***

● 성계

군사들을 쉬게 하고, 몇 명 부하들과 사냥을 다녀 오니 지란과 인찬이 기다리고 있다.

"형님, 얘기 들으셨습니까?"

"동네 처녀가 애를 가졌다는 얘기 말인가? 허허…… 이 사람들, 뜬금 없이 물으면 어찌 알겠나?"

인찬이 바짝 다가 와 큰 소리로 귓속말을 한다.

"지금 병사들과 백성 사이에 조 장군이 최영 장군을 치고 군권을 장악 하겠다는 생각을 하고 있다는 소문이 은밀히 돌고 있답니다. 처녀가 애 뱄다는 얘기보다 더 재미있지 않습니까? 흐흐."

인찬은 심각한 화제를 무겁지 않게 논의할 수 있게 만드는 재주가 있다. 농과 허당한 이야기를 섞어 가며 중요한 화제의 변두리를 치다가 핵심으로 파고 들어감으로써 무엇이 주제이고 무엇이 부제인지를 애매모호하게 하여 결론이 어떻게 나던 간에 서로에게 심리적 부담을 주지 않는다. 그러나 그는 핵심을 놓치는 법은 없다. 나나 지란에게는 없는 재주이다.

"허어, 새가 등 뒤집고 날아간다는 것 같이 무슨 황당한 말인가? 조 장군이 그럴 위인도 못되지만, 내 동의 없이 부릴 수 있는 군사라고 해 봐야 실제로는 수천 명 남짓뿐이지 않은가."

"저희로서도 조 장군의 본심이야 어떻게 알겠습니까만 어쨌든 그런 소문이 있는 것은 사실입니다. 제가 몇몇 장수들로부터 직접 들었다니까요."

"다 근거 없는 낭설이니 신경 쓰지 말고 그런 얘기 하는 놈 있으면 경을 치거라."

"그렇게 하겠습니다만, 이 소문이 개경에도 들어 간다면 조정에서 가만히 있겠습니까?"

그래 문제가 되긴 하겠지.

"내가 가서 자초지종을 고하면 될 것이니라."

회군 결정도 조 장군이 주도했다는 등의 이런 저런 소문이 있다는 얘기를 인찬이 주절주절 늘어 놓길래 피곤하다 하고 내 보냈다. 조 장군이 회군 전날 새벽 내 막사를 찾아와 회군하자는 뜻을 넌지시 먼저 내비쳤으니 소문이 전혀 근거가 없는 것은 아니나 그런 소문이 왜 났을까? 특히 최영 장군을 치겠다는 소문은 도대체 어디서 나온 얘기 일까? 진짜 조 장군이 역심을 품은 것은 아닐까? 바로 조 장군을 찾아 갔다.

조 장군의 표정이 밝지 않다. 단도직입적으로 물었다.

"조 장군, 장군이 최영 장군을 치겠단 소문이 돈다던데 들어 보셨습니까?"

조 장군 표정이 일그러진다. 대답을 안 한다.

"들으신 게군요. 도대체 그런 소문이 왜 난 것입니까?"

"그렇지 않아도 이 장군과 상의하려고 했는데 마침 잘 오셨습니다. 저도 그 소문을 듣고 깜짝 놀라 사람을 풀어 알아 보았는데, 내가 예전에 최영 장군에게 혼난 적이 있다는 것과 연관시켜 이번 기회에 그 앙갚음을 풀겠다는 얘기가 있습디다. 이성계 장군도 겪었다시피 고려의 장수치고 최영 장군께 혼 나 보지 않은 사람이 있습니까? 일부 간신배들이 군 수뇌부를 이간질 시켜 최영 장군의 힘을 약화시키려고 지어 낸 소문이 아닐까요? 더 기막힌 것은 내가 역심을 품었다는 얘기까지 돈다고 합니다. 이런 기가 찰 일이 있습니까? 그런데 말이지요……"

말을 잠깐 끊었다가 내 곁에 바싹 붙으며 얘기한다.

"이런 소문들을 최영 장군이 일부러 흘렸다는 얘기도 있습니다."

"뭐요? 그럴 리가 없지 않소. 나나 조 장군이나 최영 장군의 사람인 것은 그 뿐만 아니라 모두 알고 있는 사실인데 최영 장군께서 자기 사람들에게 뭐 하러 그러시겠소?"

"글쎄 그렇긴 합니다만, 곰곰이 생각해 보면 또 그럴 수도 있겠다는 생각이 듭니다. 이 장군과 제가 이미 고려 군의 반이 넘는 정예 병력을 가지고 있습니다. 이 병력으로 개경까지 밀고 들어간다면 못 할 것도 없지요."

"아니 장군, 무슨 그런 말도 안 되는 얘기를 하십니까?"

나의 말에 대꾸도 안하고 조민수는 계속 말을 이어간다.

"우리가 그럴 것이라는 얘기가 아니고, 문제는 최영 장군이 그렇게 생각할 수도 있다는 것입니다. 만약 장군이 최영 장군이라면 어떻게 하겠소. 일단 병력을 해체 시켜야 하겠지만 그것이 쉽지가 않지요. 귀경길에 갑자기 수만 명의 군사를 해체하면 그 혼란이 걷잡을 수 없겠지요. 일부 군대는 통제를 벗어나면 독자적으로 지방 토호나 왕족과 결탁하여 반란을 일으키지 않을 것이라고 장담할 수도 없습니다.

그래서 일단 군사들을 개경까지는 데리고 가되 그 전에 나와 이 장군과의 관계, 나와 병사들과의 관계를 흔들어 놓으려고 하겠지요. 우리 병사들 중에도 최영 장군을 따르는 병사가 적지 않으니 내가 최영 장군을 치겠다는 소문이 돌면 군심이 둘로 나누어 질 것이고 최영 장군을 따르는 군사들이 자연스레 우리를 견제 할 수 있는 것이지요.

최영 장군이 아무리 우리를 자기 사람이라고 생각하더라도 나라를 뒤흔들 일에 개인적인 감정에만 의지해서 일을 결정 하겠습니까? 견제 장치를 해 놓는 것은 당연한 일이지요. 더 나가서 보면 나와 이 장군의 목을 베기 위한 명분 쌓기로 볼 수도 있고요. 허허허."

나와 자기를 이간질 시키기 위하여 최영 장군이 소문을 냈을 것이라고 넌지시 얘기하는 것인데, 최영 장군이 일부러 그런 소문을 진짜 내지는 않았겠지만, 최영 장군이 이 소문을 듣는다면 내가 생각했던 방향과 사태가 달리 흘러갈 것 아닌가? 문득 불안감이 엄습해 온다. 조 장군이 자꾸 '우리'란 표현을 쓰는 것도 귀에 거슬린다. 지란을 불렀다.

"조 장군과 얘기해 보았는데 상황이 더 심각해 질지 모를 것 같으니 대책을 세워야겠네."

"그래서 일단 형님 가족들에게는 피하라고 벌써 전갈을 넣어 놓았습니다."

지란이 의외의 말을 한다.

"아니 왜 피하라고 했소?"

"회군 소식을 듣자마자 조정에서 형님의 가족을 수배하라는 명이 떨어졌다고 합니다. 방원이 형수님과 둘째 형수를 모시고 피신하겠다는 연락은 받았습니다. 일찍 손을 쓰지 않았다면, 지금 전부 옥사에 있을 것 입니다."

"자네 쓸데 없는 일을 했구먼!"

아아, 내 의도와는 상관 없이 일이 이렇게 꼬여 가는가?

◇ **방원**

지란 숙부가 보낸 연락병이 온몸에 땀과 먼지를 뒤집어 쓰고 왔다.

"회군을 하였으니 어머님들을 모시고 빨리 피신하라는 말씀이십니다."

기어코 일이 그렇게 되었구먼. 이런 일이 올 수도 있겠다 싶어 간단하고 요긴한 물건들은 이미 싸 놓았다. 바로 어머니께 말씀 드리고, 포천에 있던 둘째 어머니도 같이 모시고 피신 길에 올랐다.

피신길이라 숲속 길을 가니 걸음이 더디다. 게다가 둘째 어머니가 낳은 어린 이복 동생들을 같이 데리고 가니 길이 어렵다. 다행히 지란 숙부가 몇 군데 미리 손을 써 둔 곳을 찾아가 숙식을 해결하였다. 둘째 어머니는 어머니와 같이 가니 어색해 하고 조심을 하는 태가 역력하다. 이제 예닐곱 살 된 방번, 방석이 칭얼대는 것을 돌보느라 정신이 없는 와중에도 어머니 앞에서는 꼭 예를 차리고 대접을 해 드렸다. 나도 둘 다 칭얼댈 때는 한 놈을 안고 얼러주곤 했다.

방석이가 방번이 보다 한 살 아래이지만, 잘 칭얼대지도 않고 더 어른스러워 기특하다. 먹을 것이 있으면 꼭 자기 엄마 입에 먼저 넣어 준 후에야 자기가 먹는다. 방번이 음식을 보자 마자 게걸스럽게 먹는 것과는 정 반대이다. 같은 씨, 같은 배에서 나온 아들들이 어떻게 저렇게 다를까?

비가 억수로 온다. 어머니의 지친 모습이 역력하다. 가파른 산길을 오를 때 말이 사람을 태우고는 올라 갈 수가 없어서 내가 어머니를 업고 우비를 씌어 드린 다음 걸어 올라 갔다. 어머니가 이렇게 가벼운 줄 몰랐다. 하기야 어머니를 처음 업어 본 것이니. 어머니가 처음엔 어색해 하시더니 조금 지나니 내 목을 꼭 감싸고 계신다.

"방원아." 어머니가 다정한 목소리로 부르신다.

"예, 어머니. 힘들더라도 조금만 참으세요."

"네 등에 업혀 있으니 참 좋구나. 우리 아들이 언제 이렇게 다 커서 어미를 업고 다니네. 호호." 어머니가 이 와중에 웃으신다. 오랜만에 들어보는 어머니의 웃음소리이다. 어머니를 잡은 팔에 더 힘을 주어 꼭 잡아 드렸다. 내 목을 감싼 어머니의 손이 더 세게 나의 목을 끌어 안는다.

그날 밤, 숲 속의 오두막에서 밤을 지냈다. 어머니 방에 들어갔다.

"어머니, 좀 어떠세요?"

"이제 좀 괜찮다. 걱정 말고 가까이 와 보거라."

가까이 가니 내 손을 꼭 잡으신다.

오랜만에 느껴보는 어머니의 손길이다.

"방원아, 그 동안 이 어미한테 섭섭한 것 많았지?"

"아. 아니요. 무, 무슨 말씀을요."

그러나 내 표정을 못 읽으실 어머니가 아니다.

"내가 너를 살갑게 대해 주지 못해 나도 후회 할 때가 많았단다."

그 동안 나도 궁금했다. 왜 어머니가 나에게는 따뜻하게 대해 주시지 않았는지.

"그러시면 왜? ……" 하다가 말을 그쳤다. 아파 누워계신 어머니께 지금 여쭈어 볼 말은 아닌 것 같다. 어머니가 눈을 살포시 감는다. 눈물이 뺨을 타고 내려와 하얀 베개를 적신다.

"앞으로도 가끔 이 어미 손을 잡아 주면 좋겠다."

"예, 그럼요. 앞으로는 자주 찾아 뵙고 손 잡아 드릴께요."

"그래, 고맙다. 아들, 내 아들아……"

그 동안 어머니께 쌓였던 섭섭함이 장대비에 소금 녹듯이 녹아 버린다.

어머니 이제부터는 제가 가까이서 잘 모실게요.

[2020년 여름: 사건 26일 후]

◆ **형사 강철**

교수가 쉼 없이 얘기를 풀어 나간다.

"또한 조정에 회군을 요청한 일의 전개를 보면 쉽게 이해가 안 되는 부분이 있지요. 위화도 도착이 5월 7일 입니다. 6일 후인 5월13일에 1차

회군 요청을 조정에 하였으며, 1차 요청 후 10일이 지난 5월22일 두 번째 회군 요청을 하였는데, 바로 그 날 회군을 하였습니다. 뭔가 이상하지 않습니까?

위화도 도착 후 6일만에 회군 요청을 할 정도로 위화도 상황이 급박하였다면 2차 요청을 좀 더 일찍 하던지, 아니면 회군을 좀 더 일찍 했어야 정상이지요. 열흘을 기다렸고 또 2차 요청을 보냈다는 것은 당초 조정의 명에 반한 회군 의도가 없었다는 것을 또 한 번 얘기 해 줍니다. 그러다 2차를 보낸 날 회군을 결정했다는 것은 뭔가 이성계의 갑작스런 결정을 유발하였던 결정적 사건이 있지 않았을까요?

또한 이성계와 조민수 간에 어떤 대화들이 오고 갔을까 하는 것도 궁금합니다. 조민수는 이성계를 감시하기 위하여 같이 간 것이라고들 하지만 명목상 요동정벌군의 최고 지휘관이었고, 산전 수전을 다 겪은 장수였습니다. 흔히들 위화도 회군의 조연 정도로 치부를 하지만 회군 직후에 구세력들을 신속히 규합하여 최고 권력을 잡았던 것만 보아도 그렇게 호락한 인물은 아니었지요.

아아, 궁금한 것이 너무 많아 타임머신만 있으면 전 재산을 털어서라도 그 당시의 위화도로 돌아가 도대체 실제로 무슨 일이 벌어졌었던 것인지 직접 보고 싶은 심정입니다."

김 교수가 갑자기 시계를 보더니 벌떡 일어난다.

"강의가 있어서 오늘 여기까지만 해야겠군요."

"스토리가 홍미 진진 합니다. 다음에 또 찾아 봬도 될까요?"

"늘 바쁘긴 하지만, 굳이 오겠다면야 뭐……"

스토리가 예상했던 것보다 구미가 더 당기네.

2. 판쐴이

*** 며칠 후 ***

■ 지란

"형님, 고려를 또 피바다로 만드시렵니까? 형님 한 사람 목을 내 놓는 다고 이 사태가 마무리 되겠습니까? 형님이 아무리 어전에서 진심을 이야기한들 조정의 간신배들이 그냥 있겠습니까? 형님 목숨뿐 아니라 가족은 물론이거니와 형님의 충성스럽고 용맹한 장수들도 수십 여명은 목이 달아날 것입니다. 그 장수를 잃은 부하들은 오합지졸이 되겠지요. 한마디로 고려의 군대가 와해가 되는 것입니다. 외적이 온다면 누가 나가 싸우겠습니까?

형님 목숨은 이미 개인의 목숨이 아니라 고려 백성들의 목숨이 된 것이외다. 그 아무리 최영 장군이라 한들 형님의 목을 벤다면 군사들이 따르겠습니까? 백성들의 믿음도 이미 최영 장군에서 형님으로 다 옮겼다고 하더이다. 형님은 이제 백성의 희망이 된 것이란 말이오. 형님을 잃고 고관대작에게 가렴주구를 당한다면 백성들이 무슨 희망을 갖고 이 땅에서 어찌 살아 가겠습니까? 그냥 군대를 몰고 가서 내친 김에 간신들도 솎아내어 나라를 진짜 구해 봅시다. 이건 하늘이 형님에게 내려준 사명일 것입니다."

성계가 한참 동안 말이 없다가 입을 뗀다.

"최영 장군은?"

백성을 구하겠다는데 반대할 명분을 찾을 수 없을 것이다. 또 이미 사태는 돌이킬 수 없는 상황이 되어 버린 것을 성계라고 모르겠는가? 역시 마지막 걸림돌은 최영 장군이야.

"제거해야 합니다. 그가 남아 있는 한 사태는 계속 풍전등화입니다. 그가 관직에서 박탈된다 해도 목숨이 붙어 있는 한 그의 영향력은 무시할 수 없을 것입니다. 형님의 군대가 아니면 모두 최영의 군대라고 볼 수 있지요. 고려의 군대는 최영의 군대와 성계의 군대로 나뉘어 언젠가는 서로 피를 보겠지요. 어찌되었든 고려 전력의 적어도 삼 할 정도는 괴멸된다고 봐야죠. 그리고 기득권 세력을 청산할 수가 없습니다. 여러 왕족들이나 불만 세력들은 호시탐탐 최영 장군을 앞세워 반기를 들 기회만 볼 것이고, 조정은 분란이 일어날 것입니다."

"최영 장군을 살릴 수 있는 방안을 가져오면 진군을 하겠소."

풀 수 없을 것 같은 숙제를 성계가 나에게 내 준다. 자기와 최영 장군의 관계를 누구보다도 잘아는 내가 이렇게 자기를 외통수로 몰아 부치는 것이 야속하다고 느낀 것일까? 아직도 그는 최영을 넘어 설 생각이 정녕 없는 것인가? 무슨 답을 갖고 가야 하나? 결국은 조민수가 문제이다. 조민수가 최영의 목을 치자고 하면 말릴 명분이 없다. 그런데 조민수는 관철 시키려 할 것이다. 최영이 살아 있는 한 그는 죄책감과 불안감으로 살아가야 할 것이기 때문이다. 며칠뿐이 안 걸리는 개경까지가 왜 이렇게 멀지? 최영 장군 때문에 또 시간을 지체할 수는 없다.

*** 다음날 ***

성계 앞에 무릎을 꿇었다. 성계가 당황한다. 단둘이 있을 때 내가 그의 앞에 이렇게 무릎을 꿇은 적은 없었기 때문이다.

"형님, 최영 장군의 목숨을 지키지 못한다면 제가 즉각 조민수의 목을 치고 나서 저도 형님의 칼에 목을 내 놓겠습니다. 아니 제 스스로 목을 치겠습니다. 아둔한 아우로서는 이 말씀 외에는 지금으로서는 당장 방도가 생각나지 않습니다."

성계가 눈을 지그시 감고 침묵한다. 내 말의 진정성을 의심하지는 않으리라. 성계가 직접 개입하는 경우는 촌각을 다투는 대사를 앞두고 조민수와 대립 각을 세워야 할지도 모르는 위험이 크다. 조 장군과의 담판으로 갈등을 일으키느냐 나를 믿어 보느냐 하는 판단일 것이다.

한참 만에 눈을 뜬다. "그래, 지금 가세나."

역시 성계답게 결정을 한 후 신속하게 움직인다. 어쨌든 최영 장군을 살려야 하는 중책은 고스란히 내 몫으로 돌아 왔다. 민심을 고려하여 최영 장군의 처단은 후에 때를 기다리자고 조민수를 일단 설득해 놓고 시간을 벌어 보자. 최영을 제주도로 귀양 보내고 수족 십여 명의 목을 치면 되지 않을까? 목숨은 살리더라도 최영은 반역자로 살아야 할 것이다. 최영을 앞세워 반기를 드는 세력을 차단하여야 한다.

* * * 회군 열흘 후 * * *

성계의 결단 이후 개경으로의 진군 속도가 빨라졌다. 부상자들은 놔두고 기마병 중심으로 진격속도를 높였다.

개경으로 가는 길에는 백성들이 나와 환호로 반겼다. 내 지아비, 자식이 살아 돌아왔고, 그 동안 군량 공급에 텅 빈 헛간에 이제 조금은 입에 풀칠할 정도는 넣어 둘 수 있겠다는 희망이 생긴 것이다. 성계의 모습은 중도 회군한 장군이 아니라 흡사 개선 장군 같이 보였다. 군사들의 사기는 충만해 있고, 주둔하는 인근 마을의 백성들이 부족한 음식을 그나마 모아 주어 배도 채우고 하여 체력도 회복 되었다.

개경 진군 명령을 받은 군사들은 망설임 없이 말을 박차고 달려 나갔다. 성계 본진이 북문, 나는 남문을 치고 들어갔다. 최영 장군이 선두에서 방어군을 독려 하였지만 싸움은 반나절 만에 끝났다. 고려의 중앙군 병사가 이번 요동 정벌군에 편입되어 개경을 지키는 병사는 많지 않았다. 그리고 전의가 별로 없었다.

*** 개경 함락 당일 오후 ***

● **성계**

최영 장군이 군사들에게 잡혀 온다.

그런데 그 모습은 휘하 졸개를 이끌고 오는 것같이 당당하다. 졸개들은 나를 보자 눈치를 보며 최영 장군의 팔꿈치를 잡는 시늉을 한다.

그 모습을 보고 내가 대노하여 소리쳤다.

"네 이놈들! 장군께 예를 갖추지 못할까!"

평소에 나의 화난 모습을 보지 못했던 주위의 군사들이 벌벌 떨며 어찌할 줄 모른다. 달려 가서 최영 장군에게 고개를 숙여 군례를 갖춘 후 손을 덥석 잡았다.

"장군님! 장군님!" 불러만 대지 말을 못 잇겠다.

아버지같이 모셨던 분을 적으로 체포하고 나서 무슨 말을 하랴. 최영 장군이 도리어 달래듯 말한다.

"이 장군, 노고가 컸겠구려. 마음 고생은 또 얼마나 했겠나."

오랜만에 보는 아비 품에 안긴 아이같이 나의 눈에서 눈물이 맺히기 시작한다.

"이제 나의 시대는 가고 자네의 시대가 왔구먼. 평생 고려를 지키기 위해 불철주야 노력은 했지만 우매한 생각과 굼뜬 몸으로 해 놓은 것 없이 나이만 먹었네. 이제 자네에게 이 무거운 짐을 넘기게 되니 오히려 미안하구먼. 자네가 백성과 고려를 구해 줄 것이라 믿네."

"장군님!!" 이제는 흐르는 눈물을 주체 할 수 없다.

"자, 이제 그만 가야지!" 내 손을 뿌리치며 최영 장군이 말한다.

"예? 어디로 가시겠습니까? 제가 모시겠습니다."

"자네가 직접 같이 가기는 좀 그럴 것 아닌가? 허허허."

"아닙니다. 제가 직접 댁으로 모시겠습니다."

"죄인이 어디 집으로 가나. 형장으로 바로 가야지."

"장군님, 형장이라니요? 장군님은 그 누구도 손 하나 까딱 못합니다. 걱정 마십시오."

"허어, 자네 다 큰 줄 알았는데 아직 내가 자네에게 가르쳐 줄 게 남아 있어 다행이구먼. 자네는 늘 패한 적장을 살려 주고 싶어 했지. 그러나 이번엔 안 된다네. 그 적장이 만만치 않아서 살려두면 큰 후환이 생길 것이라네. 허허허."

"……"

"자네는 백성을 위하여 회군을 하였고 나는 이를 저지하려 했던 적폐란 말일세. 혁명을 하려면 적폐의 수장의 목을 먼저 쳐야 되는 것이야."

"장군님이 적폐라니요. 온 백성이 존경하는 장군님께서 어찌……"

"전쟁터에서 장수가 말이 많으면 안 된다네." 하며 성큼성큼 걸어간다.

"장군님!" 최영 장군의 앞을 가로 막았다.

"제발 이러지 마십시오. 분노야 십분 이해합니다만 이렇게는……"

내 눈을 지그시 바라본다. 눈빛에 분노는 없다.

"이보게, 이 장군. 이것이 나를 위해 자네가 마지막으로 해 줄 수 있는 것일세. 패전한 장수가 어찌 목숨을 부지하며 해를 볼 수 있겠는가? 이 늙은이가 살아서 앞으로 벌어질 피 잔치를 어떻게 보란 말인가? 이 나라를 분열로 끌고 갈 간신배들이 내 이름을 팔아 젖히며 순진한 백성들을 선동하는 것을 참고 보고만 있으란 말인가? 자네의 마음을 살피지 못하고 자기 욕심만 챙기는 이 늙은이를 이해 해 주고, 혹시 나에게 마음의 빚 진 것이 아직도 남아 있다면 그 빚은 백성들에게 갚으시게나. 병석에 누워 추하게 죽지 않게 해 주면 고맙겠구먼. 허허허."

말을 마치고 등을 돌려 성큼 성큼 성문을 향해 걸어간다. 성벽 너머로 송악산이 보인다. 그런데 지금 그 산 보다 더 거대한 산이 송악산을 품으며 멀어져 가고 있다.

∗∗∗ 한달 후 ∗∗∗

■ **지란**

결국 성계에게 약속한 것을 못 지켰다.

유배지에 있는 최영 장군이 나를 부른다 하여 찾아 갔었다. 초췌하지만 형형한 눈빛은 여전했다.

"이보게, 지란 장군. 내가 부탁이 있어 이렇게 번거롭게 오라고 부탁했네."

"예, 무슨 말씀이시던 다 들어드리라는 이 장군의 명을 받고 왔으니 말씀하시죠."

"허허, 그럼 잘 되었네." 미안스럽던 표정이 안도의 표정으로 바뀐다.

"나를 더 이상 구차하게 만들지 말게나."

"아, 예…… 거처를 좀 더 좋은 곳으로 옮기도록 하겠습니다."

"허어, 이 사람 왜 지레 얘기를 돌리는가? 자네는 자네가 해야 할 몫이 있지 않나?" "……"

혹시나 예상 했던 말을 하려는 것 아닌가? 두렵기도 하고 기대도 된다.

"내 목을 치게나. 이것이 고려를 위한 유일한 방법이라고 이 장군에게 전해 주시게나. 나의 명예까지 생각해 주면 더욱 고맙고. 하하하. 대 고려군을 호령하던 내가 기껏 감옥에서 굶어 죽었다고 하면 위신이 서겠는가? 내 목을 치지 않는다면 내 스스로 목숨을 끊겠다고 전하게. 삼 일 말미를 주겠네. 어려운 일을 자네에게 부탁해서 미안하구먼. 내 먼저 하늘에 가 있다가 자네가 오면 신선주 한잔 대접하겠네."

돌아와서 성계에게 내 칼을 바치고 최영 장군의 말을 전했다.

"형님, 제 목을 치십시오."

성계 얼굴이 일그러진다. 곧 눈물이 그렁그렁 고인다.

성계의 답을 어찌 기다리고 있을 수 있겠는가? 그건 성계에 대한 고문이리라.

"제 칼은 형님께 맡겨 놓겠습니다."

돌아 나오는 내 마음이 가벼워야 맞는데 왜 이렇게 무거울까……

*** 몇 달 후 ***

● 성계

일이 예상치 않았던 양상으로 흘러가고 있다.

우왕은 폐위되었으나 나의 뜻에 반하여 조민수의 의견대로 우왕의 아들인 아홉 살 창왕이 왕위를 계승하였다. 조민수는 양광·전라·경상·서해·교주도 도통사에 임명되어 실질적으로는 전군의 통수권을 가진 반면 나는 동북면·삭방도·강릉도 도통사에 임명되어 본래부터 지배해 온

작은 지역의 통수권만이 인정된 것이다.

조민수와 그 일당은 우왕이 최영 장군의 협박과 폭정에 따른 희생자라고 왜곡하며 이미 죽은 이인임을 복권시키고자 하였다. 나는 이에 칭병사직으로 강하게 항의의 표시까지 하였다.

홍건적의 난부터 황산대첩 등 큰 전투에서 같이 했었던 조민수가 만만한 인물이 아니라는 것은 알고 있었지만 급변하는 상황을 이렇게 신속히 주도해 나갈 줄은 예상을 못했다. 와해되어 가고 있던 기득권 세력은 최영 장군이 제거되고 혼란한 틈을 타서 중도성향을 보였던 조민수에게 붙어 급속히 모아 세를 불려나가는 저력을 보였다. 공민왕의 부인인 정비가 공식적인 조정의 어른으로써 수구세력을 비호하고 있고 중도 개혁 세력인 이색이 큰 힘을 보태주고 있다. 이대로 흘러가게 놔둘 바에야 내가 뭐 하러 개경을 치고 최영 장군을 가시게 만들었나. 빨리 손을 써야 한다.

*** 보름 후 ***

■ **지란**

성계가 나와 인찬, 도전을 또 불러 모았다.

"그래, 지난 번 이야기 되었던 것은 어찌 진행들 되어 가나?"

성계가 말문을 연다.

도전이 먼저 얘기를 한다.

"조민수에 대한 탄핵 안을 조준이 거의 다 만들었습니다. 적당한 기회를 보아 상소하면 됩니다. 토지 개혁에 대하여 반대한다는 명분만으로는 좀 약해서 부정축재한 것도 자료를 모으고 있으니 곧 완성될 것이고, 두 개가 연달아 터지면 조민수가 버티기 힘들 것입니다."

내가 잇는다. "무관들 사이에 최영에 대한 폄하가 너무 심하다는 공론을 퍼트리고 있습니다. 일단 상소가 올라가면 무관들도 동조하는 상소를 올리도록 조치 해 놓았습니다. 조민수가 더욱 궁지에 몰릴 것입니다. 그러나 조민수를 제거하더라도 이색이 있는 한 수구 세력의 세를 쉽게 꺾지는 못할 것입니다."

"그것은 제가 맡아 보겠소." 도전이 나선다.

"대감이 어찌하려 하오?"

인찬이 묻는다. 도전이 말을 바로 잇지 못한다.

"대감의 스승 아니오. 아무리 지금 가는 길이 다르다 해도 대감이 나서서 이색 대감을 제거하기는 쉽지 않을게요. 방법은 내가 찾아 보겠소." 머뭇거리는 도전을 보며 인찬이 당차게 말한다.

인찬과는 그 동안 논의해 온 계획이 있다. 성계가 알면 반대할 지도 몰라 일이 끝나기 전까지는 둘만이 알자고 했던 것이다. 잘하면 이색뿐 아니라 좀더 깊은 뿌리를 제거 할 수도 있다. 일단 조민수부터 제거한 후에 바로 실행될 수 있도록 차근차근 준비하고 있다.

*** 한 달 후 ***

성계의 측근 들이 모두 다시 모였다.

"자, 이제 조민수는 귀양을 보내긴 했지만 수구파들이 곧 반격해 올 것이기 때문에 빨리 후속 조치를 해야겠소. 지난 번 이색 대감은 인찬 아우가 알아서 하겠다고 하지 않나? 어떻게 되어 가고 있소?"

"우왕이 곽충보, 김저 등과 복권을 하기 위한 반란을 획책하고 있다는 정보가 있습니다. 더 놀라운 것은 그 배후에 이색 대감이 있을지도 모른다는 소문입니다. 확실한 증거만 확보되면 이색 대감은 역모 죄에 해당

하는 것이지요."

"아니, 강릉 촌구석에 귀양가 있는 우왕이 무슨 힘으로 역모를 한 단 말인가? 그리고 이색 대감이 왜 거기 끼어들었나?"

성계가 고개를 갸우뚱하다가 얼굴을 찡그린다. 성계가 더 추궁할까 봐 조마조마 하다. 성계가 도전을 바라본다. 도전은 고개를 숙이고 아무 말도 안 한다. 성계가 마지 못한 듯 얘기한다.

"그러면 확실한 증거를 가져들 오시게나."

그 기회를 놓치지 않고 인찬이 이어 간다.

"이 기회에 우왕과 창왕도 같이 날려 보냅시다. 어차피 역모의 주범은 우왕이니까요."

"어떻게?" 성계가 묻는다.

"폐가입진(廢假立眞)!"

"그것이 무슨 뜻이요?"

"가짜를 폐하고 진짜를 세운다는 말이지요. 우왕을 역모로만 몰아서 는 쉽지 않을 것입니다. 명분이 약합니다. 우왕이 신돈의 아들이란 세간 의 의혹을 이용한다면 일이 쉬어질 수 있습니다. 그러면 창왕은 신돈의 손주가 되는 것 아닙니까? 창왕이 폐위 되고 우리가 왕을 선택하면 수구 세력은 수장을 모두 잃게 되어 힘이 크게 약화될 것입니다. 이때를 이용 해서 우리가 해야 할 일을 본격적으로 합시다."

성계는 말이 없다.

"그리고 내친 김에……"

인찬이 말을 이어가려고 하자 성계가 말을 끊고 한마디 던진 후 일어 나 방을 나간다.

"자, 오늘은 그만 되었소. 논의된 내용을 차질 없이 준비합시다."

남은 세 사람 사이에 침묵이 흐른다.

"아아, 형님은 정말 나라를 갈아 엎으실 생각은 없는 것인가?"

인찬이 탄식을 한다.

*** 1 년 후 ***

◈◈◈ 1390년 봄 ◈◈◈

¤ 인찬

석왕사 회맹의 꿈이 이루어져가고 있다.

우왕과 창왕은 귀양 보낸 후 처단했고, 우리의 뜻대로 공양왕을 세웠다. 이색은 귀양을 보내어 수구 세력은 그 뿌리를 제거 하였다. 이제 성계는 이 나라의 유일한 최고 권력자이다. 고려의 왕이 되는 것이 명분상 어렵다면 새 왕조를 만들면 되는 것 아닌가? 새 나라를 위한 기반 구축을 시작하여야 한다. 지란과는 이심전심으로 새로운 나라를 만들어 성계를 왕으로 추대 한다는 것에 뜻을 이미 맞추었다. 성계는 아직 뜻을 정하지 않은 것 같으나, 뜻을 정할 때까지 기다릴 수 없다. 성계가 달리 길이 없다는 것을 느끼게 상황을 만들어 가야 한다.

지란이 찾아왔다.

"형님, 요즘 뭐 그리 바쁘시오? 이제 큰 장애물들은 다 치웠는데."

"허어, 장애물 모두 치우고 길 다 닦아놔도 마차가 안 지나가려 하는데 다 무슨 소용인가?"

"그냥 이렇게 세월만 보내실 거요?"

"물론 그럴 수는 없지. 백성을 위한 개혁이라고 뭔가 열심히 하고 들은 있지만, 이대로는 한계가 있지."

"아, 우리끼리 말하면 잔소리지요. 그래서 어떤 묘안이라도 있습니까?"

"여론을 만들어야지. 조정 대신들이야 반대하는 세력도 꽤 있겠지만 어차피 갈아탄 배가 강화도로 안 가고 안면도로 간다고 그들이 배에서 뛰어야 내리겠나? 공양왕도 스스로 물러 나도록 압박해야 하겠지. 문제는 백성들의 민심이야. 백성들 사이에서는 아직도 성계 형님은 뛰어난 장수라는 명성만 강할 뿐이지. 일국의 왕으로서의 자질을 보여 주어야 하는데 뭐 좀 빠르고 확실한 방법 없겠나?"

"형님이 사람들 만나러 다닐 때 저는 뭐 편히 술만 마셨겠습니까. 생각해 놓은 것이 몇 가지 있지요. 백성들은 예언이나 신화를 좋아하고 맹신하지요. 서운관에 고서들이 많이 있지 않습니까? 그 중에 단군시대부터 내려왔다는 예언서인 『구변전단지도』란 책이 있지요. 지금 필사를 잘하는 문사를 찾고 있습니다. 그 책에 건목득자(建木得子), 즉 '이씨 성을 가진 사람이 나라를 세운다' 라는 구절을 삽입한 한 장을 끼워 넣고 슬슬 그런 얘기를 여기 저기 흘리면 효과가 있지 않겠습니까? 사람들 발길이 잦은 곳 땅 밑에 성계 형님이 왕이 될 것 이라는 예언문을 심어 놓는 방법도 효과가 있을 것 입니다.

그리고 여기 저기 탐문하고 옛 신화들을 참조 하여 성계 형님의 탄생 신화, 신궁의 이야기들, 왕이 될 꿈 등을 손질하여 그럴듯하게 만드는 것 이죠. 형님도 그런 얘기 많이 갖고 계시죠? 옛날부터 전쟁터를 같이 누비며 있었던 일도 얘기 좀 해 주시구려."

"허허, 자네가 그 동안 놀고 있지만은 않았구먼."

마지막 관문은 정몽주일 것이다. 성계와 몽주 두 사람 사이의 믿음과 존경은 쉽사리 깨기 힘들 것 같다. 무엇이 둘 사이를 그렇게 단단하게 만들었을까? 도전이 직접 몽주를 꼭 설득해 보겠노라 장담하고 갔지만 쉽지 않으리. 끝까지 몽주가 돌아서지 않는다면 이 일을 어찌할까?

*** 몇 달 후 ***

◇ **방원**

사냥을 나갔다 쉬는데, 영규가 한 젊은이를 데리고 와 인사를 시킨다.

"주군, 율이라 합니다. 기억해 두십시오."

탄탄한 몸매에 눈빛이 빛난다.

"그래, 똘똘하게 생겼구나."

율이 절도 있게 무릎을 꿇고 인사를 한 후 돌아 갔다.

"왠 아이요?"

"예전에 어느 마을을 지나는데 왠 어린 놈이 자기보다 한 자는 더 큰 장정들 대여섯 명을 맨 주먹으로 다 때려 눕히더라고요. 그래서 그놈을 거두어 제가 키웠습니다. 무술을 가르쳤는데 그 속도가 빨라 지금은 고려에서 저 놈을 당해 낼 적수가 아마 없을 것입니다. 제가 주군을 위하여 언젠가 목숨을 바치면 저를 이어 주군을 위해 목숨을 바칠 놈이 또 있어야 하지 않겠습니까? 흐흐. 저놈이 무예만 뛰어 난 것이 아니라 똑똑하고 의리도 있습니다."

고맙다. 너의 충성을 무엇으로 갚을꼬?

몇 년 전 아버지가 나보고 영규를 쓰라고 했었다.

"주군, 목숨을 걸고 모시겠습니다." 갑자기 내 앞에 무릎을 꿇고 충성을 맹세하는 영규의 행동을 나는 장난인줄 알았다. 영규는 내가 어릴 때 무등도 태워주고 칼 싸움도 가르쳐 주곤 하였었다. 내가 커 가며 좀 서먹해지긴 하였었지만 격의 없이 형으로 대하던 사이였다.

"형, 장난치지마. 일어나."

그런데 고개를 숙이고 일어나지 않는다.

"그만해."

내가 손을 잡아 일으켜 세우려 해도 그는 일어나지 않는다.

아버지는 그냥 엷은 미소만 지으며 우리를 바라보고 있었다.

"앞으로 저를 형이라 부르지 마시고 그냥 영규라 부르십시오."

그의 눈은 심각하였다.

아버지가 나를 보고 고개를 끄떡였다. 그 순간 이것이 장난이 아니란 것을 알았다. 형이란 호칭을 떼는 데만 한 해가 걸렸다. 그렇게 두 사람은 새로운 연을 맺게 되었었다. 그런 그가 자기 후임 감을 미리 골라 키워온 것이다.

[2020년 여름. 사건 30일 후]

◆ **형사 강철**

혼자 사는 월셋집에 돌아와 라면을 안주 삼아 소주를 마신다. 습관적으로 TV를 켜고 여기저기 채널을 돌리다 보니 한 채널에서 우리나라 역사에 대한 특집 방송을 하고 있다. 채널을 거기에 고정시켰다.

사건이 뇌리에서 떠나지를 않는다. 머리도 식힐 겸 TV에 집중을 하였다. 일제시대에 일본이 우리나라의 역사 말살을 시도했다는 내용이다. 평소 관심을 가졌던 주제이다.

1920년대에 발행된 신문에 실린 최남선의 기고 기사 원본이 화면에 뜬다.

'일본이 1911년 조선 전국을 돌며 한민족 역사와 문화가 담긴 고유 사서 20만권을 수거하여 불태웠으며 1916년 일왕의 칙령으로 조선사 편수회를 조직하여 모든 국력을 동원하여 본격적인 역사를 말살시켰고 이로 인해 우리 단군 역사가 말살 되었다'는 내용이다.

"나쁜 놈들!"

나도 모르게 내 뱉고 소주를 들이킨다. 순간 뭔가 내 머리를 스친다. 잽싸게 TV에 바짝 다가가 신문기사를 자세히 보았다.

"어? 혹시 이거 아닌가?"

찬의 유서와 도굴 시도 후 썼다는 반성문을 핸드폰 사진들에서 급히 찾아 번갈아 보았다. 반성문은 간단히 네 문장으로 되어 있다. 역시 필체는 알아 보기 힘들 정도의 날림체 인데다 폰으로 전송 받은 것이니 선명하지는 않다. 확대해서 보았다.

"그래, 바로 이거야!"

바로 찬의 친구에게 전화를 걸었다.

3. 범의 눈물

◦֍◦ 1391년 8월: 한씨 부인 54세 ◦֍◦

▲ 한씨 부인

장군이 삼군 도통사 자리에 앉았다 한다. 명실공히 고려 제일의 권력자가 된 것이다. 측근에서는 빨리 왕위를 차지하라고 재촉 한다고 하나 장군께서는 마음을 정하지 못한 것 같다.

그런데 내가 오래 못 살 것 같다. 위화도 회군 시에 며칠간 비를 맞으며 야반 도피하면서 몸과 마음을 너무 상했다. 그 때부터 속쓰림과 명치의 통증이 더 심해지고, 그 이후에 불안한 정세 속에서 장군과 애들의 안위로 애를 태우며 밖이 소란해지면 가슴이 벌렁거리는 울렁증까지 생겼다. 이제는 일이 다 끝나간다 생각하여 긴장이 풀리니 온 몸이 더 쑤신다. 이런 저런 약을 먹었지만 며칠 새 급격히 더 악화 된 것 같다. 이대로 죽을 것 같은 예감이 자꾸 든다. 이제 자식들도 다 장성했지만 내가 지금 죽는다면 두 사람이 마음에 크게 걸린다.

강씨!

나한테 윗사람 대접을 깍듯이 하며 내 아들들에게 잘 대해 주었고 내가 아프다니 약재도 보내 주고 했지만 나도 여자인 것은 어쩔 수 없다.

그녀 앞에서는 윗사람으로서의 위엄도 지키고 자애로운 척 했지만, 내심 그 여자를 볼 때마다 느끼는 열등감과 질투는 극복할 수가 없었다. 우선 예쁘다. 나도 젊었을 때는 예쁘다는 얘기를 안 들은 것은 아니었지만 여자 나이 스무 살 차이를 무슨 수로 따라 잡겠는가! 가문도 좋다. 게다가 결혼하자 마자 건강한 아들 둘을 보란 듯이 연이어 생산했다. 장군이 그녀를 보는 눈빛은 나를 보는 눈빛과 달랐다. 복이 많은 여자다.

그런데 문제는 내 감정이 아니라 내가 죽은 후에 내 아이들에게 벌어질 일들이다. 장군이 왕이 되면 강씨가 왕후가 되겠지? 살아 있다면 내가 앉을 자리인데…… 후후.

왕후라는 자리와 강씨의 막강한 가문이 결합된다면 내 아이들보다 더 강한 권력 집단이 될 것이다. 장군도 방번, 방석을 무척 귀여워한다. 오십 살이 다 되어서 난 손자 같은 자식이니 그럴 수도 있겠다 이해하려 해도 가끔 내 앞에서까지 강씨 자식들 얘기를 할 때면 속이 뒤집히곤 했다. 그러면 왕세자가 내 자식이 아니라 강씨 아들이 될 수도 있다. 그렇게 되면 내 아이들의 안위도 장담할 수 없는 것 아닌가? 나의 가슴과 땀과 눈물로 키운 아이들인데 그냥 덩그렇 놓아 두고 눈을 감을 수는 없지 않은가? 그러나 강씨에 대해서 내가 지금 할 수 있는 일이 없을 것 같다. 강씨가 이미 너무 멀리 앞서 가 있다.

그리고 지란!

지란이 없었다면 과연 장군이 이 자리까지 올 수 있었을까? 아니, 아직까지 살아 남을 수 있었을까? 지란이 목숨을 걸고 절체절명의 순간에 자기를 구해 주었다는 말을 장군에게서 네댓 번은 들은 것 같다. 그 뿐만 아니라 그는 자기 의견을 강하게 주장하지는 않았지만 장군이 고민할 때 옆에서 말을 나누며 장군이 미처 생각하지 못한 점들을 스스로 깨닫게 도와 주곤 했었지. 참으로 고마운 사람이다.

그러나 가끔 악몽을 꾼다. 장군과 지란이 피투성이가 되어 서로 뒤 엉겨 싸우는 꿈을.

지란이 늘 장군 뒤에서 별 존재감 없는 듯 보이지만, 나는 안다. 그는 명실공히 장군의 오른팔이다. 장군의 힘은 군사의 힘에서 나온다. 지란의 부하들은 모두 충직한 장군의 부하이다. 한편으론 대부분의 장군 부하들 또한 지란의 부하들이 되었다. 장군의 군사는 동시에 지란의 군사이다. 그러나 나는 그를 전적으로 신뢰할 수는 없다.

이십오 년 전 그날 나와의 일도 당시 정황이 애매했다 하더라도 결국은 자기를 믿는 사람을 배신한 것이나 마찬가지 아니었던가? 그리고 십여 년 전쯤 우연히 들었던 말은 늘 내 맘에 걸려 왔었다.

장군이 황산 싸움에서 화살을 맞고 한달 후쯤 되었던 때이던가?

장군이 개경에 가 있을 때 합동 훈련 차 우리 집 바깥 채에 머물던 지란에게 그의 측근 서너 명이 찾아 와 저녁에 술을 같이 한 적이 있었다. 술상을 잘 차리라고 주모에게 얘기는 해 놓았지만, 혹시 주모가 소홀한 면이 있을까 봐 직접 살펴 보고 인사치레도 할 겸 하여 귀한 술을 들고 바깥채로 찾아 갔었다. 저 자리에 모인 사람들이 앞으로 내 남편의 목숨을 지켜 줄 사람들이다. 방문을 막 들어 가려고 하다가 혹시 불쑥 들어 가는 것이 실례는 되지 않을지 생각이 들어 잠시 멈칫하였다. 안에서 얘기 소리가 들려왔다.

웬 사람이 조금 꼬부라진 혀로 흥분한 듯이 말을 뱉어 내고 있다. 정확히 들리지는 않지만 몇 가지 단어와 맥락이 잡힌다. 듣고 있자니 가슴이 벌렁거린다. 그 때 주모가 안주와 술을 갖고 마당을 가로 질러 오다가 방문 앞에 어정쩡 서 있는 나를 보고 잰 걸음으로 다가온다. 급히 다시 내려가 주모를 잡아 끌었다.

"지금 뭐 중요한 얘기들 하고 계신 것 같으니 돌아갔다가 조금 후에

이 술병하고 같이 갖다 드리게나. 명나라에서 구한 귀한 술이란 말도 전하고. 그런데 부담스러울 테니 내가 왔다는 얘기는 하지 말게."

내 방에 돌아와서도 한참 동안 뛰는 가슴을 진정을 못하였었다.

'당분간? 이성계? 배신? 제거?'

분명 지란의 목소리는 아니었지만 듣기만 해도 오금이 저리는 말들이었다. 장군께 말을 해야 하나 고민도 했으나 정확히 전체 내용을 들은 것도 아니고, 지란의 말도 못 들었다. 만에 하나라도 조금의 오해가 생긴다면 걷잡을 수 없는 불신으로 번 질 수 있다. 허나 어쨌든 지란과 그의 측근들 사이에서 이런 얘기가 나왔다는 것은 충격적이었다.

결과적으로 그 때 장군에게 얘기를 안 하기를 잘 한 것 같긴 하다. 그 이후에도 지란은 변함없이 장군을 위하여 목숨을 걸고 싸웠다. 그러나 사람 맘을 어찌 알리오.

장군이 야생마들을 울타리 안으로 데려오면, 지란은 그 말들을 키우고 조련하는 역할을 해 왔다. 그 말들은 모두 장군의 말들이다. 허지만 막상 말들이 사람을 태우고 달릴 때가 되면 주인 말을 따르겠는가, 조련사 말을 따르겠는가? 장군은 아직도 지란을 철썩 같이 믿고 경계를 전혀 안 한다. 아들들도 지란을 친 숙부 같이 따른다. 지란이 마음만 먹으면 장군을 해하는 것은 일도 아니다. 우리 아이들 또한 위험에 처할 것이다. 그걸 누가 막을 수 있을까? 안 떠오른다. 결국 나뿐이 없나?

지란은 나를 흠모하고 있다. 그의 눈빛과 행동이 나에게 말해주고 있다.

이십오 년 전의 그 날 일도 우발적이었다고 생각은 된다. 그 일 이전과 그 이후에도 외지에 있던 장군의 말씀을 나에게 전해 줄 때 등 그와 단둘이 있었던 적이 몇 차례 있었지만 항상 그는 내가 미안하리만큼 형수로서의 예를 극진히 갖추었고 한 번도 그의 행동이나 눈빛에서 음란

함의 낌새를 느껴 본 적도 없었다. 늘 사돈집 안방에 앉아 있는 사람 마냥 어쩔 줄 몰라 했다. 수만의 군사를 호령하고 적들도 그를 보면 벌벌 떤다고 하던 그의 그러한 모습이 때론 귀엽다고 느낄 때도 있었다. 그는 보통 내 눈을 똑바로 바라 보지는 않았지만 어쩌다 마주친 그의 눈빛에는 설렘이 담겨 있었다.

새삼 그 때 그 날의 일이 몽롱하지만 또렷이 떠오른다.

이십오 년 전 그날, 지란은 눈 깜작 할 사이에 먹이를 채가는 성난 야수 같았다. 난폭하지는 않았지만 저돌적이었다. 성계는 무인 답지 않게 잠자리에서는 점잖았다. 늘 정해진 순서에 따라 나를 가졌다. 입술부터 시작해 차례로 내려온다. 애무를 오래하여 나를 달군다. 하지만 때로는 너무 익숙하여 식상할 때도 있었다. 남자들은 다 그런지 알았다. 그런데 지란은 달랐다.

내가 끝까지 반항했으면 막을 수 있었을까? 혀라도 깨물었어야 하나? 지란의 뺨을 때렸다면 멈추지 않았을까? 아니, 내가 당황하지 않고 엄정히 꾸짖기만 했어도 그는 멈추었을 것 같다. 내가 넘어지지만 않았다면 아예 그런 일은 없었을 것이야. 하지만 지란이 이미 갑자기 야수로 변한 순간부터 어차피 내가 할 수 있는 일은 없었겠지. 품 안에 있는 사슴이 저항한다고 범이 봐 주겠는가? 아아…… 나로서는 최선을 다 했다고 생각한다.

얼마 동안 내가 저항을 했는지 잘 모르겠다. 그가 내 사지를 누르며 내 몸 여기 저기를 탐할 때 까지는 저항을 했던 것 같다. 그러나 결국 그의 완력과 뜨거운 입김에 탈진할 무렵 그와 내가 합쳐 지는 것을 느꼈다. 마지막 저항을 하였으나 그는 멈추지 않았다. '아아, 이제는 어쩔 수가 없구나.' 체념과 더불어 몸에 힘이 쭉 빠졌다. 희미하게 떠진 내 눈에는 파란 하늘을 배경으로 나무들이 흔들리고 있었다. 나의 멍멍한 귀가에는 평소보다 더 거칠고 가쁜 매미 울음 소리가 맹렬히 들렸다.

일이 끝나자마자 지란은 옷섶을 챙기며 동시에 숲 속으로 튀어 들어 갔었다. 나는 황망하여 어쩔 줄 모르고 있다가 가까스로 일어나 옷을 추려 입었었다.

'아마 자기도 큰일을 저지른 것을 깨닫고 황망히 자리를 벗어난 것인가? 그래도 그렇지. 이렇게 나를 버려두고 그냥 가다니.'

잠시 후에 어디선가 여우의 울음 소리 같은 것이 희미하게 들렸다 멀어졌다. 주섬주섬 옷 매무새를 바로잡고 넋 놓고 앉아 있는데 조금 있다 지란이 돌아 왔다.

"향이가 도망을 가더군요. 잡아 물어보니 산골로 아주 들어가서 영원히 그곳에 살겠다고 하며 놔달라고 하여 놓아 주었습니다. 형수님을 물에 빠뜨리게 한 죄로 벌을 받을까 무섭다고 하더군요."

그날 저녁 목욕을 할 때 나의 손톱 밑에 묻어 있던 그의 살갗과 핏자국을 발견하고는 묘한 전율이 느껴졌다. 그날 밤부터 꼬박 며칠 동안을 움직이지 못하였다. 사람들에게는 개울에 빠져서 몸살이 났다고 하였었지만 몸살과는 느낌이 달랐다. 몸이 구름 위에 붕 떠 있는 느낌에 머리는 몽롱했다. 가끔 온 몸에 경련이 스쳐 갔었다. 그때는 모든 것이 꿈이었던 것 같았다. 그래서 그냥 꿈이었다고 생각하기로 했다.

그리고 당시 상황을 목격한 향이가 그 때 혹시 지란에게 죽임을 당한 것은 아닌가 하여 애를 태우며 악몽도 꾸곤 하였다.

그런데 얼마 전에 남쪽 지방에 토산물을 사러 갔던 집안 사람이 장터에서 향이 비슷한 여인을 보았다고 한다. 눈이 마주치자 마자 황급히 사라졌고 나이도 먹었지만 자기를 알아보던 그 눈빛과 걸음걸이가 분명 향이었다고 했다. 향이가 살아 있었던 거야! 지란을 의심하였던 것이 미안하기도 하고 고맙기도 했었다.

이런 저런 것을 다 모아서 생각해 보면 내가 살아 있는 한, 지란이 무슨 일을 벌이지는 못할 것 같다. 그러나 내가 죽는다면 지란의 마음이 어떻게 변할지 확신할 수가 없다. 그는 변하지 않더라도 그의 부하들로부터 거부할 수 없는 압력을 받는다면 그도 어쩔 수 없는 상황이 올 수도 있는 것 아닌가? 만약 그가 장군을 배신한다면 누가 이를 막아낼 수 있을 것인가? 내가 죽기 전에 뭔가 대비책을 마련해 둬야 하는 것 아닐까? 시간이 없는데……

밑을 만한 몸종을 불렀다.

"지란 장군께 상의 드릴 일이 있으니 발걸음 한 번 하시라고 전하거라."

*** 다음날 ***

■ **지란**

형수가 보낸 몸종이 나에게 한 번 들리라는 형수의 말을 전했다. 오랫동안 건강이 좋지 않았지만 심각한 것은 아니라고 알고 있었는데 불현듯 불안해 졌다.

"형수는 어떠한가?"

"며칠 새에 중세가 급격히 악화되셨습니다. 얼굴도 어두워지시고 거동이 꽤 불편하십니다."

보고 싶다. 갈 수만 있으면 당장 달려가고 싶다. 하지만 내일 동북면에 새벽같이 급히 가 봐야 한다. 고려 군과 여진족간에 사소한 일로 싸움이 붙었는데 일이 꼬여 일촉즉발의 사태라 한다. 나보고 가서 해결하라고 성계가 명하였다. 빨리 해결 한 후에 형수를 뵈러 가야겠구먼.

그녀는 나에게 무슨 말을 하려고 하는 것일까? 궁금하기도 하지만 두

럽기도 하다.

✳✳✳ 며칠 후 ✳✳✳

▲ 한씨 부인

남은 시간이 많지 않은 것 같은데 지란이 안 온다. 국경 지역에 갔다 하니 금방 못 올지도 모르겠네. 오지 않는 것이 한편으로는 다행으로 느껴진다. 막상 그를 만나면 무슨 말을 어떻게 해야 할지 아직 정하지 못했다.

장군님과 내 자식들을 끝까지 지켜달라고 그냥 읍소를 할까? 아니, 그것은 너무 생뚱맞다. 내가 지란을 의심하고 있다고 스스로 털어 놓는 격이 될 것이다. 도리어 장군님과 사이가 벌어질 수 있다. 게다가 내가 죽고 나서는 지란의 생각이 바뀌지 않을 것이란 보장이 없다. 다른 확실한 방법을 찾아야 한다.

이런 저런 방법들을 고민 하던 중 방원이 떠오른다.

지란이 방원을 대하는 것은 좀 남달랐던 것 같다. 다른 형제들에게는 격의 없이 대하면서도 유독 방원에게는 엄하게 대했다. 한편 자기 목숨을 걸고 절벽에 걸린 방원을 살려내기도 하지 않나. 방원을 자기 아들로 생각할 지도 모른다. 만일 그 생각에 확신을 준다면 적어도 방원만은 어떠한 상황이 오더라도 지켜주겠지. 강씨 집안에 견제도 될 수 있을 거야. 방원이 장군을 이어 왕좌에 올라 갈 수도 있겠다. 그럼 다른 아들들도 안전하겠지? 좋은 방법 같기는 한데 어떻게 지란에게 언질을 주지? 방원에게는 또 어떻게 해야 되나? 만일 누군가에게 이 얘기가 새 나간다면 감당할 수 없는 큰 사단을 불러 일으킬 것인데. 지란에게만 비밀스런 방법으로 언질을 주고 나중에 필요한 상황이 발생하면 그것을 방원도 알 수 있게 하는 방법은 없을까?

방원으로 생각이 연결된다. 아이들이 많으니 처음에는 위에부터 챙겨 주었었다. 큰 놈들이 자라서 자기 앞가림 하게 되어 다섯째인 방원을 돌봐 줄 차례가 되었다 싶었는데 그 뒤로 또 줄줄이 세 명이나 더 애들을 낳았다. 그러다보니 특히 방원에게는 살갑게 대해 주지 못 한 것이 후회가 된다. 그래서 그랬는지 방원은 나보다 강씨를 더 잘 따랐다. 난 또 그것이 섭섭해서 방원이 자란 후에도 거리감을 느꼈던 것 같다. 그래도 위화도 회군 직후의 피난길에 방원과 서로의 마음을 조금이라도 주고 받은 것은 정말 다행이었다. 방원의 나에 대한 섭섭함이 어느 정도 풀렸기를 바랄 뿐이다.

그런데 내가 괜히 벌어지지도 않을 일에 기우로 도리어 화를 키우는 것이 아닐까? 내가 죽으면 다 끝인데 왜 내가 이런 걸 고민해야 하나. 꼭 내가 우려한 데로 일이 흘러 갈 것이라고 어떻게 장담하겠나. 온갖 상념과 상상이 꼬리를 물고 뒤엉켜서 실타래를 어디서부터 어떻게 풀어야 할지 모르겠다. 아아. 머리가 빠개지는 것 같다. 그래도 만사 불여튼튼이다. 뭔가는 해 봐야 된다. 이 가문을 여기까지 지켜온 나 아닌가? 내가 죽고 나서라도 지켜야 한다.

*** 며칠 후 ***

며칠 간의 고민 끝에 나름의 방법을 찾았다.

붓을 들고 화선지를 들었다가 옆으로 밀어 넣고 서랍에서 비단 조각을 꺼내 펼쳐 놓았다. 한참을 바라보다 비단을 접고 다시 화선지를 펼쳤다. 수십 장을 이리저리 써 본 후에 비단을 다시 펼쳐 한 글자 한 글자 천천히 쓰기 시작했다.

잠시 붓을 멈추었다. 다시 써 내려가지만 손이 파르르 떨린다. 숨이 가빠진다. 수 십 번 마음이 바뀌며 마무리를 어떻게 해야 할 지 아직도 맘을 정하지 못했다.

붓을 내려 놓았다.

아아. 아무래도 내일 마저 끝내야겠다.

[2020년 여름: 사건 30일 후]

◆ 형사 강철

"찬이는 마침표 안 찍었어요. 시간낭비, 에너지 낭비, 연필낭비라고 했었지요. 옛날에는 한글에 아예 마침표가 없었는데 세상이 복잡해져 사람들 고생시킨다고 투덜대곤 했지요."

갑자기 밤에 전화를 걸어 엉뚱한 것을 묻는 나에게 얼떨떨한 목소리로 찬의 친구가 답을 해준다. 길게 들을 것도 없이 전화를 끊었다.

"그래, 유서도 찬이 쓴 것이 아니었어. 이것은 타살이야. 타살!"

소주 한 잔을 다시 가득 따라 들이키고, 불어터진 라면을 한 젓가락 입에 넣었다.

TV에 나온 오래 전의 신문기사에는 문장이 끝날 때 찍는 마침표가 없었다. 그것이 내 머리를 맴돌던 뭔가를 끄집어 낸 것이다. 찬의 반성문을 처음 보았을 때 전체가 좀 눈에 익지 않다고 느꼈다. 그 때는 그냥 넘어 갔는데 이번에 자세히 보니 문장과 문장 사이가 보통 보다 많이 떨어져 있다. 대신 네 문장 모두에 마침표가 없다.

그런데 유서에는 단 여섯 자로 이루어진 문장인데 마침표가 또렷이 찍혀 있다.

'이제 가고 싶다.'

경찰대학 시절 배웠던 필적감정기법 책을 읽어보며, 몇 번이고 자세히 대조해 보니 두 문서의 글씨체가 100% 닮은 것 같지도 않다.

*** 다음날 ***

"서장님, 이건 타살일 가능성이 농후합니다. 수사를 본격화 해야합니다."

출근하자 마자 서장에게 달려 갔다.

"아침부터 왠 소란이냐?"

시큰둥해 하는 서장에게 그 동안의 상황을 설명했다.

"유서에 마침표가 있는 것이 결정적 증거라고? 그 친구 자기 삶의 끝을 앞두고 유서에도 마침표를 찍었구먼. 그게 무슨 증거냐? 국과수에서 자필이라고 이미 판정이 났는데 네가 무슨 재주로 마침표 하나를 갖고 위조유서라고 증명할래. 너 제발 쓸 데 없는데 신경 쓰지 말고 요즘 지방 조폭들이 서울로 본격 진출하려 한다는 첩보가 있는데 그거나 좀 파봐."

서장이 피식 웃는다.

그래도 나는 국과수보다는 나 자신을 더 믿는다.

■ **지란**

그녀가 오늘 세상을 떠났다는 전갈을 받았다.

병세가 최근 악화되었다고는 전해 들었지만 이렇게 빨리 떠날 줄은
몰랐다. 아아! 나를 오라고 했을 때 그녀는 자신의 마지막을 예감했던
것일까? 그 때 무슨 일이 있었어도 갔었어야 했는데! 국경에 와 보니 고
려, 여진 간 오랫동안의 갈등이 폭발된 것이라 쉽게 중재가 안되었다.
각 부대 수장들과 촌로들을 일일이 만나 설득하느라 당초 예상보다 꽤
시일이 오래 걸렸다.

바보 같은 놈!!!

머리가 하얘진다. 터져 나오는 가슴의 아픔을 어찌 해야 할 지 모르겠
다. 소식을 듣고 바로 개경으로 달려 갔지만 막상 형수의 장례를 보기가
두렵다. 비는 억수로 쏟아지고 있다. 상가집 문 앞에서 말머리를 돌렸
다. 말의 엉덩이에 채찍질만 하며 그저 말이 가는 대로 마냥 달렸다.

정신을 차려보니 제석산 숲 속 깊숙한 곳에 있는 초막에 와 있다. 내
가 혼자 있고 싶을 때 가끔 찾던 나만이 알고 있는 폐가이다. 말도 내 심
정을 알아 차렸던 것인가? 그렇게 아무 이유 없이 채찍을 맞으며 두어
식경을 달려온 이놈과 눈이 마주쳤다. 눈가에 물기가 어려있다. 나를 원
망하는 것인지, 나를 애처로워 하는지 그 눈빛을 읽을 수가 없다. 피와
땀과 흙과 빗물이 뒤 엉겨 붙은 엉덩이를 한참 어루만져 주고 삐그덕 거
리는 문을 열고 방으로 들어 갔다.

가슴이 꽉 막혀 있다. 터질 것 같다. 가슴을 주먹으로 친다. 아무 감
각이 없다. 더 세게 친다. 그래도 꽉 막힌 가슴은 그대로다. 어떻게 해야

할지 모르겠다. 숨이 목을 넘기지 못한다. 내가 곧 죽을 수도 있겠구나.

품속에서 그 동안 고이 간직해 왔던 것을 꺼낸다. 그녀가 내 팔에 난 상처를 동여 매 주었던 댕기를 품 안에 늘 지니고 다녔다. 내일 불 태워 버리자고 결심하며 보낸 세월이 이십여 년이다. 그래. 이제는 진짜 불태우자. 내 마음속에서 놔드려야지. 부싯돌을 꺼내 불을 붙인다. 끝에서부터 타 들어 간다. 이제 곧 성계가 왕이 될 터인데, 왕비의 옷을 입은 당신은 얼마나 아름다웠겠습니까? 뭐 그예 바쁘게 가셨습니까!

어느덧 댕기는 거의 다 타 들어 갔다. 그녀가 미치도록 보고 싶다. 하늘 나라에 가면 만나나 주실까? 댕기가 다 타 머리면 그녀와의 연이 완전히 끊어지는 것 아닌가? 안 돼! 불을 꺼야 해. 그러나 이미 댕기는 마지막 연기를 피우며 재로 변하였다.

그녀와의 연은 이렇게 완전히 끝난 것인가?

갑자기 울음이 터져 나왔다.

울음은 난생 처음이다. 전쟁터에서 친척들과 수많은 친구와 부하들이 죽었지만 눈물 한 방울 흘린 적이 없었다. 부모님 돌아가셨을 때도 울음은 없었다. 어머니 얘기대로 나는 태어났을 때도 울지 않았었다는 것이 사실이라면 이것이 처음 울음인 것이다. 한 번 터진 울음은 멈추질 않는다. 울음이 만들어 낸 감정이 또 울음을 만들어 낸다. 울음이 통곡으로 바뀐다. 통곡이 절규로 바뀐다. 절규는 신음으로 바뀐다.

"우 우 으. 음……"

*** 사나흘 후 ***

"이제 그만 하세요. 그만 울어도 돼요."

어디선가 아련히 들려온다. 그토록 듣고 싶던 그녀의 목소리다. 눈을 떴다. 방바닥이 보인다. 내가 엎어져 있다. 재빨리 일어나 좌우를 살핀다. 아무도 없다.

얼마 동안이나 내가 여기 이렇게 있었는지 가늠할 수가 없다. 통곡을 하다가 탈진하여 그냥 그 자리에서 혼절해 있었던 것 같다.

방을 나가자 말이 나를 보고 힝힝 거리며 다가 온다. 말에 올라 탔다. "가자!" 내 한마디에 말은 주저함 없이 전속도로 달리기 시작한다.

막혔던 숨이 뚫려있다. 가슴의 답답함이 가셨다. 머리도 맑다. 이래서 인간은 때로 울어야 하나 보다. 지난 육십 년 흘렸어야 할 눈물을 이번에 다 흘린 것 같다. 아니, 앞으로 내 생애에 흘릴 눈물 전부를 쏟아 부은 것 같다. 또 눈물을 흘릴 일이 있겠나?

＊＊＊ 한씨 사망 보름 후 ＊＊＊

◇ 방원

어머니께서 돌아가신 지 보름이 지났다. 언덕에 올라 달을 바라본다.

어머니는 주위의 존경을 받던 분이다. 아들 여섯에 딸 둘을 낳아 키우시면서도 남편 뒷바라지에 소홀함이 없었고, 아버지가 늘 전쟁터를 누비던 상황에서도 혼자 집안 일을 한 치의 소홀함 없이 챙기던 분이다. 어려운 사람들에게도 많은 은혜를 베푸시며 사셨다. 어머니가 태어나실 때 그 인근 산에서 삼일 간 음악 소리가 들려 그 산 이름을 청학산에서 풍류산이라 바꿔 불렀다고 한다. 어머니는 어릴 때부터 사람들의 사랑을 많이 받았나 보다.

달에 어머니 모습이 겹쳐 보이며 가슴이 아려 온다. 어머니가 지키고 키워 온 우리 가문이 왕족이 될 날이 곧 눈 앞인데 너무 일찍 돌아 가셨다.

"주군, 어머님은 좋은 곳에서 잘 지내실 것이니 심려 거두십시오."

아무 말도 없이 술만 들이키는 나의 분위기에 위축되었던 영규도 아무 말이 없다가 한식경이 지나자 먼저 말을 꺼낸다.

"그래, 그러셨겠지요." 뻔한 인사 치레에 건성으로 대답했다.

나의 대답이 너무 건성이었던지 또 잠시 침묵이 흘렀다.

그러나 가만히 있을 영규가 아니다. 뜬금 없는 얘기를 꺼낸다.

"신령님도 어머님의 죽음을 애석해 하셨답니다."

"허어. 그게 무슨 얘기요?"

"며칠 전 친구들과 술 같이 먹다가 들은 얘기 인데, 어머님 돌아가신 직후에 제석산 깊은 곳에서 범이 울어대더랍니다. 그 소리가 어찌나 애처롭고 크던지 사람들이 처음에는 짝을 잃은 범의 울음 소리라 했는데, 이게 끊기지 않고 사흘 밤을 넘기고, 울음소리 중간 중간에 사람의 절규 비슷한 소리가 섞여 들려 사람들은 범이 아니라 산신령이시라고 했답니다. 신령님이 어머님의 죽음을 슬퍼하여 범으로 변하여 맘껏 울고 돌아간 것이라고 합디다. 그 친구도 직접 그 소리를 들었는데 그 우렁찬 소리가 두렵기 보다는 너무 서럽게 들려 자기도 모르게 따라서 울어 버렸답니다. 그 때부터 열흘 정도는 사람들이 그 산에 들어가지를 못했고 짐승들도 얼마간은 모두 숨어 사라져 버렸다고 합니다."

'산신령님이 나보다 더 어머니의 죽음을 슬퍼했나 보구려. 허어."

■ 지란

산에 가서 통곡을 하고 오니 막혔던 가슴은 뚫렸지만 이제는 구멍이 난 듯이 계속 허하다. 형수가 준 서찰을 꺼내 쓰다듬어 본다. 펼쳐서 침침한 눈을 비벼가며 읽고 또 읽었다. 노안이 와서 글자가 또렷하게 안 보인 지 꽤 되었다.

왜 이 서찰을 나에게 주었을까? 뜻은 평범하다. 몸종이 따로 전했다는 말도 특별한 것은 아니다. 그저 항상 정도를 걷고 스스로를 반성하며 삶의 의미를 새로이 하면서 살라는 충고였다. 그런데 왜 글 따로 말 따로 전해 주었을까? 그리고 서찰의 밑단은 왜 잘려져 있을까? 잠을 못 이루고 생각이 생각에 꼬리를 문다.

새벽 꿈에 아득하게 형수의 목소리가 들린다. 몸종이 전했던 말을 형수가 직접 또박또박 말해 준다. 벌떡 일어났다. 형수 서찰을 급하게 꺼내 다시 보았다. 군사 통신의 경우도 글은 암호로 써 놓고 이 암호를 푸는 비문은 별도의 말로 전령에게 전하고 했다. 남편이 늘 전쟁터에서 사는 형수도 이런 것은 잘 알고 있었을 것이야. 혹시나 하여 가운데 글자들을 소리를 내어 읽었다. 수십 번을 읽고 나니 뭔가가 내 머리를 친다.

"아아, 이럴 수가!"

다시 수십 번을 반복하며 다른 해석을 찾아 보았지만 달리 마땅한 것이 없다.

가슴이 덜컹 내려 앉는다. 한참 멍하니 있다가 정신을 차렸다.

이게 진실일까?

아니, 진실이건 아니건 간에 왜 굳이 나에게 이 말을 남겼을까?

[2020년 여름: 사건 32일 후]

◆ 형사 강철

필적 감정원에 있는 친구에게 박찬 유서를 갖고 갔다.

이미 국과수에서는 자필이라고 판정난 것이라고 하니, 난색을 표하면서 절대 다른 사람에게는 얘기하지 말라고 한다. 저녁에 연락이 왔다.

"자필이 100% 맞다고 단정하기는 어렵지만, 모필이라고 확실하게 얘기하기에는 좀 자신이 없네."

순간 열이 받쳤다.

"너 이걸로 밥 벌어 먹는 놈 맞아? 뭔 얘기가 그렇게 애매모호해!"

"야, 그게 쉬운 게 아니야. 사람 컨디션이나 글 쓰는 환경 등 영향을 미치는 요소가 한두 개가 아니라 같은 사람이 쓰더라도 상황에 따라 조금은 다를 수가 있다는 것은 너도 알잖아? 게다가 국과수에서 판정이 난 것을 내가 어떻게 뒤집어!"

"아, 그러니까 나한테만 개인적으로 얘기를 솔직히 해달라니까!"

"어쨌든 단정적으로 얘기는 못하겠고, 다만 감정사들이 일이 많을 때는 자살 현장에서 나온 유서들은 자세히 분석하지 않고 그냥 자필로 판정하는 경우가 가끔 있긴 해. 지금 너 때문에 일이 밀려 야근하고 있으니까 이만 끊어! 나중에 술이나 사!"

이 친구가 구차하게 돌려 말했지만 자필이 아닐 것이라는 메시지이다.

다른 사람이 갔고 왔을 법한 소주병, 관련 현장에 나타난 정체불명의 두 사나이, 조작된 유서! 그리고 너무 잘 세팅 되어 있던 사망현장.

99% 타살이란 확신이 든다.

이제는 자살 가능성은 배제하고 범인이 김 교수냐 아니냐, 김 교수가 범인이라면 스스로 했느냐 청부살인을 했느냐, 청부살인을 했다면 CCTV에 찍힌 그놈들인가에 포커스를 맞추자. 요즘 해외에서 들어 온 조폭들은 천만 원에도 사람까지 죽이는데 마음만 먹으면 못 할 것도 없지. 현장이 깔끔한 것으로 보아서는 좀 비싼 놈들을 썼을지 모르겠다. 만일 김 교수의 청부살인이 아니라 CCTV 찍힌 놈들의 단독 범행이라면 동기가 무엇이지? 후배 형사의 미행에서 꼬리가 잡혀야 알 수 있을 텐데.

그런데 이도 저도 아니면? 머리가 지끈거린다. 너무 복잡하게 생각하지 말고 일단 가능한 것부터 체크하며 가자.

4. 고려의 외로운 사슴

◦◈◦ 1392년 3월: 도전 50세, 몽주 55세, 방원 25세 ◦◈◦

◎ 도전

오랜만에 몽주와 같이 술상을 두고 마주 앉았다.

동문수학 하던 시절과 각자의 귀양 생활 등 이런 저런 얘기를 하지만 겉돈다. 본론으로 들어가기가 두렵다.

"지초와 난초는 불탈 수록 향기가 더하고,
좋은 쇠는 벼릴 수록 빛이 더 나네."

시를 읊었다. 나의 유배 시절 신세한탄을 하며 썼던 나의 편지에 대한 답신으로 몽주가 써 주었던 시다. 몽주가 눈을 지그시 감고 듣는다. 머뭇거리는 내 모습이 안쓰러웠는지 몽주가 먼저 단도직입적으로 치고 들어온다.

"앞으로 자네와 또 이런 술자리를 같이 할 수 있을런가? 허허, 자네와 나는 이제는 각자의 길을 가야 되나 봄세."

"이보시오, 사형. 사형의 생각을 모르는 바는 아니나 이런 점진적인 개혁 가지고는 백성을 구제 할 수 없는 것 아니겠소? 우리 같이 판을 아예 새로 짭시다. 우리 수십 년간 같이 했던 뜻을 같이 펼쳐 봅시다.”

“점진적인 개혁이라…… 점진적이란 것은 누가 판단하는 것인가? 나라를 뒤엎어야만 급진적인 개혁인가?”

“점진적 개혁을 주장하는 세력은 말만 보수 세력이지 실제로는 수구 기득권 세력 아닙니까? 그들은 항상 외세의 침략을 핑계로 백성들을 불안에 떨게 하며 자기들은 기득권을 잃지 않으려고 하는 것 아닙니까? 그러다가 백성들의 원성이 높아지면 찔끔 찔끔 하나씩 내 주고.”

“급진을 명분 삼아 또 한 번 피를 보자는 말 아닌가? 피를 보고 얻고자 하는 것이 무엇인가? 때로는 피를 먹으며 역사가 발전해 간다는 것은 인정하네. 하지만 모든 피가 역사의 발전에 자양분이 되는 것은 아니지. 세계 도처에서 백성을 위한다는 그럴듯한 명분아래 그렇게 많은 피를 흘리며 왕조들이 바뀌어 왔지만 그들이 도리어 백성의 고혈을 더 짜 낸 사례가 더 많아.

우리 고려는 오백 년 동안 많은 일을 겪어 왔지. 하지만 그것을 이겨 내곤 했어. 고금을 막론하고 이렇게 오래 왕조가 지속된 예는 거의 없을 것일세. 치세의 모범인 주 나라도 겨우 삼백 년을 남짓 넘기지 않았나. 더욱이 지금은 나와 자네가 있지 않나. 이성계 장군이 외적만 막아 준다면 지금의 위기도 조정을 정화하면서 백성을 위한 제도를 시행하고, 명 원간 외교를 슬기롭게 대처 하면 넘길 수 있는 정도의 위기라 생각하네.

이미 오래 전에 그렇게 둘이 힘을 합치자고 이성계 장군과 굳게 약조를 하였네. 자네와 주변 인물들이 자꾸 이성계 장군을 흔드는 것이 가장 큰 위기란 말일세. 돌이켜 보면 공민왕께서도 토지를 양민에게 돌려주고, 노비 신분을 양민으로 복원 시키고, 변발과 호복 풍속을 폐지하고, 금. 원의 연호를 폐지하고, 기황후의 동생들인 기철 형제를 제거하여 원의 속박에서 독립하고자 하는 등 여러 가지 개혁을 하시지 않았던가. 아쉽게도 신돈이란 요승의 출현과 노국공주의 사망으로 결실을 맺지는 못하였네만 가능성은 충분히 보여 주었네. 우리가 힘을 보태어 올바른 왕을 선택하여 보좌한다면 분명 좋아질 것이라 확신하네."

"그럼 그 오백 년 동안 백성의 삶은 무엇이 달라졌소? 지금의 고려는 권문세족들만의 나라가 아니오이까? 제도를 바꿔도 그들의 이익에 반하는 것은 실현될 수가 없고, 그 권문세족들과 공모한 왕족들은 원나라에 빌붙어 백성의 절규를 도외시 하고 있지 않소? 그들이 가진 땅이 너무 커 강과 산을 경계로 하고 있고, 백성들은 송곳 하나 꽂을 땅도 없는 현실을 사형도 잘 알지 않소. 그들이 목에 칼을 들이 댄다 해도 자기 땅을 내 놓겠습니까? 하물며 알량한 토지 제도 몇 개 손 본다고 크게 바뀔 것은 없소.

지금의 고려 왕조로서는 백성을 위한 나라를 만들 수 없지요. 한가지 방법이 있다면 권문세족들 만 명의 목을 쳐서 궁성대문에서 평양까지 대로에 쭈욱 걸어 둬야 될 것이오. 지난 번 고관대작들이 모인 술자리에 갔더니 '깻묵과 백성은 짤수록 나온다, 백성은 개 돼지나 다름 없다'는 등 차마 들을 수 없는 얘기들을 하며 모두들 낄낄 대더이다. 이런 썩어빠진 인물들과 함께 개혁을 하겠다고요?"

"개 돼지의 삶으로 비유한 것을 그렇게 너무 폄하하지 말게나. 백성들에게는 등 따습고 배부르면 그게 행복이네. 그 외에 더 무거운 짐을 왜 그들에게 지우려고 하는가? 나머지는 우리 사대부들의 책임이지. 우리가 그들에게 비바람을 피할 집과 세끼 식사를 주면 된다네."

"그건 그들의 짐이 아니라 권리입니다. 개 돼지가 굶주리면 범과 늑대가 되어 주인을 문다는 것을 역사에서 봐 오지 않았습니까? 큰 역사는 백성들로부터 바뀌어 왔습니다. 백성들이 흘리는 피눈물을 직접 보신

적이 있으십니까? 백성들이 낫과 쟁기를 들고 거리로 쏟아져 나와 피를 뿌려야만 민심을 알 수 있습니까?”

“그렇다고 불확실한 미래에 백성들의 피를 걸 수는 없지 않은가? 이성 계 장군이 덕과 용맹, 그리고 백성에 대한 애정을 겸비한 장수이긴 하지 만 한 나라의 통치자로서는 그 자질이 검증된 바 없네. 또 다른 고려가 만들어 지지 말란 것을 누가 보증하겠나. 건너편 산에 잔디가 파래 보여 도 막상 가보면 산짐승들 똥 오줌 때문에 앉을 자리도 없는 것을 경험해 보지 않았는가? 앉을 자리 하나 만들자고 그 산의 짐승을 다 죽이고 온 산에 새로운 풀을 다시 심자는 얘기인가? 정치도 마찬가지일세. 나는 고 려의 신하이네. 고려를 마지막까지 살려 백성들이 잘 사는 나라로 만드 는 것이 나의 임무야. 그리고 나는 할 수 있다고 확신하네. 새로운 나라 를 만드는 것이 자네의 임무라고 생각한다면 자네는 자네의 길을 가시 게나.”

“사형이 저에게 보내 주신 맹자에도 ‘임금답지 못한 임금은 죽여도 좋 다’고 역성 혁명 사상의 정당성을 설파 하지 않았습니까? 그럼 왜 그 때 저에게 그 책을 읽으라 주셨습니까?”

“난 백성들을 위한 더 확실한 길을 택하려고 하는 것뿐이네.”

아아! 거리가 좁혀지지 않는다. 이제는 얘기가 나아가지를 못하고 헛 바퀴까지 돌고 있다. 끝까지 뜻을 바꾸지 않는 몽주가 야속하다. 속에 화가 차오르기 시작한다.

“사형의 점진적 개혁과 고려에 대한 충성은 정녕 백성을 위한 것입니 까? 고려에 충절 하였다는 개인적인 명예욕에 발목을 잡힌 것이 아닙니 까?”

“허어, 이사람 말이 심하구먼! 그럼 나라를 새로 세우고 싶다는 자네 의 개인적 공명심은 자네가 말하는 나의 명예욕과는 어떻게 다른가?”

공명심이라니! 그 말을 듣는 순간 부아가 치밀어 올랐다.

"혹시 지금 갖고 계신 권세와 부를 포기하기 어려운 것 아닙니까?"

아차, 선을 넘었다.

"사형, 제가 말이 좀……"

채 말을 거두기 전에 몽주의 입에서 독설이 튀어나와 내 심장을 찌른다.

"자네는 미천한 출생 신분과 미관 말직의 응어리를 풀기 위해 세상을 뒤엎어 보자는 겐가?"

둘 사이에 무거운 침묵이 흐른다. 몽주가 뒤돌아 앉는다.

아아, 이렇게 금도를 벗어나면 안 되는데 얘기가 너무 나갔다. 몽주를 설득할 수도 있겠다는 나의 오만과 이 정도의 얘기는 받아 주리라 생각했던 방심이 뭉뚱그려져 만들어 낸 참사이다. 수십 년 쌓아 온 우정과 신뢰가 나의 한마디에 무너지다니. '과유불급[7]'을 평생의 금과 옥조로 삼아 온 내가 결정적인 순간에 지나치고 말았다. 명예심과 공명심이란 단어가 왜 이런 결정적인 자리에서 나와야 했는가?

몽주 집 대문을 등지고 나오며 후회했다. 오늘 저 문을 들어가는 것이 아니었다.

같이 공부할 때 미소와 함께 등을 두드려 주면서 나의 실수를 바로 잡아 주던 사형이 그런 독침은 도대체 어디에다 숨겨 놓았던 것입니까?

*** 한 달 후 ***

---

7) 과유불급(過猶不及) : 정도를 지나침은 미치지 못함과 같다는 뜻으로, 중용(中庸)이 중요함을 이르는 말. 논어에 나옴.

■ 지란

옆친데 덮친 형국이 되었다. 성계가 벽란도에서 병석에 누워 있는 동안 몽주가 전광석화 같이 도전을 비롯한 개혁파 주요 인사들을 추포하였다. 이렇게 판을 크게 벌리는 것을 보면, 성계에게 자객을 보낼 지도 모르니 대비하여야 한다.

그런데 성계가 움직일 생각을 안 하는 것 같다. 개경의 급박한 상황을 보고해도, 하늘의 뜻에 따른다는 등의 말만 한다고 하니 무슨 생각을 하고 있는지 모르겠다. 몸이 많이 상했다고는 하나 전쟁터에서는 화살을 몸에 꽂고도 적의 목을 베던 그 아닌가?

몸이 아니라 마음의 문제 일 것이다. 또 정몽주 때문인가? 무엇 때문에 성계는 몽주를 뛰어 넘지 못하는 것인가? 일단 성계가 아픈 몸으로라도 개경에 입성을 하면 몽주파들이 주춤할 것이다. 이 틈을 노려야 한다. 방원이 적들의 예상보다 더 빨리 성계를 모셔와야 할 텐데.

◎ 도전

음습한 바람이 옷 사이를 파고 든다. 늦봄의 포근한 밤바람이 여기서는 왜 이리 찰까?

몽주가 이렇게까지 나올 줄은 몰랐다. 나뿐만 아니라 조준, 남은 등 주요 개혁 인사들이 모두 구금되었다 한다. 더욱 충격적인 것은 나의 외할머니가 우현보 가문의 승려와 노비 사이의 딸이란 옛날 얘기까지 끄집어 내어 몽주가 나를 공격했다는 것이다. 게다가 '천한 혈통을 감추기 위해 우현보 집안을 제거하려고 모함하였다.'고도 했단다. 기가 막힌다. 지난 번 만났을 때의 나의 마지막 말이 우정이란 굴레를 벗게 해 준 것인가? 이제는 동문도 친구도 아니란 말인가? 그냥 정적인가?

그런데 성계는 얼마나 크게 다쳤길래 사태가 이렇게 되기까지 아무 소식이 없는 것일까? 대업의 구상은 이렇게 그냥 공염불로 끝나는 것일까? 몽주는 우리를 죽일 것이다. 성계야 못 건드리겠지만 우리 없인 성계도 혁명을 못한다는 것을 알고 있을 것이다.

이 어두침침하고 습기 찬 감옥에서 나갈 구멍이 안 보인다. 성계가 빨리 움직이지 않으면 영영 못 나갈 수도 있겠다.

◇ **방원**

이렇게 어머니와 같이 지내니 맘이 포근하다. 비록 어머니 육성은 들을 수 없지만 가슴으로 많은 얘기를 나눈다.

어머니 돌아가시고 묘 막살이를 누가 할 것인가 아버지가 고민하셨다. 당연히 장남 방우 형이 해야 되겠지만 어머니 장례 때도 얼굴 한 번 비추고는 사라져 버렸다. 고려 조정의 녹을 먹고 나서 고려를 배신할 수 없다고 아버지와 논쟁을 벌이는 것을 들었다. 방우형과 나는 열 세 살이나 차이나 있어서 가까이 지내지는 못했다. 특히 내가 과거에 급제하고는 나를 더 멀리 하는 것 같았다. 자기는 과거급제를 통해서가 아니라 집안 배경으로 관직에 오르는 이른바 음서 출신이라서 그랬을까? 아버지가 형제들 모아 놓고 방우는 어려우니 차남인 방과부터 돌아가며 하라고 말씀하시자 방과 형이 대답을 안 하고 좀 주저했다.

"제가 모시겠습니다." 내가 바로 나섰다. 그렇게 되어서 어머니 묘 막살이를 하는 중이다.

"어머니, 제가 위화도회군으로 도피할 때 일이 끝나면 어머니를 자주 뵙고 손도 잡아 들이겠다고 약속했는데 바쁘다는 핑계로 자주 뵙지도 못했네요. 이제라도 이렇게 하루 종일 같이 있으니 어머니께서도 좋으시죠?"

"그래, 방원아. 네가 옆에 있으니 잠이 잘 오는구나. 이리 좀 더 가까이 오렴."

"어머니, 그런데 제가 어릴 때 왜 자주 안아 주지 않으셨어요? 저는 어머니가 형들 안아 주는 것 보면 부러웠어요."

"그건, 그건…… 내가 너를 너무 아꼈기 때문이란다. 너무 꼭 안으면 깨질까 두려워서."

"이제는 저도 건장한 청년이니 걱정 마시고 꼬옥 껴안아 주세요."

"그래, 이리 오렴. 내 아들아."

어머니 품을 파고 든다. 포근하다.

얼마쯤 지났을까 갑자기 지란 숙부의 연락병이 나타나서 다급하게 보고를 한다.

"도련님! 어서 일어나십시오! 큰일 났습니다. 이성계 장군님이 명나라에서 돌아오시는 세자를 마중하러 황주로 가는 길에 사냥을 하다 크게 다치셔서 지금 벽란도에서 요양을 하고 계신다 합니다. 빨리 가서 모셔 오라는 지란 장군의 전갈입니다."

어머니 품에서 가까스로 떨어져 나와 바로 말에 올라 탔다. 불길하다.

*** 한 달 후 ***

◦֍◦ 1392년 3월 말: 정몽주 주살 며칠 전 ◦֍◦

◇ **방원**

벽란도에서 거동이 불편한 아버지를 간신히 설득하여 수레에 태워 쉬지 않고 개경으로 들어 온지 한 달이 흘렀다. 짧았던 기간에 많은 또 다른 반전이 일어 났었다.

몽주 일파가 벽란도에 자객들을 보낼 것으로 예상했으나 공격은 다행히 없었다. 하지만 내내 주변에 살기가 흘렀고 간간히 멀리서 들리는 검부딪치는 소리 같은 환청이 들렸다. 내가 너무 예민하였던 것 같기도 하다. 아버지가 벽란도에서 나오실 때는 서두르질 않더니, 개경에 들어오자 마자 일들을 신속히 처리 했다. 정도전, 조준 등은 바로 복권이 되었다. 정몽주는 이에 대해 아무런 변명이나 설명이 없었다. 아버지는 그를 건드리지 않았다.

아, 답답하다! 시간은 자꾸 흐르고, 아버지는 어찌하겠다는 계획도 얘기를 안 해준다. 이렇게 그냥 가다가는 정몽주의 유학파들에게 명분도 실리도 모두 내어주고, 아버지를 도와 백성들이 잘 사는 나라를 만들어 보겠다는 내 꿈도 물거품이 될 것이다.

아버지 측근들 사이에서는 정몽주를 없애야 한다는 의견들이 조심스레 나오고 있긴 하다. 허지만 고양이 목에 방울 달기이다. 아버지가 그를 보호하는 한 누구도 선뜻 나서지를 못할 것이다. 결국 내가 해야 하는가?

정몽주의 입장을 마지막으로 확인해 봐야겠다. 그는 고려 최고의 석학이자 모두가 존경 하는 인물이다. 기껏 스무 살을 갓 넘은 나를 그가 무겁게 대해줄까 자신이 없다. 지란 숙부와 같이 가는 것이 좋겠다. 지란 숙부도 학문으로 보면야 그와 같이 논할 수준은 아니지만 아버지와 반평생 목숨을 같이 하며 여기까지 온 의형제라는 무게가 있다. 그간 보면 그도 숙부를 가볍게 대하지는 못하는 것 같았다.

*** 다음날 ***

폭풍전야 같이 조용하다. 한식경이 지나도록 서로 술만 마신다. 설불리 말을 꺼내기가 조심스럽다.

"술도 좀 들어갔고 하니 시 하나 읊조리겠습니다."
어느 정도 취기가 오르자 지란 숙부가 먼저 운을 떼운다.

　"초산에 우는 범과 패택에 잠긴 용이
　　토운 생풍하여 기게도 장할시고.
　　진나라 외로운 사슴은 갈 곳 몰라 하도다."[8]

　초산을 근거지로 한 유방과 패택 지역 출신인 항우의 역사를 빗대어
아버지와 왕씨 가문간의 세력 다툼을 뜻하며, 외로운 사슴이란 몽주를
일컫는 것이겠지. 사슴의 고귀함과 아울러 나약함을 정몽주에 빗대어
중의법으로 표현 한 것 이리라.
　잠시 침묵이 흐른다. 다음은 내 차례인 것 같다.
　"저도 한 자락 올리겠습니다."

　"이런들 어떠하며 저런들 어떠하리.
　　만수산 드렁칡이 얽혀진들 그 어떠리.
　　우리도 이같이 하여 백 년 행락 누리고저."

몽주가 옅은 미소를 지으며 바로 받아 친다.

　"이 몸이 죽고 죽어 일백 번 고쳐 죽어
　　백골이 진토 되어 넋이라도 있고 없고

───────

8) 이지란이 실제로 지은 시 〈출처: 조선말기 시조집 『화원악보(花源樂譜)』〉

임 향한 일편단심이야 가실 줄이 있으랴."

몽주가 시를 끝내고 술 한잔 쭉 들이키고 말한다.
"시간도 오래 되었는데 변변치 못한 주안상으로 손님을 너무 오래 잡아 두었구려. 허허."
할 말 다 했으니 가라는 얘기다. 인사를 하고 나왔다.
흔들리는 것은 정몽주가 아니라 우리다.
"이제 어떻게 할까요?"
내가 에둘러 묻는 말에 숙부가 무심하게 답한다.
"네 아버지가 가만히 있을까?" 역시 숙부에게도 기대할 것은 없다.

*** 며칠 후 ***

◦◦1392년 4월 4일, 정몽주 사해 당일 : 몽주 55세, 지란 61세, 방원 25세◦◦

■ 지란

며칠 전 몽주를 만나고 나오며 결행을 하겠다는 뜻을 방원이 비추었을 때 성계를 핑계 댄 나의 거절이 방원으로 하여금 도리어 거사를 앞당기게 할 것임을 나는 예견했다. 갑갑하니까 나에게라도 한 얘기이지만 내가 성계에게 이야기를 안 한다는 보장은 없다고 생각할 것이다. 일단 성계에게 이 소식이 전해진다면, 성계가 방원을 그냥 놔 두지는 않을 것이고, 기회는 영원히 없어 지는 것이다.

방원이 지체하지 않을 것이다. 내 얘기를 듣는 순간 방원의 눈빛이 도리어 금새 살아 나는 것을 보았다. 내가 만약 동조를 하였다면 방원은 나를 의지하게 되어 실행이 늦어 질 수 있다. 더더욱 위험한 것은 만에 하나 내가 사전에 방원에 동조하였다는 것을 성계가 눈치 챌 경우는 방원을 살릴 수 없다. 방원의 목을 향할지도 모를 성계의 칼을 내가 막아야 하기 때문이다. 어쨌든 정몽주는 빨리 사라져 주어야 한다.

대신 중의 한 명이 오늘 상을 당했다. 많은 관료들이 문상을 갈 것이다. 몽주도 갈 것이다. 내가 날을 택한다면 바로 오늘이다. 방원 생각도 같을 것이다. 방원의 오른팔인 영규를 은밀히 불렀다.

"때가 되면 네가 먼저 나서야 한다. 절대 방원의 칼에 피를 묻히면 안된다. 방원의 칼이 칼집에서 안 나오게 하라. 거사가 끝나면 즉시 방원의 칼을 빼앗아 안 보이게 버려라. 재빨리 방원을 현장에서 떠나게 하되 주위의 순찰병이 있는 쪽으로 여유 있게 빠져나가라. 지금 내가 한 말은 절대 방원이 알면 안 된다."

영규는 나의 말의 무게를 알고 있을 것이다.

◇ **방원**

오늘 정몽주가 퇴청 후 상갓집을 들린다고 한다. 상갓집에서 나와서 집에 가는 시간은 해가 진 후, 게다가 술 한 잔도 할 것이다. 오늘이다. 오늘 내 칼로 우리 가문의 원대한 포부를 막아 서고 있는 벽을 무너뜨리리라. 아버지가 나를 죽일지도 모른다. 지금처럼 속병을 끓이며 아버지 눈치나 보고 평생을 후회하며 살 수는 없다. 나중에라도 아버지는 나의 공을 인정할 수뿐이 없을 것이다. 나만이 할 수 있는 일이다.

정찰병이 숨가쁘게 뛰어 와 보고한다.

"정몽주 대감께서 지금 혼자 말을 타고 선죽교 쪽으로 가고 계십니다."

오랫동안 마음 먹었던 거사지만 막상 닥치니 내가 얼마나 큰일을 저지르려고 한다는 것이 실감이 난다. 정몽주! 그가 누구인가? 온 유림과 백성이 우러르는 큰 그릇, 명나라와 왜에서도 칭송해 마지 않는 학문의 대가. 아버지와 정도전이 유일하게 마음속으로 존경하는 사람. 홀홀 단신으로 이 거대한 고려의 침몰을 막고 있는 거목을 오늘 내 손으로 처단하려는 것이다. 그런데 이런 흉흉한 와중에 몸종도 없이 혼자 밤길을 가다니……

몽주가 무모한 것인가? 아니면 아무도 자신에게 손을 못 댈 것이란 자신감인가? 아니면 정말 세상사를 달관한 선인인가? 그 생각의 깊이를 알 수 없는 몽주를 생각하니 칼을 잡은 손에 땀이 난다.

*** 그날 저녁 ***

혼자 말 타고 유유자적하게 오고 있는 정몽주를 선죽교 위에서 막아섰다.

"누구신가?"

그는 흐트러짐 없이 계속 앞으로 나왔다. 거리가 가까워지고 있다.

"아, 방원 도령 아닌가? 여기 웬일인가?"

환하게 웃는 그 얼굴에는 일말의 두려움도 보이지 않는다. 삼촌이 조카를 대하듯, 스승이 제자를 대하듯 거리낌이 없다. 당초 준비하였던 그를 죽일 수뿐이 없는 나의 명분이 입 밖으로 나오지를 않는다. 무슨 말부터 해야 될 지 머리 속이 뒤엉킨다.

"도대체 왜 망해가는 고려를 위하여 이렇게 홀로 고초를 겪으시는 겁니까?" 나도 모르게 질문부터 터져 나왔다.

"허어, 이 야심한 시간에 술 취한 노인에게 묻는 질문 치고는 너무 무겁지 아니한가? 내 오늘은 달빛 감상이나 좀 해야겠으니 정히 듣고 싶으면 따로 날을 잡아 오시게나."

내일은 없다는 것을 모르고 하는 말일까?

"무례한 줄은 아오나 꼭 지금 듣고 싶습니다. 말씀 해 주십시오."

"그래? 자네가 시간이 없나 보고만. 그렇게 꼭 지금 듣고 싶나?"

얘기를 하려나 보네. 다 듣고 나서 죽여도 늦지 않는다. 조금 더 가까이서 들으려고 말을 앞으로 움직였다. 동시에 땀이 난 오른손에 들고 있던 칼을 왼손으로 나도 모르게 바꿔 잡았다. 그 순간 정몽주에 가까이 있던 영규가 다짜고짜 뛰어 가 철퇴로 그의 머리를 가격 하는 것이 아닌가? 무예에 뛰어난 영규가 첫 가격에 실패를 하고는 말에서 떨어져 뒷걸음치는 정몽주를 쫓아가 말릴 사이도 없이 타격을 한다. 영규는 이미 죽었을 것 같은 그를 계속하여 가격한다. 흡사 미친 놈 같이.

"그만, 그만 하시오!" 내가 절규에 가까운 명령을 하였다.

가격을 멈춘 영규가 나에게 달려 오더니 내 칼을 잡아 채서 다리 밑으로 던져 버리는 것이 아닌가? 순군부 순찰병들이 이곳을 향해 달려 오고 있다.

"주군, 빨리 이곳을 벗어 나시죠!"

정몽주는 정말 죽은 것인가? 영규가 미친 것인가? 내가 죽인 것인가? 영규가 죽인 것인가?

*** 잠시 후 ***

영규가 이끄는 대로 집으로 돌아오자 마자 영규를 방으로 데리고 왔다.

"왜 그랬소?"

"칼을 뽑으시려는 순간 주군의 칼에 피를 묻히게 할 수는 없다는 생각이 들었습니다."

대답에 힘이 없다. 미심쩍다. 나는 그저 칼을 옮겨 잡았을 뿐 칼 손잡이에 손을 대지도 않았다. 더 추궁할까 하다가 그만 두었다. 영규가 진짜 스스로 한 일이었다면 그에 대한 불신이 되고, 혹 누가 사주했다 하더라도 말 못할 사정이 있겠지. 어쨌든 영규는 나를 위해서 한 일 이리라.

"오늘 수고 많았소. 술 한 잔 먹고 푹 쉬시오."

지란 숙부가 떠 오른다. 그러나 그는 나의 거사 계획에 반대하지 않았었는가? 그는 뼈 속까지 아버지 편이다. 그나저나 아버지께는 뭐라고 말씀 드리지?

"나리. 지란 장군 댁 집사가 전할 말이 있다고 왔습니다."

그 때 밖에서 시종이 고한다. 지란 숙부의 전갈은 간단했다.

'영규의 목을 들고 성계를 찾아 가라. 너는 정몽주를 죽일 생각이 전혀 없었다고 고하라.'

토사구팽을 하란 말인가? 그러나 내가 그렇게는 할 수 없다. 영규는 나를 위해 목숨을 바칠 사람이다. 내 손으로 그 목을 칠 수 없다.

"대감께 전하거라, 나는 그렇게 할 수 없다고."

"그러면 두 번째 전갈을 전하라 하셨습니다."

지체 없이 내 말을 받아 이어간다.

'내일 새벽에 죄인 옷을 입고 아버지께 달려가 죽여 달라고 하라.'

지란 숙부는 내가 영규 목을 치지 않을 것임을 알고 있었던 것이다. 지란 숙부의 속내를 가늠하기가 어렵지만 달리 생각나는 방법도 없다. 어차피 이 일을 벌일 때 최악의 경우 죽을 각오로 벌린 것 아닌가!

*** 다음날 새벽 ***

■ **지란**

성계가 나를 다급히 찾는다고 한다. 이제서야 보고를 받은 것이다. 이 큰 일이 이제서야 보고 되다니. 아마도 모두들 너무 당황해서 우왕좌왕

하며 누가 성계에게 보고할 것인가를 고심하다가 시간을 지체 하였으리라. 바로 성계를 찾아 갔다.

"이보게, 아우! 자네 이 소식을 언제 들었나!"

첫 질문이 '소식을 들었냐가 아니라 '언제 들었냐'는 것이다. 시뻘개진 얼굴에 숨을 씩씩대며 손까지 떨고 있다. 이런 흥분된 모습은 처음이다. 그만큼 그에게 이 사건은 충격적인 것이다. 게다가 그는 나에게 질문하는 것이 아니라 이 사건에 대한 관련성을 묻고 있는 것이다.

"어제 밤늦게 들었습니다만 사건이 너무 충격적이고 황당하여 좀 더 조사를 하느라 형님께 보고가 늦어졌습니다. 죄송합니다."

"그럼 자세히 이야기 해 봐. 어떻게 이런 일이!"

"어제 방원이와 그 졸개들이 나들이를 나갔다가 돌아오다 선죽교에서 상갓집 다녀오던 정몽주를 만나 그 자리에서 방원이 정몽주에게 왜 망해가는 고려를 붙잡고 있느냐며 서로 말을 나누던 중에 갑자기 영규 놈이 뛰어 들어 정몽주를 타격하여 죽였다고 합니다."

"무엇이? 방원이놈이 죽인 것이 아니더란 말이오?"

"방원의 말은 움직이지 않고 있었고, 분명 영규가 한 짓으로 파악되었습니다. 방원은 그 때 칼도 안 갖고 있었다고 합니다."

"정말인가? 모두 다 방원이 부하들에게 입단속하여 맞추어 놓은 얘기 아닌가?"

"마침 그 지역에 순찰을 돌던 순찰병 두 명이 그 현장을 목격하였다 하여 그놈들로부터 직접 들은 내용입니다만, 방원의 부하들이 하는 말과 일치합니다. 영규의 자백도 제가 직접 들었습니다."

"그 순찰병들도 방원이 매수 한 것 아닌가?"

"그것도 확인해 보았는데 그 순찰병들은 며칠 전에 이미 정해졌던 시간에 정해진 순찰로를 돌고 있었고, 사건 직후 바로 순군 만호부의 취조

를 받아 방원 쪽에서 손 쓸 여지가 없었다고 합니다. 제가 순군 만호부
장에게 직접 들었습니다."

"그래도 방원이 영규를 사주하여 벌인 일 아니오?"

"그럴 가능성도 있습니다. 그건 방원과 영규를 취조하여 밝히소서."

여기서 물러나야 한다. 그래야 또 한 번 나설 수 있다. 다행히 현장 순
찰병 건은 계획대로 맞아 떨어졌다. 방원과 몽주를 만나고 돌아오자 마
자 순위관을 불러, 치안이 불안하니 성내 순찰을 강화하라고 지시해 놓
았었다. 특히 몽주의 집으로 가는 주요 길목은 빠짐없도록 짚어 주었다.
그리고 몽주 주살 후 칼이 없는 방원을 그들 앞으로 지나가게 한 것이
다. 순찰병들은 명령대로 순찰하고 자기들이 본대로 얘기 하는 것이니
죽을 만큼 고문을 해도 다른 대답을 할 수가 없다.

이제 방원이 나타날 때가 되었는데……

＊＊＊ 잠시 후 ＊＊＊

◇ **방원**

죄인 옷을 입고 아버지 방에 들어가자 마자 무릎을 꿇었다.

"죽여 주십시오." 아버지는 분노 때문인지 한 참 동안 말을 못 꺼낸다.

"네, 네놈이 정몽주 대감을 정말 죽였단 말인가?"

"제가 직접 죽인 것은 아니나, 영규가 저지른 일이니 제가 한 짓과 마
찬가지입니다."

"네가 영규에게 명을 내린 것 아니더냐?"

"저는 정몽주 대감과 얘기를 하려고 더 가까이 다가 갔던 것이었고,
제가 명을 내린 바는 없습니다. 미처 말릴 틈도 없었습니다. 영규가 왜
그 일을 저질렀는지는 아버님도 추측하시리라 생각됩니다."

"영규가 했던 네가 했던 상관 없다. 정몽주 대감과 내가 어떤 사이인지 알면서 네놈의 충복이 그런 일을 벌여? 네가 평소에 그런 얘기를 안했으면 영규 놈이 감히 그런 일을 했겠느냐? 내가 네 놈의 목을 치리라!"

아버지가 검을 빼어 든다. 흡사 진짜 벨 기세이다. 진짜 칼이 내려오면 어찌해야 하나. 지금 그냥 도망치고 후일을 기약할까? 아니야. 그러면 아무것도 안 된다. 어차피 목을 걸고 한 일이 아니은가. 아버지 손에 운명을 맡겨야지. 다행히 몽주를 직접 죽인 것은 내가 아니라 영규라는 것만은 아버지 머리에 각인 된 것 같다.

"형님, 어찌 아들의 목을 자기 손으로 치시겠습니까? 정녕 목을 치시겠다면 제가 하겠습니다."

그 순간 갑자기 지란 숙부가 아버지의 칼을 뺏어 들었다. 순간 아버지가 당황한다. 지란 숙부가 칼을 높이 쳐 든다. 지란 숙부는 정말 칼을 내려 칠 것인가?

문득 '때리는 시늉을 하면 우는 시늉을 하라'는 속담이 떠올랐다.

"숙부님, 그냥 아버님 칼을 받겠습니다!" 절규를 하며 아버지를 애처로운 눈빛으로 바라보았다. 지란 숙부의 칼이 주춤한다.

그때 둘째 어머니가 문을 박차고 들어왔다.

"아니, 지란 도련님, 이게 무슨 일이랍니까? 지금 방원의 목을 치려는 것입니까?"

지란 숙부가 놀라 칼을 내리며 한숨을 크게 내쉰다.

"장군! 도대체 아들의 목을 누구에게 맡기고 있는 것입니까? 아비의 큰 뜻을 위해 장애물을 제거 했는데 상은 커녕 죽이려고 하다니요!"

둘째 어머니의 등장으로 분위기가 갑자기 바뀌어 버렸다. 아버지는 아직도 분노에 씩씩대고 있지만 당혹감이 얼굴에 비친다.

팽팽한 긴장감이 흐른다.

"둘째 형수님, 제가 자초지종을 말씀 드리겠습니다. 방원아, 너는 밖에 나가 아버님의 명을 기다리고 있거라."

지란 숙부가 숨막히는 정적을 깬다.

방 밖에 나와 무릎을 꿇고 기다렸다. 안에서 지란 숙부와 둘째 어머니가 격렬하게 말다툼을 한다. 아버지 소리는 안 들린다. 그렇게 한 식경을 지나자 아버지가 제일 먼저 문을 박차고 나온다. 나를 노려보더니 "이놈을 어찌할꼬!" 하며 큰 바람과 함께 사라진다.

둘째 어머니가 나오며 등을 두드려 준다.

"방원아, 애썼다. 돌아가 쉬거라."

지란 숙부가 마지막으로 나온다. 나를 흘끗 보더니 아무 말 없이 가버린다. 땀이 등의 겉옷까지 배어 나와 있다. 한여름에 전쟁터를 날아다녀도 땀을 잘 안 흘리던 숙부가 초여름 새벽에 왠 땀을 저리 흘렸나?

*** 잠시 후 ***

■ 지란

일촉즉발이었다. 강씨가 정말 빨리 와 주었다. 강씨가 안 왔더라면 큰 일이 벌어질 뻔 했다. 성계의 집에 들어오자 마자 미리 강씨의 하녀에게 '성계가 방원의 목을 치려고 한다'는 말을 넌지시 던져 놓았다. 강씨가 안 오는 경우에 만일 성계가 방원 목을 치라고 했다면 첫 칼에는 방원의 상투부터 치려고 했었다. 그 다음에는 옷고름을 치고. 마지막에는 울며 엎드려 도저히 조카의 목을 칠 수 없으니 대신 나의 목을 치라고 읍소하려고 했다. 그래도 성계는 방원의 목을 스스로 쳤을까? 성계와 사십여 년을, 방원과 이십여 년을 같이 지냈지만 나도 모르겠다.

◆ 형사 강철

다시 김 교수를 찾아 갔다. 이어 질 논문 스토리가 궁금하기도 하다.

"어? 정말 또 오셨네?" 김 교수가 이번에는 지레 반가운 척 한다.

"아, 예, 지난 번 하신 얘기의 뒷얘기가 하도 궁금하여 바쁘실 텐데 이렇게 또 찾아 뵈었습니다."

"그렇겠지요. 이런 얘기 어디 딴 데서는 들을 수 없어요. 흐흐. 그때 아마 위화도 회군에 대해서 얘기했었지요? 그 다음 포인트는 이성계가 왜 방원이 아니라 방석을 세자로 세웠느냐 하는 것이지요.

강씨가 아무리 애원하고, 정도전이 왕권 약화를 위해 지지하였다고 하지만 몸도 이미 불편해서 왕위를 언제 물려 줘야 될 지도 모르는 상황에서 열 살 뿐이 안되고 형제 서열도 일곱 중에 맨 끝인 방석을 이성계가 세자로 세웠던 이유가 뭘까? 형제 간에 흘릴 피를 정녕 예측을 못했을까요?

조선을 잘 유지시키고자 했다면 당시 상황으로 보면 방원을 세자로 책봉하는 것이 최선이었을텐데 이성계가 치매가 걸리지 않았다면 뭔가 다른 결정적인 이유가 있지 않았을까요? 조준, 배극렴 등의 중신들도 방원을 세자로 밀었는데 말입니다."

"그것은 방원이 정몽주를 주살한 것에 대한 응어리가 있는데다 이성계가 강비를 극진히 아꼈기 때문 아닙니까?"

"그런 이유들은 모두 감정적 요소들이지요. 감정이 역사를 바꾸는 계기가 되는 사례들도 있긴 합니다만 한 나라의 건국자로서 나라의 미래를 결정할 중대사에 대한 설명으로서는 충분치 않게 느껴집니다. 이성계로서는 나름의 복잡한 셈법이 있었겠지만 그것이 후에 예상 못했던 변수의 발생으로 결과가 어긋나지 않았을까요? 그러나 그 복잡한 셈법 기저에는 강비에 대한 애정이 알게 모르게 결정적으로 작용하였을 것이라고는 저도 생각합니다. 죽은 강비를 위해서 이성계가 했던 일을 보면 강비에 대한 애정의 강도를 능히 짐작할 수 있지요. 사람이 아무리 냉철하게 판단하려고 해도 그 밑에 숨어 있는 감정의 영향을 받는 것은 어쩔 수 없는 인간의 한계 아닐까요? 감정을 정당화시키는 쪽으로 논리를 전개 하는 우를 범하게 되지요."

4장

설킹

I. 패착

◦◈◦ 1392년 7월 14일: 성계 57세 ◦◈◦

● 성계

모두들 나에게 왕위에 오르라고 한다.

몽주가 죽자 보수파들은 지리멸렬해지고 급진 개혁파들이 조정을 주도하였다. 내가 왕이 되어야 한다는 주장이 그 전부터 있어 왔지만 최근들어서는 공공연히 거론되어 왔고 이에 공양왕은 이미 왕위를 선양한다고 했다. 당초부터 왕이 되고자 하는 욕심이 있었던 것은 아니다. 다만 나라를 지키고 백성들을 위하여 뭔가를 하고자 하였을 뿐이다. 그런데 여기까지 온 것이다. 내가 왕이 될 자격이 있는가?

아, 아, 요즘 병세가 더 안 좋아져서 왕위라는 자리가 더 부담스럽게 느껴지는 것은 아닐까? 나의 번민과는 무관하게 지금 조정대신들과 퇴임한 늙은 재상들까지 백여 명이 옥새를 들고 와 마당에서 한나절을 목청이 터져라 외치고 있다.

"왕위를 받아 주소서!!"

나를 왕으로 옹위하는 속내들은 각자가 다 다르겠지만 어쨌든 모두 한 목소리를 내고 있는 것이다. 내가 거절한다면 또 다른 혼란과 피 바람이 불겠지. 조정과 백성들은 또 분란에 빠지겠지. 나라가 나를 원한다면 나서야 하지 않을까? 이 또한 전쟁터와 다를 바 무엇이겠는가? 그런데 백성들은 어떻게 생각할까? 이렇게 번민하고 있는데 벌써 해가 지기 시작한다. 배극렴을 비롯한 몇몇 대신이 걸어 놓은 문을 따고 들어와 읊조린다. 더 이상 버틸 명분이 없다. 방문을 나섰다.

"왕위를 수락하겠소!"

"와!"

함성과 함께 대신들이 엎드려 절을 한다.

이제는 돌이킬 수 없다. 해보자!

＊＊＊ 한달 후 ＊＊＊

◦⊱◦ 1392년 7월: 세자 책봉 한달 전 ◦⊱◦

● 성계

세자를 누구로 하여야 할까? 조정에서도 쉬쉬하면서 자기들끼리 의견이 분분한 것을 나도 안다. 건국 선포 후 한 달도 채 안되었지만 대신들의 입에서 일단 말이 나온 이상 새로운 나라의 모양을 갖추고 분란을 방지하기 위해서라도 늦춰서는 좋을 것이 없다. 내 몸도 안 좋다.

한씨 소생 자식들을 하나 하나 보면 딱히 누구라고 마음에 드는 놈이 없다.

장남이 할 수 있다면 논란을 재울 수 있겠지만 방우는 이미 나랏일에 관심이 없어 가족들을 데리고 산에 들어가 술로 세월을 보내고 있는 것을 어찌하랴. 방과는 전쟁터를 나와 같이 누빈 용맹은 인정하나 나라의 기틀을 잡아 나가기에는 지략이 부족하다. 방의는 소심하고 욕심이 너무 없는 성격이고, 방간은 무모하고 경솔한 면이 있다.

실력으로 보면 방원이겠지. 건국에도 많은 기여를 했고. 하지만 정몽주의 주살은 아직도 용서가 되지 않는다. 또한 정도전의 반대도 만만치 않다. 도전이 앞으로 해야 할 일이 많은데 왕과 중신이 매사 부딪친다면 나라가 제대로 되겠는가?

게다가 방원은 다른 아들들과 달리 뭔가 벽이 느껴진다. 정몽주의 주살 이후에 내가 멀리하는 것이 주된 원인이기도 하겠지만 그 외에도 뭔가 이놈은 그 전부터 껄끄러웠다. 이놈을 대할 때는 자식이란 편한 느낌보다는 나도 알 수 없는 긴장감 같은 것이 느껴졌다. 자식 겉만 낳지 속까지 낳냐 더니 정말 그놈의 속은 알 수 없다. 왜, 언제부터 그런 느낌이 들었는지는 나도 잘 모르겠다. 이놈이 왕이 된다면 죽을 때까지 내 마음이 편치 않을 것 같다.

또한 한씨 소생 아들들은 모두 고려 때의 고관대작들과 사돈을 맺고 있지 않은가. 내가 조선을 세우는데 큰 힘들이 되어 주었지만 앞으로는 개혁의 대상들이다. 그들이 왕의 외척이 되면 나라의 운명을 좌지우지할 지도 모른다. 내가 죽으면 강비가 그들로부터 시기나 모함을 받을 수도 있지. 여러 면에서 보면 아직 어려서 혼인으로 맺어진 연이 없는 강비 소생인 방번이나 방석을 세자로 앉히는 것이 더 좋지 않을까? 강비도 애닯게 원하고 있지 않은가. 강비가 그렇게 펑펑 우는 것은 처음 보았다.

방번과 방석이 한 살 차이이긴 하지만 방석이 훨씬 더 총명하고 성품도 더 올곧다. 그래서 강비가 방석을 더 아끼는 것이겠지. 어차피 장자상속이란 원칙이 이미 물 건너 갔으니 어정쩡한 중간보다는 차라리 막내를 세자로 책봉하는 것이 논쟁을 없앨 수도 있겠다. 방석을 낳았을 때 내가 강비에게 방석을 왕으로 만들어 주겠다고 했던 농담이 갑자기 떠

오른다. 다른 아들들에게는 좋은 자리를 하나씩 주어 달래면 되겠지. 방원이 계속 맘에 걸리기는 한다.

■ 지란

큰일이다. 아무래도 방석으로 뜻을 결정한 것 같다. 여러 중신들에게 방원의 공적과 자질을 들어가면서 세자가 되어야 한다고 은밀하게 에둘러 얘기하며 다녔고 이에 호응하는 반응들이 많아 방원이 될 것이라 예상 했었으나, 결국 이렇게 무위로 끝나는 것인가? 방석이 세자가 된다면 방원이 성계와 영원히 척을 지게 되는 최악의 상황이 될 것이다.

성계가 발표하기 전에 마음을 돌릴 방도를 찾아야 되는데 길이 보이지 않는다. 혹여 말 실수라도 하게 되면 성계와 의가 깨질 수도 있다. 내가 방원의 편을 들고 있다는 것을 알아채도 위험하다.

성계를 찾아 갔다.

"전하, 오랜만에 전하와 술 한잔 생각이 나서 찾아 뵈었습니다."

"아, 지란 아우, 둘이 있을 때는 그냥 형님이라고 부르라고 했잖소. 전하 소리가 아직 영 익숙지 않은데 아우님까지 그러시나. 어쨌든 골치도 아프고 한데 술 한 잔 하자고 하니 좋구먼. 허허허."

곧 술상이 들어 오고, 옛날 이야기, 건국공신들 근황 등 이런 저런 얘기를 하며 성계가 먼저 세자 얘기를 꺼낼 때까지 기다렸다.

"요즘 세자 책봉 관련해서 중신들 사이에 오고 가는 말은 어떤가?"

"조정에 말들이 많습니다만 아직 정정하신데 서두르실 일 있으십니까?"

"신하들이 나라의 기틀을 빨리 잡으려면 세자 책봉을 서둘러야 한다고들 재촉하지 않는가? 게다가 내 나이 벌써 환갑을 바라보고 요즘 온몸이 쑤셔 고생하고 있지 않은가? 언제 죽을 지 모르는데 할 것은 빨리 빨리 해 놓아야지. 자네와 전쟁터를 달리던 일이 엊그제 같은데. 허허."

"무슨 말씀을요. 백 살까지 사셔서 이 조선을 천년 나라로 만드셔야지요. 그런데 마음은 정하셨고요? 형님이 힘이 좋아 아들을 그렇게 많이 낳아 두셨으니 머리가 좀 아프시겠습니다. 흐흐."

"그래, 골치가 좀 아프긴 한데 정하긴 해야지. 자질도 되어야 하고, 명분도 있어야 하고."

"뭐 명분이야 만들기 나름 아니겠습니까? 명나라는 장자 상속이지만, 여진족들은 막내 상속 풍습도 있지 않습니까? 형님이 정하는 대로 명분이야 만들면 되지요."

"아, 이 사람아, 북방 유목민족들이야 장성한 아들 놈부터 밖으로 진출해 새로운 영역을 개척해야 하니까 다 내 보내고 끝에 남은 막내에게 남은 유산과 터전을 지키라는 의미니 좀 다르지."

성계의 인상이 살짝 찌푸려진다. 예상했던 대로 여진족 운운하는 것이 성계의 심기를 건드린 것이다. 막내인 방석을 세자로 하는 경우 여진 풍속을 따랐다는 공격을 받을 수도 있다는 나의 말뜻을 알아들었겠지. 좀 더 쐐기를 박아야 한다.

"아니, 뭐 그냥 그런 것도 있다는 얘기이고요. 하여간 잘 고르셔야지요. 후백제 견훤도 자식들간의 왕위 계승권으로 결국 나라가 망하지 않았습니까? 혈육간에 서로 창검을 겨누기까지 하였으니. 쯧쯧……"

성계 얼굴이 붉어진다. 견훤이 막내에게 왕 자리를 물려 주었다가 사단이 난 경우란 것을 성계라고 모를까? 불쾌한 빛이 역력하다.

"자네 지금 무슨 얘기를 하고 싶은 건가?"

냉랭한 말투이다. 더 나가면 위험하다.

"아이, 형님, 제가 뭐 의견이 있겠습니까? 그저 술김에 여기저기서 주워들은 얘기를 하는 것이죠. 형님 결정은 언제나 옳지 않았습니까? 이번에도 결정만 하시면 다들 잘 따를 것이니 심려치 마십시오. 자아, 골치 아픈 얘기는 그만 하시고 오늘은 술이나 드시면서 오랜만에 사냥 계획이나 세웁시다."

아아, 성계도 이제 나이가 들어가면서 줄어드는 총명함을 늘어난 완고함으로 메우고 있나?

*** 한달 후 ***

◇ **방원**

오늘 방석이 세자로 책봉되었다는 소식을 들었다.

이런저런 소문들이 무성했지만 이렇게 결론이 날 줄은 예상을 전혀 못했다. 첫째 형 방우는 이미 정치에 손을 떼었고, 다른 형들이 있지만 과거를 급제한 것도 나뿐이고, 아버지가 왕이 되는 큰 걸림돌이었던 몽주를 제거 한 것도 나다. 위화도회군 시에 목숨을 걸고 두 어머니를 포함한 온 가족을 피신시킨 것도, 벽란도에서 아버지를 수레로 모셔 왔던 것도 내가 아니던가? 물론 몽주를 죽이고 나서 아버지와 내가 멀어진 것은 사실이다. 그렇지만 자질로나 공적으로나 당연히 왕위는 내가 물려 받아야 하는 것 아닌가!

조준, 배극렴 등 공신들도 나를 추천했다고 하던데.

그럼에도 불구하고 형들도 아니고 고작 코흘리개인 배다른 방석이 세자가 된다니 이게 왠 날벼락인가? 둘째 어머니가 울면서 방석을 주장 했고, 정도전 등 대신들이 이를 뒷받침 해 주었다 한다. 둘째 어머니에게 속은 것인가? 그 동안 나에게 살갑게 대해 주던 것이 다 이런 사태를 위한 포석이었단 말인가? 아무리 자기 배로 낳은 자식이지만 장성한 본처 아들들을 젖히고 열 살 짜리 아이를 세자로 밀다니. 정도전이야 당연히 나를 반대할 것이라고는 예상 했다. 정도전이 주장하는 신권(臣權)정치와 나의 강하고 주도적인 성격이 대립할 것이라 생각 했겠지.

아버지 나이 이제 곧 환갑. 언제 병환이라도 나실지 모를 나이인데 만에 하나 아버지가 정사를 못 돌보게 된다면 저 어린 것에게 나라를 맡긴단 말인가?

*** 반 년 후 ***

○❀○ 1393 년 봄 ○❀○

■ **지란**

"조 대감, 고생하십니다."

"아니, 이런 누추한 곳까지 먼 길을 어떻게."

조준이 반갑게 맞이 하여 준다.

성계는 위화도에서 회군한 뒤 그를 대사헌에 발탁, 크고 작은 일을 자문 받았다. 이에 그는 크게 감격하고, 전제 개혁 등의 주요 변혁 방향을 추진하여 왔었다. 그런 그가 방원을 세자로 밀다가 실패하니 성계의 만류를 거절하고는 관직을 박차고 귀향하여 있는 중이다. 성계의 신뢰가 크기 때문에 그는 멀지 않아 복직할 것이다.

앞으로 조정을 움직여야 할 때를 위하여 그를 아군으로 확보해 놔야 한다. 그간의 그의 행적을 볼 때 방원을 세자로 주장한 것은 방원의 편을 들고자 한 것이 아니라 그것이 올바른 판단이었기에 그랬을 것이다. 이런 사람의 생각은 잡을 수 없다. 마음을 잡아야 한다. 외로움을 느끼고 있을 지금이 절호의 기회이다.

그래서 귀한 술과 과하지 않은 선물을 들고 고향에 있는 그의 집을 내

밀히 찾아 온 것이다. 그는 재물을 그렇게 탐하지는 않으나 너무 맑아 물고기가 못 살 정도의 사람됨은 아니다.

"대감께서 이렇게 계시는데 조정의 누구라도 마음이 편하겠습니까? 안녕하신지 꼭 뵙고 싶어 왔습니다. 주위의 눈치가 보여 늦게 찾아 뵈어 미안합니다. 허허."

"그래도 개경에서 여기까지 찾아 준 사람은 지란 대감뿐이 없소이다. 관직을 박차고 고향에 내려오니 그 많던 친구들의 발길이 뚝 끊기지 뭡니까. 허허."

"바른말 하면 부처님도 돌아앉는다는 말이 있지 않습니까. 주상전하도 곧 대감의 생각이 옳았다는 것을 알게 되시겠지요. 이제 그만 쉬시고 또 국사를 돌보셔야 되지 않겠습니까?"

"요즘 나랏일은 정도전 대감이 다 한다고들 하는데 제가 할 일이 뭐 있겠습니까? 이 촌구석에서 그저 진달래지면 철쭉 보면서 세월을 보내겠습니다. 허허."

쓸쓸한 웃음을 짓는다.

"뭐 골치 아픈 얘기는 나중에 하고 대감님과 함께 하려고 제가 명나라에서 구한 귀한 술을 가져 왔으니 우선 맛이나 한 번 보시지요."

조준 대감도 부담스런 대화에서 벗어나는 것이 반갑다는 듯이 맞장구를 친다.

"허어, 그렇지 않아도 요즘 술 동무가 없어서 심심하던 차에 잘 되었습니다."

그렇게 밤새 술을 같이 하고 동 트기 전에 돌아 왔다.

*** 반 년 후 ***

● 성계

올해 3월 국호를 조선으로 바꾸었다. 완전히 새로 시작하고 싶었다.

오늘은 조선의 건국 왕이 되고 나서 첫 번째 맞는 내 생일이다. 생일 연회와 더불어 무학 대사의 왕사 책봉식을 가졌다.

"유교에서는 인이라 하고, 불교에서는 자비라고 말하지만, 그 쓰임은 한가지이다. 백성을 보호하기를 갓난아이 돌보듯이 한다면, 곧 백성의 부모가 될 수 있는 것이다." 라고 무학이 유불을 아우르는 설법을 한 후, 죄수를 사면하여 덕을 베풀라고 한다. 무학을 만나면 배우는 것도 많지만 일단 마음이 편하다.

책봉식이 잘 끝나고 무학과 같이 연회장으로 걸어 갔다. 오랜만에 만나 반갑기도 하여 갑자기 농이 하고 싶어 졌다. 원래 농을 잘 못하는 성격이지만 지위가 높아지면서 농을 나눌 수 있는 사람이 점점 없어지더니 왕이 되어서는 그나마 농을 가끔 나누던 지란도 어려워하는 기색이 완연하여 농을 걸기가 쑥스럽다.

"오늘 설법하시는 왕사님을 뵈니 생김새가 흡사 흑돼지 같습니다. 하하." 그의 얼굴이 깜하고 살이 찐 것을 빗대서 한 농이었다.

"저는 임금을 뵈니 부처님 같습니다." 대사가 맞받아 친다.

"진담입니까?" 의외의 답변이다. 이제는 대사마저도 나를 어려워하나?

잠시 뜸을 들인 후 대사가 얘기를 하며 박장대소 한다.

"용의 눈으로 보면 용이고, 부처님 눈으로 보면 부처입니다. 돼지의 눈에는 무엇이 보이겠습니까? 하, 하, 하." 나도 오랜만에 맘껏 웃었다.

*** 1년여 후 ***

● 성계

며칠 전 도전이 『고려국사』를 지어 바쳤다. 그 복잡하고 손이 많이 가는 작업을 도전은 짧은기간에 해낸 것이다. 나는 장문으로 치하의 글을 내렸다. 이를 받아드는 도전은 감읍해 했다. 도전이 없었으면 이 짧은 시간에 나라의 기틀을 잡을 수 있었겠나?

오늘은 건국 3주년을 맞이 하여 건국공신들의 연회를 베풀었다. 내가 돌아다니며 대신들에게 술을 따라 주었다. 도전에게도 한 잔을 권하며 손을 잡았다.

"삼봉9)이 아니면 내가 오늘 어찌 이 자리에 있을 수 있었겠는가?"

도전이 황공한 표정을 지으며 자세를 고쳐 앉는다.

"흔히들 한 고조가 장량을 이용한 것이 아니라, 장량이 한 고조를 이용한 것이라고들 하지요……"

"쨍!"

도전의 말 도중에 누군가가 술병을 떨어 뜨려 병이 깨졌다. 주위가 놀라서 소란해졌다. 그런 소란 속에서도 도전은 말을 이어 간다.

"그러나 전하께서는 이 못난 신하를 정말 잘 키워 주시고 쓰셔서 대업을 이루셨습니다. 이렇게 치하까지 해 주시니 몸둘 바를 모르겠습니다."

다시 한 번 도전의 손을 꼭 잡아 주고 옆자리로 옮겨갔다. 재주도 뛰어난데 겸손하고 충성스러운 이런 신하를 둔 것은 천운이 아닌가? 장량은 대업 후에 한 고조에게 토사구팽을 당하였다고 하지만 자네에게는 그런 일이 없을 거야. 나는 끝까지 자네를 쓰겠네.

앉은 순으로 돌다 보니 십여 명을 거치고서야 도전과 거리를 꽤 두고

---

9) 삼봉(三峯): 정도전의 호

맞은 편에 앉아 있는 지란에 닿았다. 지란에게 아무 말 없이 술을 따라 주며 서로 웃고는 그 옆자리로 옮겼다. 지란과 나 사이에 무슨 말이 더 필요 하겠나.

지란, 고맙다네. 나의 목숨을 몇 번이나 구해주고 어려울 때마다 가장 큰 힘이 되어준 자네야 말로 진정한 일등 공신이라네.

■ 지란

성계가 내 잔에 술을 따라 주고 또 옆자리로 간다. 웃으며 받았지만 속은 부글부글 끓고 있다. 방금 도전이 했던 한 고조와 장량의 얘기는 자기가 성계를 이용하여 새로운 나라를 세웠다는 말 아닌가? 술병 깨지 는 소리에 마지막 까지는 못 들었지만 분명 생색내는 말을 보탰으리라.

촌에서 유배 당하며 농사나 짓던 놈을 건져 줘서 이렇게 키운 것이 누구인데 이놈이 역모의 말을 함부로 지껄여? 주위의 다른 공신들은 그저 깨진 술병 소리에 잠시 수런대더니 다시 웃으며 술잔들을 서로 건낸다. 머저리 같은 놈들. 자기 주군이 부하에게 능욕을 당하는데도 히히덕 대 기만 하다니.

나도 같이 있는 자리에서 도전에게만 공개적인 칭찬을 하는 성계에 대한 섭섭한 마음이 도전에 대한 분노에 더해진다. 혼자서 술 석 잔을 연거푸 들이키고 자리를 박차고 나왔다. 그래도 참아야지. 키잡이와 삿 대잡이가 싸우면 뱃길만 더 험해진다. 일단 강을 건너고 보자.

문득 인찬이 그리워진다. 그가 살아 있었으면 같이 밤새 술 마시고 싶은 심정이다. 건국과 관련한 사안들을 마지막까지 혼신의 힘을 다하 여 마무리 하다가 기어코 과로로 쓰러지더니 못 일어나고 말았다. 훗날 역사가들이 조선 건국에 쌓은 인찬의 그 많은 공적을 과연 알아 줄 수 있을까?

◎ **도전**

오늘의 주연에서 성계도 만족한 것 같았다. 큰 뜻을 품었지만 어려운 길에서 좌절할 때쯤 성계가 나타나 주었다. 성계의 큰 그릇이 없었다면 내 꿈을 이렇게 실현할 수 있었을까? 고마우신 분. 내 견마지로를 다하여 그대를 보필하겠소.

특히 한 고조와 장량의 이야기를 빗대어 내가 그의 충직한 신하임을 확인 시켜준 것에 매우 흡족해 하는 것 같았다. 일부 나에 대해 비판적인 대신들은 내가 성계를 등에 업고 나댄다고 하지만 성계와 내가 죽이 잘 맞는 것을 시기해서 하는 말들이다. 내가 이 년 전 성계의 공적을 찬양한 노래에 진심을 담아 바친 것도 그 친구들은 아부라고 치부하겠지. 상관치 않는다. 성계에 대한 나의 충정의 깊이를 그들이 어떻게 가늠 할 수 있겠는가! 비록 술병이 깨지는 바람에 먼 곳에 있던 대신들은 내 다음 말을 못 들었을지 몰라 개운치 않기는 하지만 성계만 내 마음을 확실히 알아 주면 되는 것이지.

◇ **방원**

영규가 오늘 죽었다. 마음이 애잔하다.

자기 평생 나를 위해 목숨을 바친 영규는 조선 건국의 영광을 충분히 즐기지도 못하고 몇 년 만에 세상을 뜬 것이다. 아마 전쟁터에서 얻은 수많은 상처들과 늘 나를 경호하느라 긴장하며 살았던 것이 속병으로 남아 있었을 것이다. 벼슬을 주었지만 너무 늦었다. 박봉에 식솔들을 먹이고 살기에는 벅찼을 텐데 그는 아무 불평도 안 했고 나 또한 무심했다. 후회가 된다.

율은 말이 없다. 영규와는 달리 나를 대하기가 어려웠을 것도 있겠지만 성품 자체가 과묵한 것 같다. 영규는 율이 조선 제일 검이라고 얘기하곤 했다. 날아오는 화살도 검으로 막아내고 검으로 못 막은 화살은 자기 몸으로 막아내었다. 한번의 실수도 없이 내 목숨을 벌써 서너 번은 살리지 않았는가? 율의 어머니가 병으로 거의 죽어 간다는 얘기를 들은 내가 명의를 붙여주고 고기 값도 흠뻑 건네 주었다. 죽어가던 어머니가 살아나자 율은 내 앞에 꿇어 앉자 한참을 울먹였다. 이놈을 보면 영규가 자꾸 떠오른다. 율은 내가 보살펴 주리라.

*** 몇 달 후 ***

♠ **율**

주군을 모시고 지방을 다녀 오는데 우리 집에서 가까운 곳을 지나가게 되었다.

"너의 집이 이 근처라고 하지 않았더냐? 목도 칼칼한데 막걸리나 한 잔 하고 갈까?"

"영광이오나 주군께서 들리시기에는 너무 누추하여……"

내 말이 끝나기도 전에 주군이 앞장을 서서 간다. 부랴부랴 앞장서 안내를 했다.

노모와 아내, 그리고 어린 아들 놈이 달려 나와 주군 앞에 큰 절을 한다. 자기를 살려 준 주군 앞에서 노모는 눈물까지 흘리며 감격해 한다. 부랴 부랴 술상을 준비해 내었다. 나를 비롯한 가족들이 대청마루 아래 조아리고 있었다.

"허어, 이렇게들 계시면 내가 술 맛이 나겠소? 이리들 올라 오시오."

모두 머뭇거리며 움직이질 않으니 주군이 재촉한다.

"그럼 어머니라도 올라 오셔서 한 잔 받으시오."

어머니가 마지못해 올라가 술을 한 잔 받아 마시고 주군께 술을 따라 드린다. 주군이 여기저기를 살피다가 아들 놈에게서 눈이 멈춘다.

"이놈 제 아비를 꼭 닮았구나. 커서 훌륭한 장수가 되겠어. 허허허."

그리고는 허리춤에 찬 자신의 칼을 풀어서 나에게 건네 준다.

"네 가문에 하사하는 검이다. 이놈도 잘 키워서 대를 이어 나라의 큰 동량이 되게 하라."

머리를 조아리고 팔을 높이 들어 검을 받았다. 눈물이 그렁거려 한참 동안 고개를 들 수가 없다. 주군의 하해와 같은 은혜를 내 살아 있는 동안에는 다 갚을 수 없으리라.

'주군, 대를 이어, 또 그 후대를 잇고 또 이어, 제 후손이 끊어질 때까지 주군께 충성하겠습니다.'

[2020년 여름: 사건 34일 후]

◆ 형사 강철

김 교수가 끊임없이 이야기를 끌어간다. 거만한 태도는 그대로지만 자기가 열심히 논문 지도를 했었다는 것을 증명하려고 하듯이 스스로 이야기를 이어 간다. 주춤거린다면 자신에 대한 내 의혹이 더 커질 것이라고 판단한 것 같다. 말 많은 성격 때문일 수도 있고.

『태조실록』의 초고를 보고 나서 태종이 수정을 명하여 다시 작업을 하였지요. 이성계의 내용이 너무 빈약하여 이를 보완하라고 했던 것입니다. 사대부들이 실록 작성의 책임을 맡았으니 조선 건국을 사대부 입장에서 썼겠고 아무래도 일개 지방 무장에서 시작한 이성계에 대한 사료가 많지 않았을 것이란 해석들도 일리는 있지만, 아무리 그래도 조선 건국 직후에 만들어진 사료에 건국자의 내용이 부족하다는 것에 대한 충분한 설명이 안되지요.

당시 초고 작업은 태종이 정권을 잡기 전부터 책사 노릇을 해 왔던 그의 오른팔인 하륜이 맡았었는데 하륜이 뭘 몰라서 초고를 잘 못 썼을까요? 하륜은 사실을 그대로 썼는데 그것이 방원 마음에 안 들었던 것이겠지요. 조선 건국의 주인공이고 방원의 아버지인 이성계에 대한 내용이 부실해서 사초를 다시 썼다? 이건 희극이지요.

또한 정도전이 초안을 완성했던『고려사』는 세종이 이성계에 관한 자료를 더 모아오라고 신하들을 독촉하고 세 차례의 보완을 거쳐 문종 때나 되어서야 완성이 되었지요. 그래 봐야 이성계에 대하여 추가된 것은 활 잘 쏘고 말 잘 탔다는 전설적인 얘기가 대부분이긴 하지만. 60년 동안 몇 대에 걸쳐 완성된『고려사』가 당시의 왕 혹은 집필자들의 입맛에 따라 얼마나 각색 되었을 지는 얼추 짐작할 수 있겠지요.

이러한 기록들은 이성계의 역할이 조선 건국에 절대적인 것은 아니었을 수도 있다는 반증일 수도 있습니다. 이를 뒷받침하는 근거가 몇 가지 있습니다. 이성계는 몇 번의 결정적인 시점에서 주저하였습니다. 위화도 회군이 신속하지 않았다는 것은 앞서 말씀 드린 것이고, 벽란도에 부상당해 있을 때도 정도전 등의 개혁파가 모두 잡혀 들어 가 있는 급박한 상황인데도 하늘의 뜻에 따라야 한다는 등의 말을 하며 뭉기적거린 감이 있습니다. 또한 대신들이 왕위에 오르라고 청했을 때도 몇 번 사양하고 나서도 한나절이 지나서야 수락했습니다. 명분을 쌓기 위한 겉치레 라고 볼 수 있습니다만, 그때 당시 이성계가 와병 중이었으니 실제로 왕위에 오르기를 주저하였을 것이라고 해석한다 해도 무리는 아니지요.

『태조실록』에 보면 '태조가 방문을 걸고 못 들어 오게 하였으나 해질 무렵 배극렴 등이 문을 밀치고 들어가 국새를 바치니 태조가 황망하여 거조[10]를 잃었다.' 라고 되어 있습니다. 의례적인 사양이었다고만 해석 하기에는 좀 어렵다고 생각됩니다. 이런 관점으로 보면 앞서 얘기한 바 있는 세자 책봉 시 강비의 영향이 컸을 것이란 추측도 더 힘을 얻게 됩 니다.

현대적으로 해석하면 소위 주위 사람의 의견을 잘 경청하고 반영하는 민주적 리더십이었다고 할까요?"

---

10) 거조(擧措): 일을 처리하기 위한 조치

2. 못 다 핀 조선의 꽃

◦◦◦ 1395년 7월, 강비 죽기 1년 전: 방원 28세, 강비 39세 ◦◦◦

◇ **방원**

둘째 어머니가 부른다는 전갈이 왔다. 며칠 후가 내 생일이다. 갈까 말까 망설였다.

그간 몇 번 오라고 했으나 안 갔었다. 오랫동안 못 보니 한 번 만나보고는 싶긴 하다. 시간이 지나니 세자 책봉 때의 분노도 어느 정도 사그라져 간다. 그녀와의 일들이 머릿속을 스쳐간다.

십오 년 전 아버지와의 혼례식에서 그녀를 처음 보았다.

"아이고, 이성계 장군은 자기 맏아들보다도 어린 새색시를 맞이 하니 입이 찢어지는구먼. 호호호."

"그러게, 각시가 예쁘기도 하구먼. 근데 본처인 한씨 부인은 속이 까맣게 타겠네. 쯧쯧."

참석한 친척 아줌마들의 재잘거림 속에서 내 눈에 비친 둘째 어머니는 예뻤다. 그녀는 특히 나에게 관심을 많이 보였다. 내가 가면 반갑게 안아주고, 좋은 물건이 있으면 나에게 먼저 주고, 내가 글을 읽으면 옆에 앉아서 한참을 보고 가곤 했다. 내가 과거에 급제 하였을 때도 나를 보고 "쟤가 왜 내 배에서 안 나왔을까" 하며 공공연히 나에 대한 애정을 표하곤 했다. 몽주를 살해했을 때도 나를 변호해주어 위기를 넘길 수 있었던 것도 그녀 덕분이었다.

어머니에게서 살가운 정을 받지 못해서였을까? 아니면 누나 없이 자라서였을까? 때로는 엄마같이 때로는 누나같이 느껴지며 그렇게 가까워졌다. 내가 방석, 방번을 예뻐하는 것을 보며 둘째 어머니의 눈에는 행복이 가득했던 것 같았다. 위화도회군 때 가족들을 데리고 도피할 때도 그녀를 극진히 챙겼다.

그러나 방석이 세자로 책정되었을 때 그녀에 대한 나의 분노는 참을 수 없었다. 며칠 동안 술만 마셨다. 그녀가 미웠다. 아버지가 원망스러웠다. 그러는 와중에 와 달라는 전갈이 왔지만 가지 않았다.

그런데 꼭 와달라는 간곡한 전언이 다시 왔기에 찾아갔다.

그녀는 내가 방에 들어가자 자리에서 일어나 나를 맞이했다. 이런 것은 처음이었다.

어렵게 시작한 얘기는 결국 너무 섭섭해하지 말고, 나중에 또 왕이 될 수 있는 기회가 올 테니 그 동안 방석을 잘 살펴서 방석이 왕위를 이어받도록 해 달라는 이야기다. 나에 대한 애정은 변함이 없다는 얘기도 했다. 나는 듣기만 했다. 무슨 얘기를 한들 내 마음이 녹으랴. 말 한마디 안하고 그냥 나왔다.

그 이후에도 몇 번 나를 불렀지만 가지 않았다.

그렇게 한두 해가 지나갔다.

그런데 오랜만에 또 부른 것이다.

*** 며칠 후 ***

며칠 고민 끝에 저녁에 둘째 어머니를 찾아갔다. 그래도 명색이 어머니인데 거듭된 초청을 계속 거절하는 것도 도리는 아닌 것 같다. 내심 그녀를 보고 싶은 마음이 명분을 만들어 냈는지도 모르겠다. 방에 들어가니 향내가 확 풍긴다. 술상도 차려져 있다.

"생각해보니 그동안 내가 방원이 생일을 못 챙겨주었더구나. 어릴 때는 내가 선물도 챙겨 주곤 했는데. 호호."

오늘 따라 말이 많다. 요즘 몸이 안 좋다는 얘기를 들었는데 가까이서 보니 예전보다 좀 마른 듯 하고 화장도 진하게 한 것 같다. 이제 마흔을 바라보고 있지만 아름다움과 기품은 그대로이다.

내 술잔에 술을 가득 따른다. 단숨에 들이켰다. 또 따라 준다. 그렇게 몇 잔을 연거푸 마시고 나서야 내가 그녀 잔에 술을 따랐다. 그녀가 단숨에 들이킨다. 그렇게 몇 순배를 지나가자 서로 얼굴이 벌개졌다. 그녀는 계속 얘기하고 나는 그저 묵묵히 듣고 있었다. 아버지와 방석의 얘기는 일체 없다. 그냥 옛날 얘기와 근래의 신변잡기를 재잘거린다. 술기운과 그녀의 살가움에 긴장이 점차 풀렸다. 그녀의 말에 몇 마디 화답을 하였다. 내가 반응을 하자 그녀가 좀 더 가까이 다가온다. 향기가 더 진하게 풍겨온다. 촛불에 비치는 그녀는 십 수년 전 처음 보았을 때와 달라 보이지 않는다.

"네가 오래 전에 함주에 가서 두어 달을 돌아오지 않은 적이 있었지. 그 때 네가 얼마나 보고 싶던지 내가 함주에 가려고 짐까지 싸 놓았다가 네 아버지께서 말리시는 바람에 못 갔었단다. 그리고 또 한 달이 지나서야 네가 돌아 왔지. 그 때 네가 내 손을 잡고 환하게 웃는데 눈물이 다 나올 뻔 했단다."

내 마음을 돌리기 위하여 과거 추억을 새삼 쏟아 넣는다. 뻔한 줄 알면서도 움직이는 게 사람 마음이던가? 긴장이 더 풀렸다.

"그리고 네가 정몽주를 죽였던 날 네 아버지가 네 목을 치려고 할 때도 이 어미의 마음이 얼마나 놀라고 아팠는지. 차라리 내 목을 내 놓고 싶은 심정이었단다."

생색을 내는 것이지만 고맙기는 했다. 그 동안 고맙다는 말을 안 했던 것 같다.

"그 때 둘째 어머니 아니었으면 제가 이 자리에도 없었겠지요."

그녀가 좀 더 가까이 다가 온다. 무릎과 무릎이 거의 닿을 정도의 거리이다.

"방원아, 옛날같이 내 손 한 번 잡아 주련? 이 어미도 요즘 마음이 편치 않구나."

당황스럽다. 어떻게 해야 하나? 사실 어릴 때는 손도 자주 잡고 품에 안기기도 했기 때문에 손을 잡는다는 것이 그렇게 부자연스러운 것은 아니다. 그러나 손을 잡은 지 꽤 되어 쑥스럽다. 그리고 이제는 나도 다 큰 성인이다. 친어머니는 아니지 않는가?

그녀가 내 눈을 지그시 바라본다. 눈이 촛불에 비추어 반짝거린다. 눈물인가? 순간 마음이 약해졌다. 그녀가 내 손을 살며시 잡는다. 내가 가만히 있자 두 손으로 감싸 잡는다.

"우리 방원이 이제 의젓한 어른이지만 내게는 아직 어린애 같단다."

내 등을 몇 번 도닥이다가 살며시 내 등을 감싼다. 내가 주춤했다.

"어머, 이젠 다 컸다고 어미 품에도 안 안기려 하네. 어릴 땐 곧 잘 안기더니만. 호호."

나를 끌어 당겨 살포시 안는다. 혼미하다. 내 등을 다독거린다.

나도 모르게 눈을 감았다. 오랜만에 느끼는 포근함이다.

그렇게 얼마나 있었을까? 그녀의 품에서 떨어져 나왔다.

"이제 가 보겠습니다."

"술과 안주가 아직 많이 남았는데 벌써 가려고?"

잡는 손을 뿌리치고 집에 돌아와서도 등을 토닥거려주던 그녀의 손길이 느껴진다.

*** 몇 달 후 ***

◦◦◦ 1395년 겨울 ◦◦◦

■ 지란

조정대신들의 회식연 자리다. 방원의 장인인 민 대감이 내 옆에 앉았다. 두 사람은 각자 자기 맞은 편의 사람들과 대화를 나누고 있었다.

내관 하나가 살짝 들어 와 민 대감에게 뭐라 귀속 말을 한다. 고개를 끄떡이며 혀를 찬다.

"아 글쎄, 방원이 사냥을 하다가 범에 물렸다고 합니다."

내관이 나가자 내 눈치를 보며 별일 아닌 듯이 던지는 민 대감의 말을 듣는 순간 내가 놀라 잔을 떨어뜨렸다.

"아니, 뭐 크게 다치지는 않았다고 합니다. 근데 의형의 그 많은 아들 중 하나인데 뭘 그리 크게 놀라십니까? 아이구 얼굴색까지 변하셨네. 이거 제가 술자리에서 괜한 말씀을 드렸나 봅니다. 허허."

민 대감이 고개를 갸우뚱한다.

"아니 술잔에 고기기름이 묻어 미끄럽군요. 그나저나 사위가 다쳤다하니 심려가 크시겠습니다."

조심해야겠구나!

*** 몇 달 후 ***

■ **지란**

강비가 아파 누웠다고 한다. 강비는 한씨 부인의 죽음으로 운이 좋게 왕후가 되고, 또 아들이 세자로 책봉되었다. 사람이 원하는 것을 얻고 나면 도리어 허탈해지고 그 동안 몸 안에서 나오지 못하던 병들이 나타난다고 하더니 강씨는 방석이 세자로 책봉된 후부터 조금씩 쇠약해졌다. 그렇게 오랫동안 병세가 악화되었다 회복하였다를 반복하였다.

요즘 들어는 몸이 더 안 좋아져서 외출도 삼가 한다고 한다.

방석을 세자로 세우고 나서 강비의 위세는 더 커졌다. 성계의 애정도 지속되고 있다. 지금은 성계 다음의 실질적 권력 제2인자인 셈이다. 이대로 가면 방석이 그대로 왕이 될 것이다.

저녁을 먹으며 처에게 넌지시 말을 던졌다. 십 여 년 전쯤 강비의 중매로 강비의 조카인 윤 씨와 결혼을 했다. 덕분에 나는 강비의 주변 소식을 남들보다 더 잘 알 수 있었다.

"왕비께서 몸져 누우셨다니 마음이 편치 않구먼. 전하께서도 많이 신경 쓰실 것이고."

"그러게요. 무슨 병인지는 어의들도 잘 모르고 그냥 몸에 기가 빠져 그렇다고 하여 보약을 많이 챙겨 드신다고 하더라고요. 그런데 보약이 쓰기도 하고 오래 먹다 보니 먹기가 싫다고 하시더라고요."

"음, 그러면 내가 명나라에서 몸에 좋고 입에도 맞는 보약을 좀 구해 볼까?"

"그럼 좋지요."

"알았어. 내 힘 좀 써보지."

처에게 약 첩을 건네 주었다.

"내 어렵게 구한 귀한 보약이니 갖다 드리게나. 그런데 내가 주었다고 하면 또 번거롭게 인사치례를 하려고 하실 것이니, 그냥 당신이 어렵게 구했다고만 하고 드리게나. 몇 달 정도는 꾸준히 드셔야 약효가 있다고."

*** 한 달 후 ***

♣ 강비

왜 이렇게 병이 점점 심해질까?

내 아들이 세자가 된지도 벌써 사 년이 흘렀다. 가질 것은 다 가졌는데 이제 병석에 누워 세월을 보내야 하다니. 이러다가 영영 못 일어나는 것이 아닐까? 내가 만일 죽으면 방석, 방번이 위험해지지 않을까? 전하가 살아계신 한 누구도 건들지는 못하겠지만 이제 그도 환갑이다. 인명은 어떻게 될 지 모른다. 전하 말고 누군가 보호막이 필요하다. 지란이 전하의 오른팔 이긴 하지만 나를 탐탁지 않게 보는 눈치이다. 나도 처음 만날 때부터 맘에 안들었다. 나는 높은 집안의 딸이고 자기는 여진족 족장출신으로 빌붙어 사는 처지에 말이나 행동에서 나에 대한 예의를 찾기 힘들었다.

나이 차이는 많이 나지만 그래도 나는 어엿한 형수이지 않은가?

내가 왕비가 되고 나서는 예를 차리려고 노력하는 것 같긴 하다. 나도 그의 마음을 잡기 위해 조카를 그에게 시집 보내기도 했었다. 그러나 둘 사이는 계속 냉랭하다. 이런 상황이 되고 보니 좀 더 잘 해 줄 걸 그랬나 하는 아쉬움도 있지만 너무 늦었다.

결국 방원뿐이 없다. 그 동안 방원의 마음을 돌리려고 무던히 애를 쓰고 일부러 술자리를 만들어 그를 품어도 주었지만 방원의 마음이 어느 정도 돌아섰는지는 가늠할 수가 없다. 그래도 어떻게 하겠어. 마지막까지 마음을 돌리도록 해봐야지.

*** 한 달 후 ***

■ 지란

어느 덧 계절이 바뀌어 가을로 접어 들었다. 날씨가 예년 보다 일찍 쌀쌀하다.

강비가 위독하단다.

강비는 세자 책봉 건을 떠나서라도 개인적으로 쌓인 감정이 많다.

형수가 강비 때문에 얼마나 마음을 앓았던가? 성계가 강비와 결혼 한 후 개경에 관청 일이 많다면서 함주에 거의 오지 않았고, 또 바로 이듬해에 강비가 방번을 출생하는 동안 형수는 가끔 마루에 걸터앉아 남쪽 하늘을 바라보며 한숨을 짓는 모습을 보였다. 그때 형수 나이 마흔 살을 갓 넘었을 것이다. 아직도 한창인 나이에 얼마나 가슴에 멍이 들었을까? 내 가슴도 아렸다. 그때부터 이미 나는 강비에 대한 미움이 싹 터 올랐던 것 같다. 세자 책봉 문제는 거기에 불을 지른 것이었다.

게다가 개인적으로 모멸 당한 기억은 지울 수 없다. 방번이 태어나고 며칠 후 인사치레 차 강비의 집으로 찾아갔다. 산후에 좋다는 보약 한 첩을 들고 갔는데 마침 모 대감 집에서 수레 한 차에 가득 선물을 가지고 왔다. 그 선물을 받으며 인사치레를 하느라 정신들이 없었다. 내가 온 것을 알렸는데도 방으로 올라 오란 얘기가 없었다. 조금 있다가 또 다른 대감 집에서 선물을 한 수레 싣고 왔다. 성계가 황산대첩 등 왜구와의 전쟁에서 두각을 나타내어 이름을 알리기 시작 할 때이긴 하지만 그 날 내가 보는 힘은 성계보다는 강씨 가문의 권력 때문이었으리라. 먼저 왔던 대감이 인사를 끝내고 나온다. 방에 들어가려고 하는데, 집사가 가로막았다.

"조금만 더 기다리셔야겠습니다." 하며 뭔가 황금색 보자기에 싼 무거운 선물을 들고 이제 막 도착한 다른 선비를 먼저 들여 보냈다. 마음이 불편해졌다. 꾹 참고 기다렸다. 그사이 또 다른 대감 집에서 왔다. 그 대감 집이 또 먼저 들어갔다.

집사에게 물었다. "내가 와 있다고 마님께 말씀은 드렸나?" "예. 드렸습니다."

그렇게 몇 차례를 더 기다리다 속에 열불을 품고 그냥 돌아왔다. 나를 깔보고 있는 것이다.

얼마 후에 긴한 일로 성계를 찾아 갔는데 방문 밖에서 마침 강비가 성계에게 하는 말이 들렸다.

"아 글쎄, 방번을 낳고 많은 사람들이 축하인사들을 왔는데 지란 도련님은 와 보지도 않더라고요."

문전박대 당했다고 내가 성계에게 고자질 할 것을 염려해 미리 연막을 쳐 놓는 것이었을까? 아니라면 내가 왔던 것을 진짜 몰랐었던 것일까? 그렇다면 집사 놈이 내가 온 것을 얘기 안 했던 것일까? 그럴 수도 있겠지만 이나저나 마찬가지 이야기이다. 개도 주인이 좋아하는 사람이 오면 꼬리를 치고, 싫어하는 사람이 오면 짖는다. 개의 반응이 곧 주인의 마음이다.

하지만 결정적인 것은 강씨 가문이 형수의 갑작스런 죽음과 관련이 있었다는 소문이다. 증명할 수는 없지만 나는 강한 심증을 가졌다.

◇ **방원**

둘째 어머니가 위독하고 나를 찾는다는 전갈이 왔다. 몇 달 전부터 병석에 누웠다는 얘기를 듣고 병문안을 가려고 몇 번 마음을 먹었으나 차일 피일 미루다가 시간이 흘러 가고 있을 때다. 이제 원하는 것도 다 갖고, 마흔 살의 한창 나이인데 하늘이 복을 너무 많이 주었다고 생각하셨나? 바로 집을 나섰다.

오랜만에 보았는데 그간 놀랄 정도로 얼굴이 많이 여위고 주름살도 늘었다. 병세가 심한 것 같다. 너무 늦게 온 병문안이 미안하게 느껴졌다.

그녀가 병석에 누워 내 손을 잡고 힘겹게 이야기 한다.

"내 죽으면 방석, 방번 이 어린 것들을 부탁할게. 이 어미를 잃고 나면 얼마나 상심이 크겠어. 그 아이들이 너를 얼마나 잘 따르니. 너도 어릴 때는 친동생처럼 잘 보살펴 주었지. 내가 방원이 너 말고 또 누구를 믿겠니?"

나는 묵묵부답 가만히 있었다.

"방원아, 제발 답 좀 해 주거라. 네 대답을 못 들으면 내가 죽더라도 눈을 못 감고 구천을 영원히 떠돌것 같아. 제발."

그녀의 눈이 너무 간절하다. 수척한 모습이 너무 측은하다. 그러나 대답을 안했다. 방석을 세자로 그대로 놔둘 수는 없다.

"곧 쾌차하실 텐데 무슨 걱정을 그리 하십니까?"

그녀 눈에서 절망이 쏟아져 나온다.

"평생 돌보기가 어렵다면, 내가 죽더라도 상이 끝날 때까지만은 보살펴 주려무나. 구천에서 떠돌 때만이라도 애들이 맘 편히 잘 지내는 것을 보고 싶구나."

나의 침묵하는 시간만큼 눈물의 흔적이 그녀의 베개에 더 진하고 넓게 번져 나간다. 내 손을 꽉 잡고 하염없이 흔들어 댄다. 정말 오래 못 사실 것인가? 차마 대답을 안 할 수 없다.

"알겠으니 맘 편히 갖고 빨리 회복하세요."

손을 꽉 잡아 주고 방을 나왔다.

*** 며칠 후 ***

◦֍◦ **1396년 8월 13일** ◦֍◦

■ **지란**

강비가 죽었다는 전갈이 왔다.

내가 보낸 약재가 강씨에게는 약이 되질 못했나 보다. 약이 때로는 독이 된다고 하더니……

그렇게 미워했지만 막상 요절을 하니 가련하다고 느껴진다. 너무 욕심내지 마시고 그냥 왕후로만 평안히 사시지 권력이 무엇이라고 그리 맘 고생만 하다가 떠났을까? 당신이 애 쓴 것이 도리어 당신의 아들들에게는 피를 불러 줄 것인데.

*** 몇 달 후 ***

◇ **방원**

둘째 어머니께서 돌아가시자 아버지의 슬픔이 얼마나 컸는지 도성 밖으로 내 보낼 수 없다고 하여 경복궁 맞은 편 언덕에 능을 만들었다. 그리고 그 묘를 지키는 능침사찰인 흥천사를 지어 조계종의 본산으로 만들고 매일 아침 재를 올리는 소리를 듣고서야 수라를 들었다. 둘째 어머니를 그렇게나 좋아하셨던 것일까?

건국을 목전에 두고 일찍이 돌아가셔서 개경의 묘에 외로이 누워 계신 어머니가 가엾다는 생각이 갑자기 밀려온다.

*** 1년 여 후 ***

♠ 율

오늘 정도전 대감의 집에 주군을 모시고 갔다. 오랜만에 술이나 같이 하자고 이지란 대감을 비롯한 몇 명의 중신들을 초대를 했다고 한다. 경비병들이 여기저기 경계를 서고 있다. 나는 방문 앞에 서서 눈과 귀를 집중했다.

어릴 때 전쟁터에서 어머니와 단둘이 살아남아 숲 속으로 도망가 몇 년을 살았다. 그 곳에서 야생짐승들과의 경쟁에서 살아남기위하여 내 눈과 귀는 어두움과 미세한 소리에 반응토록 발달해 왔다.

그렇게 두 식경쯤 지났을까?

뒷담 쪽에서 뭔가 소리의 변화가 감지된다. 그 쪽으로 달려갔다. 나무 뒤에 뭔가가 있다. 검을 꺼내 들고 나무 뒤로 돌아갔다. 검은 복면을 한 괴한이 있다. 순간 바로 놈의 어깨를 향해 검을 뻗었다. 사로 잡아야 한다.

"쟁!" 당연히 그놈 어깨를 쑤시고 나와 있어야 할 나의 검이 튕겨져 나온다. 순간 당황했다.

내 검을 막아 내다니! 즉시 서너 합을 나누었다.

"챙! 챙!" 뒤로 물러섰다. 이놈의 빠른 칼이 나를 더 이상 앞으로 나아

가지 못하게 할 정도로 무겁다. 예사 놈이 아니구나! 상대는 내 눈을 응시한 채 움직이지 않는다. 그럼 내가 간다. 다시 서너 합을 더 겨루었다.

나는 정통 무술을 배운 적이 없다. 다섯 살부터는 숲 속에서 야수들과 먹을 것을 다투며 생존 방법을 익혔고, 열 살 남짓 마을로 돌아 와서는 먹고 살기 위해 하루에도 몇 차례씩 싸우다시피 했다. 나의 적수들인 청장년들에게 맞으며, 때리며, 이기는 법을 익혔다. 열 다섯 살 쯤에는 맨주먹으로 인근 동네까지 평정을 하였다. 조영규 장군 밑에 들어가서 창검법을 배웠다. 전쟁터를 누비며 정예군사들과 죽음을 건 수많은 실전에 부딪히면서 나의 실력은 스스로 놀랄 정도로 늘었다. 자세가 무엇이 중요하고, 순서가 무엇이 중요한가? 적의 허점이 보이면 그 허점에서 가장 가까운 나의 무기로 헤집고 들어가면 되는 것이다. 그것이 검이 되었던 주먹이 되었던 머리가 되었던 적보다 먼저 치는 것이다.

그런데 이놈은 검을 허술하게 내린 것 같은 자세이지만 허점이 안 보인다. 서두름도 없다. 내가 칼을 잡은 이후에 나와 다섯 합 이상을 겨룰 수 있던 놈은 없었다. 오랜만에 맛보는 팽팽한 긴장감이다.

기다리자. 맘이 급한 것은 저쪽일 터이니 기다리다 보면 틈이 나올 것이다. 그렇게 둘이 검을 겨루고 미동도 하지 않은 채 시간이 꽤 흘렀다.

상대방의 검이 천천히 옆으로 눕는다. 보통 무사들이면 눈치 못 챌 정도의 아주 미세한 변화이다. 그것은 나랑 싸울 의사가 없다는 신호이다. 이놈도 나랑 금방 승부가 나지 않을 것임을 알아 챈 것이다. 보낼 것인가 말 것인가? 한 번 진검 승부를 해보고 싶다. 이런 고수를 다시 만나기는 쉽지 않을 터이다. 잠시 고민 후 나도 칼날을 살짝 눕혔다. 시끄러워지면 대감들의 술판이 깨질 수 있다. 상대방이 눈을 한번 깜빡이고는 바람과 같이 담을 넘어 사라진다. 마지막 눈길은 무슨 의미일까? 훗날 진짜 한 번 겨뤄보잔 얘기인가? 살려줘서 고맙다는 눈빛이 아닌 것 만은 확실하다. 조영규 장군과 예전에 단 둘이 술을 먹다 한 얘기를 늘 가슴에 새기고 있다.

"너는 네 놈이 조선에서 칼을 제일 잘 쓴다고 생각하느냐?"

"……"

"그렇게 생각하고 있구먼. 그 자신감은 좋아. 흐흐. 그러나 명심하거라. 너의 칼은 주군을 지키려고 있는 것이지, 네 칼 솜씨를 자랑하려고 갖고 다니는 것이 아님을!"

그런데 오늘 그놈과 겨루어 보니, 내가 조선 제일 검이 아닐 수도 있다는 생각이 문득 든다.

*** 그 날 밤 ***

■ 지란

정도전이 몇몇 왕족들과 공신들을 자기 집으로 초대하여 갔다. 사병혁파 등으로 반감을 갖고 있는 왕족들을 달래기 위한 목적일 것이다. 대문 안을 들어 서는데 방원과 마주쳤다. 늘 그렇듯이 율이 바짝 붙어 호위하고 있다. 영규가 건국공신 이등급으로 고위 관직에 오르면서부터 방원의 호위는 율이 맡는다. 동네에서 막 싸움하던 놈이고 정식으로 창검 무술을 연마한 것은 오래 되지 않았다고 하는데, 전쟁터에서 몇 차례 본 바로는 빠르기가 전광석화다. 무술로만 보면 영규보다 훨씬 뛰어나다. 갑자기 장난기가 발동했다.

"방원아, 율이 늘 옆에 있으니 안심이 되겠구나."

"그럼요. 조선에서는 율을 당해 낼 놈이 없을 것입니다. 흐흐."

"정말 그럴까?"

"아니, 숙부도 잘 아시면서 뭘 그러십니까?"

"허어, 세상은 넓고 고수는 많지. 내가 율이 보다 더 뛰어난 고수를 알고 있는데……"

"그럼 둘이 한 번 붙여 보지요. 대신 율이 손 끝 하나라도 다치면 숙부께서 대신 저를 호위하셔야 합니다. 하하하."

집에 돌아 오니 몽이 보고를 한다.

"오늘 정도전 대감 댁에 저도 갔었습니다만 율과 맞닥뜨려 일찍 돌아 왔습니다."

몽을 찾아 낸 것을 보니 율이 생각보다도 더 예리하구나.

"정체가 노출되지 않도록 더 조심하거라."

인사를 하고 돌아 나가는 몽에게 무심코 방원이 내게 한 말을 던졌다.

"그리고, 율은 방원을 끝까지 지켜줄 놈이니 손 끝 하나 건드리지 말거라."

몽은 우리 부족 일원으로 똑똑하고 싸움을 잘해 어릴 때부터 눈 여겨 보다 크게 키워보자고 맘먹었던 놈이다. 그래서 여진, 고려 내뿐만 아니라 명나라와 원나라 등 여기저기 무예 고수들한테 보내 여러 무술을 정식으로 연마를 시켰다. 십여 년 만에 나타난 몽의 눈은 겸손한 자신감에 차있었고 몸은 바람같이 가벼웠다. 그때부터 내 곁에 두고 정보수집, 실전 전술 등을 깊이 가르쳤다. 여러 가지 문파의 무술을 나름 결합하여 완성했기 때문에 어떤 상대와 맞붙더라도 그 틈을 찾아내 바람과 같이 공격을 하는 것이 내가 봐도 감탄스러울 정도다. 이 정도면 능히 조선 최고의 무사라고 할 수 있겠다.

몽은 무예도 뛰어나지만 머리가 영리하여 맡기는 일을 신속히 실수 없이 해낸다.

몇 년 전 몽에게 고려족, 여진족, 몽고족, 한족을 섞어서 스무 명의 비밀정예부대를 만들라고 명하였다. 출신 배경을 섞어 놓으면 그만큼 활동의 폭을 넓힐 수 있고, 유사시에는 비밀유지에 유리하다. 일 당 오, 십당 백을 상대할 수 있는 부대로 만들라고 하였다. 이런 복잡한 정치판에서는 도성 내에서의 소규모 전투에서 승자와 패자가 갈릴 것이다.

준비가 다 되었다고 한달 전에야 보고를 받았었다. 그만큼 신중하게 골라 뽑았고 강한 훈련을 시켰단 얘기겠지. 몽의 뒷모습을 보며 문득 이런 생각을 하며 혼자 피식 웃었다.

'몽과 율이 진검 승부로 붙으면 볼만하겠는데. 흐흐.'

두 사람 검 쓰는 것을 모두 본 사람은 나뿐이다. 승부가 짧은 시간에 나지는 않을 것이다. 처음에는 막상막하가 될 것이나 합이 늘어날수록 몽이 우세해 질 것이다. 몽은 무예 그 자체를 즐긴다. 그래서 합이 더 해 갈수록 신명이 넘쳐 나고 무궁무진한 검법이 절로 나온다. 율의 검에서는 살아 남기 위한 절박함이 풍겨 나온다. 상대가 자기보다 고수라고 느끼는 순간 급격히 무너질 것이다.

절박한 놈이 아무리 노력을 한다 해도 즐기는 놈을 이기기는 힘들다.

내 실력이 한창이었을 때 지금의 몽과 만일 대결을 벌였다면 내가 과연 이길 수 있었을까? 후후후⋯⋯

[2020년 여름: 사건 34일 후]

◆ **형사 강철**

김 교수가 이어서 말한다.

"이성계가 훌륭한 리더였다는 점은 의심할 바 없으나, 앞서 이야기 했던 점들을 고려하면 강하고 빠른 결단력을 가지고 목표를 위해서는 도

박도 걸어보는 뛰어난 정치가였느냐 하는 것은 다소 의문이 듭니다.

역사에 서술된 이성계는 책략이나 권모술수를 잘 쓰는 위인은 아닙니다. 그러기에는 그릇이 너무 컸는지도 모르죠. 이런 관점에서 보면 당시 긴급하고 복잡하게 얽혔던 여러 사건들을 엮어 나가며 결국은 이성계에게 최고 권력을 쥐어 준 어떤 드러나지 않은 막강한 지원, 혹은 참모 세력이 있었을 것 같은 느낌이 듭니다. 소위 킹메이커 말입니다.

흔히들 정도전이 조선 건국의 주역이라고 합니다. 정도전이 빼어난 개혁적인 학자로서 정책을 세우고 이를 치밀하게 실행해 가는 데는 가장 큰 역할을 한 것이 분명하지요. 이 방원도 그의 능력은 인정하고, 그의 아들들은 죽이지 말라고 명하여, 장남인 정준만은 다행히 살아 남아 후에 형조판서까지 하였고 그 후손들도 주요 관직들을 맡았지요. 다만 정도전은 큰 그림을 그려 놓고 숨가쁘게 돌아가는 형세 속에서 판세를 빠르고 정확하게 읽어 상황을 유리하게 만들어 가는 정치적인 인물은 아니라고 봅니다. 그는 다져진 터 위에 집을 지은 사람이지, 황무지를 개간해 터를 닦은 사람은 아니지요.

그리고 그러한 면에서의 공로로 보면 토지개혁을 비롯한 여러 가지 개혁정책의 기틀을 만들고 추진했던 조준도 정도전과 어깨를 같이 할 만할 것입니다. 이성계의 가장 큰 정적이었던 조민수를 탄핵하여 제거한 것도 조준입니다. 고려 말부터 태종 때까지 큰 공을 세운 조준보다 태종에게 죽임을 당한 정도전이 더 유명한 것은 역사에 또 다른 아이러니지요. 게다가 조준은 방원을 세자로 밀었었고, 정도전은 방원을 반대하였었는데도 말입니다. 정도전이 다시 조명 받게 된 것은 정조 이후이긴 하지만요."

3. 송현방 한 잔 술

◦❀◦ 1398년 봄 ◦❀◦

■ 지란

강씨가 죽고 벌써 삼 년 가까이 흘렀다. 방석은 아직도 세자로 건재하다. 성계도 몸이 안 좋다. 언제 그가 죽고 방석이 왕이 될 지 아무도 모른다. 그런데도 방원은 움직일 기미가 없다.

방석이 세자가 되고 나서 나의 번민은 컸다. 방원이 그냥 있을 리 없다.

성계인가? 방원인가?

방석이 왕이 되면 방원이 죽임을 당할 수도 있다. 하지만 방원이 왕이 되면 성계도 무사할 것이다. 성계가 모르는 것이 있다. 바로 성계에 대한 방원의 존경심이다. 몽주의 주살도 성계에 대한 방원의 충정에서 비롯 된 것 아닌가? 방원은 왕이 되더라도 성계를 어찌하지 못할 것이다. 또한 방석이 왕이 되면 외척인 강씨 가문과 정도전이 이끄는 사대부들의 전횡이 본격화 될 것이다. 성계의 말년이 평안하리란 보장이 없다. 방원이 왕이 되는 것이 모두를 위한 것이리라. 성계가 이런 나의 고뇌를 훗날에라도 헤아려 줄 수 있을까?

내 나이도 이제 칠십을 바라본다. 나의 체력이나 영향력이 언제까지 버티어 줄지 모른다. 내가 죽기 전, 그리고 방석이 왕위를 계승하기 전, 이것이 방원과 나에게 주어진 시간이다.

방원은 성계가 죽을 때까지 기다리려는 것일까? 아니, 그것은 너무 늦다는 것을 방원도 생각하고 있을 것이다. 그렇다면 강비 때문인가? 강비가 죽기 직전에 방원이와 단 둘이 오래 대화를 나누었다는 얘기를 들었었다. 강비가 자기 사후에 아들들을 간곡히 부탁했겠지. 방석 세자 책봉 이전에는 방원이 강비를 자기 친엄마 보다 더 따랐던 만큼 마음을 다 잡는데 시간이 필요했을 수는 있다. 만일 그렇다면 3년간의 강비 국장도 끝나가는 지금 본격적인 준비를 해야 하는 것 아닌가? 시기를 앞당길 묘수를 찾아 봐야 한다. 도전이 왕자들을 죄어 더 이상 물러 날 곳이 없을 때가 바로 적기일 것이다. 방원이 도전을 칠 것이란 소문을 조심스레 퍼트려 볼까나?

그리고 방원에게 사람이 필요하다. 방원이 잘났다고 하지만은 혼자 힘만으로는 안된다. 성계에게 인찬과 도전이 있었듯이 방원에게 모든 것을 걸 수 있는 노련한 책사가 있어야 한다. 낙점해 놓은 사람이 있기는 하다. 하륜!

중앙정부 요직과 전라도 관찰사 등을 두루 경험했으나 정도전과 부딪혀 계림부윤으로 좌천되어 있다. 학식이 뛰어나고 일에 추진력이 있다. 한때 명나라와의 외교문제도 성공적으로 마무리 했을 만큼 국제 감각도 있고 임기응변도 좋다. 방원의 장인인 민제 대감하고 동문수학한 친구 사이라 한다. 다만 이인임 정권에 붙었다가 몰락 후에 정몽주 파로 배를 갈아탔던 것이 걸리기는 하나 도리어 흐름을 잘 본다고 할 수도 있겠지. 아들 뻘인 방원에게 맹목적 충성을 기대 할 수는 없을 것이다. 충성보다는 방원이 왕이 될 수 있다는 확신이 더 중요할 것이다.

　민제 대감을 만났다. 이런 저런 얘기를 둘러가며 하는데 마침 민 대감이 방원 얘기를 먼저 꺼낸다. 몇 차례 맞장구를 쳐 주다가 본론으로 들어 갔다.

　"방원이 더 큰 일을 하려면 노련한 참모가 필요하지 않겠습니까? 대감께서는 두루 아시는 분도 많고 하니 사위를 위하여 한 번 찾아 보시죠."

　"흐흠, 그렇긴 합니다. 글쎄 누가 있을까요?" 하며 네댓 사람 이름을 자신 없게 열거한다. 그 중에 하륜이 있다. 이사람 저 사람에 대하여 묻다가 무심한 듯 던졌다.

　"아, 그 하륜이란 분이 관상도 잘 본다고 하던데 그런가요?"

　"그렇다고는 합니다만……"

　"그러면 겸사겸사 방원의 관상을 한 번 보라고 해 보시죠. 사위 앞날 점괘도 봐 보고, 혹시 두 사람 뜻이 맞으면 더욱 좋고요."

　"하륜이 똑똑하긴 합니다만, 이것저것 좀 걸리는 게 있긴 합니다. 뭐, 그런데 그렇게 한 번 해 봅시다. 아니면 말고요. 허허."

　"그렇지요. 서로 배짱이 맞는 사람을 골라야지요. 하하."

　내가 하륜을 찍어 가지고 왔다는 것을 민 대감이 눈치채면 나와 방원 사이를 의심할 수 있고, 나중에 하륜이 내 눈치를 보게 될 수도 있다. 오직 방원에게만 복종할 사람이 필요하다.

● 성계

몸이 계속 안 좋다. 벽란도 부상 이후에 충분히 조리를 못 하고 아픈 몸으로 왕위에 올라 몸과 마음을 제대로 추스르지 못한 것이 원인인 것 같다.

그래도 할 일은 얼추 다 해 놓은 것 같다. 방석을 세자로 책하여 후계도 정해 놓았고, 제도도 정비를 많이 해 놓았다. 도전에게 군권을 주어 군을 안정시켜 놓았다. 사병 혁파를 강력히 추진하여 전처 소생 왕자들의 사병도 이제는 남지 않아 일을 벌일 수는 없을 것이다. 왕씨 일가도 그동안 처리를 거의 다하여 후환을 없앴다. 조준이 조정 대신들을 이끌며 국사를 잘 처리 하고 있다. 방원이 맘에 걸리기는 하나 지란이 겉으로 드러나지 않게 내 뜻에 맞추어 왕자들 단속과 대신들간의 조정을 잘 해 나가고 있으니 별 일 없겠지. 이렇게 다 맡겨 놓으니 맘이 편하다. 몇 해만 더 버티다 방석에게 왕위를 물려 주고 함주로 돌아가서 사냥이나 맘껏 하며 여생을 보내야지. 그 때 곁에 강비가 같이 할 수 있으면 좋으련만 이미 이승을 떠났으니⋯⋯

＊＊＊ 몇 달 후 ＊＊＊

■ 지란

조준은 예상했던 대로 귀향한 지 얼마 안되어 성계의 강력한 권유로 다시 복직하여 재차 문하좌시중을 지내다가 강비의 무고 건으로 한때 투옥된 뒤 다시 복권하여 좌정승에 올랐다. 요즘 조준이 역심을 품고 있다고 국화란 기생이 떠들고 다녀 입장이 곤란하다는 얘기를 듣고 찾아

가서 이런 저런 얘기를 하다 슬쩍 미끼를 던졌다.

"좌정승께서 요즘 국사에도 여력이 없으실 텐데 저잣거리 잡배들이 황당한 유언비어를 퍼뜨리고 다니더군요."

조준의 얼굴이 일그러지며 반응을 보인다.

"허어, 이거 좀 난처하게 되었습니다. 지란 대감이니 말씀 드리지만 한두 번 들렸던 기방에서 술시중을 들던 기생 년에게 잘 대해 주니 이 계집이 버릇 없이 굴어 혼을 내 주었지요. 그것에 그 계집이 앙심을 품고 내가 역심을 갖고 있다는 터무니 없는 얘기를 지어 뿌리고 다니는데 제 체면상 그 계집을 잡아 족칠 수도 없고. 허어. 이 무슨 망신입니까?"

"허허, 돌부리를 차면 발부리만 아프다는 말이 있지요. 대감께서 이런 허드렛일에 직접 나서셔야 되겠습니까? 이번 돌부리는 제가 잘 치울 터이니 걱정 마시고 국사에 전념을 다 해 주십시오."

조준이 안도의 한숨을 내 쉬는 것을 보고 내 말을 이어갔다.

"쯧쯧, 그나저나 어린 세자께서 잘 해 주셔야 될 텐데 걱정입니다. 만에 하나 전하의 옥체가 오랫동안 회복을 못하고 세자가 왕위에 오르게 된다면 도전과 뜻을 합쳐서 전하의 오랜 충신들을 쳐내고 신진 세력으로 물갈이 하지 않을까 걱정이 되오. 세자 책봉 때 대감이 방원을 마지막까지 적극 추천하다가 관직을 내 던진 것은 방원이 아직도 고맙게 생각하고 있더이다. 대감이야 흐름을 잘 읽으시니 세상이 어지러워져도 중심을 잘 잡으시리라 믿습니다."

내 눈을 빤히 응시하는 조준이 내 눈빛과 말이 전하고자 하는 뜻이 무엇인지 잘 헤아려 주리라 믿는다.

*** 며칠 후 ***

"골치 아픈 일 처리해 주셔서 고맙습니다."

조정에서 서로 스치게 되자 조준이 살짝 말을 건넨다.

"허어, 뭐 제가 한 일이 있겠습니까? 듣자 하니 그 계집이 유언비어 죄로 관아에 가서 경을 치고는 제풀에 강물에 몸을 던져 스스로 목숨을 끊었다 하니 역시 하늘도 대감 편입니다. 허허."

좌정승이 못하는 일을 내가 쉽게 풀어 주었다. 내가 할 수 없는 일은 조준이 해결해 줄 것이다. 누구에게는 자기 온 힘을 다 써도 해결 못하는 일을 또 다른 누군가는 말 몇 마디로 해결해 줄 수 있는 것. 이것이 인간사의 묘미 아니겠는가?

[2020년 여름: 사건 34일 후]

◆ **형사 강철**

김 교수가 냉장고에서 꺼낸 과일 주스를 따 주며 이야기를 이어 간다.

선배 말이 맞구먼! 자기 얘기에 한 번 빠지니 멈추질 않네.

"역시 가장 큰 미스터리는 1차 왕자의 난이지요. 누가 명칭을 붙였는지는 모르겠지만 '난' 보다는 '정변'이란 단어가 더 정확한 표현이겠지요.

요지는 방원이 아무리 똑똑하고 배포가 크다고 하여도 과연 혼자 그 큰 일들을 해 치웠겠느냐는 것입니다. 고작 31살 때 단독으로 정변을 일으켜 정권을 장악했다고요? 아무리 병석에 누워있었다고는 하더라도 천하를 호령하던 아버지가 왕위를 떡 하니 버티고 있었고, 명 재상인 정도전이 모든 병권을 장악하고 있던 판에 몽둥이를 든 하인을 포함한 고작 30여명의 사병으로 반 나절 만에 한 나라의 정권을 잡았다는 것이지요. 당시 방원이 정도전을 쳤던 사건현장인 송현방으로부터 지척거리에 있었던 의흥삼군부의 평소 군사 규모는 850명이었다는 기록이 있습니다. 사건 당일 휴가를 많이 보냈다고는 하지만 왕이 와병중인 준 비상 시국에 절반 이상을 보냈겠습니까? 최소로 잡아도 수 백 명의 국가 정규군과 수 십 명의 사병들간의 전투였던 것이지요. 그런데 단 몇 시간 만에 방원이 상황을 평정했다는 것을 선뜻 믿기가 힘들지요.

게다가 방원은 정도전을 죽인 후 바로 그날 밤에 모든 대신들을 끌어모아 자기의 정변을 승인하는 회의를 소집하였지요. 어떻게 그 야밤에 노회한 대신들을 다 모아 자기편으로 만들었을까요?"

"방원이 처가인 민씨 집안과 방원 형제들의 지원이 당연히 있지 않겠습니까?"

"민씨 집안이 무시할 수는 없는 가세였지만 1차난 당시 장인인 민 대감의 직책은 종1품 판삼사사였지요. 품계는 높지만, 권력과는 거리가 먼 자리였습니다. 2차왕자의 난 후에 방원이 명실공히 정권을 장악하고 난 후에는 좌정승까지 오르긴 했습니다. 민제 대감의 할아버지는 대사헌을, 아버지는 좌사의대부를 지낸 명가이긴 하지만 문관 집안이기도 하거니와, 당시는 사병혁파가 완료된 이후라 전투의 승패를 결정지을 만한 사병을 갖고 있다고 보기는 어렵지요. 정예병과 그 많은 대신을 단 몇 시간 만에 움직일 만한 세력은 못 되었을 것입니다. 방원의 동복 형제들도 사병 혁파로 손발이 없기는 마찬가지였겠지요."

*** 몇 달 후 ***

◎ 도전

방원이 언제 역습을 해올까? 이대로 그냥 흘러가는 것이 반드시 좋지만은 않다. 성계도 요즘 몸이 불편하여 언제 유고 사태가 될지 모른다. 그 전에 방원이란 마지막 장애물을 제거해 놓아야 한다. 그가 있는 한 이 나라를 언제 또 피로 물들게 할 지 모른다. 방원이 왕이 된다면 내가 그 동안 구축해 온 사대부의 나라는 물거품이 되고 다시 강력한 왕권 국가가 될 것이다. 방원을 후원한다는 소문이 있던 주원장이 얼마 전 죽었다는 거의 확실한 첩보도 있다.

방원이 나를 칠 때도 명분이 있어야 하겠지만 내가 방원을 치더라도 명분이 있어야 한다. 내가 먼저 치는 모습보다는 방원이 먼저 나를 치다가 나에게 당하는 모양이 더 좋다. 역모죄로 몰아 싹을 완전히 잘라 낼 것이다.

이미 사병 혁파를 해 놓았기 때문에 방원이 동원할 수 있는 군사는 기병, 보병, 하인들 각 십여 명 하여 총 서른 명 정도라 한다. 그 동안 개인 집에 있는 무기들도 모두 압수하였으니 무기도 변변치 못할 것이다. 나의 정예병들에 적수가 못 된다. 방원의 편에 설 것이 확실한 이숙번도 궁에서 가까운 정동에 파견을 이미 명해 파주에 있는 자기 군사들과 떨어뜨려 놓았기 때문에 그가 당장 직접 움직일 수 있는 군사는 채 대여섯도 안 될 것이다. 이숙번을 사전에 손 볼 필요는 없다. 방원이 방심토록 놔 두어야 한다. 독자적으로 많은 수의 군사를 움직일 수 있는 인물은 지란 정도이다. 사병을 모두 해체하였다고는 하나 가별초는 성계의 친위대 성격으로 아직 살아 있다. 방번에게 가별초 지휘권을 명목상 넘겼다고는 하나 성계의 친위대는 곧 지란의 군대이다. 그러나 지란이 성계를 배반할 리는 없을 것이다.

*** 열흘 후 ***

✧ 1398년 8월 26일: 1차 쐋자싀 난 당일 ✧

◎ 도전

오늘 밤 방원이 움직일 것이다.

보름 전에 방원이 요동정벌을 위한 진법 훈련에 불참한 죄로 태형 50대 벌을 내렸다. 물론 벌은 방원의 수하가 받았지만 방원이 독이 오를 때로 올라 있을 것이다. 게다가 내가 방원을 곧 친다는 소문이 장안에 은밀하게 돌고 있다고 한다. 누가 퍼뜨린 것인지는 모르겠지만 잘 되었다. 방원이 움직이지 않을 수 없을 것이다.

오늘 밤 병석에 누운 주상의 간호를 위해 방원, 방간, 방의, 주상의 동생 이화, 사위 이제 등이 근정전 바깥채에 밤을 지새우기로 했단다. 방원에게는 위험 요인이 될 수 있는 인물들이 궁 안에 묶여 있으니 호기로 판단할 것이다. 나에게도 고려해야 할 변수들이 줄어 들었으니 나쁠 것은 없다. 도성을 지키는 대부분의 병사들에게 휴가를 주되 정예병은 은밀히 남겨 두라고 해 놓았다.

결전 장소는 남은의 첩이 사는 송현방으로 하였다. 내가 자주 찾던 곳이니 거기서 술자리를 갖는다는 것이 부자연스럽지 않다. 도성경비대는 송현방에서 가까워 군사들이 신속히 올 수 있다. 오늘 저녁 송현방에서 술판이 벌어진다는 소문을 유포시켜 놓았다. 송현방에는 하인으로 변복한 정예병 다섯 명을 배치하여 놓았다. 남은, 심효생, 이근, 장지화를 불렀다. 남은을 빼고는 이 작전을 모른다. 아군을 속여야 적군을 속일 수 있다.

방원이 궁을 빠져 나와 집으로 돌아 갔다는 보고가 올라왔다. 제발 미끼를 물어 주기만 바랄 뿐이다.

■ 지란

방원이 출병 준비를 하고 있다고 몽이 보고를 한다. 일이 벌어지기 시작하면 제일 먼저 도성경비대의 당직 장수인 박위와 그 측근들을 암살한 후 송현방 부근에 매복하되, 상황이 잘 흘러가면 전투에 관여하지 말라고 몽에게 명을 내렸다. 방원의 군사 수가 적지만 오늘 같은 상황이라면 굳이 몽의 부대를 드러내 놓고 참전 시키지 않더라도 승산은 충분하다. 몽의 부대의 존재는 될 수 있으면 끝까지 비밀로 하는 것이 좋다.

도전은 송현방 가까이에 주둔하고 있는 도성경비대를 믿고 있을 것이나 그들은 송현방에 오지 못하리라.

그런데 뭔가 찜찜하다. 너무 좋은 기회이다. 너무……

쉬워 보이는 일에는 늘 예상치 못했던 난관이 숨어 있다. 그래서 약해 보이는 적을 만났을 때도 방심하는 적은 없었다. 다시 한 번 하나 하나 점검하여 본다.

도전과 방원의 상황, 전투의 예상 전개 상황, 승전 후에 뒷처리 등등을 짚어 봤다. 빠진 것은 없는 것 같다. 그래도 불안하다. 안되겠다. 기초 정보부터 다시 점검해야겠다.

그 동안 궁과 주요 인사들 주변에는 사람을 붙여 철저히 동태를 감시하여 왔다. 특히 도전에게는 밤낮으로 세작들을 붙여 놓았다. 그 동안 특이 동향은 없는 것으로 보고를 받았다. 그러나 이 정보가 잘못되거나 빠진 것이 있으면 작전의 기본이 흔들린다. 몽을 급히 다시 불렀다.

"세작들이 그 동안 보고하였던 사항 중에 중요한 것이 빠지지는 않았는가?"

"제 판단으로는 없습니다."

몽은 나에게 허언을 하지 않는다. 그렇다면 몽도 모르는 무엇이 있을 수 있다.

"지금 당장 세작들을 모아 정도전 집을 감시하던 중에 사소한 것이라도 특이 사항이 있었던 것은 모두 모아봐라. 서둘러라!"

두 식경이 지나 몽이 돌아 왔다.

"초하루 저녁에 집 앞에서 취객 세 명이 서로 싸우다 도전의 경비병에게 쫓겨 났습니다."

"다음."

"초이틀 낮에 조정 대신 수 명이 방문하여 점심을 같이 하였습니다. 그리고 밤에 뒷담에서 젊은 남녀가 연애를 하다 쫓겨 났습니다."

"다음."

"초이틀 낮에 상단이 와서 매물을 흥정하다가 갔습니다."

"음…… 다음."

이렇게 수십 가지 소소한 사건을 하나하나 빠르게 짚어갔다. 시간은 흐르고 맘은 급하다. 그러나 침착해야 한다. 판단력이 흐려지면 안 된다.

"초아흐레 상인 일곱 명이 들어 갔다가 나왔습니다. 이 상인들은 평소 다른 상인들보다 늦게 나왔습니다. 그리고 들어 갈 때는 키가 모두 비슷했었는데 나올 때는 두 명의 키가 차이가 난 것 같았다고 합니다. 자기가 잘못 봤을 수도 있어서 보고를 안 했다 합니다."

"잠깐, 다른 세작들도 비슷한 일이 있었는가?"

"모두에게 물어보니 그런 경우가 상당수 있었습니다. 모두들 자기가 잘못 본 걸 수도 있고 사소하다고 생각하여 보고를 안 했다고 합니다. 대부분 큰 놈이 들어가서 작은 놈이 나왔다고 합니다."

'아. 복병이다!' 머리칼이 곤두선다.

방원을 막기에는 너무 늦었다. 군사들이 벌써 출발을 했다 한다. 지금 결정을 바꾸면 도리어 우왕좌왕하다 당할 수 있다. 게다가 방원이 내 말을 믿고 따를 지도 확신이 안 선다. 그냥 밀어 부쳐야 한다. 어쩔 수 없이 몽의 부대를 드러내야 하나?

"작전 변경이다. 대원들을 둘로 나누어 일부는 도성경비대로 가고, 나머지는 송현방으로 바로 가서 복병이 나타나면 즉시 전투에 참전하라. 선봉은 명, 원 출신들을 세워라!"

[2020년 여름: 사건 34일 후]

◆ 형사 강철

"동서양을 두루 보면 이, 삼십 대에 나라를 세운 사례들도 많지 않습니까?"

"20-30세 때에 정변을 일으켜 나라를 세운 영웅들도 역사적으로 있긴 했지만 대부분 나라가 혼란스러운 상황에서 이룬 것이지요. 방원의 사례같이 아버지가 왕으로 굳건히 자리 잡아 있고, 건국 후 6년이나 지나 정도전, 조준, 배극렴 등 명 재상들이 나라의 틀을 다 잡아 놓고 사병들까지 혁파했던 상황과는 100% 다르지요.

'방원의 군사는 30명이었다.'라고 기록되어 있는 반면 또 다른 사료에는 '방원 군사들의 횃불이 광화문에서 남산입구까지 이어졌다.'고 기록되어 있는 등 동 시대의 기록들 간에도 서로 모순되게 써 있으니 뭔가 진실은 감추어져 있는 것이 분명합니다. 게다가 '귀신이 도왔다.'라고 방원이 말했다 하니 정말 무엇을 믿어야 할지요. 허허. 광화문에서 남산입구까지 병사들이 줄지어 있었다면 몇 명이나 있어야 할까요?"

"아, 글쎄요? 수백 명?"

"그 정도 갖고 약 3km나 되는 길이 다 채워지겠습니까? 일렬로 도열하더라도 적어도 수 천 명은 넘어야겠지요. 하하. 물론 그 때와 단순비교는 어렵겠지만 2016년 촛불집회 때 광화문과 시청광장에만 모인 인원이 백만 명이었지요. 어쨌던 이 역사적 사건에는 숨겨진 또 다른 진실이 분명 있을 것입니다.

게다가 당일 정도전의 행동은 정말 이해가 안 갑니다. 명석하고 치밀하며 군 최고 통수권을 틀어 지고 있던 그가 당일 왕이 위독하여 왕족들이 궁 안에 모두 모여있는 비상 상황에서 친구들과 무방비로 술을 마셨다는 것 아닙니까? 믿겨지지 않습니다. 그 날 왕족을 궁 안에 모은 것이 방원을 치기 위한 도전의 계략이었단 설까지도 있지 않습니까? 그런데 그렇게 단숨에 방원의 얼마 되지 않은 군사들에게 당하다니 형사님은 납득이 됩니까?

또 방원이 방석을 잡아 갈 때 아무리 이성계가 병석에 누워 있었다 해도 그냥 속수무책 당한 것도 좀 이상합니다. 적어도 방석을 자기의 등 뒤에 앉혀놓고, 방석을 잡아가려면 내 목부터 치거라 하고 호통을 치는 것이 일반적으로 떠오르는 이성계의 이미지가 아닐까요? 그랬었다면 과연 방원이 자기 아버지에게 육체적 위해를 가하면서까지 방석을 끌어낼 수 있었을까요?"

잠시 뜸을 들인 김 교수가 느닷없이 불쑥 나에게 묻는다.

"이성계가 주인공인 영화나 드라마에서 이성계 다음으로 가장 많이 얼굴이 등장하는 인물이 누구일까요?"

◎ **도전**

해가 질 무렵이 되자 한 두 명씩 술 벗들이 오기 시작한다. 안주를 듬뿍 준비하고 술도 충분히 준비 해 놓았다. 이제 참석자들이 다 모였다. 적들을 안심시켜야 한다.

"자, 우리 이제 개혁 완성 시기가 얼마 남지 않았네. 수고들 많았고 다들 같이 건배하세!"

부러 목소리를 높이고 잔을 세게 부딪혔다.

한 잔을 단숨에 들이켰다.

한 달 여 만에 술 맛을 본 뱃속이 후끈 달아 오른다.

'이 한 잔 술로 천년 조선을 가로막는 마지막 장애물을 제거하리라!'

이후에는 술을 계속 마시는 척 했지만 상 밑에 준비한 그릇에 모두 흘려 넣었다. 하지만 술 취한 목소리를 크게 내며 흥을 돋았다. 아무것도 모르는 참석자들은 그야말로 맘 편하게 맘껏 마시고 먹는다. 이제는 내가 안 나서도 서로 잔을 부딪히며 노랫가락도 한다. 좋다. 계속 그렇게 하고 있어라. 그런데 알 수 없는 불안감이 남아있다. 뭔가 놓친 것이 있나? 다시 한 번 차근차근 되새겨 본다. 빠진 것은 없다. 마음을 다 잡았다. 세작들로부터 그쪽이 움직이고 있는 것 같다는 보고가 들어왔다.

◇ **방원**

오늘이다!

지란 숙부도 마침 옛 친구들과 술자리를 한다고 한다. 이번이 하늘이 주신 마지막 기회일 것이다. 이제 정도전의 목을 치고 방석을 끌어 내려서 그간 꼬여있던 일들을 바로 잡아 굳건한 천년 조선을 세울 것이다.

아버지가 빨리 자포자기하여 상황을 받아들이고 잘 버텨주시길 바랄 뿐이다. 무력 진압이 성공한다고 해도 대신들의 반발이 클 것이고 이를 정리하는데 시간이 좀 걸리긴 하겠지만, 이일 저일 다 따지다가는 실기한다. 그건 그 때 가서 해결하면 되지.

군사들을 이끌고 광화문에 있는 도성경비대 군사들을 기습하였다. 대다수가 휴가를 갔다고는 하나 우왕좌왕하며 변변히 대적도 못해 예상보다 쉽게 제압한 후 이숙번에게 뒤처리를 맡기고 바로 송현방으로 향했다. 한 놈이 담을 타고 들어가 송현방 대문을 조용히 열었다.

뜰에 들어가니 하인 대여섯 명이 자기들끼리 몰려 앉아 잡담을 나누고 있다 저 멀리 불이 켜진 방에서 시끌벅적한 소리가 여기까지 들린다. 곧 죽을 줄도 모르고 술을 즐기고 있는 것이다. 그래 맘껏 마셔라. 마지막 술판이 될 것이니.

"쳐라!"

나의 군사들이 몰아 치기 시작하였다. 잡담을 하던 하인들이 의외로 신속하게 대응을 해 오며 꽤 오래 버틴다. 좋지 않은 예감이 살짝 들었지만 그래도 군사의 수로 상대가 안 된다. 계속 우리 군사들이 도전의 군사를 밀어 붙인다.

"더 몰아 쳐라!" 내가 군사들을 독려하는 그 순간 뒤쪽에서 함성소리와 함께 군사들이 뛰어 오는 모습이 보인다. 누구지? 우리 편은 아닐 텐데?

"복병이다! 함정입니다!"

율이 잽싸게 상황을 파악하고 소리친다.

순식간에 몰려오는 적군에 우리 군사들이 당황한다. 숫자도 우리보다 많다. 쫓아 온 하인들 중에는 죽창을 팽개치고 벌써 도망가는 놈도 있다. 예측하지 못한 상황에 곧 밀리기 시작한다. 우리 군사들이 쓰러져 나가기 시작한다. 율이 나를 호위하고 있지만 적들의 수가 너무 많고 정예병이다. 속았구나! 낭패감이 몰려 온다. 율이 날아오는 화살을 칼로 쳐내며 황급히 내 팔을 잡아 끈다.

"주군, 일단 피하십시오!"

상황을 파악할 사이도 없이 율이 터주는 길을 따라 뒷산으로 달려 갔다. 그런데 내 뒤를 쫓던 적군들의 발자국 소리가 더 이상 들리지 않는다. 이상하다. 뒤를 돌아다 보았다. 나를 쫓던 군사 너댓 명이 널브러져 있고, 뭔가 검은 것들이 소리도 없이 신속히 송현방 담을 타고 넘어가는 것이 보인다. 열명은 족히 넘는 것 같다. "저 놈들은 또 뭐지?"

다시 돌아 뛰어 갔다. 문안을 들어서니 검정 옷을 입은 복면무사들이 벌써 도전의 병사들을 도륙하며 필사적으로 저항하는 무리들을 좁혀 나가고 있다. 도전의 군사는 거의 무너진 상태이다. 내가 나타난 것을 본 그 중의 한 명이 뭐라 소리를 친다. 그 소리에 검은 옷 무사들은 신속히 담을 넘어 퇴각해 버린다. 소리친 놈이 막 담을 넘으며 내게 표창을 던지고 사라진다. 율이 순간 막아 섰으나 표창은 내 몸이 아니라 내 발 앞의 땅에 꽂힌다. 당초 나를 겨냥한 것이 아닌가? 주어 보니 표창이 아니라 큰 엽전만한 크기의 징표 같은데 반으로 쪼개져 있다. '이것이 무엇이지?' 그러나 더 이상 이런 질문을 하고 있을 수 없다. 일단 주머니에 넣었다. 우리 병사들이 마지막으로 저항하는 도전의 군사를 하나씩 쓰러뜨리기 시작했다. 마지막 놈을 밟고 도전의 방으로 박차고 들어갔다.

◎ **도전**

밖이 갑자기 소란스러워 진다.

드디어 올 것이 왔구나! 많은 발자국 소리들이 이쪽으로 다급히 달려오고 있다. 적들이다.

정신 없이 술 마시던 참석자들이 화들짝 놀라 자리를 박차고 일어

난다.

"다들 조용히 앉아 있게나. 여기가 제일 안전해."

곧 이어 함성 소리와 함께 다른 편에서 달려오는 소리가 들린다.

이 날을 위해 그 동안 은밀히 준비 해 온 것이 있다. 집안의 큰 광 지하에 있는 밀실에 수십 명의 군사들을 오랜 기간에 걸쳐서 찬찬히 모아 둔 것이다. 두어 달 전부터 거리의 부랑자들을 하나 둘씩 모아 지하 밀실에서 숙식을 시켰다. 길에서 빌어 먹던 놈들이라 재워주고 먹여 주니 불만이 있을 수 없다. 그리고 나서 상인 혹은 가속으로 변장하여 내 집을 방문한 나의 병사와 한 두 명씩 맞바꾸기를 했다. 나갈 때는 병사들이 입고 온 옷을 입혔다. '누구에게도 이야기 하지 말고 멀리 팔도 구경이나 하고 오라.'는 명령과 함께 동전을 두둑이 쥐어주니 희희낙낙하며 꼭 지키겠다고 한다. 그렇게 해서 정예 군사 사십 명을 집안에 준비하여 두었었다. 이렇게 오랜 기간을 주도면밀히 준비하였으니 적들이 눈치 못 채었을 것이다. 우리 집에서 연회 장소까지는 지척간이다. 그 숨겨 두었던 우리 군사들이 들이 닥친 것이다.

촉각을 세워 밖의 상황을 듣느라 참고 있던 숨을 비로서 내 쉬었다. 이제 도성경비대 박위의 군사들까지 도착하면 적들은 완전히 괴멸 될 것이다.

이쪽으로 달려오던 발자국 소리들이 멈춰지고, 칼과 칼이 부딪히는 소리와 함성이 점점 멀어지고 있다. 적들을 제압하고 있구면.

한 병사가 뛰어 들어오며 외친다.

"성공입니다! 적군들은 괴멸되고 있습니다."

"방원은 잡았나?"

"아직 못 잡았습니다만 시간문제입니다." 비로소 안도의 숨이 나온다.

그런데 밖의 소리가 이상하다. 갑자기 소리의 흐름이 바뀌었다. 조금 아까 까지도 소리가 점점 멀어 졌는데 지금은 소리가 다시 우리 쪽으로 다가 오고 있다. 왜 우리 쪽으로 오지? 우리 편이 밀리는 것이야? 적들은 거의 괴멸 되었다면서? 순간 자리를 박차고 문을 열고 나가 바깥을 살폈다. 검은 복장에 복면을 한 군사들이 우리 군사들을 베고 있다. 우리 군사의 수가 훨씬 더 많긴 하지만 그들의 현란한 칼 솜씨에 우리 군사들이 몰리고 있는 것이다. 흡사 귀신들 같이 소리도 내지 않고 우리 군사들을 베며 몰아 오고 있다. 저놈들은 도대체 누구인가? 어디서 갑자기 나타난 것인가? 분명 방원이 동원할 수 있는 군사는 삼십 명 정도로 보고 받았고 여러 가지 측면에서 몇 번이나 점검했다. 그리고 저 놈들은 방원의 군사들이 아니다. 분위기가 전혀 다르다. 무기도 장검과 단검을 양손에 각각 들고 같이 휘둘러 대는데 움직임에 한치의 망설임이나 끊김이 없다. 군사 수가 훨씬 적음에도 불구하고 교묘한 진법으로 도리어 우리 군사들을 포위하여 도륙하고 있다. 등골이 서늘해진다. 우리 군사의 죽어나가는 속도가 너무 빠르다. 정예로 뽑아 놓은 군사들인데 이렇게 무력하게 당하다니. 그리고 박위의 부대는 왜 안 오는 것이지? 술자리 참석자 중에 일부는 벌써 뒷마당으로 도망갔고 또 몇 명은 시퍼런 얼굴로 내 눈치만 살피고 있다.

이제 남은 우리 군사는 별로 없는 것 같다. 아아 이제 끝난 것인가?

곧 이 귀신 같은 군사들이 내 목을 치겠구나. 어째 이런 일이.

그러나 복면 군사들이 갑자기 뒤로 돌더니 벽을 타고 넘어 순식간에 사라진다. 이건 또 뭐지? 시체들이 즐비하게 쌓인 마당으로 또 다른 군사들이 들어 온다. 박위의 군사들인가? 그러나 가까이 다가 오는 얼굴을 보는 순간 일말의 희망은 절망의 나락으로 바뀌어졌다.

상황은 끝난 것 같다. 방으로 들어가 문을 닫고 상석에 정좌를 하고 앉아 술 한잔을 들이켰다. 종이를 펼치고 붓을 들었다.

"이렇게 허무하게 끝날 줄이야…… 하늘이 나를 부려만 먹고 버리시는구나. 허허허!"

곧이어 문이 박살이 난다. 방원이 칼을 빼 들고 들어 온다.

*** 반 식경 후 ***

◇ 방원

뜰에는 아군, 적군이 섞여 쓰러져 있는 시신이 수십 구이다. 거기에 정체불명의 복면도 두셋이 섞여 있다. "저놈들 복면을 벗겨라!"

율이 가까이 가서 여기저기 살펴보고 와서 보고 한다.

"이놈들은 부상을 당했지만 칼에 맞아 죽은 것이 아니라 독약을 먹고 자살한 것 같습니다. 입술이 까맣게 탔습니다."

역시 철저히 조련된 놈들이다.

개인과 부대가 한 몸이 되어 일사분란하고 침착하게 적을 베어가는 모습이나, 눈발같이 진입하여 바람과 같이 퇴각하는 군기를 갖춘 무사들이라면 몇 달 만에 만들어진 조직은 아닌 것 같다. 이만한 부대를 키울 수 있는 사람은 아버지, 지란 숙부 정도이다.

아버지가 혹시? 고개를 절래절래 흔들었다. 그 동안 아버지는 도전을 존중하며 그가 하자는 대로 하지 않았던가? 그리고 도전을 치자고 마음먹었으면 이렇게 번거롭고 위험하게 할 필요가 없다. 더 쉽고 확실한 방법이 몇 가지는 된다. 그렇다면 지란 숙부가 남는다.

그렇지만 이유가 없다. 지란 숙부는 철저히 아버지의 사람이다. 게다가 이런 부대를 만들어서 오래 운영하여 왔다면 아버지나 내가 눈치를 챘을 것이다. 그러면 누가 또 있나? 전국 여기저기에 도피하여 숨어 온 왕씨 가문의 잔존세력이 있긴 하다. 그러나 그들이 움직인다면 아버지나

세자를 대상으로 할 것이다. 굳이 정도전을 치는 나를 도와 줄 이유는 없을 것이다. 그렇다면 더 넓게 생각하여 보자. 명나라? 원나라? 여진족?

순간 한 사람의 이름이 뇌리를 스친다.

'명 태조 주원장!'

그래, 주원장 정도면 이런 부대를 몇 개라도 운영할 수 있을 것이다. 게다가 내가 오 년 전 명나라를 방문했을 때 도전에 대한 불만을 나에게 대 놓고 털어 놓던 그 아닌가?

"그놈들 얼굴을 자세히 살펴 보거라. 조선 놈들인가?"

율이 다시 가서 자세히 살핀다.

"우리 조선 사람들이 아닌 것 같습니다."

진짜 주원장이 보낸 군사들인가? 머리가 복잡해진다. 만일 주원장이 보낸 것이 맞고 이 사실이 알려 진다면 입장이 곤란해진다. 아버지가 그 동안 조선의 건국과 자신의 왕 책봉 과정에서 주원장에게 얼마나 수모를 많이 당하였는가? 내색은 안 했지만 주원장에 대한 원한이 많이 쌓여 있으리라. 또한 그저 외세의 힘으로 성공한 정변이라고 대신들과 백성들도 나를 비웃을 것이다. 나의 입지는 도리어 약화될 것이 자명하다. 숨겨야 한다.

"즉시 저놈들을 뒷산 깊숙한 곳에 묻어라! 이놈들의 존재를 철저히 비밀로 하라. 정도전의 반역 무리들은 우리들만의 힘으로 처단한 것이다."

주원장이 눈에 가시처럼 생각하던 도전을 내 손을 빌어 성공적으로 처리 한 것이다. 역시 대단한 인물이다. 그러나 어떻게 이 급박한 순간을 알고 준비된 듯이 달려 올 수 있었을까? 주원장이 최근 죽었다는 소문도 있던데, 그는 아직 살아 있는 것인가? 아니면 죽은 주원장이 살아 있는 도전을 친 것인가?

● 성계

방원이 난을 일으켜 정도전이 살해되고 군사들이 궁으로 몰려오고 있다고 내시관이 급하게 들어와 보고를 한다. 이게 무슨 말인가?

곧 이어 바깥이 소란하다. 세자를 내 놓으라 한다. 괘씸한 놈들. 내 목숨이 아직 붙어 있는데 반역을 해? 밖으로 나가 놈들의 목을 다 쳐 버리고 싶으나 몸이 불편하여 일어 날 수가 없다.

"빨리 지란과 조준을 불러 오거라!"

내시가 안절부절하며 답한다. "전갈을 보내 놓기는 하였습니다."

이놈들이 아무리 그래도 내 방에 난입은 못하리라. 방석과 방번은 두려움에 떨고 있다.

"전하, 황송하오나 정히 세자가 안 나오면 저희가 방으로 들어 가겠사옵니다!"

밖에서 겁박한다. 이 찢어 죽일 놈들 감히 어실에 침입을 해?

"아바마마, 저희가 나가겠습니다. 놈들이 어실에 난입하는 것을 어찌 보시겠습니까?"

방석이 울먹이며 얘기 한다.

"아니다, 조금만 기다려라. 지란과 조준이 오면 다 해결 될 것이니라." 그러나 그들이 오더라도 이 상황이 해결 될지 자신이 없다.

시간이 지나자 방석과 방번이 계속 나를 돌아 보며 아주 천천히 문을 향한다.

"나가지 말거라. 기다려!!"

내 목소리에 힘이 빠져 있다. 일어 설 기력이 없다. 그들을 만류하러 무릎발로 다가가는 나를 보고는 체념한 눈빛으로 방문을 열고 방석과 방번이 나간다.

"와! 와!"

밖에서 들려오는 군사들의 함성 소리가 옛날 전쟁터에서 내 지르던 내 군사들의 함성소리와 겹쳐진다.

저 놈들은 조선 왕의 군사들이 아니란 말인가?

*** 다음날 새벽 ***

◇ **방원**

거사는 대성공이었다.

거사를 마치고 집에 돌아와 욕탕에 뜨거운 물을 받아 몸을 담그었다.

대신들도 대세가 이미 기울어 진 것을 느끼긴 했겠지만, 거사 직후 모두 모여 내 거사를 인정하는 공표까지를 그 자리에서 해 주리라고는 전혀 예상을 못했다. 하늘이 크게 도우셨네…

그러나 정도전을 생각하면 기분이 개운치는 않다. 도전의 세 아들 중하나는 이미 전투 초반에 내 부하들에게 목이 잘린 상태였고 또 하나는 자결을 했다고 한다. 장남은 내 명령대로 목숨을 건졌다고 하니 그나마 다행이다. 장남마저 죽였다면 자책이 오래 갔을 것이다.

도전의 방에서 있었던 일들이 주마등처럼 스쳐 간다. 도전의 방을 박차고 들어 갔을 때 도전은 태연히 정좌를 하고 글을 쓰고 있었다.

"조금 기다리시게나."

나를 보지도 않고 얘기했다.

순간 당황하였다. 이 사람이 지금 상황을 파악하고 있기나 한 것인가? 얼떨결에 그냥 그대로 서 있었다.

잠시 후 붓을 놓고 나를 바라보았다.

"방원, 앉으시게나. 하늘이 나대신 너를 택하였구나. 가는 길은 달랐지만 그 가고자 하는 목적지는 백성을 위한 나라로 만들고자 하는 것임에는 차이가 없을 것이라고 믿네. 부디 조선을 강한 나라로 만들어 백성들이 편히 살 수 있는 나라를 만드시게나. 당초 내가 천 년을 갈 나라를 구상하였으나 내 손으로 마무리를 못하였구먼. 그래도 이제까지 닦아 놓은 초석으로 그 절반인 오백 년은 갈 것이네. 이 또한 이제부터는 자네가 하기 나름이겠지만. 허허."

아쉬움은 있었으나 원망은 없는 것 같았다. 나를 바라보는 그 눈빛은 간절함이 있었다. 자기가 못다한 것을 완성해 달라는 것으로 보였다. 아까운 인물이다. 하지만 살려 놓을 수는 없다.

"대감, 그 동안 정말 많은 일을 해 놓으셨습니다. 그러나 여기까지 입니다. 뒷일은 제가 맡아 하겠습니다."

"그래, 뒷일을 부탁하네."

"대감은 역적이란 오명으로 역사에 기록될 것이오. 그러나 내 맘속에는 조선의 건국 기틀을 잡은 개혁가로 남아 있을 것입니다. 언젠가 피 냄새들이 모두 걷힐 때가 오면 대감의 진가가 다시 평가 받을 날이 있을 것이니 편안한 맘으로 가십시오."

차마 내 손으로 도전의 목을 칠 수 없어 부하에게 맡겼다.

나는 도전의 목이 떨어질 때 시커먼 하늘을 보았다.

조선에 또 저런 인재가 나올 수 있을까? 그의 후손 중에 그의 반이라도 닮은 인물이 나올 수 있을까? 순간 아차 하는 생각이 퍼뜩 떠 올랐다.

"도전의 아들들은 죽이지 말라!" 다급히 명을 내렸다.

아아! 너무 늦은 것은 아닐까?

다시 그 방에 들어가니 상위에 음식들이 한 켠으로 어지럽게 치워져 있고 한 가운데 도전이 죽기 전에 쓴 글이 놓여 있었다.

"조존, 성찰 두 가지에 공력을 다 기울여

거책에 담긴 성현의 참 교훈을 저버리지 않고 떳떳이
살아왔건만, 삼십 년 긴 세월 온갖 고난 다 겪으면서
쉬지 않고 이룩한 업적, 송현정자에서 한 잔 술 나누는
새 다 허사가 되었구나."

　그래, 삼십 여 년 동안이나 애를 무던히도 쓰셨지요. 애잔한 마음에
방을 둘러 보았다. 남은의 첩의 정자이긴 하나 도전이 제 방처럼 자주
찾았다고 들었다. 방에는 그림 한 폭이 걸려 있었다.
　가죽옷을 입고 준마를 탄 사냥꾼이 눈 내리는 너른 평원을 질주하는
그림이다. 힘찬 눈매의 누런 개와 푸른 매가 함께 담겨 있다.
　그림 속 사냥꾼 얼굴이 도전의 얼굴과 겹쳐진다.
　'대감! 이렇게 죽을 바에야 사냥이나 맘껏 해 보시지 백성 구하는 일에
만 그렇게 매달리셨소.'
　향나무는 자기를 벤 도끼에도 향내를 남긴다고 하였던가? 도전이 마
지막으로 내게 했던 말들이 가슴에서 사라지질 않는다.

■ 지란
　거사가 성공적으로 끝났다 한다.
　방원이 궁으로 가서 방석, 방번을 추포한 직후 야밤에 운종가에 대신
들을 소집하였고 그 자리에서 '정도전이 반란을 일으키려다 처단되었
다.'라고 공표하였다 한다. 역시 조준이 신속히 제 역할을 잘 해 주었다.
미리 불러 놓은 옛 친구와 함께 술 한 말을 쉬지 않고 들이켰다. 술이 오
르는 만큼 성계에 대한 미안함과 안쓰러움도 커져간다.

몇 시간 후 이른 아침

술 냄새를 푹푹 풍기고 옷섶도 풀은 채로 성계를 찾아 갔다.

성계는 자리에 누워 있다. 밤새 가슴을 쥐어 뜯었는지 앞섶은 다 풀어 헤쳐져 있고 가슴이 벌겋다.

"전하, 도대체 이게 무슨 일입니까? 제가 어제 오랜 친구가 찾아와 초저녁부터 술에 곯아 떨어졌는데 새벽에 일어 났더니 변고가 있었다고 하여 급히 상황을 파악하고 이렇게 급하게 들어 왔습니다."

"아니, 내시관이 사람을 보내지 않았던가? 아무리 술이 취해도 내가 부른다는데."

"아니요, 궁에서 아무도 오지 않았습니다."

어제 성계가 찾는다는 급보를 들고 온 내시는 그 자리에서 목을 쳐 뒷산에 묻어 놓았다.

성계로 하여금 이미 주위에 자기 사람이 없다는 것을 인식시켜 주어야 한다. 일찍 포기 하게 하는 것이 성계를 위한 일이다. 성계가 크게 노하며 낙담을 한다.

"어찌 왕명이 작동을 안 하는가! 네 놈은 그 막중한 시각에 술이나 쳐먹고! 아아." 성계로부터 처음 듣는 '놈' 이란 단어다.

"방석, 방번은 어찌 되었다 하는가? 대신들은 도대체 무엇을 하고 있는가? 친군위 군사들은 도대체 다 어디 갔는가? 어찌 해야 하겠느냐?"

성계가 두서 없이 질문을 쏟아낸다.

"방번, 방석은 어찌되었는지는 아직 모르겠습니다만 죽이지 못하도록 급히 손을 쓰겠습니다. 그런데 이미 조준을 비롯한 대신들도 방원의 편으로 돌아섰다 합니다. 제가 방원과 대신들을 만나서 정세를 좀 더 판단하고 아뢰겠습니다."

아아, 그렇게 용맹하던 성계는 도대체 어디로 갔단 말인가? 그에게 충성을 맹세했던 대신들은 모두 어디에 있단 말인가?

● **성계**

어찌 이런 일이 벌어졌는가?

다 안정시켜 놓았다고 안심했었는데 방원에게 허를 찔리다니! 몽주 살해 때 그놈 목을 진즉 쳤어야 하는데. 아아. 충격으로 누워서도 몸을 추스르기가 힘들다. 대신들은 언제 모두 방원의 편에 붙었는가? 중신들을 믿고 다 맡겼던 내가 원망스럽다. 내가 아프지만 않았어도 이런 일이 벌어지지는 않았을 텐데. 일이 벌어지고 보니 내가 방심했던 것이 한 두 개가 아니다. 지란마저 결정적인 순간에 내 곁에 없었던 불운도 겹쳤다.

모든 걸 다 놓고 싶다. 아니 이미 다 내 손을 떠난 것 아닌가? 방석은 왕위는커녕 목숨을 부지 할 수 있을지 모르겠다. 그렇다고 방원을 이렇게 왕좌에 앉힐 수는 없다. 방과를 불렀다. 방과도 얼굴에 불안감이 역력하다.

"네가 왕이 되어라!"

"아바마마, 어찌 그런 말씀을 하십니까? 빨리 쾌차하시어 정무를 바로 잡으셔야지요."

눈 앞에서 세자가 잡혀가는 것을 그냥 볼 수뿐이 없었던 치욕을 안고 어찌 왕 노릇을 계속 할 수 있겠는가? 이 말을 차마 아들에게조차 하기도 부끄럽다.

"내 몸이 금방 날 것 같지 않구나. 더 늦기 전에 빨리 왕위를 물려 줘야겠다."

방과가 말이 없다. 왜 두렵지 않겠는가? 그래도 네가 해야 한다.

"내가 죽는 한이 있더라도 네게 왕위를 물려 줄 것이니 그리 알아라!"

몸이 좀 좋아져 앉을 수 있게 되었다. 이렇게 무너질 수는 없다는 각오로 약과 식사를 거르지 않은 효과가 나타났다. 방원을 불렀다. 머리를 쳐 박고 내 눈을 보지 못한다.

"방석, 방번은 어찌 할 것이냐?"

"개경에 있으면 도리어 목숨이 위태로울 것 같아 멀지 않은 곳으로 피신시켰으니 너무 심려치 마십시오."

방원이 그 애들을 죽이지 않으려 해도 다른 대신들이 죽이려고 할 것이다. 방원이 그들을 막을 수는 있을런지?

"네가 왕이 되려고 하느냐?" 방원이 답을 안 한다.

"형제들 피로 네가 왕이 되려 하냐고 묻고 있지 않느냐!"

방원이 계속 침묵한다. 왕이 되려 한다는 거지? 분노가 치밀어 오른다.

"네가 왕이 되려면 형제의 피 가지고는 부족할 것이니라!"

방원이 읊조린 상태로 꼼짝 않고 있다.

"네가 왕좌에 앉는 날, 피를 뒤집어 쓴 네 아비의 장례도 같이 치러야 할 것이니라. 그만 물러가라!"

＊＊＊ 며칠 후 ＊＊＊

■ 지란

왕위를 방과에게 물려 준다고 어전회의에서 성계가 공표하였다.

중신들이 방원이 되어야 하는 것 아니냐고 웅성대었지만 성계의 단호함에 곧 사그라들었다. 그래도 성계와 직접 마주 대하고도 그를 무시할 수 있는 대신은 아직은 없는 것이다. 성계가 며칠 전에 방원을 불러 단

둘이서만 얘기하였다고 한다. 존경하는 아버지 뜻을 면전에서 거스르지는 못했으리라. 게다가 아버지에 대한 역모라는 세간의 비난과 더불어 아직 방원을 받아들일 마음이 없는 일부 중신들이 있다. 좀 더 기다려야 하겠다.

성계는 방과에게 왕위를 물려주자마자 함주로 가겠다고 하였으나 방과의 강력한 반대로 주저 앉았다. 아무래도 성계가 곁에 있는 것이 안심이 되겠지.

[2020년 여름: 사건 34일 후]

◆ 형사 강철

느닷없는 질문에 그 동안 본 드라마들의 장면들을 떠 올리는데 김 교수가 기다리지 않고 스스로 답한다.

"이지란이지요. 이지란은 성계를 그림자처럼 붙어 다녔으니 통상 이성계를 보여주는 대부분의 장면에는 이지란이 같이 등장합니다. 그는 남송시대 명장이었던 악비 장군의 자손이라 하지요. 군사적으로는 이성계에게 오랫동안 제일 큰 도움을 주어 조선 개국공신에도 포함되었지요. 태종뿐만 아니라 영조, 정조 등 후대의 왕들도 이지란의 사당에 제문을 내렸다고 조선실록에 기록되어 있는 것으로 보아 그의 역할이 작지 않았다는 것을 말해 줍니다. 그가 전장에서 이성계의 목숨을 구했다는 이야기는 정사에도 나오지요. 그가 이성계와 활 실력을 겨루었다는 이야기가 여러 군데 등장하는 것을 보면 그의 무예는 이성계와 겨룰 정도로 뛰어 났을 것입니다.

그런데 또 주목할 만한 사람이 있습니다. 조선 건국 십 년 전에 이성계, 이지란, 그리고 김인찬이 의형제 결의를 맺은 석왕사 회맹이라고 있었지요. 김인찬은 조선이 세워진 그 해에 왕의 친위부대인 '의흥친군위' 동지절제사의 중책을 맡게 되었으나 얼마 안되어 56세로 일찍 죽어 역사에 자주 회자되지는 않습니다만 개국공신에 이름을 올린 것을 보면 활약이 컸었다고 봅니다. 만일 김인찬이 살아 계속 의흥친군위를 관장하였었다면, 이방원의 1차 난 때 이성계가 그렇게 허무하게 당하지는 않았을지 모르지요. 의형제로 맺어진 이 세 사람 사이는 이익보다는 공통된 신념이나 의리, 동지애 등으로 결속되어 더 큰 힘을 발휘할 수 있었을 것입니다. 역사에서는 이 회맹을 단순한 이벤트 정도로 다루고 있습니다만, 그 의미가 더 컸을 수도 있다는 얘기입니다. 중국 삼국지의 도원결의는 누구나 다 알면서 우리 역사에 중요한 사건이었을 지도 모르는 석왕사 회맹을 아는 사람은 그리 많지 않습니다. 좀 아이러니칼 하지요. 도원결의가 유비를 황제로 만든 기반이었다면, 석왕사 회맹은 이성계를 왕위에 올린 초석이지 않았을까요?

당시에 사료 작업을 했던 이방원이나 정도전을 비롯한 신진사대부 세력 입장에서는 자신들이 관련되지 않았던 석왕사 회맹의 의미, 즉 이지란과 김인찬의 역할을 당연히 축소하여 기록했겠지요."

○●◇○ **1398년 늦가을, 1차 왕자의 난 몇 달 후** ◇●○

♠ **율**

달빛이 휘영청하다. 사방은 고요하다. 보름달빛을 받은 검이 광기의 긴장감을 더하고 있다. 검 두 개가 각자 받은 달빛을 교환하며 교교하게 엉켜 있다. 상대방의 눈빛은 여유를 담고 있지만, 나의 등줄기에는 땀이 고이기 시작한다.

주군께서 뒤에 계시다. 내가 이놈의 칼을 못 막으면 주군께서 다치신다. 상대방이 여유롭게 검을 휘두르며 들어온다. 열심히 막아내곤 있지만 내가 공격할 틈이 없다. 나는 여러 정통 검법의 으뜸이라고 자칭하는 놈들을 많이 상대 해보았다. 그런 놈들은 약점이 있다. 실전 경험이 적어 임기 응변에 약하다. 실전이란 상황이 어떻게 전개될 지 모르고 백이면 백 모두 다른 상황이다. 바람, 달빛, 햇빛, 주위 사람, 동물소리, 비, 눈, 발에 밟히는 돌, 모래, 진흙, 온도, 습도, 갑자기 주위를 맴도는 벌레. 이 모든 것이 순간에 영향을 주는 것이다. 그런데 놈들은 주위에 갑자기 다른 변화가 주어지면 움찔하며 미세한 틈이 생긴다. 막싸움만 수만 번을 한 나는 모든 상황에서의 싸움을 다 해 봤다. 어떤 변화도 내게는 다 겪어본 것이다.

그런데 이놈은 다르다. 분명히 정통 검법인 것 같은데 딱히 무엇인지 모르겠다. 여러 개가 섞인 것 같기도 하다. 온 몸에 동그란 방어막이 쳐져 있는 듯하여 치고 들어 갈 틈이 없다.

이놈의 검이 빠르게 나의 틈을 비집고 이곳저곳 들어 온다. 막아내곤 있지만 언제까지 버틸지 자신이 없어진다. 벌써 백여 합은 족히 겨룬 것 같다. 내가 밀리기 시작한다. 초조해지기 시작한다. 불안해진다. 이놈의 눈빛은 더욱 빛난다. 이제 내가 이길 가능성은 거의 없는 것 같다. 어쩔 수 없다. 목숨을 걸어야 하겠다.

숨을 한 번 들이마시고 돌진을 하였다. 쉴 새 없이 검을 휘둘렀다. 막아대던 복면의 검이 드디어 내 빈틈을 파고 들어 온다. 그 검 옆으로 그놈의 목을 향한 딱 칼날만큼의 틈이 보인다. 상대방의 검을 막지 않고 그 틈으로 내 검을 찔러 넣었다.

성공을 직감 적으로 느끼는 순간 왼쪽 어깨가 불에 타듯이 뜨겁다. 솟

구친 피가 내 얼굴을 덮는다. 그런데 내 칼끝에 느껴져야 할 살을 파고 드는 감촉이 안 느껴진다. 미끄러지는 듯한 느낌만 날 뿐이다. 다시 칼을 휘두르는 순간 오른쪽 어깨에도 통증이 온다. 칼을 잡은 손에 힘이 풀린다. 내 칼은 놈의 목을 찌르지 못하고 가볍게 스치고 지나가며 엷은 핏자국만 남겨 놓은 것이다. 놈은 나를 찌르면서도 내 칼을 피한 것이다.

이놈은 복면 속에서 웃고 있다. 쓰러지며 이놈의 복면을 잡아 채었다.

아! 그런데 이놈은 사람이 아니라 야차이다. 이놈이 번득이는 송곳니를 보이며 아가리를 벌리고 내 목을 향해 달려 들고 있다. 입안에 커다랗고 시커먼 동굴이 보인다. 빨려 들어간다.

"아아악!!!"

벌떡 일어 났다. 온 몸이 땀으로 흥건하다. 아직도 숨이 가쁘다. 어깨를 만져 보았다. 그대로 있다. 통증도 없다. 어깨를 돌려 보았다. 잘 돌아 간다. 또 꿈이었구나. 안도의 한 숨을 내쉬고 밖으로 나가 물을 한 사발을 들이키고 머리부터 뒤집어 썼다. 마음이 좀 진정이 된다.

그놈이 그놈인 것이 확실하다. 몇 달 전 정도전 대감 집에서 몇 합을 겨루었던 그놈. 그리고 정도전을 쳤던 송현방의 전투에서 우리가 몰릴 때 나타나 정도전의 군사들을 제압하고 순식간에 사라지며 주군 쪽으로 징표를 던졌던 그놈! 검법이 같았다. 그보다 더 확실한 것은 눈빛이 같았다.

그 이후로 종종 이런 꿈을 꾼다. 내 뒤에는 항상 주군이 나 하나만을 믿고 서 계시다. 그러나 그놈을 이겨 본 적이 없다. 그놈과의 첫 대결 이후 나는 매일 수십 번씩 그놈과의 대결을 머릿속으로 그리며 복기 해 왔다. 다음에 또 만나게 될 것 같기 때문이다. 머릿속으로 여러 가지 상황을 상상해 보았지만 그놈의 방어막을 뚫는 묘수가 떠오르지 않는다. 나보다 고수일 수도 있겠다는 두려움이 몰려 온다. 나의 죽음이 두려운 것이 아니라, 내가 주군의 생명을 지키지 못 할 수도 있다는 두려움이리라.

그놈은 누가 보낸 놈일까 생각해 보았지만 잘 모르겠다. 현재로서는 주군의 적이 아닌 것 만은 확실한 것 같다. 하지만 오늘의 동지가 내일의 적이 되는 세상 아닌가? 주군에게 장래에라도 위협이 될 만한 그 누구든 제거하는 것이 나의 임무이다. 그놈은 위험한 놈이다.

더 늦기 전에 방법을 찾아야 한다. 찾으면 나오기 마련이다.

*** 며칠 후 ***

아끼는 후배가 찾아 왔다. 검도 잘 쓰지만 나와 달리 사교적이다. 만나는 사람들도 많아 이런 저런 들은 얘기를 나에게 해준다. 밤낮으로 주군을 호위 하느라 외부 접촉이 거의 없는 나로서는 세상 물정 돌아가는 것을 들을 수 있는 거의 유일한 창구이다.

"형님, 어제 칼 좀 쓴다는 놈들 술자리에 갔더니 재미난 얘기 하나 합디다." "뭔데?"

"혹시 복면검객 들어 보셨나요? 밤에만 나타나는데 열 자 담을 단번에 날아 넘는다던 지, 열 명의 검객을 수 합 만에 다 쓰러뜨린다던지, 앞에서 보았는데 어느새 뒤편으로 사라진다던지, 날아 오는 수십 발의 화살을 검으로 다 쳐낸다던지. 하여간 뭐 거짓말 같은 얘기들이지요. 그런데 한 놈도 그 복면검객을 직접 봤다는 놈은 없습디다. 다 뻥이겠지만 하여간 그런 말들이 저잣거리에 돈다고 합니다. 그런데 더 재미있는 것은 형님과 그 복면검객이 붙으면 누가 이길까 하는 얘기가 나와 열변들을 토하더라고요. 하하하."

"누가 이긴다고 하더냐?"

살짝 내 눈치를 보며 답한다.

"그거야 당연히 형님이 이긴다고들 하지요. 형님은 조선 최고의 무사이지 않습니까."

나도 모르게 그놈의 눈길을 피했다. 꿈에서도 이겨 본 적이 없는데……

*** 며칠 후 ***

찾았다! 그놈의 약점을 드디어 찾아낸 것이다. 이렇게 간단한 것을 그동안 왜 생각을 못했던 것일까? 다음 번 만나게 되면 반드시 제거하리라!

*** 한 달 후 ***

오늘은 주군이 거사에 공이 많은 몇몇 주요 인사들을 집에 초대하였다. 성공을 자축하고 노고를 치하하는 자리인 만큼 성대하게 준비를 하였다. 혁명 주역들이 많이 모이는 날이니 그놈이 동태를 살피러 올 가능성이 높다.

내가 찾아 낸 방법이 틀린 것이라면 오늘 죽는 것은 내가 될 수도 있다. 온갖 감각을 동원하여 복면검객의 소재를 찾았다.

연회가 한참 무르익을 무렵 뒤채 지붕 위에 뭔가 평소와는 다르게 느껴지는 소리가 아주 희미하게 들린다. 어릴 때 숲 속에서 살 때 수십 보밖에서 나는 늑대 발자국 소리와 오소리 발자국 소리를 구분해 내던 나다. 기다렸다. 집안은 좋은 장소가 아니다.

잠시 후 멀어져 가는 소리가 들린다. 그가 밖으로 움직이는 것이다. 잽싸게 소리가 나는 쪽으로 달려 가 담을 넘었다. 보이지 않는다. 귀를 쫑긋 세우고 콧구멍을 넓혔다. 야산 쪽에서 불어오는 바람 속에 풀을 스치는 소리와 쇠의 냄새가 담겨 있다. 백여 보를 달리다 보니 어두운 그림자가 보인다. 빠르게 걷고 있지만 뛰지는 않는다. 아직 까지 내가 뒤쫓는 것을 모르는 것 같다. 다행히 바람은 이놈 쪽에서 내 쪽으로 불어 나의 발자국 소리가 이놈에게 잘 들리지 않을 것이다. 이십 보쯤의 거리가 되자 뒤를 돌아 본다. 아직도 복면을 쓰고 있다. 나를 보고서도 검을 빼지 않는다.

그대로 달려들어 놈의 목을 향해 검을 내려 쳤다. '창!' 어느새 빼냈는지 검과 검이 마주치는 소리가 난다. 역시 빠르다. 열 합 정도를 맹렬히 공격하였다. 역시 흔들림 없이 내 칼을 다 받아낸다. 또 열 합 이상을 겨루었다. 이놈이 더 빨라 지고 있다. 꿈과 비슷하게 진행되는 검투의 양상에 등골이 서늘해 진다. 더 늦기 전에 내 생각이 맞는지 확인 해야 한다.

공격하며 일부러 내 허점을 살짝 보였다. 당연히 들어와야 할 그의 칼이 들어오지 않는다. 이번에는 좀 더 과감히 들어 갔다. 과감한 만큼 내 빈틈은 더 커졌을 것이다. 내 칼을 막자 마자 내 틈을 파고 든다. 옷자락이 잘려 나갔다. 정확히 나의 살은 베지 않을 정도의 칼질이다.

그의 검에서 갈등이 느껴진다. 상대방의 작은 틈이라도 생기면 베고 들어가는 것이 무사들의 몸에 밴 습관이다. 습관을 의도적으로 반하려 하면 아무리 고수라도 어색함이 나올 수뿐이 없다.

한번 더 확인하러 더욱 과감히 들어 갔다. 내 검이 그의 옷자락을 베었다. 그의 검은 나의 팔목 살을 벤다. 그러나 살짝 살갗만 그어 놓은 정도이다. 그는 더 이상 들어오면 나를 진짜 베겠다는 경고를 하고 있는 것이다. 그러나 무는 개는 짖지 않는다.

그의 눈빛이 흔들리는 것이 느껴진다. 더 이상 망설일 것이 없다. 나의 가슴을 그대로 벌려 그의 검 앞에 내 준 채 그의 목을 향해 들어 갔다.

◆ 형사 강철

내가 바짝 다가가 열심히 듣고 있는 것을 확인한 김 교수가 계속 말을 이어간다. 이제는 찬의 논문 이야기인지 김 교수 자신의 생각인지 구분이 안 가지만 상관없다.

"이와 관련하여 어찌 보면 가장 결정적이지만 간과되는 중요한 포인트가 있지요. 이지란은 왜 1차 왕자의 난 때 조용히 있었고, 2차왕자의 난때 방원의 편에 섰느냐는 것이지요. 1, 2차 난 모두 이성계의 몰락을 가져온 사건들이었지요. 그는 평생 동안 이성계의 오른팔이었던 맹장이었습니다. 이성계가 왕이 된 후에는 수장 자리가 명목상 방원, 방석 등에게 잠깐씩 주어졌지만 가별초[11]의 실질적 수장은 아마도 이지란이었을 것입니다. 당시 가별초의 지휘부는 대부분 이지란이 오랫동안 실질적으로 키워 온 멤버들이었을 터이니까요. 전투의 귀재였던 이지란이 이성계 편에 서서 적극적으로 방원을 저지하였다면 과연 30여 명에 불과한 방원의 무리를 제압하지 못했을까요? 방원의 군사들이 궁 안에 진입하였을 때 이지란이 어실 문 앞에 떡 버티고 있었다면 방석이 끌려 나가는 모습을 이성계가 과연 그렇게 무기력하게 지켜 볼 수밖에 없었을까요? 2차난 때도 그렇습니다. 방원을 미워했던 이성계의 심증은 당연히 방간 편에 섰을 것입니다. 그런데도 이지란은 직접 자기 군사를 이끌고 참전했을뿐 아니라 자기 아들인 이화영의 군사까지 동원하면서까지

---

11) 가별초 (家別抄): 이성계의 가문이 운영하던 2~3천여 명의 사병(私兵)집단. 동북면 토착민과 여진족을 중심으로 구성되었으며, 한국 역사상 최강의 사병 전투부대로 평가 됨.

방원의 편에 섰습니다. 방원도 정부군이 아니라 사병을 동원한 소규모 전투였으므로 지란이 방간의 편에 섰었다면 승자가 바뀌었을지도 모릅니다.

역사를 깊이 연구하다보면 역사 속 인물들의 퍼스널리티가 살아 있는 듯 느껴질 때가 있습니다. 이지란은 어떤 사익 때문에 이성계를 배신했을 것 같지는 않다는 것이 제 느낌입니다. 그런데 도대체 왜 그는 이성계를 배반하고, 방원의 편에 섰을까요? 이지란이 1, 2차 난 때 성계의 편에 섰었다면 조선 건국의 스토리가 크게 바뀌지 않았을까요? 어떻게 보면 이 포인트가 가장 핵심적인 부분이라 할 수 있습니다."

♠ 율

그의 칼끝이 내 가슴에 예리하게 닿는 것이 느껴진다.

허지만 나는 멈추지 않고 그의 목을 향한 나의 검을 깊이 찔러 넣었다.

내 칼이 그의 목을 뚫고 나간다. 그가 쓰러진다.

목에서 철철 피를 뿜어내며 쓰러지며 나를 쳐다보는 그의 눈빛이 무엇을 의미하는 지 가늠할 수가 없다. 어쨌든 내가 해 냈다! 그를 이긴 것이다! 내 가슴에는 한치 정도의 얕은 상처만 나 있다.

그런데 그를 죽이면 시원할 줄 알았던 가슴이 먹먹하다.

이제까지 수 많은 싸움을 하면서도 무사로서 내가 지켜온 것이 있었다. 항복한 상대, 도망가는 상대, 더 이상 나를 공격할 수 없을 정도의 상처를 입은 상대는 죽이지 않는다는 것이었다. 먹을 것을 위해 목숨을 걸고 상대방을 끝까지 물어 뜯던 내가 언제인가 짐승같다는 생각이 문득 들었다. 인간임을 증명하고자 스스로 만든 규칙이다. 주군의 호위 무사가 된 이후에는 더더욱 무사로서의 명예까지 꼭 지키겠다고 수 없이 다짐 했었다. 오늘의 상황은 어디에도 해당되지는 않는 것 같은데 갑자기 수치심이 밀려 온다. 왜 그럴까?

그의 복면을 벗기려다 손을 거두었다. 그의 얼굴을 보기가 두렵다. 그의 얼굴을 보면 평생 그 얼굴을 안고 살아가야 할 것 같다. 과연 나는 주군을 살리기 위해 그를 죽인 것일까? 아니면 내가 최고수가 되기 위하여 비겁한 수를 써 가면서까지 그를 죽인 것일까?

그러고 보니 그의 마지막 눈빛은 나를 비웃는 듯 했기도 하다. 그의 눈가에 미소가 스쳤던 것 같기도 하다. 패배자의 그것은 절대 아니었다.

내가 생각해 낸 유일한 그의 약점은 나를 죽이지는 못하리란 것이었다. 그간의 정황을 곰곰이 되씹어 보면 그는 분명 나의 적은 아니다. 두 차례 만남 때 그의 눈빛에서 살기를 느낄 수 없었다. 돌이켜 보면 첫 번째 만남에서 몇 합을 겨루었을 때도 그는 방어만 했지 공격은 하지 않았다. 정도전을 칠 때도 그는 주군을 돕지 않았는가. 주군은 그의 수장에게 필요한 사람인 것이다. 나는 주군을 완벽하게 호위하고 있다. 내가 죽으면 주군은 위험해 질 것이며 복면무사의 수장은 그런 상황을 용인하지 않을 것이다. 고로 그는 나를 죽이지 못할 것이다. 이것이 나의 결론이었다. 그런데 지금 보니 나의 몸에 부상을 입혀도 안 되는 것이었나 보다. 내 칼이 자기 목을 관통하는 그 순간에 그는 자기 칼이 내 몸을 뚫고 들어가지 않게 도리어 뒤로 뺀 것이다. 내 몸에 상처를 낸 것은 그가 아니라 그의 칼끝에 가슴을 들이박은 나였던 것이다.

도대체 누가 내린 명이기에 목숨까지 버리면서 따른 것일까?

한 사람의 얼굴이 스쳐 지나간다.

나도 모르게 검이 손에서 흘러 나와 바닥에 떨어진다.

＊＊＊ 며칠 후 ＊＊＊

■ 지란

몽이 안 보인다.

보통은 은밀한 곳에 서신함을 만들어 암호로 서로 교신을 한다. 급하면 비둘기를 보낸다. 내 중요한 일정은 미리 그에게 알려준다. 나의 특별한 명이 없으면 나를 경호하느냐 마느냐 하는 것은 몽이 정한다. 미리 주변을 다 살피고 문제가 없으면 그냥 알아서 간다. 낮에는 나를 따르지 말라 하였다. 특별한 일이 없으면 며칠씩 그냥 안 보고 지낼 때도 있다. 지난 번 방원의 집에서 연회를 하였을 때도 왔다 갔을 것이다.

본 지도 오래 되었고, 최근에 정보도 들을 겸 하여 몽에게 오라는 지령을 내렸었다. 하루가 지났는데 연락이 없었다. 이틀이 지나자 불안감이 엄습해 왔다. 이럴 리가 없다. 나의 부름에 답이 없다는 것은 있을 수 없는 일이다.

몽의 참모 격인 놈을 찾았다. 이놈도 며칠 전쯤에 본 것이 마지막이란다. 이럴 수가? 어디 큰 부상을 당하여 의식을 잃고 누워있나? 그러나 누가 몽을 쓰러뜨릴 수 있었겠나. 그럴 리가 없을 것이야 하면서도 불길함을 떨칠 수가 없다.

한 놈이 문득 떠오른다. 가서 확인 해야겠다. 제발 아니기를……

방원의 집을 찾아 갔다.

율이 마루 앞에서 시위하고 있다. 내 눈을 쳐다 보지 않는다. 호위 무사는 누가 오던 간에 그 사람의 눈을 먼저 본 후에 무기를 지녔는지 살핀다. 살기가 있는지를 살피는 것이다. 그 사람이 설혹 왕이라도 자기의 주군을 위해서는 꼭 해야 할 것이다. 그런데 내 눈을 안 본다. 일부러 가까이 지나갔다. 율의 숨소리가 거칠게 느껴진다. 침을 삼키는 소리가 들린다.

그래 바로 이놈이야!

지나치며 어깨를 툭 쳤다. 율이 흠칫 놀라며 한걸음 뒤로 물러선다. 그 순간 내가 율의 칼을 칼 집에서 빼어 들었다. 검의 날이 달빛을 받아 음울하게 빛난다. 율이 깜짝 놀라며 그 때서야 나를 바라본다. 평소의 당당하고 날카롭던 율의 눈빛이 아니다. 칼 날을 들어 자세히 본다. 반사되는 달빛에 몽의 피가 섞여 있는 것 같다. 몽의 살 냄새가 베어 있는 것 같다. 몽이 이 칼을 맞으며 느꼈을 육체와 마음의 고통이 내 가슴에 비수와 같이 꽂힌다. 순간 율의 목을 치고 싶은 충동이 꿈틀한다. 검을 율의 목에 갖다 대었다. 율이놈이 눈을 감고 미동도 안 한다.

"어디 있느냐?"

"……"

율의 얼굴이 일그러진다.

"숨을 끊어 놓았느냐?"

율이 아무 말 없이 풀썩 무릎을 꿇는다.

당장 죽이고 싶은 충동을 심호흡으로 억제하였다. 이놈이 실력으로 몽을 제압하지는 못했을 것이니라. 이놈의 눈빛과 태도에서 뭔가 비겁한 꼼수가 있었다는 냄새가 진하게 난다. 그래도 참아야 한다!

"내가 지금은 네 놈을 용서해 주겠다. 앞으로 방원의 목숨을 지켜야 할 책무에 대한 보상이다. 그러나 역사에 네 이름을 올리지는 못할 것이니라. 몽이 느꼈을 고통과 너의 무사로서의 비겁함에 대한 벌이다."

그냥 돌아 나왔다. 시신이 어디 있냐는 질문이 목구멍까지 나왔지만 안 했다. 율이놈이 대답을 안 할 것이다. 아니 그 보다는 몽의 죽은 모습을 보는 것이 두렵다. 상상하는 것 만으로도 몸서리 쳐진다. 도대체 어떻게 몽이 율에게 당한 것인가? 실력으로 보면 절대 그럴 리가 없는데……

'으으음.' 속에서 나도 모르게 신음 소리가 새 나온다.

◇ 방원

인사 발령 철이 되어 이런 저런 얘기를 지란 숙부와 나누다가 율에게 관직을 주겠다고 말하니 숙부가 덤덤하게 대답을 한다.

"율은 관직보다는 그냥 호위 무사로 남아 있는 것이 좋을 것이야. 관직을 주면 아무래도 호위 외에도 신경 쓸 일이 생겨 호위에 전념하기도 힘들고, 또 하찮은 관직보다는 너의 호위무사라는 것이 더 명예스럽지 않겠느냐? 영규도 호위무사를 하다가 관직을 주니 처음에는 극구 사양하지 않았나. 아마 본인도 원하는 것일 거야. 한 번 직접 물어 보거라."

율을 불렀다.

"너에게 관직을 주려고 하는데 지란 숙부가 네 의견을 들어 보는 것이 좋겠다고 하더구나."

율이 읽을 수 없는 표정을 짓는다. 원래 표정이 많진 않지만 처음 보는 표정이다.

"지란 장군께서 또 다른 말씀은 없으셨습니까?"

나에게 처음으로 묻는 말이다.

"무사의 명예가 어떻고 하는데, 무슨 말인지 잘 모르겠고, 지란 숙부도 반대하는 것이 아니라 그냥 너의 생각을 존중하자는 것이니 괘념치 말고 네 생각을 얘기해라."

순간 율이 큰 숨을 내 쉰다. 표정이 밝아 지는 것 같다.

"예, 저는 관직을 생각해 본 적도 없습니다. 명예도 생각한 적이 없습니다. 오직 주군을 호위하는 것을 하늘에서 저에게 내린 업으로 삼고 살겠습니다."

◆ 형사 강철

김 교수의 열변이 계속 된다. 이제는 자신이 용의자라는 것을 까먹고 온전히 교수의 위치로 되돌아 온 것 같다. 흥미진진하여 스토리를 끊을 수가 없다.

"그리고 2차 왕자의 난 때 바로 위의 형인 방간이 승산과 명분도 별로 없는 싸움을 걸어 와 방원에게 왕위에 오를 명분을 만들어 준 것도 잘 짜인 영화 각본 보는 것 같은 생각도 듭니다.

또한 이성계가 함주에 칩거할 때 조사의가 일으켰던 반란이 있었지요. 그런데 일개 안변 부사가 부임한지 몇 달도 안되어 수 만 군사를 동원하여 반란을 일으켰다는 것인데 상식적이지 않습니다. 게다가 진압 후에 처형을 당한 인원이 조사의와 그 아들 한 명을 포함해서 채 열명이 안되었다고 합니다. 당시 역모죄는 삼족을 멸하던 시대였던 점을 감안하면 그냥 시늉만 하였다고 볼 수 있지요. 이성계가 배후일 가능성이 상당히 높다고 생각하게 만드는 근거들입니다. 물론 이 부분도 야사에 속하지만 말입니다. 허허.

그 외에도 궁금한 것들이 또 몇 개 있지요.

방원의 지나친 잔인함은 어디서 온 것일까?

강비를 왜 그렇게 미워하여 궁 가까운 정동에 있던 강비의 능을 태조가 죽은 후에 외진 정릉으로 이장한 것도 모자라 정동능의 묘석들로 다리를 놓아 사람들이 밟고 다니게까지 했는지, 또 왜 자기 처가인 민비 집안은 처남 4형제에게 모두 사약을 내려 죽이고, 장인이 그 충격으로 요절케 할 만큼 집요하게 증오했는지 하는 것들이지요.

방원이 젊었을 때는 성격이 불 같았던 듯 하지만, 성계가 왕위에 오를 때 반대하였던 대사헌 민개를 주위에서 모두 죽여야 한다고 할 때 방원이 말려서 살아 남았다고 하는 얘기도 있고, 2차난 때 주동자인 방간도 주위의 반대를 무릅쓰고 살리는 등 나이가 들면서 자비와 포용의 면모를 보여 주었지요. 왕좌에 오르고는 신문고를 설치하고, 동녀를 선발하여 최초로 부인병 치료를 시작하는 등 사람을 아끼는 국왕이 되었는데 무엇이 그의 불 같은 성격을 남겨 두게 했는지?

방원이 외척의 세력을 차단하기 위하여 했다는 것이 설득력은 있습니다만 이 사건들은 정치적인 행위로만 보기에는 너무 잔인한 방법을 썼지요. 흡사 개인적인 원한을 푸는 것 같이 느껴질 정도로 오싹한 사건들입니다.

사소하긴 하지만 한씨의 묘 막살이를 왜 다섯째인 방원이 했는지도 궁금하고요.

한씨가 조선 건국을 바로 눈 앞에 두고 죽은 것도 드라마틱 하지요. 조강지처 한씨는 몇 달만 더 살았어도 입었을 왕비 옷 한 번 못 입어 보고, 대신에 후처 강씨가 조선 초대 왕비가 되지 않았습니까? 그런데 강비도 40살 때 요절하고 그 후에 두 아들이 방원에게 죽임을 당한 것은 더 드라마틱하지요.

그리고 역사서에 좀 재미있는 부분들도 있어요.

예를 들면『태종실록』1권 총서에 보면 '태조가 높은 코에 용의 얼굴이었는데, 태종의 용모가 이를 닮았다.'라고 되어 있습니다. 비슷한 내용이『용비어천가』97장에도 나오는 것으로 보아 강조하고 싶었던 부분이라고 유추할 수 있는데, 아들이 아비를 닮은 것은 아주 당연한 일임에도 불구하고 그런 역사적인 문장에 왜 들어 갔을까요? 누군가가 자기는 자기 아버지를 꼭 빼어 닮았다고 말한다면 이런 생각이 들겠지요.

'당연한 얘기를 왜 해? 저 집안 핏줄에는 뭔가 사정이 있나?'

처음 그 문장을 보고는 김동인의 소설 『발가락이 닮았다』가 떠오르더라니까요. 흐흐흐.

자, 내가 쭉 설명한 바와 같이 나를 포함한 많은 역사 학자들이 부분 부분 미심쩍어 했던 부분을 종합적으로 엮어서 건국과정의 진실을 밝혀보겠다는 것이 찬의 계획이었지요. 흥미롭기도 하고 논지가 개연성이 있어 주제를 승인해 주었습니다."

긴 열변에 숨이 찬지 잠시 숨을 고른 후 문득 묻는다.

"그런데 혹시 수사하다가 찬의 논문 초고 같은 것 발견 못하셨는지요?"

"박찬 노트북에 자료들이 좀 있던데 일부가 삭제 되어 복구 작업 중입니다. 포렌식팀에서 복구 가능하다고 하니 곧 복구될 것입니다. 혹시 교수님은 안 갖고 계십니까?"

"아! 그렇군요. 아쉽게 저도 갖고 있는 것이 없습니다. 오랫동안 교수 생활을 하다 보니 법정 보관 서류들만해도 정리하기 힘들만큼 넘치고 논문 심사건수가 많아 논문 자격심사 때 받은 논문 자료들은 곧 폐기해 버립니다. 노트북 자료가 복구되면 저한테도 꼭 복사본 주시면 고맙겠습니다."

디가우징되어 복구가 불가능하다는 것은 모르는 것 같다.

"박찬도 죽어 없으니 이제 김 교수님께서 직접 써 보시지 그러십니까?" 슬쩍 떠 보았다.

"무슨 말씀을요. 사료로 뒷받침 되지 않는 얘기를 비꿋 잘못 말하다가는 역사학계에서 사이비라고 왕따 당하지요. 한 방에 갈 수 있습니다. 그렇지 않아도 역사 학계가 식민사관이네 민족사관이네 하며 나뉘어서 서로 으르렁거려 왔는데 제가 거기다가 또 새로운 사관을 만들까요? 음모사관? 야사사관? 허허허.

교수나 역사학계의 직책을 가진 사람들은 섣불리 논문을 발표할 수 없습니다. 찬은 그냥 박사 논문 정도이니 해 볼 수 있었던 것이지요. '허당한 소설 쓰는 놈 또 하나 나왔네.' 이렇게 말 한 번 듣고 지나가면 되니까요. 그 친구가 엉뚱한 아이디어를 가끔 내기도 하고 또 우직해서 한다면 하는 성격이라서 뭔가가 나오기를 바라는 마음도 조금은 있긴 했는데 논거에 대한 핵심적인 증거가 빠져 있었습니다."

이야기를 마칠 듯 하더니 덧붙인다.

"때로는 소설가들이 부럽습니다. 정사던 야사던 몇 가지 단초를 가지고 살을 붙여 자기가 생각하는 가장 그럴듯한 이야기를 쓰지 않습니까? 역사학자들이란 정사, 사료, 유물 이런 것들의 굴레에 얽매인 처지인 반면 소설가들은 맘껏 상상의 나래를 펼 수 있는 것이지요. 역사란 '역사가와 역사적 사실 간의 대화'라고 하는 말도 있는데 소설가들은 학자들 보다 더 많은 대화를 더 자유롭게 나눌 수가 있는 것이지요. 그렇게 보면 소설가가 만든 스토리가 진실에 한 발짝 더 다가갈 수도 있겠지요. 그 진실이란 것을 아무도 모르긴 하지만."

이제 허접한 얘기를 하는 것을 보니 전체 스토리는 거의 다 들은 것 같다. 그런데 핵심이 빠졌다.

"그래서 박찬 논문의 결론은 결국 무엇이었나요?"

4. 마무리 한 수

■ 지란

마음이 채워지지 않는다.

북청 지역의 일개 여진족 족장에서 시작해 조선의 건국공신까지 되었다. 우리 여진 부족의 생활도 이전보다 나아졌고 부족 간의 전쟁도 거의 사라졌다. 당초 성계의 밑에 들어온 목적을 어느 정도 이룬 것 같다. 그런데 아직도 허하다. 바다는 메워도 욕심은 못 메운다고 했던가?

방원 때문일 것이다.

방원은 느긋하게 기다리면 자연스레 자기에게 왕의 순서가 돌아 올 것이라 생각하고 있을 수 있다. 하지만 방원은 자기가 가지고 있는 힘의 상당 부분이 나로부터 나온 것임을 모르고 있다. 조정 주요 대신들은 오랫동안 공들여 내 편으로 만들어 놓은 사람이다. 물론 그 사람들은 성계에 이끌려 온 사람들이었지만 실제로는 대부분 나를 통해서 서로의 뜻을 전했던 것이기에 내 말을 성계의 생각으로 믿었고 그 만큼 나에게 의존하지 않을 수 없었다. 그렇게 맺어진 관계는 쉽게 끊어지지 않는다.

그리고 방원은 아직도 정도전을 제거한 거사 때 의외로 일이 잘 풀린 것을 하늘이 도왔다고만 생각하는 것 같다. 몽의 부대가 도와준 것은 비밀로 하라고 엄명을 내렸다 하니 아마도 주원장이 보낸 군사로 생각을 하고 있을 것이다. 조준을 비롯한 고관들에게 내가 미리 은밀하게 손을 써놓은 덕분에 당일 심야에 운종가에서 대신들이 모여 자기의 손을 들어 주었다는 것도 방원은 모른다.

내 나이 이제 칠십을 바라본다. 내가 힘을 쓸 수 있을 때 방원이 왕이 되어야 한다. 빨리 방원을 왕으로 만들어 놔야 내가 편히 눈을 감을 수 있다. 그런데 방원은 서두르질 않는다. 방원은 성계가 죽기 전에는 왕위에 오르지 않을 생각인지도 모른다. 그러나 시기를 놓치는 경우에는 기회가 아주 안 올 수도 있다는 것을 간과하고 있다.

뭔가 계기를 만들어야 한다. 그리고 이를 기화로 내가 방원의 편이라는 것을 알려야 한다. 명분, 최소한의 피, 성계의 자포자기, 이 세 가지를 충족하는 묘수를 찾아야 한다.

*** 며칠 후 ***

◇ **방원**

지란 숙부가 왔다. 마주 앉은 숙부가 늙어 보인다. 처음 느끼는 것이다.

"방원아, 이제 때가 오지 않았는가? 언제까지 기다릴 생각이냐?"

"무슨 말씀인지요?"

"네 자리를 이제는 찾아 앉아야지."

"아니 방과 형님이 왕을 하고 있고, 아버지께서 저렇게 상왕으로 버티고 계신데 제가 서두를 이유가 뭐 있겠습니까? 때가 되면 순리대로 흘러가겠죠. 숙부께서 이렇게 저를 생각해 주시는 줄 몰랐습니다. 허허."

"그래도 준비는 해 두어야지." 하고는 그냥 가버린다.

나의 생각을 떠 보려고 하는 것일까? 아버지가 시켰나?

방과 형은 어차피 왕위를 물려 줄 아들도 없고 지지 세력도 없는데 무모하게 나랑 권력 다툼을 하겠나? 아버지께서 돌아가시면 자연스레 왕위를 나에게 물려 주겠지.

헌데 지란 숙부의 속내를 알 수가 없다. 항상 애매 모호하게 화두만 던지고 자기 생각은 얘기를 안 한다. 그러나 아버지의 충복인 것은 확실하니 믿을 수는 없다.

✱✱✱ 몇 달 후 ✱✱✱

○※◎ **1400년 1월 28일** ◎※○

■ **지란**

드디어 계획했던 대로 박포와 방간이 낚시 밥을 물었다.

박포는 정도전을 칠 때 방원의 편에 서서 공을 세웠기는 하나 그 공을 충분히 인정받지 못했다고 공공연히 불만을 말하고 다니다가 영동에서 귀양 중이었다. 박포는 방원의 바로 윗형인 방간과 오랜 지기이다. 잠재적인 경쟁자인 방간을 방원이 곧 치려 한다는 소문을 내가 은밀하게 퍼뜨려 놓았다. 역시나 예상대로 이를 들은 박포가 방간을 사주해 군사를 일으킨 것이다. 방간은 바로 밑의 동생이 실권을 갖고 있는 것에 대한 불만이 컸고 방원이 자기를 치지 않을까 늘 불안하게 지내던 터에 박포의 충동질에 넘어간 것이다.

자, 이제 마지막 처리이다. 이번을 기화로 방원의 힘과 존재를 다시 세간에 각인시키고 왕위 승계의 명분을 확보해야 한다. 방간이 제거 되는 것을 보면 방과도 왕위에 오래 머무르고 싶은 생각이 없어질 것이고 성계는 자기 자식들간에 계속 되는 싸움에 진저리를 치며 완전 손을 떼고 싶은 충동을 느낄 것이다.

자! 이제는 나도 전면에 나서자. 방원에게 그 동안 수 차례 내가 자기 편이라는 뜻을 은근히 던져 놓았으니 이번 전투에서 내가 자기 편에 설 것이라 예상하고 있겠지.

◇ 방원

방간 형이 박포의 사주를 받아 반란을 일으켰다고 한다.

아버지나 조정대신들은 왕자들간의 집안 싸움으로 생각하고 적극적으로 관여를 안 하는 것 같다. 관군을 동원할 명분은 부족하다. 내 군사로 내가 직접 나서야 한다. 방간 형의 군사는 대략 백 명 내외라고 한다. 생각보다 많다. 기세도 등등하다 한다. 방간 형이 칼을 갈고 있었던 것을 너무 가벼이 본 것인가? 전투가 길어지면 일이 꼬일 수도 있다. 신속하게 제압해야 한다. 문지방을 나서려는 데 문득 머리를 스치는 것이 있다.

"아! 지란 숙부!"

그래, 지란 숙부가 어느 편에 서느냐에 따라 판세가 바뀔 수도 있다. 지란 숙부는 아버지 편이다. 아버지는 나를 싫어한다. 그럼 지란 숙부가 방간 형 편을 들 수도 있다. 그렇게 되면 싸움은 어려워진다. 아직까지도 지란 숙부의 명에 바로 움직일 군사들은 수 백은 된다.

아아, 이런 생각이 왜 이제서야 떠 오르는 것이지?

그 때 경비병이 헐레벌떡 뛰어 들어온다.

"이지란 대감께서 군사를 몰고 이 쪽으로 오고 계시답니다."

"뭣이!"

늦었구나 생각 할 때 벌써 지란 숙부가 방을 벌컥 열고 들어온다. 무장을 한 모습이다.

나도 모르게 칼집에서 칼을 빼어 들었다.

"방원아, 빨리 가자! 방간의 반란군이 벌써 개경 가까이 왔다고 한다."

이게 무슨 말이지? 어안이 벙벙했으나 경계를 늦추지 않았다. 내 칼은 지란 숙부를 향하고 있다. 지란 숙부가 내 모습을 보더니 당황한다.

"방원아!!"

"숙부는 어느 편입니까?"

"그게 무슨 소리냐? 당연히 네 편이지."

"아버지의 편이 아닙니까?"

"……"

"숙부는 평생 아버지 편 아닙니까? 그런데 어떻게 제 편이라고 하십니까?"

"방원아, 네 나이가 몇 살인데 아직도 그런 젖내 나는 질문을 하느냐! 내 편 네 편이 어디 있느냐? 네 아버지와 네가 서로 적이더냐? 나는 모두를 위하고자 하는 것뿐이다."

역시 내 편이 아니다. 칼을 바로 잡았다.

숙부의 얼굴에 낭패감이 돈다. 내가 그렇게 쉽게 속아 넘어 갈 것이라고 생각 했던 것일까?

"모두들 물러가고 내 명 없이는 방안에 들어오지 말라!"

숙부가 자기 검을 풀러 경비병에게 넘겨 주며 엄하게 명한다. 경비병이 내 눈치를 보면서 슬금슬금 뒷걸음질 쳐 나간다.

"내가 미처 생각이 짧았구나. 네가 이렇게 나올 줄은 예상을 못했다. 그러고보니 내 속마음을 직접 너에게 말 한 적은 없었구나. 앉거라."

숙부가 먼저 철썩 주저 앉는다.

숙부가 칼이 없고 칠십 가까운 노인이라고는 하지만 맘 먹으면 아직도 나 정도는 가볍게 제압할 수 있을 것이다. 전쟁터에서 수많은 적들의 목을 단순간에 치며 달리던 숙부의 모습을 직접 봤던 나다. 그러나 나를 죽이려고 마음 먹었었다면 들어오자 마자 베었겠지.

반신 반의 하며 경계를 늦추지 않고 마주 앉았다.

숙부가 뭔가를 꺼내 내 앞에 던진다.

"네가 정도전을 칠 때 검은 복면의 무사들이 너를 도와 주고 사라지며 너에게 남긴 것이 있을 것이다."

"아! 이건?"

장롱 속에 보관하고 있던 반 쪽짜리 엽전을 꺼내어 맞추어 보았다. 정확히 맞아 떨어진다. 그러면 그 때 복면무사들을 보낸 사람은 주원장이 아니라 숙부였단 말인가?

그래도 믿을 수 없다.

"이것을 어찌 갖고 계신지는 모르겠습니다만 숙부는 평생 아버지 편이었습니다. 그리고 예전에 정몽주를 주살 했을 때도 제 목을 아버지 앞에서 치려고도 하였습니다. 그런 숙부를 어떻게 이런 엽전 쪼가리 하나로 믿습니까? 주원장이 숙부에게 그 징표를 주었습니까? 숙부가 아버지를 배신 하겠다는 것을 저에게 믿으란 말입니까?"

"나는 아버지를 배신 하려는 것이 아니다."

"저를 도우시는 것이 아버지를 배신 하는 것 아닙니까?"

"네 아버지와 너와 조선을 살리려는 것이다."

"번드레한 말로 넘어 가려고 하지 마십시오. 납득할 수 있는 이유를 말하십시오."

다시 침묵이 흐른다. 찡그리는 숙부의 얼굴에 초조함이 베어 나온다.

"네가 방간의 칼에 목숨을 잃는다면 네 어머니께서 하늘에서 편하게 지내시겠느냐?"

의외의 답변이다.

"숙부가 왜 어머니를 생각합니까?"

숙부의 얼굴에 난감함이 드러난다.

"방원아, 지금 그런 것을 논할 때가 아니야. 전투는 기세 싸움이야. 그들 병력도 예상보다 많고, 죽을 작정을 하고 나서서 기세가 드세고 그 속도가 매우 빠르다. 그리고 네가 바로 나서지 않는다면 다른 군사들이 눈치만 보고 적극적으로 싸움에 나서지 않을 것이다. 조금만 더 지체하면 승세가 그들에게 갈 것이야. 서둘러야 한다니까!"

숙부의 말이 머릿속에 잘 안 들어 온다. 확실하지 않은 상황에서 움직일 수는 없다.

"어머니 돌아 가셨을 때 상중에도 얼굴 한번 안 비쳤던 숙부가 어떻게 어머니를 입에 담으십니까?"

숙부의 얼굴이 일그러지며 입을 일자로 앙 문다. 초조한 빛이 역력하다. 품에서 뭔가를 소중하게 꺼내 한참을 망설이더니 내 손에 넘겨 준다.

"마지막까지 이것을 너에게 보여 주지 않게 되길 바랐다. 그런데 지금은 시간이 없고, 다른 방도도 없구나. 이것이 나의 답이다."

[2020년 여름: 사건 34일 후]

◆ 형사 강철

김 교수가 순간 멈칫하고는 주저하듯이 얘기한다.

"찬의 논문 스토리가 흥미로운 것이긴 했습니다만, 결론이 아직 뚜렷하지 않았고, 몇몇 포인트에 증거가 부족하여, 이를 빨리 보강하라고 재촉은 하였습니다. 논문 마감 시한이 얼마 남지 않았는데 찬이 결국 이를 못 찾아 내어 막판에 몰리니 극단적인 선택을 하지 않았나 하는 생각은 듭니다."

얘기가 겉돈다. 다시 물었다.

"찬이 생각했던 결론과 이에 필요한 증거가 구체적으로 무엇이었는지요?"

"결론이 아직 도출이 안되었다고 얘기 하지 않았습니까!"

"논문 마감이 얼마 안 남았고, 내용을 이렇게 상세히 알고 계신데 아직까지 그것을 교수님이 모른다는 것이 말이 됩니까!!"

"결론이 아직 안 났다고 하지 않았소! 똑같은 얘기 계속하게 하지 마세요!"

그리고는 입을 꼭 다문다. 다그친다고 순순히 입을 열 것 같지 않다. 궁금하지만 여기서 너무 시간 낭비 할 수는 없다. 이제 확인에 들어가자!

"그래서 증거만 뒷받침되면 찬의 논문을 가로채려 하셨나요?"

김 교수가 움찔한다. 바로 치고 들어가자!

"그래서 논문을 빨리 끝내라고 찬을 다그쳤고, 논문이 거의 완성되자 후환을 없애려고 찬을 살해 하신 것 아닙니까?"

"아니, 어떻게 감히 그런 말을! 말도 안 되는 소리 그만 둬요!"

"교수님이 재임용에 필요한 논문이 부족하여 다급한 상황이라고 들었습니다."

갑자기 공격적으로 돌변한 나의 태도에 김 교수가 벌건 얼굴이 되어 벌떡 일어나며 손사래를 쳐 댄다.

"아니, 내 재임용 논문과 찬의 죽음은 상관이 전혀 없다니까 그러네!"

"찬이는 봉천동 하숙집에서, 농약을 마시고 죽었습니다. 유서도 없었고, 논문 완성을 눈 앞에 둔 그가 자살할 이유가 없습니다. 심성이 순박하여 주위에 원한 살 일도 없었던 것으로 확인되었습니다. 제가 아는 한 오직 김 교수님만이 살해 동기가 있는 사람입니다. 현장에서 타살의 흔적도 나왔고요."

"그게 무슨 말도 안 되는 소리야!" 탁자를 손바닥으로 내려친다. 봉천동과 농약이란 얘기에 별다른 반응이 없다. 적어도 어디서 어떻게 죽었는지는 모르고 있는 것 같다. 그러나 청부 살인업자에게 구체적인 설명을 안하고, 그냥 알아서 처리 하라고 했다면 모를 수는 있다.

"박찬이 죽은 당일 날 밤에 어디에 계셨습니까?"

"그것은 왜? 정말 나를 살해 용의자로 보는 것입니까?"

한치도 물러서지 않는다. 목소리를 다시 공손한 톤으로 낮추었다.

"실례라는 것은 알지만 수사할 때 의례적으로 체크하는 것이니 이해해 주십시오."

"정확히 며칠이었다고 했지요?"

대답을 해 주니 마지 못해 일정을 체크한다.

"아! 마침 제주도에서 세미나가 있어 그날 아침에 갔다가 다음날 오후에 서울로 돌아 왔네."하며 서랍을 열어 뒤지더니 서류철 하나를 들고 와서는 탁자 위에 던져 놓는다. 서류들을 넘기며 보았다.

제주행 비행기표, 호텔 영수증이 있다. 계속 서류를 넘겼다. 출장도 많이 갔군. 중국 출장 관련 서류 속에 북한주민접촉신고서가 보인다.

"중국에 가서 북한 인사와 만나셨군요?"

"한중북 공동 역사 세미나가 있어서 갔다가 남북한 역사자료 관련하여 개인적으로도 잠깐 만났습니다."

이제 다른 쪽으로 쳐 보자.

"찬이 최근에 정신 이상 행태를 보인 것도 알고 계시지 않았습니까?"

"최근 좀 들떠 있는 것 같기도 하고, 혼자 웅얼거리는 것 같기도 했습니다만 논문에 몰두 할 때 연구자들에게서 종종 볼 수 있는 것이라 신경을 쓰지는 않았습니다."

"박찬이 왜 태종 태실을 도굴하려 했지요?"

김 교수가 깜짝 놀란다. "아니 찬이 진짜로 도굴하려 했다고요?"

"알고 계셨군요."

"아……아니, 모르는 얘기 입니다. 그런데 그게 언제였지요?"

"몇 주 전이었지요."

김 교수의 얼굴이 찌그러들며 입을 앙 다문다.

'진짜로'라는 교수의 단어에 도굴에 대한 얘기가 둘 간에 있었다는 뉘앙스가 풍겨진다. 반면 언제 도굴을 시도 했는지는 정말 모르는 것 같다.

더 이상 밀어 붙여봐야 김 교수의 태도로 보아 더 얻을 것은 없을 것 같다. 어쨌든 김 교수의 막판 강한 압박에 박찬의 정신이 정상이 아니었고, 논문의 증빙사료를 찾기 위해 뭔가를 하려고 했다 는 것은 확실하다. 만일 태종 태실 도굴시도가 그런 맥락에서 나온 것이라면 그 의도가 무엇이었을까? 이 부분이 교수가 말하기 꺼려하는 논문의 결론 핵심이 아닐까?

교수가 직접 살해 한 것은 아닌 것 같긴 하나, 청부 살인 가능성도 있으니 아직 용의자에서 제외하는 것은 이르다.

교수가 아니라면 도대체 누가 왜 찬을 살해 한 것인가?

◇ **방원**

지란 숙부가 건네 준 것은 자주색 비단으로 싸여져 있다. 어머니가 좋아하던 색이다. 풀어보니 안에 연두색 비단이 있다. 펼쳐 보니 글씨가 써 있었다. 어머니의 글씨이다. 그런데 비단천의 밑단이 불규칙한 요철 형태로 잘려져 있다.

"내 추측이 틀리지 않다면 너도 같은 비단천의 조각을 어머니로부터 받았을 것이다."

그래! 어머니가 남에게 보여주지는 말고 그냥 잘 간직 하고만 있거라 하며 임종 직전 주셨던 것이 있다. 서랍장에서 오랫동안 간직한 어머니 유품을 꺼내 속을 펼쳤다.

"휴!" 숙부가 큰 숨을 내쉰다.

이럴 수가!

숙부가 준 비단천의 밑단과 내가 가지고 있는 것의 윗단의 요철이 딱 맞아 떨어진다. 원래 한 천이었던 것이다.

"이걸 숙부가 어떻게……"

급히 서찰 내용을 읽었다. 해석은 되지만 왜 이런 문장을 어머니께서 쓰시고 왜 이것을 숙부가 가지고 있는지 모르겠다. 그리고 그 쪼가리를 왜 나한테 준 것일까?

"이게 무슨 뜻입니까? 왜 숙부가 이것을 가지고 있습니까?"

"얘기하자면 길다. 지금은 설명해 줄 시간이 없다. 다만 확실한 것은 네 어머니가 나와 너에게 서로 믿으라는 뜻으로 우리에게 징표를 남겨 주신 것으로 생각한다. 전투가 끝나면 자세히 설명해 주겠다. 시간을 더 지체하면 승패를 가늠 할 수 없는 상황이 된다. 난 더 늦기 전에 전투하 러 가야겠다. 나를, 아니, 네 어머니를 믿든지 말든지 그것은 네가 결정 하거라."

숙부는 뒤돌아 나가버린다.

한참 동안을 멍한 상태에서 헤어나지를 못하고 있다가 퍼뜩 정신을 차 려 대기하고 있던 군사들을 이끌고 나갔다. 말 위에서 계속 질문이 머리 를 맴돈다. 도대체 어머니와 지란 숙부 사이에 무슨 일이 있었던 것인가?

선죽교에서 반란군과 마주쳤다. 내가 좀 늦긴 했나 보다. 기세 좋게 치고 나오는 반란군에 아군이 좀 밀리는 듯 한 상황이었다. 지란 숙부의 군대가 적들의 진격을 막아서고 내가 나타나자 군사들의 사기가 살아난다. 곧 나를 지원하는 이저, 이화 등의 추가병력이 도착한 후 상황은 금세 역전이 되었다. 싸움은 오래 걸리지 않았다. 반란군은 후퇴하였고, 방간과 박포는 도주하다 추포되었다.

방간 쪽에서는 아버지를 지지하는 세력들의 지원을 기대하였던 것 같으나 지란 숙부가 내 편에 선 것을 보고는 전의를 상실한 것 같았다. 전투가 벌어지기 직전에 이미 적의 장수 몇 명이 암살당하였다고 한다. 숙부가 얘기 했던 그 비밀 부대의 작전이었나?

＊＊＊ 며칠 후 ＊＊＊

◇ **방원**

방과 형이 나를 불렀다. 주위를 물려 둘만 앉게 되었다. 방간의 반란 후 처음 단 둘이 있는 자리이다.

"전하, 옥체 일향만강 하십니까?"

"허어, 둘이 있을 때는 그냥 형이라고 부르라니까." 하며 내 눈치를 살짝 살핀다.

밥은 잘 먹느냐, 조카들은 잘 지내냐 하며 그냥 시덥지 않은 얘기만 한다. 나도 그냥 건성으로 대답을 하였다. 한참을 그런 후에야 뜸을 드린 후 말을 잇는다.

"내가 요즘 몸이 많이 안 좋아져서……"

거짓말이다. 방과 형은 워낙 운동을 좋아하며 건강한 체질이다. 며칠 전에도 격구를 하였다는 얘기를 들었다. 하지만 짐짓 걱정스런 반응을 보였다.

"전하 옥체를 잘 보전하셔야 나라와 백성이 편안하지요."

"그래서 말인데……"

그 뒤에 무슨 말이 나올 지 짐작이 된다. 들으면 서로 불편해 진다.

"그러시면 몸도 편찮으신데 저는 이만 물러나고 어의를 부르겠습니다." 하며 바로 일어 났다.

형이 당황하며 같이 일어나 뒤돌아 서는 내 손을 잡는다.

"아우야, 이 형이 네 손을 한 번 잡아보고 싶구나."

손이 가늘게 떨리고 있다. 돌아서서 형의 손을 꼭 잡았다.

"형님, 건강하고 즐겁게 오래 사셔야죠."

형의 옅은 미소 속에 안도감이 담겨 있다.

＊＊＊ 며칠 후 ＊＊＊

"전하께서 저를 은밀히 불러 왕위를 주군께 양위하겠다고 하십니다."

하륜이 보고한다. 예상보다 빠르다. 그만큼 방과 형은 그 불안한 왕좌에서 빨리 벗어나고 싶은 것이리라.

"바로 왕위에 오르시는 것은 예법에 맞지 않고, 또한 주군께서 전하의 동생이시니 세자(世子)가 아니라 세제(世弟)로 책봉 주청을 올리겠습니다."

하륜의 제안에 아무 대답도 하지 않았다. 내 입으로 왕위를 거론하는 것이 불편하다.

하륜이 내 표정을 읽은 후 목례를 하고 나간다.

이제 꼭 가 봐야 할 곳이 있다. 문을 나섰다.

➤ 킬러

박찬을 살해하고 꽤 지났지만 예상대로 잠잠하다. 자살이라고 기사가 한 번 난 이후에 매스컴에서도 더 이상 다루지 않는다. 완전 범죄이지. 혹시 만에 하나 타살의 가능성을 갖고 범인이 나타나길 기대하며 경찰이 며칠이라도 잠복하고 있었으려나? 흐흐. 다 헛고생이야. '킬러는 현장에 반드시 다시 나타난다.' 이런 것은 아마추어 얘기지 프로들은 절대 안 한다. 이미 완벽히 처리하여 놓았기 때문에 다시 갈 필요가 없다.

박찬을 살해하라는 지령을 받은 것은 살해 일주일 전이었다. 그 때의 일들이 다시 생각난다.

＊＊＊ 사건 일주일 전 ＊＊＊

드디어 왔구나! 설렌다.

정좌를 하고 심호흡을 한 뒤 조심스레 밀지를 펼쳐 본다.

한 사람의 신상 정보가 적혀있다.

마지막에는 '충(忠)'자가 선명하게 써져 있다.

이 건은 우리 가문의 고유 임무란 얘기다. 어떤 피해를 감수하더라도, 몇 명을 죽여서라도 반드시 성공하란 뜻이다.

15년만의 일다운 일이다. 팽팽한 긴장감이 내 발끝부터 머리끝까지 타고 올라온다.

밀지에 불을 붙여 그 재를 자근자근 씹어 먹는다. 씁쓸함이 곧 고소함으로 바뀐다.

온 몸에 전율이 온다. 바로 이 느낌이야! 오랫동안 기다렸던!

5장

헤어짐
그리고
또 다른
시작

I. 역린

◇ 방원

냉랭한 분위기 속에 마주 앉아 내가 아무 말 없이 어머니 서찰을 꺼내 지란 숙부 앞에 놓았다.

숙부가 그 서찰을 한 참 동안 내려다 본다.

"먼저 이 서찰을 해석을 해 주십시오."

"적혀진 그대로이다."

"어머니께서 숙부에게 주신 것이라기에는 내용이 어울리지 않습니다."

"그거야 어머니께서 쓰신 것을 내가 어찌 가늠할 수 있겠느냐?"

"그럼 이 서찰을 왜 어머니께서 지란 숙부에게 주시고, 나에게 서찰의 일부를 남겨 주셨습니까?"

"네 어머니가 사후에 강비의 위세로 너희 형제들이 핍박을 받을 것을 대비하여 나에게 자식들을 부탁한 것이라고 생각한다. 네 아버지가 너희들보다는 강비의 편에 설 것이라고 생각하셨을 거야. 그리고 결과적으로 그 예견은 맞아 떨어진 것이지.

나까지 강씨 가문 편으로 돌아선다면 너의 형제들의 앞날이 더욱 어려워질 것이라 생각하셨겠지. 그래서 방법을 궁리하시다가 나에게 너를 지켜달라는 징표를 남기는 묘책을 내신 것이겠지. 아들들 중에 네가 제일 똑똑하니 너를 선택한 것이고."

"그러면 제가 정도전과 방석을 제거 했을 때와 방간 형의 반란 때 아버지를 배신하고 제 편을 들었던 것이 어머니 서찰 때문이었단 말입니까?"

"네 어머니 뜻도 뜻이지만 그것이 나라를 살리는 길이라 생각했었다."

"왜 말씀으로 안하고 서찰로 남기셨는지요?"

"어머니 임종 무렵에 나는 국경에 오래 가 있어 뵙지를 못했다. 그래서 서찰로 남기셨겠지."

그래도 풀리지 않는 것이 많다.

"그렇다면 왜……?"

"네 어머니의 깊은 뜻을 내가 일일이 어떻게 알겠냐! 내 머리로는 지금 말한 것 이상으로는 유추해 낼 수 있는 것이 없다. 더 이상 할 말이 없고 내 다른 급한 일이 있으니 이만 가거라."

지란 숙부가 내 질문을 단호히 차단하며 자리에서 일어난다.

*** 다음날 ***

지란 숙부의 설명은 그럴 듯해 보이지만, 미심쩍은 것이 한 둘이 아니다.

서찰에 차라리 그냥 아들들을 부탁한다고 쓰시지 왜 엉뚱한 내용을 쓰신 것일까?

내가 제일 똑똑하다고 해도 위로 형이 넷이나 있다.

서찰 밑단을 왜 군이 나에게 남기셨을까?

그리고 밑단을 나에게 남기신 것을 지란 숙부는 어떻게 알고 있었을까?

지란 숙부가 아버지를 배신하면서까지 어머니의 부탁을 들어 준 것도 납득이 안 간다.

지란 숙부에게 물어도 답은 안 나올 것 같다. 스스로 답을 찾아야 한다.

✳✳✳ 며칠 후 ✳✳✳

"어머니의 마지막을 지켰던 몸종이 무안 월출산의 절에 있을 것이니라. 소재를 찾아서 돌아가시기 직전 지란 숙부에게 보낸 서찰과 관련한 자세한 얘기를 듣고 오너라."

믿을 만한 세작에게 명을 내렸다. 다행히 어머니 몸종이 떠나기 전 마지막 인사를 드린다며 어머니 묘에 찾아 와서 월출산으로 들어가 중이 되어 어머니의 명복을 빌며 살겠다는 말을 나에게 남겼다.

세작이 삼 일 만에 돌아와 보고를 한다.

"큰 마님께서 돌아가시기 직전 지란 어른께 서찰을 전하라 명하셔서 그렇게 했다고 합니다. 그리고 별도의 말씀도 꼭 전하라고 하여 그 말씀도 전했다고 합니다."

"그것이 무슨 말씀이었다더냐?"

세작이 전한 어머니 말씀도 그저 평이하다. 그런데 그것도 서찰의 내용과 마찬가지로 생뚱맞다. 어머니는 평소에 꼭 해야 할 말만 간결하게 하시던 분이다. 중요한 얘기를 이렇게 뜬금 없는 글과 말로 전하실 분이 아니다. 전했다는 말씀이 서찰을 해독하는 열쇠일지도 모른다. 서찰을 바라 보며 어머니의 전언을 되뇌어 본다. 수십 번을 반복하니 문득 집히는 것이 있다. 서찰을 소리 내어 읽었다. 수 십 번을 읽으니 세 글자가 머릿속을 맴돌다 튀어 나온다.

"아니, 이것은?"

여러 가지 다른 해석을 해 보아도 달리 들어오는 것은 없다. 내 해석이 맞다면 궁금했던 것이 모두 풀리며, 아귀가 딱 맞아 떨어진다.

"이럴 수가!!!"

가슴이 덜컹 내려 앉고 머리가 새하얘진다.

*** 다음날 ***

지란 숙부의 방에 들어가자마자 서찰과 칼을 내려 놓고 앉으니 지란 숙부가 당황한다.

"진실을 얘기 하십시오. 만일 또 거짓말을 한다면 이 칼이 둘 중 한 사람의 목을 베게 될 것입니다."

숙부의 얼굴색이 검게 변하며 가속들에게 모두 별채에 가서 별도 명이 있기까지는 무슨 일이 있어도 절대 얼씬도 하지 말라고 엄명을 내린다. 둘 사이에 긴 침묵이 흐른다. 지란 숙부는 내가 서찰을 제대로 해독했을 지를 가늠하고 있겠지. 기다리자.

이지러진 얼굴로 눈을 감고 한참 동안을 침묵하던 숙부가 떨리는 목소리로 띄엄띄엄 말을 꺼낸다.

"이런 날이 오지 않기를 정말 바랐다. 내가, …… 내가 죽일 놈이다."

숙부가 한참을 또 침묵한다.

"그래서는 안되었지만, 나는 네 어머니를 오랫동안 사모하고 있었다. 처음 만나 인사 드릴 때 선녀가 내려 오신 줄 알았다. 네 아버지와 의형제로 네 집을 자주 갔고, 네 어머니를 볼 때마다 가슴이 떨리는 것을 어찌 할 수 없었다. 그러나 네 어머니를 어떻게 해 보겠다는 생각은 한 번도 해 본 적이 없었다. 이것은 진심이니 믿어 주기 바란다. 내가 네 아버지를 존경도 했지만 네 어머니는 나 같은 놈은 바라만 보기도 황송한 그런 고귀한 분이었지. 감히 그런 생각을 품을 수도 없었단다.”

도대체 무슨 얘기를 하고자 하는 것이지? 또 참고 기다렸다.

“당시에 네 아버지는 개경에 오래 머무시는 일이 많았었고, 네 어머니는 개경 쪽 하늘을 바라보며 자주 한숨 쉬곤 한다는 몸종의 얘기를 들었었다. 그렇다고 그 사실이 나에게 어떤 틈이나 이유를 주는 것은 아니었다. 다만 내 마음도 아렸었다는 것을 얘기 하고 싶은 거야.”

숙부의 서론이 길다. 답답하다.

“그래서 도대체 무슨 일이 있었다는 것입니까?”

“그 때 자세한 상황을 지금 얘기한들 무슨 소용이 있겠느냐?”

숙부가 다시 주춤거린다.

“저는 알아야겠습니다. 있었던 일 그대로를 자세히 얘기 하십시오. 한 치의 거짓말이라도 있다면 제 칼이 가만히 있지 않을 것입니다.”

지란 숙부가 한참을 괴로운 표정으로 고개를 숙이고 있다가 천천히 말을 꺼내기 시작한다.

“그럼 네가 나를 믿어 주기를 바라는 마음에서 다 말 하겠으니 불편하더라도 끝까지 들어 주길 바란다.”

숙부는 눈을 감고 독백하듯이 천천히 이야기를 시작한다.

* * * * * * * * *

네가 태어나기 전 해의 여름이었다.

그 때 네 아버지가 개경에 오래 가 있는 동안 나는 가별초 훈련을 지휘하기 위하여 함주에 머무르고 있었다.

며칠간 훈련을 혹독히 한 후 겸사겸사 측근 몇 명과 오랜만에 같이 술을 마셨다. 네 아버지께서도 안 계시고 하여 긴장도 풀렸고 동틀 때까지 밤새 좀 과하게 마셨다. 눈 좀 붙였다 일어나 물을 마시고 뜰을 나섰지만 후텁지근하여 어디 가서 시원하게 멱이라도 감고 싶었다. 가까운 곳 숲 속의 가끔 가던 폭포로 향했다. 폭포 물소리가 들려 오시기 시작할 때쯤 여인네들의 목소리가 간간히 섞여 들려왔다. 나뭇잎 사이로 형수가 보였다. 몸종 향이와 개울가 언덕에 앉아 소담을 나누고 있었다.

"마님, 여기 시원하지요?"

"응, 이렇게 좋은 곳을 말만 들었지 처음 와보는 구나, 가슴이 확 풀리네. 호호."

"장군님께서 이번엔 특히 오래 안 계셔서 마님께서도 요즘 갑갑하셨지요? 이제 가을이 오기 전에 장군님도 한 번 오시겠지요?"

다가가 인사를 하려다 멈추었다. 형수의 모습을 좀 더 보고 싶었다. 폭포와 숲이 섞이며 일으키는 산들바람이 나의 얼을 빼앗아 간 듯했다.

"가을이 온다고? 가을은 정해져서 오는 것이 아니란다. 가을을 느낄 때 가을이 오는 것이지. 그래서 어떤 사람에게는 있고, 어떤 사람에게는 없는 것이 가을이란다. 나도 처녀 때는 매 해 가을이 왔는데 애들을 낳기 시작하고서는 가끔 오다가 최근 몇 해는 아예 가을이 안 오는구나."

쓴 미소 짓는 형수의 옆모습을 멍하니 바라보고 있었다.

"우리 장군님에게는 가을이 올까? 개경에는 젊고 예쁜 여자도 많다고 하는데." 남쪽 하늘을 바라보며 가볍게 한숨 짓는 형수의 옆모습에서 애잔함을 느꼈다.

얼마나 내가 그러고 서 있었는지 모르겠다.

갑자기 작은 회오리 바람이 불더니 형수가 무릎에 올려 놓고 있던 손수건이 땅에 떨어졌다. 형수가 그것을 주우려고 앞으로 몸을 숙이다가 미끄러지며 물에 빠져 허우적거렸다. 깊지는 않으나 바닥에 돌이 많고 이끼가 끼어 넘어지면 일어나기 쉽지 않은 곳이다. 급하게 달려 가 물에 뛰어 들어 형수를 들어 올려 언덕 위에 눕혔다. 향이가 놀라 어쩔 줄을 모르고 다가와 마님을 살폈다. 다행히 형수가 "난 괜찮다." 하는 소리를 듣고는 안도의 숨을 쉬며 형수의 옷을 살피고는 "어머! 마님 옷이 홀딱 다 젖어 버렸네. 어쩌나! 감기 걸리시겠어요. 마님, 새 옷을 금방 가져 올게요." 하며 집 쪽으로 뛰어갔다.

형수는 놀란데다가 물을 많이 먹어 그냥 풀밭 위에 축 쳐진 채 눈을 감고 가쁜 숨을 쉬며 누워 있었다. 한여름이긴 하지만 북쪽지방의 산속은 선선한 바람이 분다. 형수가 한기에 몸서리를 친다. 내 웃옷을 벗어 형수를 덮어 주었다.

급하게 눕혀 놓긴 했지만 찬찬히 보니 경사진 곳이고 땅이 울퉁불퉁하다. 형수의 젖은 옷에서 나온 물로 바닥도 흥건하다. 누워계신 모습이 너무 불편해 보였다. 좀더 편안한 장소로 옮기는 것이 좋겠다는 생각이 들었다.

"형수님, 저 쪽 평평한 곳으로 자리를 옮기기는 것이 좋겠습니다. 일어 나실 수 있겠어요?"

형수가 간신히 일어나려고 했지만 제대로 서지를 못했다.

"아아, 혼자 일어서기가 힘드네요." 하며 형수가 손을 내 밀었다. 주저하다가 형수의 팔목을 잡아 부축하여 열 보 정도를 걸었었나? 갑자기 돌부리에 형수 발이 채이며 균형을 잃고 쓰러지려 했다. 엉겁결에 급히 형수 허리를 감싸 안았다.

……. 그리고 그만 그만, 아아…… 내가 혼줄을 놓고 말았다……

＊＊ ＊＊＊ ＊＊＊

지란 숙부가 말을 끝내고 머리를 감싼다.

무슨 말을 해야 할지 생각이 안 난다. 머리의 멍함이 분노를 누르고 있다. 한참을 그렇게 서로 침묵을 하는데 숙부가 문득 정신이 난 듯 바로 앉아 내 눈을 보며 얘기 한다.

"하지만 나는 네가 내 아들이라고 생각해 본 적은 한 번도 없다. 이 서찰을 받고 나서 나도 깜짝 놀랐고 왜 네 어머니가 이것을 나에게 주셨을까 곰곰이 생각했었지.

아마도 자기 배로 낳은 자식들을 강씨 가문으로부터 지키려면 나의 힘이 필요 했을 것이고, 그냥 상투적인 말로 부탁해 봐야 내가 진짜 그렇게 하리라고는 확신을 못하셨겠지. 그래서 방법을 궁리하시다가 너와의 관계를 엮으시는 묘책을 내신 것이겠지. 내가 너의 생부라고 믿는다면 적어도 방원 너 만은 안전하지 않을까, 형제들 중에서 가장 영특한 너를 내가 지켜준다면 형제들 모두 안전하리라 생각하셨겠지. 돌아가시기 직전까지도 가문의 장래 안위를 걱정하시고 대비책을 마련해 놓은 것이지. 새삼 존경스러웠다. 이것 외에 다른 이유는 도저히 생각할 수가 없단다.

그래서 나는 이미 하늘에 가신 네 어머니께 너를 지키겠다는 약속을 맘속으로 굳게 했단다. 네가 네 아버지와 척을 지게 될 줄은 상상도 못했었지만 지금 너를 돕는 것이 길게 보면 네 아버지를 돕는 것이라 생각한다. 죽는 날까지 이 서찰의 비밀을 갖고 가고 싶었으나, 어머니가 그것을 용납을 안 하셨나 보다. 그날 그냥 내가 네 편이라고 믿어만 주었어도 이 서찰을 보여주지 않았을 것이다. 그땐 상황이 정말 다급해서 어쩔 수 없었다. 너를 지키기 위하여 어쩔 수없이 서찰을 보여주었다면 이 또한 구차한 변명뿐이 안되겠지만……"

이제서야 분노가 치밀어 오르는데 어찌 할 바를 모르겠다. 벌떡 일어나 구들장이 무너져라 쿵쿵 발을 몇 차례 구르고 장롱 위의 도자기들과

벽에 걸어 놓은 족자들을 칼과 주먹과 발로 닥치는 대로 부수고 베고 찢어 발겼다. 지란 숙부 앞의 탁자를 뒤집어 엎었다. 성이 차지 않아 주위를 둘러 보았다. 미동도 하지 않고 눈을 감고 앉아 있는 지란 숙부 외에는 방 안에 성한 것이 없다. 숙부의 목에 칼을 겨누었다. 칼이 떨린다. 숙부의 목을 치면 어머니가 숙부를 죽게 만든 것이 되어 버린다. 지금 숙부의 목을 친다고 무엇이 달라지랴.

칼을 거두었다.

어머니 서찰을 품에 넣고 방문을 발로 박차 부수며 나왔다.

"방원아, 내 말을 믿어 주거라!"

지란 숙부의 외침을 뒤로한 채 말을 잡아 타고 무작정 달렸다.

온갖 상념과 기억들이 머릿속을 맴돈다.

어릴 때 지란 숙부가 목숨을 걸고 절벽에서 나를 구해 안고 온 그 날, 숙부와 나를 번갈아 보던 어머니의 눈이 빛났던 것은 햇빛 때문이 아니라 눈물 때문이었나?

* * * 다음날 * * *

어머니에 대한 그리움으로 서찰을 꺼내어 보고 또 본다. 어머니가 자식들을 위하여 쓰셨을 한 글자 한 글자에 어머니의 번민이 느껴진다.

그런데 자꾸 보다 보니 제일 첫 자인 비(非)자에서 다른 글자들과는 다른 느낌이 풍겨져 나온다. 등불을 가까이 대고 자세히 보았다. 비(非)자가 다른 글자들 보다 조금 더 진하고 약간 휘갈겨 쓴 것 같아 보인다. 왜 첫 자만 그럴까? 잠자리에 누워서도 어머니의 서찰이 계속 눈에 어른거린다. 그러다 비(非)자가 갑자기 커지더니 내 눈 안으로 쑥 들어온다.

벌떡 일어나 다시 어머니 서찰을 뚫어져라 보니 그 글자의 의미가 보이는 듯하다.

*** 그 날 저녁 ***

■ 지란

이런 날이 오지 않기를 간절히 바랬었으나, 막상 털어 놓고 나니 도리어 마음이 편하다.

방원이 내 방에 들어 올 때 눈빛에 담겨 있던 것은 궁금증이 아니라 분노였다. 방원이 해독을 했다는 것을 단 번에 느꼈었다. 방원이 형수 몸종을 찾을 것이라 예상하고 나도 그 몸종을 수소문 해 보았지만 결국 못 찾았는데, 방원은 찾아 낸 것이리라.

어디까지 얘기 해야 하나 고민하다가 결국 모든 것을 얘기하는 것이 좋겠다고 생각했다. 한가지 거짓말은 백 가지의 또 다른 거짓말을 낳는다. 마지막에 조금의 거짓말이라도 드러나게 되면 방원과의 관계는 돌이킬 수 없다고 생각했다. 진실을 말하는 것이 가장 완벽한 설득이다.

방원이 내 아들이면 좋겠다는 생각을 안 해 본 것은 아니다. 아주 가까운 친구들과의 술자리에서 방원이 나를 닮았다는 얘기를 농같이 한 적도 있다.

만일 방원이 아니라 방우나 방과였더라도 내가 과연 목숨을 걸고 절벽을 타고 내려 갔었을까?

방원의 분노가 언젠가는 사그라들기를 바랄 뿐이다.

*** 며칠 후 ***

◇ **방원**

어머니가 지란 숙부에게 서찰과 함께 보낸 전언을 다시 확인하기 위하여 어머니 몸종에게 또 보냈던 세작이 돌아와 보고를 한다. 어머니와 몸종간에 그 자리에서 있었던 대화를 처음부터 끝까지 있는 그대로 읊는다. 대화 마지막 부분에 어머니께서 몸종에게 별도로 당부하셨다는 말씀이 있었다며 그 말을 그대로 옮긴다.

내 추측이 맞았구나! 몸종이 어머니의 마지막 부분의 말씀을 달리 이해 하고 지란 숙부에게는 전하지 못 한 것이야!

'아, 어머니…… 이 불효 자식 때문에 마지막까지도 번민하시느라 맘 편히 못 가셨구려.'

어머니의 서찰을 가슴에 품고 눈을 감았다.

눈물이 주체를 못하고 흘러 나온다.

어머니에 대한 안쓰러움과 애절함이 지란 숙부에 대한 분노를 밀쳐내고 내 가슴 안으로 쏟아져 들어온다.

[2020년 여름: 사건 당일]

▶ **킬러**

밤에 옥탑방 문을 두드리니 문이 빼꼼히 열리고 얼굴만 살짝 보인다.

"저 혹시 박찬 선생님 집인가요? 역사학자이신."

"아직 뭐 학자라고 하긴 그런데…… 어쨌든 제가 박찬인데 무슨 일이신지요?"

잔뜩 경계심을 가진 눈빛으로 나의 아래 위를 훑는다.

"조선 건국에 대하여 연구하신다고 하여 제가 태종대왕에 대하여 말씀 드릴 것이 있어서요."

내 말이 떨어지기 무섭게 문을 활짝 열고 들어 오라 한다.

방은 난장판이다. 책상 위에는 책이 수북이 쌓여 있고, 라면 국물이 담긴 냄비와 과자 부스러기가 널려 있다. 방 한가운데는 이불이 펼쳐진 대로 있다. 어찌할지 몰라 허둥지둥하다가 이불을 발로 한 켠으로 쑥 밀고는 앉으라고 한다. 행동이 산만하고 눈빛은 불안하다. 자기 손톱을 계속 물어 뜯는 그에게서 초조함이 읽혀진다.

"무슨 이야기이지요?"

내 앞으로 바싹 다가 오며 바로 질문이 들어 온다. 걸려 들은 것이다.

나는 우리 가문의 이야기를 있는 그대로 이야기 해 주었다.

찬은 연신 감탄사를 내 뱉으면 넋이 빠져 듣고 있다.

"잊어 먹고 나서 또 들려 달라 하지 말고, 필요한 것은 적으세요."

힐책하는 듯한 내 말에 찬이 주위에 있던 메모지에 적기 시작한다.

한참을 이야기 한 후 목마르다 하고 가지고 온 소주를 따서 종이컵에 가득 따라 단 번에 마셨다. 그에게도 한 잔 권했다. 자기도 목이 타는지 한 잔을 그대로 들이킨다. 또 한 잔 마시고, 또 주었다. 이렇게 너댓 잔씩을 급하게 마셨다. 이 정도면 충분하다.

찬이 알딸딸한 목소리로 나에게 묻는다.

"이야기는 충격적이지만 어떻게 믿지요? 사실이라 하더라도 이렇게 가문의 비밀을 나한테 털어 놓는 이유는 무엇이지요?"

"이유는 간단합니다. 당신은 이 얘기를 아무한테도 할 수 없으니까요."

찬의 눈꺼풀이 내려 앉기 시작한다. 곧 옆으로 쓰러져 눕는다. 소주에 탄 약은 가문에 비전으로 내려오는 마취제이다. 당초 마취성이 강한 알칼로이드 성분을 가진 투구꽃이란 독초를 사용하다 의학발달 이후에 수

면제 성분인 헥소바르비탈을 혼합하여 효능을 획기적으로 개선시켜 만든 것이라 한다. 술과 섞어 마시면 효과가 배가 된다.

마취시간은 짧고 강도는 약하지만 몸에 남지를 않아 부검을 해도 마취약을 쓴 것을 알아 낼 수가 없다 한다. 물론 나는 미리 해독제를 먹어 놓았다.

장갑을 끼고 준비해간 방독면을 썼다. 찬의 입 안에 수건 뭉치를 넣었다. 불이 번지지 않도록 위치를 잡고 주위 물건을 치웠다. 이 집 근처 공사판에서 주어 온 돌로 냄비 밑을 받쳤다. 불이 나서 주변 사람들이 모여들면 좋을 것이 하나도 없다. 창문을 닫고 번개탄에 불을 붙였다. 찬이 나의 말을 받아쓴 메모에서 여섯 글자를 주의 깊게 모필했다.

살인 교육 중에는 모필이 있다. 자살로 위장하기에는 이것 보다 확실한 방법은 없다. 전문가가 분석하더라도 꼭 같다라고 확신 할 수는 없지만 그렇다고 자필이 아니다라고 확정하기도 어려운 그런 수준이다. 감식 기관에서는 애매모호하면 자기네 편한 쪽으로 진단한다. '자필이다.' 한 마디면 그 이후에는 누가 귀찮게 하는 사람이 없기 때문이다.

연기가 퍼지기 시작한다. 번개탄은 공기가 안 통하는 곳에서는 완전히 다 타지 않고 1시간 이내에 꺼진다. 책상과 책장을 뒤져 관련이 있을 법 한 메모장, 공책, 노트북 등을 챙겼다. 다음에 주위를 다시 처음처럼 어질러 났다. 사진을 미리 찍어 놓고 그대로 재배치를 하기 때문에 누가 뒤진 흔적을 찾기 힘들다. 책장을 살펴 보는데 발에 뭐가 채인다.

소주 뚜껑이다. 또 채일까 하여 뚜껑을 소주병에 살짝 돌려 끼워 놓았다. 두 번째 술병과 내가 먹은 술잔을 가방에 넣었다. 남은 소주병과 종이컵을 자연스럽게 보이도록 배치해 놓았다. 소주병과 유서 등에 내 지문은 다 없애고 찬의 지문을 남겼다.

30분이 막 지나자 찬이 꿈틀대기 시작한다. 마취약이 검출 되지 않도록 많은 양을 타지는 않는다. 견정혈과 용천혈을 눌러 움직이지 못하도록 했다. 다시 차근차근 빼 놓은 것이 없나 체크를 했다. 완벽하다. 곧 찬의 몸부림이 잠잠해졌다. 맥을 짚었다. 숨이 끊어져 있다.

'배고픈 역사학도, 삶을 비관하여 번개탄을 피워 극단적 선택!'

이렇게 내일 기사에 나올 것이다.

노트북은 들고 나와 가문의 전문가에게 가져가 문제가 될 부분만 디가우징한 후 야밤에 찬의 학교 사물함에 갔다났다. 사물함이 잠겨 있었지만 그것을 열고 잠그는 것은 일도 아니다.

박찬의 집에서 나오며 징표를 집 대문 앞의 나뭇가지 사이에 끼워놓았다. 징표를 남기는 것은 우리 가문의 전통이다. 우리 할아버지 대까지는 대담하게 피살자 바로 옆에 놓고 왔다고 한다. 내 후대에는 이런 위험한 전통도 없어져야 좀 더 안전할 텐데……

*** 몇 달 후 ***

⟨⟨⟩⟩ 1400년 여름: 민씨 34세, 방원 33세 ⟨⟨⟩⟩

◑ 민씨

방간의 난도 평정이 되었고 방원이 세자 책봉까지 되었다. 당초 세제로 주청이 올라갔으나 방과가 방원을 아들로 삼겠다 하여 세자가 되었다. 방과가 스스로 왕위를 물러날 때만 기다리면 된다. 이 자리까지 오게 된 것이 나와 우리 민씨 가문의 덕이라는 것을 방원은 잊지 않겠지.

그런데 얼마 전부터 방원의 행동이 좀 미심쩍다. 예전에는 밖에서 일어나는 일들에 대해 얘기도 하곤 했었는데, 요즘은 얘기도 잘 안하며 혼자 있을 때 불쑥 들어가면 심각한 표정을 짓고 있는 경우가 잦아졌다. 이제 왕좌에 오르기만 하면 되는데 무슨 걱정일까?

이런 저런 생각을 하며 방원의 서재로 들어갔다. 며칠 전부터 방원이 지방 출장을 가 있는 중이라 여기저기 손가락으로 먼지가 있는지 살펴 본다. 요즘 무엇에 관심이 있나? 책이나 서류들도 이것 저것 들쳐 본다. 문갑의 서랍이 눈에 들어 온다. 호기심이 생겼다. 서랍을 살그머니 열어 안을 살피는데 조그만 문고리 같은 것이 서랍 안쪽 바닥에 보인다. 열어 보았다.

서찰 몇 개가 있다. 조심스레 열어 보니 하륜 등이 작성한 주변 정세 정보와 향후 개혁할 사항 등에 대한 것들이다. 대충 보고 닫으려다 안쪽 을 보니 교묘하게 또 하나의 뚜껑이 있다. 열어 보았다. 비단에 싸인 서 찰 같은 것이 있었다. 조심스레 겉봉을 열고 서찰을 펼쳐 보았다. 시어 머니, 한씨의 수결이 있다. 어머니가 아들에게 보낸 서신이다. 그런데 뭘 이걸 그렇게 깊이 숨겨 놓았지? 내용도 별 것 없는데.

다시 잘 넣어 놓고 아버지에게 가서 거기서 본 정보들을 말씀 드렸다. 좋아하신다.

"그런데요, 제일 안에 있는 비밀 서랍에 시어머니가 보내신 서찰을 고 이 모셔 놓았더라구요. 어머니에 대한 그리움이 아직도 대단한 가봐요."

"무슨 내용이더냐?"

"별것 아니고 그냥 올바로 살아라 뭐 이런 뜻이에요."

"가서 직접 보자꾸나." 아버지가 다 보고 나서는 고개를 갸우뚱한다.

"왜 서신이 두 조각으로 나누어져 있을까? 너 혹시 한씨 부인의 임종 을 지킨 몸종이 지금 어디 있는지 알고 있느냐?"

"예전에 얼핏 이 서방한테 듣기로는 전라도 월출산인가에 들어가 중 이 되겠다고 했었던 것 같은데 그건 왜요?"

"이 이야기를 너에게 해야 될지 고민을 많이 했지만 너도 알아 두어야 할 것 같아 얘기를 한다."

며칠 안 보이시던 아버지가 불러 심각한 얼굴로 운을 뗀다.

"그 서찰을 보고 어머니가 아들에게 주는 훈시라기에는 내용이 좀 안 맞는다는 생각을 했었지. 그리고 그런 것이라면 방원이 왜 그렇게 몰래 숨겨 놓았을까? 어머니에 대한 그리움이라면 벽에 걸어 놓고 매일 보는 것이 더 좋을 텐데. 그리고 서찰 밑단이 두 쪽으로 나누어져 있는 것도 이상해. 흡사 각각 다른 사람이 가지고 있다가 짜 맞춘 징표 같은 느낌 이랄까? 그래서 예사 것이 아니라고 생각을 했지.

그래서 한씨 부인 몸종의 소재를 찾아내서 내가 친히 만나러 갔었단 다. 끝까지 입을 안 열려고 하는 것을 협박과 재물로 간신히 입을 열게 했지. 그 입에서 나온 놀라운 사실은 한씨 부인이 임종을 앞두고 지란에 게 전한 것이 있었는데 자주색 비단에 싼 서찰 같은 것이라고 하더구나. 우리가 본 것과 같은 것이지. 그렇다면 내용이 이렇게 평범할 리가 없을 것 같아 더 다그쳤더니 별도로 전한 말이 있었다고 한다."

별도로 전했다는 말과 그 말의 의미를 아버지가 설명해 준다. 그 설명 을 듣고 잽싸게 필사해 놓은 서찰의 가운데 글자를 읽어 내려갔다.

"아니, 혹시 이것은!" 가슴이 갑자기 뛰기 시작한다.

아버지가 내 놀란 얼굴을 멀끔히 바라보시며 혼자 말을 내 뱉으신다.

"예전에 방원이 범에 물렸을 때 지란의 반응이 왜 그리 지나칠까 궁금 했었는데 바로 이것이 그 답인가?"

◇ 방원

오랜만에 지방 출장에서 돌아 왔다.

요즘 들어 민씨의 강짜가 더 심해져 집에 돌아 오는 것이 도리어 불편하다. 원래 강한 성격이고 내가 그 덕을 본 것은 인정하지 않을 수 없긴 하지만 뭐가 그리 맘에 안 드는지. 물론 최근에는 내가 첩을 들인 것 때문에 마음이 상한 것은 이해를 못할 것은 아니지만 정도가 지나치곤 한다. 이제 왕이 될 귀한 몸인데.

비밀 서랍을 열어 보았다. 그런데 끼워 두었던 머리카락의 위치가 바뀌었다. 누군가가 열어 본 것이다. 민씨 말고는 달리 이 방에 들어 올 수 있는 사람은 없다. 혹시 어머니 서신도 본 것은 아닐까?

민씨에게 가서 짐짓 물어 보았다.

"혹시 내 서재에 들어 갔었소?"

당황하는 빛이 스친다. 맞구나!

"방 정리 할 것 있나 살펴보러 며칠 전에 들어 가긴 했는데요. 왜요?"

"아니, 그냥 뭔가가 좀 낯선 느낌이 들어서. 너무 오랜만에 와서 그러한가 보오. 허허."

서찰을 만약 보았더라도 그 뜻을 이해는 못했을 것이니 그냥 넘어가도 될까?

아니, 장인은 만만한 분이 아니다. 분명 민씨가 장인에게 이야기를 했을 것이고, 날카로운 장인은 이것을 그냥 넘기지 않았을 수도 있다.

*** 며칠 후 ***

며칠 전 어머니 몸종을 다시 찾아서 최근에 누가 왔다 갔는지 알아 오라는 나의 명을 받았던 세작이 돌아와 아직 숨도 고르지 못한 채 보고를 한다.

"며칠 전에 그 몸종이 짐을 싸 들고 사라졌는데 어디로 갔는지는 아무도 모른다고 주지 스님이 말했습니다. 그런데 그 전날 밤에 산골에서 보기 드문 훤칠한 노인이 장정 하나를 데리고 봇짐에 뭔가를 잔뜩 싣고 찾아 왔었다 합니다. 며칠을 더 수소문 끝에 결국 그 몸종을 찾아내 확인했습니다. 서찰이 건네졌던 상황과 함께 별도로 전한 마님의 말씀도 민 대감께 이실직고 했다고 합니다."

역시 장인이 탐문하고 갔구나. 장인이라면 비문를 풀었을 수도 있다. 며칠 전부터 장인이나 민씨의 눈빛이 어색해 보인 것 같기도 하다.

장인이 원본을 오래 보지는 못 했을 것이고, 어머니 몸종도 어머니의 말씀 중 마지막 부분을 이해 못하고 있으니, 비(非)자의 의미까지 해독은 못했으리라.

괘씸함을 참을 수가 없다.

언젠가는 그 대가를 혹독하게 치르게 하리라.

◦◦◦ **1400년 11월** ◦◦◦

◇ **방원**

해를 넘기지 않으면 좋겠다는 방과 형님의 간청에 따라 왕위에 올랐다.

이제 그 동안 구상해 온 천년 조선을 내 손으로 만들어 가리라!

➤ 킬러

내가 처음 맡은 임무는 15년 전 어떤 교수의 처단이었다.

가문 본연의 임무였다.

그 다음은 청탁 임무였다. 십 년 전 쯤 한 운동선수를 죽인 후 자살로 위장하는 일이었다. 다음날 뉴스에서 난리가 났지만 곧 자살로 결론 내고 잠잠해졌다. 이런 일들은 통상 막강한 배후가 있어서 바로 덮인다. 참 웃긴 세상. 100㎏이 넘는 거구가 일반 아파트 욕실에서 목을 매고 죽었다는데 아무도 의문점을 제기 안 한다. 다들 욕실에 가 찾아 봐라. 고작 60㎏ 인 당신이 목을 매고 죽을 수 있게 힘을 받쳐 줄 곳이 있는지.

몇 해전에는 좀 예외적인 의뢰를 받았다. 대상자가 자살하기로 약속이 되어 있는데 몰래 지켜보다가 자살을 안 하면 마무리를 하는 일이었다. 의뢰자로부터 받은 자살 예정지로 갔다. 서울 인근 도시 외곽의 산속이었다. 길목 수풀 속에 잠복하고 있으니 잠시 후 운전자 혼자 탄 빨간 마티즈가 지나갔다. 쫓아가 몰래 지켜 보니 우두커니 앉아 손으로 머리를 싸 매고 차 안에 앉아 있었다. 한 시간쯤 지나자 차에서 나와 혁대 줄을 나무에 건다. 사람들은 목메어 자살하는 것이 쉽다고 생각한다. 그러나 마땅한 도구가 없는 숲 속에서 혼자 혁대를 나무에 고정시키고 올라가 목을 건다는 것은 생각보다 쉽지 않다.

그것을 보고 있자니 얼마 전 많은 학생을 태운 유람선 침몰사고에 대한 자책감으로 교감 한 사람이 사고 당일 경찰 조사 직후 밤에 홀로 야산 깊숙이 들어가 목을 메어 자살했다는 얘기가 떠올랐었다. 그 칠흑 같은 숲 속에서 연로한 나이로 혼자 가능했을까? 당시 내 주제도 망각한 채 분노 했던 기억이 난다.

예상 했던 대로 대상자는 마지 못한 듯 성의 없이 이리저리 몇 번을 시도 하다가 여기저기 상처만 입고 주저 앉는다. 한참 있다가 일어나 차를 타고 시동을 걸어 후진으로 나가려 한다. 죽지 않으려는 것임을 직감적으로 느꼈다. 차를 막아 섰다.

　"제가 도와 드리겠습니다. 그냥 제가 하라는 대로 하면 아주 편안하게 가실 수 있습니다. 아니면 고통을 좀 받으셔야 할 것 입니다."

　얼굴이 일그러지며 체념한 듯하다. 차에 앉히고 준비해간 소주를 마시라 했다. 곧 의식을 잃었다. 번개탄을 피우고 문을 닫고 나왔다. 다음 날 아침 신문 1면 기사로 떴다.

　"국정원 직원, 민간인 불법사찰 책임지고 자살!"

2. 무사의 길

♠ 율

거의 십 년 만에 아들이 돌아 왔다.

십 년 전 아들을 앞에 앉혀 놓고 얘기를 했었다.

"중원으로 가라! 더 멀리 가도 좋다. 다섯 종류 이상의 각기 다른 무술을 배워라. 각각의 무술을 다 익힌 후에 다시 그 각 문파의 최 고수들을 만나 겨루어라. 모두를 이긴 후에야 다시 돌아 오거라. 십 년이 걸려도 이십 년이 걸려도 좋다. 겨루다 죽어서 돌아오지 못해도 어쩔 수 없다. 하지만 이 아비는 네가 돌아 오기를 기다리겠다."

이놈은 어릴 때부터 내 핏줄을 받았음을 보여 주었다. 두발로 서자 마자 눈에 보이는 막대란 막대는 다 잡아 휘둘러 대었고, 세 살 때부터 말을 탔다. 그 때부터 나는 맹훈련을 시켰다. 다섯 살 때는 열 살쯤 된 옆집 형제들을 맨손으로 혼자 때려 뉘었다. 그 집에서는 기가 찬지 도리어 쉬쉬하였었다.

열 살 쯤 되자 이미 어른들과 무술을 겨뤄 밀리지 않게 되었다. 그 가능성을 본 나는 이놈을 내 뒤를 이어 주군의 호위 무사를 맡게 해야겠다고 생각하였다. 최고의 무사로 만들어 어디를 가던 주군을 지킬 수 있는 자신감과 실력을 갖기를 원했다. 그래서 중원으로 보냈던 것이다. 그 동안 주군께서는 왕이 되셨고 나는 관직 없는 최 근접 호위 무사를 계속 하고 있다.

주군에게는 적이 너무 많았다. 정몽주, 정도전의 추종자들은 복수를 하겠다고 틈을 보고 있다. 아직 남아 있는 왕씨 가문의 자객들도 만만치 않았다. 원, 명, 왜에서 보낸 것 같은 자객들도 있었다. 나는 십 수 차례 주군의 목숨을 구하고 또 구했다.

그러나 복면무사를 죽인 이후에 너무 괴로웠다. 무사로서의 명예를 저버린 내가 과연 주군의 호위를 할 자격이 있는 것일까? 복면무사의 마지막 눈빛이 늘 나를 바라보는 듯한 느낌을 가지며 그렇게 힘든 세월을 버텨내었다. 그런데 아들이 돌아 온 것이다. 단단한 몸매에 평온하면서도 자신감 넘치는 표정. 특히 내가 못 잊는 그 눈빛. 복면 안에서 빛나던 그 눈빛을 내 아들의 눈에서 보았다.

'내 아들이 해내었구나! 이제 내 짐을 벗어도 될 때가 온 것이다.'

목욕재계하고 아들과 마주 앉았다.

가운데는 주군이 내려 주신 검과 징표가 놓여져 있다.

"이 검이 주군께서 우리 가문에게 내려 주신 검이니라."

검지를 깨물어 피를 내어 하얀 비단에 글씨를 쓴다. '충(忠)'

그리고 계속 나오는 피를 손바닥에 비벼 묻힌 후, 글자 옆에 손도장을 찍었다. 아들도 똑 같이 손가락에 피를 내어 손도장을 찍었다.

"이 검과 징표와 혈서를 평생 지니고 목숨을 바쳐 주군께 충성을 다하라. 네가 죽으면 네 아들이 그 일을 해야 할 것이다. 그리고 손자가 그 뒤를 잇게 하거라. 다만 관직을 받지 마라. 그냥 주군의 그림자 같이 평생 살거라!"

자식에게 죽은 듯이 살라는 얘기이다. 가슴이 아프다. 그러나 주군의 은혜를 다 갚아야 한다는 부담감과, 왕의 호위무사로서의 명예를 져 버린 마음의 고통을 나 혼자 감당해 낼 자신이 없다. 내 자손들도 이 업보를 같이 나누어 짊어져 주길 바랄 뿐이다.

돌이켜 보면 내가 굳이 그의 목을 겨누지 말고 팔이나 다리 한 쪽만을 못 쓰게 만들었어도 되는 것 아닌가? 그를 꼭 죽였어야만 했던 나의 충동은 그에 대한 증오심이었나? 조선 제일 검이 되겠다는 허영심이었나? 그가 한 쪽 팔다리를 잃더라도 나는 그를 당해 낼 수 없을 거란 두려움이었나?

아아! 그냥 적을 만나면 숨통을 끊어 놓는 무사의 본능이었다고 누군가가 내게 말해 주면 좋겠다.

그런데 그런 말을 해 줄 사람은 아무도 없다.

＊＊＊ 며칠 후 ＊＊＊

◇ **방원**

율이 건장하고 눈빛이 단단한 한 청년을 데리고 왔다.

"전하, 이제 저도 나이도 들고, 몸이 안 좋아 더 이상 전하를 호위하기가 힘들 것 같습니다."

그렇지 않아도 얼마 전부터 율의 표정이 창백하고, 가끔 넋을 잃은 듯하여 의아하게 생각하고 있었다. 더 물어 볼까 하다가 그만두었다. 이놈이 이런 말을 할 정도면 그럴 사정이 있겠지. 사지가 잘리고도 목숨만 붙어 있다면 내 곁에 있겠다고 할 놈인데.

"이놈이 제 아들놈입니다. 부족한 점이 많으나 목숨을 걸고 전하를 지킬 것입니다. 저를 이어서 전하를 모실 수 있는 가문의 영광을 내려 주십시오.”

“허어, 그 때 그놈이 어느새 이렇게 장성 했구나! 벌써 세월이 많이 흘렀구먼.”

송구스러워하는 율의 얼굴이 밝다. 그만큼 아들의 무예에 자신이 있단 얘기겠지. 가족도 돌보지 못하고 관직도 없이 밤낮을 나만 지키며 살던 그 삶을 그 아들에게 또 감내케 해야 하는 것이 미안하다. 그러나 실력이 있고 충성이 검증된 호위 무사를 어디서 달리 구할 수 있겠는가? 나를 노리는 놈들은 아직도 많다. 율의 집에 많은 금은보화를 보냈다.

아무리 많은 재물도 네 가문의 나에 대한 충성을 보상 할 수는 없으리라.

＊＊＊ 한달 후 ＊＊＊

■ 지란

며칠 전 격의 없는 대신 몇 명과의 술자리가 있었다.

“대감, 혹시 율과 복면무사의 대결에 대해 들어 보셨습니까?”

무관 출신 대신이 뜬금 없이 나에게 던진 질문에 놀라 되물었다.

“율과 복면무사라고 했소? 복면무사라니요?”

“아, 그 검은 복면을 쓰고 밤에만 나타나서 하늘을 날아 다닌다는 신비의 무사 얘기 못 들어 보셨소?”

술이 번쩍 깼다. 몽이 얘기 아닌가?

그 대신의 얘기는 율과 복면무사간의 대결을 직접 본 하급 무관이 있는데 그 이야기가 얼마 전부터 무관들 사이에서 내밀히 돌기 시작하였다는 것이었다. 술에 취해 하는 두서 없는 이야기였지만 그럴 듯 했다. 내 가슴이 뛰기 시작했다. 바로 집으로 돌아와 그 얘기의 최초 발설자를 찾아 오라고 부하들에게 명하였다.

며칠 만에 그 발설자가 농부 옷을 입고 내 앞에 잡혀 왔다. 잡혀 오면서 오줌을 지렸는지 냄새가 났지만 그것이 뭐 중요하랴.

"네 이놈, 네가 하고 돌아 다녔다는 얘기가 진실이냐?"

급한 마음에 보자마자 다그쳤다.

한동안 대답이 없이 흐느끼기만 한다. 지린내가 진동을 하기 시작했다.

"일단 나가서 옷을 새로 갈아 입고 오너라."

부드럽게 이야기 했다. 그리고 술상과 은전을 가져 오라고 했다.

겁박해서 될 일이 아니다. 내가 얼마나 알고 싶었던 진실인가. 몇 번이나 율의 목에 칼을 들이대서라도 듣고 싶은 마음이 충동질 쳤으나, 율은 죽더라도 얘기를 안 할 것이다. 아니 못 할 것이다. 그런데 그 현장을 본 놈이 있다니! 돌아 다닌다는 얘기들을 좀 더 수집하여 들어 보니 그냥 만들어 낸 얘기는 아닌 것 같았다. 제발 이놈이 진짜 본 놈이기를 바랄 뿐이다.

농부로 숨어 지내는 것을 보니 이 이야기의 발설로 인해 생명의 위협을 느끼고 있는 것이리라.

농부는 좋은 옷으로 갈아 입고 들어 오며 잘 차려진 술상과 그 옆에 놓인 은전을 보더니 어안이 벙벙한 표정으로 다시 조아렸다.

"내가 누구인지 아느냐?"

"제가 무관이었던 자로서 어찌 대감님을 모르겠습니까."

"그렇다면 내가 네 목숨을 지켜 줄 수 있다는 것도 알고 있겠지!"

"감사합니다. 감사합니다…. 모두 다 이실직고 하겠습니다. 이제야 비로소 발 뻗고 잘 수 있을 것 같습니다." 이놈이 눈물을 글썽거리며 몇 번이고 머리를 조아린다.

"자, 이리 와서 술 한잔 받거라, 어서."

내가 몇 번을 권하자 무릎 발로 다가와 잔을 받았다.

"자, 같이 쭉 들이키게나." 그렇게 몇 잔을 쉬지 않고 마셨다.

이놈의 표정에 공포감이 많이 사라졌다. 취기에 얼굴도 벌겋고 술을 받는 손이 이제는 떨리지도 않는다.

"나는 너를 벌할 생각이 전혀 없다. 그저 떠도는 얘기가 하도 재미 있어서 단지 진실을 듣고 싶은 거야. 자네가 지어낸 얘기라면 거짓이라고 얘기해도 돼. 어느 쪽이든 네가 진실을 얘기한다면 너의 여생을 지켜 줄 뿐만 아니라 이 옆에 있는 후한 상금까지 내리겠다."

한 참 동안 눈알을 굴리다 띄엄띄엄 얘기를 시작한다.

"삼 년 전 겨울, 그러니까 임금님께서 왕위에 오르시기 전에 댁에서 고관들이 모이신 연회가 있었던 날 밤이었습니다."

시점과 장소가 맞는다. 침이 꼴깍 넘어간다.

"보름달빛이 은은히 흐르는 날이었습니다. 저는 그날 외곽 경비를 담당했던 무관이었습니다. 인근 야산 순찰을 혼자 돌고 있는데 으슥한 숲 속에서 검이 부딪히는 소리가 났습니다. 몰래 다가가서 몸을 숨기고 보니 두 검객이 검을 겨루고 있었습니다. 가만히 보니 한 명은 율 무사이고 또 다른 사람은 복면을 썼는데 당시에 소문으로만 떠 돌던 그 복면무사 같았습니다. 밤에만 소리도 없이 나타났다 흔적 없이 사라지는데 그 검 솜씨가 뛰어나 천하 제일 검이라는 얘기가 돌던 바로 그 무사 말입니다. 혼자서 열명을 단 열 합 만에 눕혔다느니, 축지법을 쓴다느니, 하늘을 날아 다니는 것을 보았다는 등등 하도 과장이 심한 것 같아 뜬 소문인지 알았는데 실제로 보니 진짜 존재했던 것입니다."

"복면무사의 덩치가 얼만했더냐?"

"키가 율 무사 보다는 대략 한 치 정도 더 컸지만 몸집은 더 호리했던 것 같습니다."

음, 맞다. "계속 하거라."

"당시 율 무사가 조선 제일 검이라는 얘기들을 했었지요. 그래서 칼 좀 쓴다던 사람들의 술자리는 의례 율 무사와 복면무사가 싸우면 누가 이길 것인가가 안주거리가 되었었습니다.

그 두 전설의 진검 승부를 보게 된 저는 이게 꿈인가 하며 눈을 크게 뜨고 바라 보았습니다. 쿵쿵거리는 가슴을 움켜잡고 침을 삼키며 보고 있는데, 정말 둘의 움직임이 너무 빨라 눈이 제대로 쫓아 갈수가 없었습니다. 용과 호랑이의 싸움 같기도 하고 때로는 두 마리의 학이 어울리는 것 같아 인간끼리의 싸움이라고는 도저히 생각할 수 없었습니다. 둘 다 나무를 표범같이 올라 타서 나무 사이를 올빼미 같이 날아 다녔습니다."

"둘의 무술에 차이를 느낄 수 있었느냐?"

"뭐 제가 무관이었다 해도 감히 고수들의 무술을 알 수 있겠습니까 만…… 단지 분명 처음에는 율 무사 검의 속도가 복면무사보다 빨랐던 것 같아 율 무사가 이기겠구나 생각했는데 이상하게도 싸움은 백중지세 였습니다. 그런데 그렇게 수십 합을 겨루다 보니 복면무사의 검의 속도 가 점점 더 빨라질 뿐만 아니라 흡사 검이 이렇게 저렇게 스스로 춤을 추는 듯한 환각까지 보였습니다."

이제는 발짓 몸짓까지 써가며 입에 침을 튀기며 이야기 한다.

이놈이 진짜 본 것 맞고나. 내 가슴이 고동을 친다.

"그러다 보니 점점 율 무사가 밀리는 것 같았습니다. 드디어 율 무사 의 옷깃이 찢겨 나간 것 같았습니다. 승패는 이미 기울어 진 것 같았습 니다. 아아, 이를 어쩌나 하며 마음을 졸이고 있었는데 몇 합을 더 겨룬 후 갑자기 율 무사가 가슴을 열고 복면무사에게 달려 드는 것이 아니겠 습니까? 순식간에 둘의 검이 상대방의 목과 가슴을 각각 찔렀는데 율 무 사는 그대로 서 있고 복면무사는 쓰러졌습니다.

처음에는 도대체 무슨 일이 벌어진 것인가 어안이 벙벙했었는데, 곧,

아! 이것이 내 살을 내주고 적의 뼈를 취한다는 고수들의 필살기, 말로만 듣던 육참골단(肉斬骨斷) 검법인가 하는 생각이 떠 올랐습니다.

멍하니 있는데 율 무사가 이미 알고 있었던 듯이 손짓으로 저를 불렀습니다. 깜짝 놀라 오금이 저려 움직이지를 못하고 있으니 율 무사가 내게 오더니 엄한 목소리로 명을 내렸습니다.

"오늘 본 것을 발설하는 날이 너의 제사 날이 될 것이다. 복면을 절대 벗기지 말고 이 시신을 산속 은밀한 곳에 정중히 묻고 그 위치를 나에게 알려 주거라."

그리고는 아무 일 없었던 듯이 사라졌습니다.

그런데 더 놀라운 것은 분명히 복면무사의 검이 율 무사의 가슴을 찌르는 것을 보았는데 율 무사의 가슴에는 찢긴 옷 사이로 옅은 피 빛만 베어 나오는 것이었습니다. 사람이 아니라 귀신인가? 생각되어 소름이 쫙 돋았습니다.

그래서 그 시체를 혼자서 끙끙대며 산 속 깊이 구석진 곳에 간신히 묻고 왔는데, 그간 오랫동안 무서워서 입을 굳게 다물고 있었습니다. 그런데 율 무사가 얼마 전 호위무사를 그만 두었다는 얘기도 들리고 하여 긴장이 풀렸는지, 하루는 술에 취해 그만 가까운 친구들에게 얘기를 해 버리고 말은 것이지요. 그 다음날 아침 술이 깨어 정신을 차리고는 그 친구들을 찾아가 얘기를 발설하면 모두 죽는다고 엄포를 놓긴 했지만 한동안 무서워서 잠도 못 잤습니다.

그러나 며칠 만에 제가 한 얘기가 다시 제 귀에 돌아오더라고요. 얼마나 두려웠던지 저는 그 날로 무관 직을 내 놓고 고향으로 내려 가 깊은 산 속으로 숨어 들어가 농사를 짓고 있었습니다. 아 참, 고향 가는 길에 복면무사를 매장 했던 곳을 찾아 가 보았는데 그 곳에는 아무것도 없었습니다."

농부 말이 채 끝나기도 전에 바로 일어나 율의 집을 향해 말을 달렸다.

"자기를 찾지 마라 하며 며칠 전 궁궐을 향해 큰절을 한 후 홀홀 떠났습니다."

율의 아내가 눈물을 글썽이며 말한다.

집에 돌아 오자 마자 율을 잡아 오라고 명하였지만 가슴이 허하다.

율 같은 놈을 누가 잡을 수 있을까? 아니 행방이라도 알아 낼 수 있을까나……

아아, 몽아!! 몽아!! 네 놈은 도대체 어디 묻혀 있는 것이냐! 지금이라도 내 술 한잔 받아야 내 가슴에 남아 있는 너의 핏자국이 조금이라도 지워지지 않겠느냐!

불쌍한 몽이, 자기보다 하수에게 그냥 목을 내 줄 수뿐이 없었을 그 심정이 어떠했을까? 눈을 감으며 나를 무던히도 원망했으리라. 언젠가 내가 무심히 뱉었던 '율의 손 끝 하나 건드리지 말라.'는 말 한마디가 결국 몽을 죽인 것이다. "죽이지는 말라."는 말로 충분했을 것인데, 그런 일이 벌어지리라 예상을 못했던 내 불찰이다. 누구를 탓하랴!

통한을 담은 나의 주먹에 책상이 우지끈 부러져 찢겨 나간다.

[2020년 여름: 사건 35일 후]

◆ 형사 강철

"만나고 있어요!"

집에서 저녁밥을 차리는데 후배 여 형사에게서 전화가 왔다. 누군가와 접선하고 있다 한다. 급하게 갔으나 전화를 하는 사이 놓쳤다 한다. 두 사람이 체격과 걸음걸이가 비슷했다고 한다. 아쉽지만 그래도 접선 장소를 안 것만 하더라도 큰 수확이다.

서삼릉 경비원 집은 사당동이다. 그럼 오늘 만난 놈이 킬러일 것이다. 아무래도 킬러는 이동을 많이 하면 그만큼 노출이 많이 되기 때문에 자기 집 근처에서 접선했을 가능성이 높다.

못마땅한 표정의 반장에게 간신히 휴가를 받아 내고 그 근처 잠복 근무를 시작했다. 그들이 만났다는 곳은 길음 전철역 입구 사거리의 치안센터 바로 뒤에 있는 아담한 마을 쉼터다. 대담한 놈들. 경찰서 바로 뒤에서 만나다니. 이 동네는 내가 태어나 자란 곳이라 지리는 손바닥 안에 있다.

✳✳✳ 3일 후 ✳✳✳

"아! 저놈이다!"

잠복한 지 3일 만에 그가 밤에 나타났다. 마스크를 하고 모자를 눌러 썼지만 체격과 걸음걸이로 보아 분명 둘 중 하나이다. 어찌나 반갑던지 달려가 손을 덥석 잡고 싶을 정도다. 조심스레 미행을 하였으나 낌새를 알아챘는지 인파 속을 빠른 걸음으로 가다가 오른쪽 골목 안으로 사라진다.

낮고 좁은 계단으로 내려가는 그 골목 안의 동네는 반세기 넘게 하나도 변하지 않은 서울의 몇 안 되는 곳 중의 하나이다. 길음동 대부분이 아파트와 새로운 건물, 넓어진 도로 등으로 바뀌었지만 이 골목은 아직도 그대로이다.

안으로 들어가면 그야말로 거미줄처럼 좁은 골목길들이 얽혀 있다. 대로변에서 들어 오는 길은 계단 골목 하나이지만 뒤로 나가는 골목길은 예닐곱이나 된다. 어릴 때 여기서 친구들과 숨바꼭질 하다 길을 잃고 울었던 기억이 있는 곳이다. 그 때와 달라진 것이 없다. 좁아서 골목 입구가 잘 안보이기 때문에 사람이 붐비면 그냥 지나치기 쉬운 이 골목으로 주저 없이 들어 왔다면 이놈도 이곳 지리를 잘 알고 있는 것이리라.

골목 계단을 단숨에 뛰어 내려가니 놈이 30미터 전방의 막다른 길에서 오른쪽 골목길로 사라지는 것이 보인다. 이런 미로에서 놈을 쫓아 봐야 잡기 힘들다. 오른 쪽은 삼양동으로 가는 방향, 왼쪽은 길음시장 입구로 나가는 방향이다. 주저 없이 왼쪽 길을 택했다. 삼양동으로 가는 쪽은 대로변이라 눈에 띄기 쉽다. 길음시장으로 들어가면 인파에 싸여 도망치기 쉽다. 놈은 길음시장 쪽으로 갈 것이다.

가장 가까운 골목길을 택해 시장 입구로 달려가서 치킨집에 들어가 밖을 예의주시했다. 역시나 2분이 채 되지 않아 그놈이 눈앞을 지나간다.

번개 같이 튀어 나가 그놈의 어깨를 잡았다.

순간 주먹이 날아 와 눈에서 번쩍 불이 난다.

두 번째 주먹이 날라오는 것을 간신히 막고 주먹을 날렸으나 가볍게 피한다.

당황했다. 나에게 번개같이 원 펀치를 날리고 내 주먹을 피하다니. 정신을 가다듬고 등을 돌려 도망가려는 놈을 날아서 모듬차기로 등 짝을 찼다. 한 바퀴 구르더니 바로 일어나 맞선다. 그냥 도망가기는 어렵겠다고 판단한 듯하다. 예삿놈이 아니다. 이놈도 내가 보통이 아니란 것을 이제는 알아 챈 듯 섯부른 공격을 안하고 대치하고 있다.

특별히 대결 자세를 취하지 않고 그냥 서 있는데도 빈틈이 없다.

일단 확인부터 하자.

"네가 박찬을 죽인 놈이지?!"

나의 단도직입적인 단정에도 불구하고 아무런 대꾸나 표정 변화가 없다. 그래! 이놈이 맞아! 확인 더 들어가자!

미리 챙겨 온 방원 징표를 주머니에서 꺼내 그놈에게 살짝 던져 주었다. 손으로 잡아 내고는 흘끗 손안에 잡힌 징표를 본다. 징표를 보는 순간 그놈의 신체리듬이 미세하게 깨지는 것을 느꼈다. 그 순간을 노려 공격을 하였으나 살짝 빗맞는다. 바로 매서운 역공이 들어온다.

이놈의 눈에 살기가 돌기 시작한다.

3. 반추, 그리고 해법

❀ 1401년 2월, 방원 즉위 몇 달 후: 지란 70세, 성계 66세 ❀

▪ 지란

이제 떠나야지.

모든 것이 정리가 된 듯싶고 다 버리고 떠나는 일만 남은 것 같다. 방원을 만나고 가야 할 지 고민했다. 방원이 세제에 책봉되자마자 나는 바로 조정에서 물러났고 그 후 오랫동안 서로 만나지 않았다.

그러나 해야 할 말은 하고 떠나야지.

방원이 과연 만나는 줄까? 내 말을 들어는 줄까? 무거운 마음으로 궁을 찾았다. 방원이 마침 왕자들과 담소를 나누며 즐거워하고 있다가 나를 보자 웃음을 거둔다. 잠시 적막이 흘렀다.

"전하, 소신 이제 조용히 살고 싶어 개경을 떠나 깊은 산의 절로 들어가려고 합니다."

"아니, 숙부, 그냥 개경에 계시지요."

냉랭하기는 하지만 의외로 말투에 날이 서있지는 않다.

"이제 할 일도 다 했고, 개경에서는 영 편히 쉴 수가 없습니다."

"허어, 숙부께서 떠나시면 섭섭해 할 사람들이 많을 테지만 쉬러 가신다 하니 더 이상 말릴 수도 없겠습니다. 마침 아이들도 와 있으니 같이 얘기나 나누시죠. 멀리 떠나신다 하니 술 한잔 같이 해야지요. 조선이 세워지고 제가 왕좌에 오른 데에는 숙부의 공이 컸지요. 허허허……" 하며 술상을 내 오라 한다. 방원의 환대에 도리어 내가 당황스럽다.

방원에게서 왕의 의연함과 여유가 배어 나온다.

양녕이 여덟 살, 효령이 여섯 살, 충녕이 다섯 살이니 재롱을 떨 나이들인데 왕자들이라 역시 점잖다. 특히 충녕은 막내이면서도 자기 형들과의 말싸움에 지지 않는다. 자기들끼리 서로 누가 글을 많이 아는지, 누가 더 용감한지를 다투다가 갑자기 충녕이 묻는다.

"아바마마, 우리 세 형제 중에 누가 제일 아바마마를 닮았어요?"

방원이 잠시 당황을 한다. "허허, 셋이 모두 아빠를 꼭 빼어 닮았지."

충녕이 보챈다

"아이, 그래도 제일 닮은 사람이 있을 것 아니에요. 말씀해주세요."

"그러면 이 아비 형제 들 중에 누가 제일 상왕전하를 닮았느냐?"

방원이 재치 있게 화제를 돌린다.

"물론 아바마마시죠. 특히 높은 코가 많이 닮았어요."

충녕이 머뭇거림 없이 답한다.

"그럼 그렇지. 허허허." 방원이 호쾌하게 웃는다.

"제가 크면 아바마마와 선조님들의 조선 건국 영웅담을 쓸 거예요." 충녕의 당돌한 말에 모두들 크게 웃는다.

방원이 한마디 보탠다.

"그럼 거기에 이 아비가 상왕전하를 꼭 빼어 닮았다는 얘기도 넣거라. 허허허."

중전과 아이들을 내보내고 단 둘이 앉았다. 한동안 정적이 흘렀다.

이 말을 할까말까 고민을 많이 하였다. 강비 가문은 고려 말부터 몇 대에 걸쳐 권문세족으로 세력을 키워 왔고 강비가 왕후가 됨에 따라 조선 제1의 세력가문이 되어 있다. 비록 강비와 방석이 죽어 그 세가 꺾이긴 하였으나 무시할 수 없는 세력이다. 기회가 생긴다면 방원에 반기를 들 것이다. 만에 하나 방원이 강씨에 대한 연민이 남아 판단을 그르치게 되면 안 된다. 결과적으로 측근들의 결행을 방관할 수뿐이 없었지만, 죽여야 한다는 측근들의 강력한 권유에도 불구하고 방원은 방석과 방번을 살리려고 했던 우를 범하지 않았었던가. 이런 미세한 틈이 제방을 무너뜨리는 것이다. 그 틈을 아예 없애 버려야 한다.

"방원아."

내가 자기 이름을 부르자 방원이 순간 당황해하며 어색한 미소를 띤다.

"내가 지금 떠나면 다시 보기는 힘들지 모르겠다. 그래서 떠나기 전 이 말을 해야겠다."

방원이 떨떠름한 표정으로 내 눈을 바라본다.

"네가 아직도 둘째 어머니에 대해 어떤 감정을 가지고 있는 지 모르겠다만……"

방원이 얼굴을 찌푸리며 입을 앙 문다.

"그런데 말이야…… 네 어머니 죽음에는 네 둘째 어머니가 관여 되어 있다는 말이 있었다."

"예, 그게 무슨 말씀인지요?"

방원이 놀란다.

"네 어머니께서 갑자기 돌아 가시지 않았더냐? 속병을 계속 앓고는 계셨으나 그 병이 목숨을 앗아갈 만한 병은 아니었지. 돌아가시기 얼마 전에 강씨 집안에서 약을 보내 왔었단다. 근데 그것이 약인지 독인지 알 수가 없었다는 말이 있었지. 어머니 몸종들 사이에서 수런수런 이야기들이 있었고 그 중의 한 사람이 나에게 귀띔을 해 주더구나. 워낙 민감

한 사안인데다가 강씨 가문이 막강해 아무도 더 이상 거론을 안하고 넘어갔었지."

"약을 보냈다는 것만 가지고 둘째 어머니가 독을 보냈다고 단정할 수는 없지 않습니까?"

"어머니 임종을 지킨 의원을 내가 나중에 직접 찾아가 물으니 처음엔 잡아 떼다가 내가 겁박을 하니 결국 어머니의 입술 색깔이 검게 변해 있었다고 말했다. 물론 이러한 말들만 가지고 확정 하기에는 부족하다는 것은 사실이야. 허지만 그럴 수 있는 정황은 분명히 있었지. 네 어머니는 아이 여덟 명을 낳아 키우고 지아비를 왕을 만드신 분이야. 돌아 가시기 전에 몸이 많이 약하시긴 했지만 정신력은 강하신 분 아니신가? 그렇게 예순도 채 되지 않아 금방 돌아가실 분이 아니지. 게다가 상왕폐하께서 왕위에 오르시기 바로 전이었지. 그리고 어머니의 죽음의 결과는 강비가 왕비가 되고, 방석이 세자가 된 것이었지. 네가 강씨 가문의 책사라면 그런 생각을 안 해 보았겠느냐? 가문 전체가 흥하느냐 망하느냐 하는 문제였는데."

방원의 얼굴이 이지러진다.

"말이 세 사람을 거치면 뱀한테도 발이 생긴답니다. 그런 확증도 없는 얘기를 왜 지금 하시는 것입니까?"

"내가 이 말을 하는 이유는 네가 생각해 보거라."

방원이 읽을 수 없는 표정으로 침묵한다.

"그리고, 그리고."

마지막 만남이라 생각하니 내 맘이 급해진다.

"만약에 네 아버지가 함주 쪽으로 가신다고 하면 못 가시게 해라. 함주에는 아직 가별초가 있고, 동북면의 군사들과 백성들에게 네 아버지는 영원한 왕이시다. 너에 대한 분노는 죽을 때까지 사그라들지 않을

터, 기회만 된다면 터질 지도 모른다. 네 아버지가 비록 이빨은 다 빠진 형국이지만 날카로운 발톱은 숨기고 있을 것이다. 가별초가 어떻게 움직이느냐가 승세를 판가름 할 수도 있다. 혹시 내가 죽고 나서 일이 벌어진다 해도 가별초는 내가 미리 손을 써 놓을 것이니 크게 염려치 않아도 될 것이다."

일어서려는데 방원이 문갑 깊은 곳에서 무엇인가를 꺼내 내게 건네 준다.

"어머니 서찰을 이제 주인에게 돌려 주어야지요."

서찰을 가슴에 품고 착잡한 표정의 방원에게 큰 절을 하고 궁을 나왔다.

집에 돌아오니 은밀히 불러 놓았던 가별초 수장이 기다리고 있다. 일찍이 수장 감으로 점지하여 애정과 공을 들여 키워 준 놈이다.

"상왕전하께서 가별초에 명을 내리시는 일이 발생하면 그 명을 받들어 참전은 하라. 그러나 후방에서 지켜만 보고 전투에 뛰어 들지는 말라. 네 마음이 괴로울 것이라는 안다. 그러나 이것이 나라와 가별초를 위한 일이라고 나는 믿는다. 결정은 너의 몫이다. 이건 명령이 아니라 나의 처음이자 마지막 부탁이니라."

수장이 내 눈을 똑바로 바라 보며 망설임 없이 답을 한다.

"이런 날이 올까 봐 두려워 잠을 이루지 못한 밤들이 많았습니다. 이런 날이 오면 자결을 하겠다는 생각도 했습니다만 그것은 수장의 도리가 아님을 깨달았습니다. 누군가 제 뒤를 이어 똑같은 문제를 고민해야 하니까요.

머리는 상왕전하를 생각하고 있었지만 가슴은 장군님을 향해 있었습니다. 어느 분을 따를 것인가 번민했었습니다. 머리를 따르지 않으면 얼마간의 자책이 있을 것이지만 가슴을 따르지 않으면 평생 후회 할 것 같았습니다. 그래서 그 두려움과 번민을 없애고자 제 마음은 이곳을 향해 말에 오르기 전에 이미 결정해 놓았었습니다. 상왕전하께 칼을 직접 겨누라는 명이 아닌 것이 고마울 따름입니다. 상왕전하에 대한 불충은 외적과의 싸움에서 죽음으로 벌을 대신 하겠습니다."

"고맙다. 혹시 내가 죽은 후에라도 너의 어려운 결정을 바꾸지 않을 것이라 믿겠다."

*** 다음날 ***

● 성계

지란이 말을 타고 달려간다. 내가 그 뒤를 쫓는다.

지란을 따라 잡으려고 말에 채찍질을 하여도 도저히 사이가 좁혀지지 않는다. 지란은 산발을 하고 흰 옷에 온통 피가 범벅이 되어 있다.

지란을 불러 대려고 하지만 소리가 안 나온다. 더 세게 채찍질을 하였다. 온 몸에 땀이 뒤범벅이 되었다. 거의 다 따라 잡았다. 지란의 어깨를 잡아 젖힌다. 지란이 뒤를 돌아다 본다. 지란의 눈과 귀와 입에서 피가 펄펄 쏟아져 나오고 있다. 그 피가 내 얼굴로 튀어 온다.

"으악!!"

잠자리에서 벌떡 일어났다. 얼굴을 손으로 만져 보았다. 그저 땀만이 손에 묻어 난다. 휴, 꿈이었다. 자리에 또 누웠지만 회한과 분노가 다시 덮쳐 온다.

왜 일이 이렇게 되었는가? 내가 무엇을 잘못했는가? 만일 내가 방원을 세자로 세웠다면 이런 사태는 없었겠지? 아니, 방원이 정몽주를 주살하였을 때 방원의 목을 쳤어야 했다.

"상왕전하!"

내가 일어난 낌새를 알아챈 시종이 바깥에서 부르는 소리에 상념에서 벗어났다.

"아침 일찍 왠 소란이냐?"

"새벽에 지란 대감이 왔다 갔습니다."

"뭐? 지란이 새벽에? 그럼 들어 오라 하지 그랬느냐!"

"직접 뵙자고 생각했으면 자기가 이렇게 새벽에 왔겠느냐 하면서 절대 깨우지 말라고 하였습니다. 대문 앞에서 큰절을 한 채, 두어 식경 가까이 움직이지도 않고 있다가 홀연히 그냥 갔습니다."

방원이 왕위에 오르자 마자 지란이 관직을 벗었다는 얘기는 들었다. 이제 어딘가로 떠나려나? 왔으면 얼굴이나 보고 가지. 물어 보고 싶은 것도 많은데.

지란을 데려오라는 명을 내리려다가 거두었다. 막상 무엇을 물을 것인지 정리도 잘 안되고, 또 그 답들이 무엇일지도 두려워진다. 나도 이젠 진짜 떠나야겠다.

＊＊＊ 두 달 후 ＊＊＊

◇ 방원

지란 숙부가 떠나고 나니 그래도 마음 한구석이 허전하다.

어머니 서찰을 넘겨 줄 때 '비(非)' 자의 의미를 얘기해 줄까 하다가 말았다.

새삼 다시 그 얘기를 꺼내는 것이 모두 부질없는 일이라는 생각이 들었었다.

아버지가 함주에 도착했다는 보고가 올라왔다.

조용한 곳에서 쉬고 싶으시다며 금강산으로 가시겠다고 한 것이 두

달 전이었다. 지란 숙부의 마지막 말이 떠올랐지만 함주가 아니라 금강
산으로 가서 쉬신다니 말릴 명분이 없었다.

양주를 거쳐 금강산에 계시다 점점 북쪽으로 가시더니 안변을 거쳐
기어코 함주로 들어가셨다 한다. 숨겨두었던 발톱을 갈려고 그 곳에 가
신 걸까? 옥새까지 들고 가셨으니……

*** 몇 달 후 ***

● **성계**

함주에 온지도 몇 달이 지났다.

함주까지 오는 동안 여기저기를 들려 민심도 파악하고. 아직도 나를
왕으로 모시는 호족들을 만나 다독여 주었다.

혼자 있게 되면 또 상념이 머릿속에 맴돈다.

믿었던 정도전은 왜 그렇게 허망하게 당했나? 내가 병석에 누워 있는
와중에 측근들과 도성 한 복판에서 술판을 벌이다 주살 당했다고? 믿기
지 않는다. 내가 아는 그라면 방원을 잡기 위한 미끼였을 가능성이 높
다. 그렇다면 도전이 예상하지 못한 사태가 발생한 것일까? 계산에 넣지
못했던 제3의 세력이 방원을 도와준 것이 아닐까?

만일 그렇다면 누구 일까? 왕씨 잔당? 혹시 명나라, 혹은 원의 세력?
왕씨 잔당이나 원나라는 굳이 나를 몰아내고 방원을 지원해 줄 이유는
없다. 명나라도 그 때는 이미 주원장이 죽은 후 아니었던가? 그렇다면
조선 내의 어떤 세력인가? 아무리 생각해도 그런 일을 저지를 이유를 가
진 세력이 떠오르지 않는다.

아니, 이유를 찾기 보다는 그만한 일을 할 수 있는 힘을 가진 자를 찾
아 보자. 그렇게 생각을 바꾸어 보자 제일 먼저 떠오르는 이름이 있다.

지란! 설마 지란? 그럴 리는 없지 않은가?

고개를 절레절레 흔드는데 잊고 있었던 먼 옛날의 기억이 되살아 난다. 젊은 시절 아마 덕흥군 난을 제압했을 때인가 지란의 부하들과 내 부하들을 데리고 같이 사냥하던 날 밤 술에 취하여 지란에게 치근덕거리던 내 부하가 그 다음날 시체로 발견되었다. 지란의 명을 받은 부관이 죽인 것을 알아 차렸고 기분이 언짢았었지만 그런 일로 지란과의 의를 상하기 싫어 그냥 넘어 가긴 했었다. 그 이후에는 나의 심기나 명을 거스른 적이 없어 잊고 있었다. 그런데 오늘 그 일이 다시 생각난다.

그리고, 방원이 정도전을 치던 날 지란은 술에 만취해서 일찍 잠이 들었다고 말했다. 그 때는 경황이 없어 그냥 지나쳤는데 생각해 보니 지란은 술에 취해 쓰러진 적이 없었다. 같이 마시고 내가 술자리를 떠날 때도 그는 늘 자리를 지키고 있었다. 다음날 아침에도 항상 나보다 먼저 일어나 병사들 훈련을 준비하던 그였다. 나이를 먹었다 해도 술버릇은 쉽게 바뀌지 않는다. 그런 그가 내 인생에, 아니 국가 대사의 가장 결정적이었던 그 난리 중에 잠에 빠져 있었다는 것이 진실일까?

또 방간과 방원 간 싸움에 지란은 어찌 나의 의중과 달리 방원의 편에 섰었나?

십 리 밖을 보는 눈이 제 눈썹은 못 본다는 속담이 불쑥 떠오른다.

곰곰이 과거를 계속 돌이켜 보았다.

정몽주를 주살 하고 방원이 내 앞에 무릎을 꿇고 죽여 달라고 했을 때가 스쳐간다. 그날 장면을 자세히 기억 해 보면 검을 든 지란의 손이 떨리는 것을 느꼈다. 내 앞에서 내 아들 목을 자기 손으로 치려니 당연하다고 생각했다. 그런데 지금 다시 생각해 보니 지란답지 않았다. 지란은 내 앞에서 수십의 목을 베었다. 포로가 된 적장들도 베고 군령을 어긴 군사들의 목도 항상 침착하고 냉정하게 베었다. 방원은 내 일곱 아들중의 하나일 뿐이다.

검의 각도도 이상했다. 검의 날은 목이 아니라 상투를 향해 있던 것 아닐까? 강비가 그렇게 때 맞추어 빨리 등장한 것도 이상하다. 지란은 방원을 살리기 위해서 내 칼을 빼앗은 것이었을까?

만일 그렇다면, 왜 나를 배신하고 방원을 도운 것이지?

찾다 찾다 보니 찜찜한 기억이 떠 오른다.

옛날에 지란, 방원과 같이 주막집에 들렸을 때 노파가 놀라서 병을 떨어뜨렸던 일. 그 때 장면이 뭔가 안 맞아 떨어진 것 같은 느낌이었다. 당시의 상황을 더듬어 보니 노파가 술병을 떨어뜨린 것은 방원이 나를 큰소리로 불렀을 때가 아니라 내가 돌아 보았을 때였던 것 같다. 노파가 놀랐던 것은 방원의 외침 때문이 아니라, 뒤를 돌아 본 것이 지란이 아니라 나였기 때문이었나?

의심이 또 의심을 낳는다고 했던가?

언젠가 한씨 부인이 밤에 내 품을 파고 들은 적이 있었다. 한씨는 잠자리에서 수동적이라 먼저 애정 표시를 하지는 않았었다. 그런데 그날은 달랐다. 적극적이었다. 그것도 연 이틀 밤을.

그때는 내가 오랜만에 집에 돌아 왔고 또 곧 오랫동안 집을 비울 예정이었기 때문에 아쉬워서 그러려니 생각했었다. 그 때 방원을 갖게 되었을 것이다. 그 전후로 각각 한 달 가까이 나는 함주에 없었다.

그리고 보면 언제쯤부터였는지는 정확히 기억은 안 나지만 한씨 부인과 지란이 같이 있을 때 지란이 어색해했던 것 같았다. 의혹과 번뇌가 꼬리를 물고 이어진다. 이렇게 생각에 생각만 더 하다 보니 머리와 가슴만 터질 것 같다. 어떻게 해서든 답을 찾아야 하겠다.

이리저리 생각 한 끝에 한 가지 방법이 떠올랐다.

◆ 형사 강철

이놈은 정확히 나의 혈을 노리고 있다. 정확히 맞으면 한 방에도 사지가 마비 되거나 사망할 수도 있는 살수이다. 나를 때려 눕히고자 하는 것이 아니라, 죽이고자 하는 것이다. 정말 오랜만에 해보는 맞수와의 사투다.

짜릿하다! 그러나 나는 이놈을 죽이면 절대 안 된다. 어쩔 수 없이 나는 치명적이 아닌 혈을 노렸지만 둘 다 혈을 방어하는 데에는 조금의 실수도 없다. 열 합 정도를 더 겨루는 사이에 한 대를 때리고 두 대를 맞았다. 내가 맞아 본 주먹 중 가장 강력한 주먹이다. 골이 흔들린다.

그 사이 사람들이 주위에 모여들어 우리를 에워싸고 고함과 탄성을 내지르며 구경하고 있다. 더 이상 시간을 잡아 먹으면 도망가기 어렵다고 판단한 듯 맹렬히 공격해 온다. 같이 맞받아치지만 슬슬 내 기운이 떨어져 가는 것이 느껴진다. 방심한 채로 맞은 처음 한 방의 타격이 큰 것 같다. 그런데 이놈의 힘은 얼마나 더 남았는지 가늠이 안 된다.

시간에 쫓기는 놈은 이놈이다. 숨을 고르며 두어 발자국 뒤로 물러서는데 이놈이 빨리 끝내려는 듯 숨 돌릴 틈 없이 들어온다. 서두르면 약점이 생기게 마련이다. 빈틈이 순간 보인다. 한대 맞으며 돌려차기로 들어갔다. 얼굴에 정타로 맞았다. 됐다! 하는 순간 이놈이 약간 비틀거리더니 다시 공격해 들어 온다. 나의 돌려차기를 제대로 맞으면 덩치 큰 고수들도 그냥 나가떨어진다. 혼절하여 병원에 실려간 사람들도 있었다. 이놈은 괴물인가?

이런 놈은 잡아서 메쳐야 한다. 한 대 더 맞으면서도 몸을 던져 덮치며 업어치기로 넘겼다. 업어치기는 성공한 것 같은데 이놈은 땅에 쓰러지지 않고 곡예사 같이 몸을 틀어 일어나며 뒷차기로 바로 공격해 온다.

간신히 피했지만 허점이 생겼다. 온 몸을 싣고 날아 온 놈의 대가리가 내 가슴을 치어 박는다. 그 자리에 나가 떨어졌다. 쓰러진 나의 발목을 순식간에 짓 이기고는 인파 속으로 들어간다. 통증을 참으며 쓰러진 채 간신히 총을 꺼내 놈을 겨누었다.

1401년 여름: 성계 66세

● 성계

"초상화로 정녕 관상을 볼 수 있느냐?"

"본래 관상은 그 사람의 눈빛, 얼굴과 체형의 특징, 전체에서 풍기는 분위기의 세가지로 봅니다. 초상화를 그리는 화가들도 이 세가지를 중시한다고 알고 있습니다. 제대로 된 화가가 혼을 담아 그린 것이라면 실물을 보는 것과 별반 차이가 없습니다." 거침 없이 답한다.

열흘 전에 시종에게 지란과 아들들의 초상화를 모아 오라 했었다. 가장 실물과 비슷한 것으로 하되 지란의 것은 젊었을 때 것으로 가져오라 했다. 열흘 만에 초상화가 다 모아졌다. 관상을 잘 보되 가급적 촌에 박혀서 세상에 안 나가 본 놈을 찾아 데려오라고 했다. 내 신분이 밝혀지지 않도록 장소도 인근의 조그만 사찰로 하라고 했다.

그 관상쟁이가 온 것이다. 왼쪽 눈이 없는 애꾸에 꼽추인 중 늙은이다. 젊었을 때부터 관상을 잘 본다고 소문이 났는데 산 속 깊이 들어가 점을 치고 있다고 한다. 하도 용하여 그 깊은 산속까지 가는 사람이 적지 않다고 한다. 저잣거리에서 몰려 뛰어 놀던 스무 명 남짓의 아이들을 먼발치에서 한 번 쓱 훑어 보고는 그 중에서 형제 세 명을 바로 정확히 집어 내고는 인파 사이에 있던 그 아비를 찾아낸 적도 있었으며, 그 후에는 친자 싸움이 붙었다 하면 모두 그에게 간다고 한다.

꾀죄죄한 모습에 반쯤 굽은 허리로 들어 오자마자 무릎을 꿇고 얼굴을 숙인다. 내 얼굴을 쳐다 보지 말라는 아랫것들의 지시가 있었겠지. 내 앞에는 발을 쳐 놓고 어둡게 해 놓았다. 촌놈이 맞는 것 같긴 한데 첫 대답은 시원하게 한다.

얼굴이나 한 번 제대로 봐야겠다.

"얼굴을 들어 보라."

고개를 들어 내 쪽을 살짝 치켜 보더니 뭔가 밝은 것을 보듯 눈을 찡그리며 손으로 눈을 가린다. 그러더니 급히 다시 얼굴을 조아린 채 고개를 들지 않는다. 숨을 가쁘게 쉰다.

"내가 누군지 아느냐?"

"모, 모르옵니다. 그저 지체 높은 분께서 돈, 돈을 많이 준다고 하여 왔습니다."

돈에 욕심이 없어 산속에 들어가 있는 놈이 돈 때문에 왔을 리는 없고, 시종들이 거의 강제로 데려 왔으리라. 아까는 청산 유수와 같이 답을 하더니 가끔 말 더듬는 버릇이 있는가?

"왜 그 재주를 가지고 산 속 깊이 들어가 속세와 등지고 살아 가느냐?"

"그것이, 저, 왜냐하면.. 그러니까…… 제 관상을 보니 그래야 제명까지 살 수 있다고 되어 있어서입니다."

거짓말을 하는구먼. 뭔가 복잡한 사연이 있나 더 추궁할까 하다가 그보다는 초상화를 보여 주는 것이 먼저이다.

"초상화를 보거라!"

앞에 말려져 있는 초상화를 하나하나 펼친다. 손을 떨어 한 참 걸린다. 조바심이 나서 호통을 칠까 하다가 참았다. 초상화를 찬찬히 훑어보던 관상쟁이가 화들짝 놀라더니 바짝 엎드려 머리를 바닥에 대고 고개를 못 든다. 호흡이 거칠어지고 어깨가 떨리는 것 같다.

이 친구 허당은 아니구먼. 제대로 된 관상쟁이라면 당연히 그 중에 왕재가 하나도 아니고 둘씩이나 있다는 것을 발견했으리라. 내가 누구라고 알지는 못하고 왔겠지만 이제는 자기 목숨이 빈대 목숨이 되었다는 것은 느꼈으리라.

"그 초상화들을 자세히 보거라. 그 얼굴들 본 적이 있는가?"

"어, 어, 없습니다. 소, 소인이 워낙 바깥세상을 안 나가고 산 속에만 있어서……"

모깃소리로 답한다.

"그 얼굴들에서 몇 가지 핏줄이 보이느냐?"

한참을 여기 저기 본다.

"두, 두 가지 핏줄이 있는 것 같사옵니다."

이놈 말에 이제는 믿음이 간다. 침이 마른다.

"누가 누가 같은 핏줄인가?"

다시 한참을 바라본다. 곧이어 얼굴이 굳어 지며 숨이 가빠지는 것이 나까지 느껴진다.

내 목이 탄다.

"묻는 말에 답하라!" 그래도 대답이 안 나온다.

"네 이놈이 죽으려고 맘을 먹었는가?" 나도 모르게 호령이 나왔다.

큰 숨을 들이키며 떨리는 손으로 한 장을 가리킨다.

"이, 이쪽은 전혀 다른 핏줄이고 나, 나머지는 모두 같은 핏줄입니다."

"다른 핏줄의 초상화를 가져와 보거라."

손이 얼마나 떨리는지 그 짧은 거리에도 두어 차례 떨어뜨린다. 무릎으로 기어 와 대나무 발 밑으로 밀어 넣는다.

"확실하냐?"

"소인 목숨을 걸겠습니다."

지란의 초상화이다.

"그럼 그 자를 뺀 나머지의 아비는 같은 사람이란 말인가?"

묻고 나니 이미 답을 받은 질문을 또 하고 있는 나를 발견한다.

"예. 예. 그러하옵니다!" 대답이 절규에 가깝다.

한 번 더 확인을 하고 싶다. 거짓말 하면 이 자리에서 목을 친다고 겁박을 해 볼까? 하지만 대답이 달라지랴? 자기 목숨이 이미 자기 것이 아닌 것을 알고 답을 했을 텐데.

"그래, 수고 많았다. 복채는 듬뿍 줄 테니 네가 살고 있는 곳을 평생 떠나지 말고 잘 살거라. 오늘 일은 흙에 들어갈 때까지 발설하지 마라. 발설하는 날이 네 눈에 흙이 들어가는 날이 될 것이니라."

큰 절을 하고 뒷걸음으로 나가는 그놈의 얼굴은 완전히 얼이 빠져 있다. 방문에 다다르자 잽싸게 돌아 나가다 문지방에 걸려 넘어진다. 넘어진 채로 벌벌 기어서 나간다. 몇 차례 더 엎어지고 나서야 내 눈에서 사라졌다.

허어, 그놈 촌에만 있었다더니 용하구면. 초상화로 그것을 다 구별해 내고, 게다가 여기서 자기 목숨도 건져도 가지 않았나.

"그럼 그렇지! 내가 괜한 망상을 했구먼. 허허허허……"

나의 웃음소리가 혼자 남은 빈방에 울리며 돌다가 다시 내 가슴속으로 돌아 온다.

◆ 형사 강철

그러나 총을 쏘기에는 사람들이 너무 많다. 주위에 놀라는 인파들 사이로 놈이 한 번 돌아보고는 유유히 사라진다.

총을 포기하고 일어서려는데 가슴과 발목의 통증으로 일어날 수가 없다. 본서에 지원을 요청하려고 전화를 들었으나 생각해 보니 지원 요청 명분이 없다. 이미 자살로 종료된 사건의 살인자를 쫓겠다고? 증거도 없고 현행범도 아니다. 굳이 건다면 폭행죄이지만 먼저 그놈 몸에 손을 댄 것은 나다. 지원인력이 온다 한들 잡을 수도 없을 것이다. 지원 인력이 올 때쯤이면 벌써 어디 멀리 가는 버스 안이던지 아니면 이 근처의 은신처로 기어 들어 가 있을 것이다. 게다가 코로나19 때문에 거의 모든 사람들이 마스크를 쓰고 있으니 판별해 내기도 힘들 것이다.

주민 신고를 받고 뒤늦게 나타난 동네 경찰관의 부축을 받으며 일어났다. 발목이 아파 제대로 걸을 수도 없다. 아픈 것 보다는 다 잡은 것을 놓친 것이 분하다. 밤인데다가 모자와 마스크를 눌러 쓰고 있어 얼굴을 자세히 못 본 것도 아쉽다. 허지만 얼굴 형태와 눈빛이 경비원은 아니었다. 그렇다면 신림동 CCTV에 있던 놈이다. 이렇게 당할 줄 알았으면 모자부터 벗겨 보는 건데. 무술 고수일 것이라고 생각했지만 생각보다도 훨씬 더 강한 놈이다.

아픈 가슴을 부여잡고 절뚝거리며 일단 서삼릉 관리소장에게 전화를 걸어 그 경비원의 소재를 물었다. 오늘 당직이라 사무실에 있을 것이라 했다. 사무실에 전화를 하였다. 전화를 안 받는다. 지난 번 받아놓은 집 주소를 찾아 그 곳으로 갔다. 안 들어 왔다고 한다. 방안에 짐은 거의 없다. 벌써 연락을 받고 도주하였을 것이다. 경찰력을 총동원한다면 모를까 두 놈 모두 잡기는 힘들 것 같다. 자살로 이미 결론 난 사건에 경찰력을 투입할 지휘관이 어디 있겠는가?

그놈이 박찬 살해범이 확실하다.

첫째, 지은 죄가 없다면 애초 도망가지 않았겠지. 선빵까지 날리며 나에게 그렇게 까지 맞설 필요도 없었을 것이다.

둘째, '네가 박찬을 죽인 놈이지!' 라고 내가 소리쳤을 때 아무런 대꾸나 표정 변화가 없었다. 범인이 아니라면 '그게 무슨 말이냐?'등의 반응을 하는 것이 정상이다.

셋째, 결정적인 것은 방원 징표이다. 예상했던 대로 그것을 보고 그놈이 심리적으로 흔들리는 것이 느껴졌다. 그리고 그놈은 사투 와중에도 징표를 버리지 않고 끝까지 꼭 손에 쥐고 있었다. 그만큼 그것을 내가 갖고 있었다는 것이 의외였고, 소중한 것이란 증거다. 그놈이 살해현장에 놓고 간 것이 맞는 것이다. 그 순간부터 그놈의 눈에 살기가 돌았었다. 자기가 범인이란 것을 내가 확실히 알고 있으니 죽일 수뿐이 없다는 생각과, 아마도 그 존엄한 징표를 함부로 다룬 나에 대한 분노가 합쳐지지 않았을까?

넷째, 싸움 실력이 프로 중의 프로이다. 그놈은 그냥 조폭 싸움 꾼이나 청부살인자 정도가 아니라 오랜 기간 숙련한 전문 킬러이다. 나를 죽이려고 했으면서도 무기를 쓰지 않았다. 최상급킬러들은 특별한 경우가 아니면 무기를 잘 가지고 다니지 않는다. 자신의 온몸이 무기 그 자체인 이유도 있지만, 무기는 증거가 남을 수 있기 때문이다. 특히 자기 목숨보다는 조직의 비밀 보호가 더 중요한 조직의 킬러는……

무예뿐 아니라 살해현장 마무리도 흠잡을 곳 없이 깔끔했다.

그 경비원과 같은 생활습관과 무술을 익힌 것으로 보아 그들은 여기저기서 모은 조직이 아니라 체계적으로 장기간 집단 훈련된 조직일 것 같다. 그렇다면 조직원이 내가 본 두 명 외에 더 있을 수 있다. 그만한 고수를 여러 명 키울 수 있다면 단순한 살인 청부 조직은 아닐 것이다. 총을 겨누던 나를 슬쩍 돌아보던 그놈의 눈빛이 떠오른다. 그 눈빛은 확신범의 그것이었다. 흡사 이슬람 전사의 눈빛 같은.

그렇다면 태종과 연결된 비밀 조직인 것 아닐까?

만일 그렇다면 김 교수와는 관련이 없을 것 같다. 김 교수 정도 사람의 돈을 받고 개인의 사욕을 위하여 청부해주는 그런 킬러 조직은 아닐 것 같다는 심증이 든다. 그리고 김 교수는 살해 상황에 대하여 전혀 모르는 눈치였다.

어쨌든 이번엔 내가 방심해서 당했지만 그놈을 다시 만나면 반드시 때려 눕혀서 수갑을 채울 것이다. 그런 전문 킬러를 상대하려면 정통 무술 외에도 다양한 실전 격투기의 보완이 필요하다. 러시아의 삼보와 브라질의 발리투도를 내일부터 본격적으로 시작해야겠다.

제발 어디 해외로 도망가지 말고 한국 내에만 있거라. 꼭 찾아 낼 것이다.

그나저나 후배 여 형사와 해외 여행을 단 둘이서만 가도 되겠나?

급한 김에 덥석 받아들이긴 했지만 표정이 농담 같지 않던데, 실없는 놈이 될 수는 없고…… 그렇다고 누구 여행에 같이 끼워 넣을 마땅한 사람도 달리 없는데, 슬슬 걱정 되네.

4. 업보의 무게

■ 지란

나는 무엇을 위해 어떻게 살았는가?

이성계는 신(信), 최영은 충(忠), 정도전은 의(義), 정몽주는 도(道)의 삶들이었다.

그렇다면 나의 삶은 무엇이었지? 떠오르는 단어가 없다.

그럼 그저 욕(慾)이었나?

그럼 그 욕심으로 내 손에 무엇이 남았고 내 마음에 무엇이 채워졌는가?

답이 떠오르지 않는다.

결국 내 삶은 허(虛)였던 것인가?

모든 것을 훌훌 털고 산에 들어 온지 몇 달이 다 되어도 답을 찾을 수가 없다.

밤마다 스승의 목소리가 들려온다.

"네놈은 그 많은 피의 업보를 어떻게 감당하려 하느냐?"

스승을 보고 싶다. 스승과 만남의 추억이 아스라히 떠 오른다.

어느덧 육십여 년쯤 전이었던가……

* ** *** ***

⊶⊷ 1340년대 초: 지란 10대 초반 ⊶⊷

■ 지란

"여기가 어디지?"

눈을 떴는데 아무것도 안 보인다. 좀 시간이 지나니 위에 보이는 것은 바위 같다. 벽에 주렁주렁 달린 약초와 과일들도 눈에 들어 온다. 동굴이다. 약초 태우는 냄새가 뱃속을 아리게 한다. 허벅지를 꼬집어 본다. 아프다. 나는 살아 있는 것이다. 온 몸이 쑤신다. 내 몸 여기저기 약초가 발라져 있다. 가까스로 몸을 추슬러 주위를 살펴 본다. 여기 저기 책만 쌓여 있고 아무도 없다. 거적을 열고 조심스레 나가 본다. 햇살에 눈이 부셔 한 동안 눈을 뜰 수가 없다. 한참 만에 눈을 뜨고 보니 개 한 마리와 닭 너댓 마리가 여유롭게 돌아다니고 있다.

"누구 없어요?"

아무 대답이 없다. 근처를 돌아보았다. 높은 산속 깊은 곳이다. 내가 얼마 동안 정신을 잃고 있었는지는 잘 모르겠다.

마음을 추스르고, 최근의 일을 떠올려 보았다.

부족의 어른들과 원정 사냥을 나갔었다. 혼자서 사슴을 쫓다가 보니 일행들과 멀어졌다. 그렇게 탐스럽고 뿔이 멋진 사슴은 본 적이 없었다. 계속해서 며칠을 더 쫓다가 늑대 무리를 만나 사투를 벌였다. 두어 놈은 화살로 쏴 죽였으나 마릿수가 너무 많아 결국 단칼을 들고 맞붙다가 부상을 입고 의식을 잃은 것이었다.

마지막으로 기억나는 것은 내 얼굴을 향하던 늑대의 큰 아가리와 희미하게 들리던 사람의 호통 소리였다.

* * * 보름쯤 후 * * *

나는 그 동안 토굴에 있던 과일과 칡, 마 등을 먹었고, 몸이 좀 나아진 다음에는 나무를 깎아 창과 활을 만들어 토굴 주위를 돌아다니는 사슴, 토끼 등을 잡아 먹으며 살았다. 마당의 닭도 한 마리 잡아 먹었다.

몸은 이제 어느 정도 움직일 수는 있지만 장거리를 걷는 것은 무리이다. 몸이 회복되면 떠나야지. 신기한 것은 늑대들에게 여기저기 많이 물린 것 같은데 상처 자국들이 심하게 남지 않고 통증도 별로 없다는 것이다.

토굴 주인인 것 같은 사람이 드디어 나타났다. 초로의 노인이다. 적삼을 입고 허연 긴 머리를 하고 있다. 들어와서는 나를 거들떠 보지도 않고 말도 걸지 않는다. 참다 못해 내가 먼저 말을 꺼냈다.

"이 토굴 주인이세요?"

"옷 벗거라!"

내 질문에는 답도 안하고 말을 툭 던진다. 그냥 던진 말인데 거역할 수 없는 무게가 느껴진다. 옷을 벗자 내 몸 여기 저기를 살핀다.

"이놈 몸이 보통이 아니네. 게다가 운도 좋구먼."

한마디 하고는 벽을 보고 돌아 앉아서 묵상을 한다

* * * 몇 달 후 * * *

스승은 말이 없다.

하루 이틀 있다가 열흘쯤 동굴을 비웠다 돌아오곤 했다.

처음에는 뭐라 딱히 부를 호칭이 없어 '저기요.' '할아버지!' 등으로 부르다가 생각해보니 내 목숨도 살려 주었고 범상치 않은 사람인 듯싶어 스승이라 부르자고 생각했다. 스승이라 불러도 반응이 없기는 매 한가지였다. 그 다음부터는 그냥 스승이라 불렀다.

*** 몇 달 후 ***

이제 몸은 어느 정도 회복이 다 되었다. 그런데 돌아가고 싶지가 않다. 이상하게 여기가 포근하다. 스승은 나와 말을 잘 섞지는 않지만 토굴 안의 책들을 보는 것은 개의치 않는다. 내용을 이해 할 수 없던 책들도 수십 번을 읽으니 어렴풋이 뜻이 들어 온다. 재미 있어졌다. 심심하면 나가서 사냥을 하고, 무술을 연마하며 체력 단련도 소홀히 하지 않았다.

어떤 스님이 찾아 왔다.

"형님, 잘 지내셨습니까?" "어이 지공 아우, 어서 오게나."

그 스님은 건장한 젊은 중에게 술 한 동이와 안주거리를 들려서 왔다. 둘이서 삼 일 동안을 토굴에 앉아 술을 마시며 이야기를 했다.

나는 구석에 쪼그리고 앉아 한 움큼 집어 온 안주를 먹으며 그들의 얘기를 들었다. 무슨 얘기인지 모르겠다.

*** 1년 후 ***

그 스님은 그 이후에도 몇 달에 한 번씩 술과 안주를 들고 찾아와서 며칠을 머물다 가곤 했다. 얼마가 지나자 그들이 말하는 내용이 내 귀에 들어오기 시작했다.

"내가 준『진역유기』12)는 다 읽어 보았는가?"

"예, 일독은 하였습니다만 아직 그 심오한 의미는 알지 못하겠습니다."

"진리란 것은 만국 공통이야. 불교의 자비, 유교의 인, 예수교의 사랑, 이 모두 홍익인간 뿌리에서 출발해 시대와 지역에 따라 각기 조금씩 다르게 발전한 것이지.『진역유기』는 그 모든 사상의 근본을 담은 것이지. 예수교의 상징이라 하는 십자가도 원래 단군의 징표라는 사실을 아는가?"

"아, 그런가요? 그런데 왜 그렇게 좋은 글이 널리 읽히지 않았습니까?"

"위정자들이 다 태우고, 전란에 소멸되어 그 씨가 마른 것이지. 진나라 분서갱유가 그 대표적인 예이고. 권력을 취한 자들이 백성들의 생각이 깨는 것을 막았지. 다행히 육십 여 년 전 일연이란 스님이『삼국유사』란 책에 그 내용을 담아 그 사상이 퍼지기 시작했다네."

고개만 끄떡이는 지공스님에게 스승님이 얇은 책을 하나 들고 와 던져 준다.

"『천부경』일세. 읽어 보시게나. 환인께서 환웅에게 전해주신 것이라네. 단 여든 한 글자로 우주창조의 이치와 천지인의 삼극이 음양 이룸에 나아가는 과정을 설명한 것일세. 이것을 이해하면 세상이 보일 걸세. 그 정도는 되야 나랑 말상대가 되지. 허허. 이 책에는 워낙 천기가 들어가 있어 위정자들은 안 좋아할 내용이라 계속 씨를 말릴 거야. 내 이를 대비하여 이것을 고려 묘향산 깊은 암벽에 새겨 놓았지. 책들은 모두 사라지더라도 먼 후대에 누군가가 이것을 발견해 전파하겠지."

---

12)『진역유기(辰域留記)』: 저자 1330년대 이 명.『환단고기』의 원전. 단군조선의 역사에 대하여 기록

지공스님이 또 찾아 왔다.

"불교의 세가 좀처럼 강해지지 않는데 이를 어찌하오리까? 더구나 최근에는 백련교가 신도들을 늘려가고 있습니다."

"백련교가 불교 교리에 민간신앙을 더하며 그 위세가 더 세지고 있지만 위험하지. 미륵이 나타나서 천년왕국을 인간세상에 세우실 것이란 교리로 백성들을 충동질하는 힘이 있어. 만일 백련교가 폭발하여 위정자의 공격을 받는다면 그 뿌리인 불교에도 좋지 않을 거야. 위정자들이 후원하는 유교가 더 강해지는 빌미를 주는 것이지."

"어찌 해야 할까요?" 지공이 한숨을 내 쉬며 묻는다.

"먼저, 왜 그렇게 된 것 같은가?" 스승이 반문한다.

이렇게 시작된 두 사람간의 대화는 스승이 물으면 지공이 답하는 식으로 이어진다. 지공스님은 자신의 질문에 대한 답을 결국 자기가 찾아낸다. 스승이 한 일은 그냥 질문만 하고 맞장구만 쳐 준 것뿐이 없다. 그런데 묘하게 그 질문은 귀동냥을 하던 나까지 그 질문의 답을 생각하게 만들었다.

문답이 끝난 후 스승이 말문을 연다.

"요즘 들어 밤하늘을 보면, 천강성과 파군성이 점점 가까워 지고 있어. 큰 세력간의 다툼이 곧 벌어질 것이야. 천강성이 더 빛나는 것으로 보아서는 아무래도 새로운 세력이 원을 제압할 것 같군. 그리고 자미성이 동쪽으로 이동하며 빛이 점점 강해지고 있다네. 동쪽에서 큰 인물이 새로 나타날 증조라네."

"어허, 그렇군요. 제가 요즘 불사가 바빠서 별자리를 제대로 못 보았습니다." 지공이 겸연쩍게 한마디 뱉는다.

"이런 큰 격변의 난세에 우리도 뭐 좀 준비해야 하지 않겠나. 동녘 지역은 홍산에서 발원하여 전 세계로 전파된 문화의 발상지이지. 지금은 어려움을 겪고 있지만 언젠가는 또 세상을 구제할 중심이 될 것이네. 자네가 스님들을 키운다고 했지? 고려 스님들도 관심을 갖고 키워 주시게나. 고려의 불교세가 커지다가 요즘 어려움을 겪고 있는 듯 하네.

묘청이 그렇게 섣불리 정치 세계에 뛰어들어서는 안되었네. 민중으로부터 시작은 했으나 너무 조급하게 불교를 정치 세력화 하여 빨리 가려고 해서 실패한 것이지. 사상 누각이라고나 할까? 후세에 묘청은 백성을 구하고자 하였던 불심은 폄하되고 백성을 속인 요승이나 술승으로 평가될 것이네.

요즘 신돈이란 스님이 영산지역 백성들에게 인기가 좋다고 하더구먼. 아직 이름이 널리 알려지지는 않았지만 중생을 구할 스님이란 칭찬이 나한테 까지 들리고 있어. 신돈이 묘청과 같은 길을 걸을까 걱정이라네. 그런 과오를 두 번 다시 겪는다면 고려 땅에서는 불교가 세를 넓히기 어려워 질 것이야. 아무래도 우리가 힘을 보태서 제대로 된 스님을 키워 놓을 필요가 있을 것 같네. 총명한 고려 스님을 잘 골라 키워 놓으면 후에 크게 활약할 때가 올 것이네."

*** 1년 후 ***

지공스님이 오랜만에 또 찾아 왔다.

"단군께서……"

"아, 형님, 이제 그만하시오. 단군의 몇 대손이다, 『천부경』이 어떻다, 홍익인간, 재세위화가 어떻다느니, 이제는 하도 들어 신물이 납니다."

"허어, 이사람, 인도 마갈다 국왕의 자손이라고 떠들고 다니는 자네는 어떠한가?"

"아, 그 얘기는 진짜라니까요. 하여튼 되었고, 우리 모두 형제라는 말에는 토를 달 생각이 없소이다. 그래서 내가 어디서 온 지도 모르는 형님을 깍듯이 모시고 있지 않습니까?"

"어허, 태백산에서 왔다고 하지 않았나."

"아직 형님 이름도 모르지 않소. 십 수 년 알고 지낸 아우에게 이름도 안 가르쳐 주시니. 원."

"허어, 이사람 정말 내 이름은 없다니까 그러네. 이름이란 것은 속세에 아득바득 부대끼며 살면서도 그 짧은 인생에 이름 남기고 싶어하는 허황된 중생들에게 필요한 것이지 나같이 속세를 초탈한 사람에게는 필요가 없다네. 산에 가면 새가 우짖으며 불러 대는 것이 내 이름이요, 강에 가면 흐르는 강물 소리가 내 이름이요, 들에 가면 실바람에 살살 몸을 흔드는 들꽃들이 불러주는 것이 곧 나의 이름이지. 허허."

"알겠소, 그럼 그냥 무명 이라고 하시죠. 흐흐흐."

늘 그렇듯이 처음에는 술을 마시며 농인지 진담인지 알 수 없는 대화로 시작한다.

"그건 그렇고. 일 년 전 얘기 했던 고려 스님들 건은 어떻게 되어 가나?"

"고려에서 나옹이란 스님이 와서 있습니다. 영명하고 깊이가 있어 제 곁에 두고 제대로 된 불도를 전수하고 있습니다."

"음, 나도 일전에 만국 대법회 때 멀리서 보았네. 얼굴에 자비가 넘치더구먼. 그런데 나옹 스님을 따라온 것 같은 젊은 스님이 옆에 있던데 그 스님은 누구신가?"

"그날 행사에는 수십여 국에서 수백 명이 온 지라 제가 일일이 인사를 나누지는 못했습니다."

"그 젊은 스님도 나중에 따로 불러서 가르치시게나. 멀리서 봐도 비범

한 광태가 보이더구먼. 큰 재목이 될 걸세. 그 스님에게는 특히 풍수지리도 좀 가르쳐 주시게나.”

“아니 왠 풍수지리를요? 불도를 연마하기도 시간이 없을 텐데……”

“허어, 이사람, 백성을 구하는데 석가모니건, 예수건, 마호메트 건, 풍수지리건 무슨 상관인가? 재세이화를 그렇게 설명 해 주었건만 아직도 이해를 못하는가? 아둔한 머리로 앞길을 분간하지 못하겠으면 제발 내가 말하는 것이라도 잘 수행하시게나. 허허허.”

호탕하게 웃으며 스승이 나를 흘끔 본다. 얘기를 주의 깊게 듣던 것을 들킨 것 같다. 얼른 눈을 돌려 책으로 가져갔다.

이제 떠날 때가 된 것 같다. 남들은 이렇게 앞날을 위해 사람을 키우고 있는데 우리 부족은 어떻게 하고 있을까? 마냥 이렇게 있을 수 만은 없지.

바로 스승께 큰 절을 드리고 암사를 나왔다. 스승은 아무 말도 없었다.

[2020년 여름: 사건 39일 후]

◆ 형사 강철

절뚝거리며 서에 들어가 서장 앞에서 씩씩거리며 섰다. 아직도 그놈한테 맞은 곳들이 여기저기 쑤시고 머리는 얼얼하다.

“일주일 휴가 간다더니 왜 일찍 돌아왔어? 너 아직도 자살 사건 쫓고 있는 것 다 알아. 휴가까지 내고 쫓아 다녔는데 뭐 건진 것 있어? 얼굴의 상처와 다리는 왜 그래?”

내 표정과 몸 상태를 살피던 서장이 회의실로 데려간다.

사건의 자초지종을 두 시간에 걸쳐 다 들은 서장이 심각한 얼굴이 된다.

“이제 그만 두거라. 그렇지 않아도 내심 계속 찜찜했었다. 내가 존경

하던 선배 형사가 십 여 년 전쯤에 어느 교수의 자살에 관한 수사를 하다가 타살의 심증이 있고 범인을 잡을 수 있을 것 같다고 큰소리를 치고 나서는 며칠 후 자살한 일이 있었지. 현장에 타살 증거는 찾을 수 없었지만 자살할 사람이 절대 아니란 것을 나는 확신하고 있었다. 게다가 선배의 수사기록수첩도 사라지고 없었다.

내가 더 조사 해야 한다고 우겼지만 국민의 세금으로 하는 수사가 개인 감정을 풀기 위한 것이냐고 서장에게 혼쭐이 나고 다른 대형사건이 터져 어쩔 수 없이 포기했었지. 사실 이번 사망사건이 묘하게 그 때와 닮은 느낌이 들었다.

그래서 혹시 너라면 이번에 범인을 잡을 수 있을 지도 모르겠다 생각했고, 그러면 그 때 사건도 단서가 나오지 않을까 하는 일말의 기대로 네가 하는 대로 내버려 두었는데 또 너까지 잃을 수는 없어. 그 때 그 선배가 범인은 개인이 아니라 막강한 조직인 것 같다는 얘기를 했었지. 자살로 종결되었고, 물증도 없는 사건을 경찰청에서 수사 허가나 인력 지원을 해 줄 리도 만무한데 네가 혼자서 목숨을 거는 위험에 처하게 할 수는 없어. 무조건 손 떼! 아, 그러고보니 그 선배도 아마 역사를 전공했었지?"

▶ 킬러

예사 놈이 아니다. 내 공격을 몇 차례 맞으면서도 나를 때리다니! 그놈에게 맞은 곳들이 아직도 욱씬거린다. 이제까지 나와 다섯 합 이상을 견뎌낸 놈은 없었다. 그놈이 처음에 방심을 하지 않고 내 첫 번째 가격을 피했더라면 내가 꼭 이겼을 것이라고 장담 못하겠다. 게다가 고통 속에 쓰러지면서도 빼서 겨눈 그의 총구는 인파에 둘러싸여 간신히 보이는 내 왼쪽 어깨를 정확히 조준하고 있었다. 그 와중에도 그 놈은 내 머리 말고 나를 죽이지는 않을 다른 포인트를 정확히 노린 것이었다. 총을 가진 것으로 보아 형사인 것 같은데 사촌동생이 말했던 그 형사인가? 그놈은 내가 살인범이라고 확신하고 있었다. 징표를 보는 순간 내심 당황하여 한 방 크게 맞을 뻔 했었다. 모조품까지 만들다니 용의주도한 놈이야. 결국 징표가 단서가 된 것인가? 15년 전 첫 임무 때는 징표를 살해장소의 책상 서랍 안에 놓았었다. 또 다른 한가지 사소한 실수로 민완 형사에게 집요하게 추적당하여 어쩔 수 없이 그 형사를 살해 한 후 자살로 위장하여 위기를 넘겼던 경험이 있었다. 그래서 이번에는 잘 보이지 않게 나뭇가지 사이에 깊이 숨겨 놓기까지 했었다.

징표를 찾았더라도 그것을 어떻게 나까지 연결해 추적했단 말인가? 다시 곱씹어봐도 내가 미행을 당하지는 않았다. 그렇다면 지난 번 사촌동생과 만났을 때, 사촌동생이 뒤를 밟혀서 접선하는 것을 포착했다는 것일 텐데, 사촌동생이 나랑 같은 편이라는 것을 어떻게 알았을까?

신림동 CCTV에는 일주일 전에 박찬의 집 위치와 구조를 점검하러 갔을 때 한 두 곳에서 멀리 찍혔을 수는 있다. 그러나 비슷한 옷차림의 사람이 많이 다니는 곳이다. 그 때 CCTV 위치들을 멀찍이서 점검하고 당일은 CCTV를 완벽히 피해서 움직였다. 서삼릉에는 근처에도 안갔다. 사촌동생하고의 연락도 흔적을 남기는 SNS나 통화는 안했다. 형사가 서삼릉에 왔었다는 얘기를 전해 주려고 미리 다른 인편을 통하여 접선 시간과 장소를 알려 준 사촌 동생과 딱 한 번 만났던 것이었다.

그리고 어떻게 나를 알아 볼 수 있었을까? 게다가 그놈은 내가 길음시장 쪽으로 튈 것을 어떻게 예상하고 그 미로 같은 길에서 그렇게 빨리 와서 나를 기다리고 있었을까?

어디서 단서가 잡혔는지, 내가 뭘 실수 했는지 가늠할 수가 없다.

아, 이젠 내가 모르는 수사 기법들이 나온 것인가? 그놈은 자살이라고 신문에까지 난 사건을 왜 그렇게 끈질기게 파고 들은 것이지? 한국에 계속 있으면 그놈과 다시 맞닥뜨릴 것 같은 예감이 몰려 온다. 당분간 잠수를 타야겠다. 내일 새벽 밀항선을 타고 중국을 거쳐 크로아티아 같은 깊숙한 곳에서 한 10년 살다 와야겠다. 살만하면 거기서 그냥 평생 살던지.

무예로는 아직도 내가 가문의 최고 라고 추켜들 세우지만 이제 내 시대는 간 것 같다. 첨단 과학수사 피하는 법을 배우는 후배들이 잘 해 주겠지. 좋아하던 배우가 몇 년 전 차를 스스로 몰고 가다가 원인 모를 과속 충돌 사고로 목숨을 잃었다. 앞으로는 원인 모를 사망이 많아 질 것이다. 범죄수법은 늘 수사기법을 앞서가기 마련이다.

그보다 더 심각한 것은 가문의 운영에 대한 회의가 가끔 들기 시작한 것이다. 가문의 과업이 점점 더 돈과 권력에 야합하는 사업으로 변질되어 가고 있다. 애당초부터 나랏님에 대한 충성이 아니라 백성을 위한 가문이 되었어야 하는 것 아니었을까?

* * * 지란이 스승을 떠나 온 지 10년 후 * * *

○❈○ 1356년 초: 지란 25세 ○❈○

■ 지란

'결국 스승님을 찾아 뵈어야 하나?'

스승을 떠나 온 지 벌써 십여 년이 흘렀다.

더 이상 답도 안 나오는 문제를 혼자서 고민하며 시간을 보낼 수 없다. 그분께서는 답을 주실 거야. 이 추운 겨울에 압록강을 넘고 산을 넘어 그 분을 만나고 오면 족히 십 수일은 걸릴 것이다. 아니 그분을 제 때 못 만나면 한 달이 걸릴 수도 1년이 걸릴 수도 있다. 하지만 가야 한다.

우리 여진은 이백 년 전 금나라를 세웠지만 백여 년 만에 몽골의 공격에 멸망했다. 그 이후 또 백여 년이 흐른 지금 여진족은 수십 개의 부족으로 분열되어 있다. 부족간의 전쟁도 잦았다. 게다가 몽골 왕조 원(元)나라는 지배층이 타락하고 기강이 느슨해지면서 인종 간 불화가 조장되었고, 관리들을 제대로 감독하지 못해, 무거운 세금과 과도한 노역을 물렸던 것이다. 이에 십여 년 전부터 상인이나 하층민 출신의 반란 지도자들은 도시를 점령하고 스스로를 왕으로 삼거나, 반란을 일으킨 군벌들이 땅을 나누어 다스린다고 한다. 뭔가 큰 폭풍이 몰아 칠 것 같다.

죽은 줄 알았던 내가 4년여 만에 돌아 왔을 때 모두들 놀라며 반가워했다. 족장이셨던 아버지는 내가 어릴 때 돌아가셨기 때문에 숙부가 족장을 맡고 있었다.

그 동안 우리 부족은 다른 여진 종족인 우량하이족의 공격으로 상당수 전력이 약화된 상황에서 또 왜구의 습격을 받아 초토화가 되어 있었다. 곧 족장을 물려 받은 나는 피와 땀으로 부족의 재건에 노력을 경주하였다. 이제 어느 정도 안정적으로 먹고 살 만 해 졌고, 어릴 때부터 맹훈련을 시킨 아이들은 이제 늠름하게 성장하여 자랑스런 전사가 되어있다. 군사 수는 오백여 명 정도로 많지 않지만 누구와 붙더라도 이길 수 있는 정예부대로 키웠다.

그러나 여기까지인 것 같다. 북청을 중심으로 천여 호 정도 하는 우리 부족의 위상은 애매 모호하다. 수십 개 부족 중 중간 정도 규모로서는 큰 부족들처럼 독자적으로 생존하기에는 벅차고 위험하다. 그렇다고 작은 부족들같이 큰 부족에 빌붙는다면 눈치 밥이나 먹는 신세가 되어 부족의 앞날은 없다. 이미 몇 개 부족은 고려에 투항하였다 한다. 고려에 투항하는 것이 자존심이 허락하지 않기도 하거니와 너무 늦은 것 같기도 하다.

이렇게 중간에 끼여서 늘 불안한 생활을 해야 할 우리 부족의 앞길을 생각하며 잠을 못 이루는 밤이 많아졌다. 내가 해결해야 될 문제인데 답이 안 떠오른다. 그래서 스승을 만나 보기로 한 것이다. 스승이 아직도 거기 계셔주시길 막연하게 바라며.

*** 십여 일 후 ***

며칠을 기다려서야 스승이 나타났다. 나를 흘끗 보더니 그냥 토굴로 들어간다. 처음 만났을 때와 다르지 않다. 그간 세월이 많이 흘러 혹시 장성한 나를 못 알아 보시는 게 아닐까?

좀 뜸을 들이고 토굴로 들어가 큰절을 올렸다.

정좌를 하고 눈을 감고 있다. 말씀 드릴 것을 준비는 하여 왔으나 막상 이렇게 마주 앉으니 무슨 말부터 꺼내야 할지 모르겠다.

한동안 침묵이 흘렀다.

"해안을 따라 남쪽으로 가거라. 멀지 않은 곳에 용이 한 마리 잠자고 있을 게니라. 그 용을 깨워 올라타거라. 다만 용의 역린[13]을 건드리지는 말아라."

스승이 불쑥 말을 꺼낸다. 그리고 입을 다문다. 내가 온 이유를 이미 알고 있는 것이다.

좀 더 말씀을 기대하며 기다리다 한참이 흐른 후에야 더 이상 참지 못

---

13) 역린(逆鱗): 용의 턱밑에 난 비늘을 결을 거슬러 건드린다는 뜻으로, 그리하면 용이 크게 노한다는 전설에서 나온 말

하고 물었다.

"용이 누구인지요? 언제 가야 하는지요? 역린은 무엇인지요?"

"네 마음이 내킬 때 가라. 가보면 용이 보일 것이다. 역린이 무엇인지는 저질러 놓고 나서야 알게 될 것이다."

또 침묵이 흘렀다.

눈을 감고 입을 굳게 닫고 있는 스승을 보니 더 물어봐야 소용이 없겠다. 큰절을 올리고 문을 나서려고 할 때 뒤에서 스승의 혼잣말 소리가 들린다.

"쯧쯧, 그 많은 피의 업보를 어떻게 감당할꼬? 불쌍한 중생이여……"

멈칫하였다. 다시 돌아서 앉으려다 그냥 문을 열고 나왔다.

잘 되던, 못 되던 스승을 다시 찾기는 어려울 것 같다.

마당에서 다시 한 번 큰 절을 드렸다.

* * * 열흘 후 * * *

고향으로 돌아 오는 내내 스승의 말을 되새겼다.

남쪽으로 멀지 않은 곳이라 하셨다. 그렇다면 고려 땅이다. 그렇다면 결국 고려에 붙으라는 말인가? 내키지 않는다. 마음을 정하지 못하다가 문득 스승이 지공에 던졌던 말이 떠오른다.

'우리는 모두 같은 뿌리에서 나온 형제들이고, 모든 종교는 근본이 하나이지 않더냐!'

그래. 모두 같은 형제라는데 고려면 어떻고 원이면 어떻고 여진이면 어떤가. 우리 부족의 앞날이 중요하지.

멀지 않은 곳이라 하였으니 일단 동북면 안으로 범위를 좁혀 보자. 그쪽으로 가다 보면 제일 처음 닿은 곳이 함주 쪽 아닌가? 그 곳에는 이자

춘이 동북면병마사 직책으로 다스리는 곳이다. 그 집안이 최근 원나라에서 귀화하였고 활을 잘 쏜다는 소문은 들었다. 그러나 용이 있기에 함주는 너무 변방 아닌가? 더 내려 가야 하는 것 아닌가?

세작들을 불러 동북면 지역에 걸출한 인물이 있는지 세평을 모아 알아 보라 하였다. 한달 만에 모아서 올라 온 명단을 보았다. 역시 이자춘이 여러 면에서 가장 걸출하다. 그렇다면 이 사람인가? 그런데 스승은 용이 지금은 자고 있다고 하였다. 그렇다면 아직 세상에 드러나지 않았단 말이겠지. 그렇다면 그의 아들인가? 그 아들인 이성계 또한 활을 잘 쏘고 용맹하다는 얘기는 나도 들은 바 있다. 이성계에 대하여 상세히 알아 보라고 명하였다. 알아 온 내용을 들으니 그냥 들었던 것 보다 더 비범한 면이 많은 것 같다.

뛰어나다고 소문난 인근 부족의 관상쟁이를 불러 함주로 보냈다. 어릴 때 왜구에게 왼쪽 눈에 화살을 맞아 거의 죽었다 살아나 애꾸눈이 되었는데 그 때부터 사람을 보면 과거와 앞날을 기막히게 맞히는 영험을 얻었다 한다. 젊은 꼽추이다.

*** 며칠 후 ***

관상쟁이가 이자춘과 이성계의 관상을 보고 와서는 고한다.

"이자춘 공은 명이 그리 길지 못할 것 같습니다. 이성계 공에게는 밝은 후광이 비추었습니다. 확실하진 않지만 웅크린 용같은 형상이었습니다."

관상만 잘 보는 것이 아니라 말도 끊김 없이 시원시원하게 잘한다.

"부족장님도 관상을 봐드릴까요?"

"나는 필요 없네."

잘 나오면 자만하게 되고, 못 나오면 스스로 무너진다. 제 할 일을 다하고 하늘의 뜻을 기다리면 되는 것이지 관상을 무엇 하러 보겠는가.

"수고했다. 자네가 평생 먹고 살 만큼의 복채를 줄 것이니, 깊은 산속에 들어가 세상에 나오지 말고 평생 거기서 살거라. 나와 있었던 일들은 평생 침묵하게나."

웅크린 용이라. 일단 만나 보자. 그런데 어떻게 만나지?

내 발로 그냥 찾아가서는 안 된다. 기껏해야 그의 졸개 노릇이나 하게 될 것이다. 우연을 가장하더라도 그냥 평범하게 만나서는 안 된다. 그의 마음을 얻는데 너무 오래 걸릴 것이다. 강한 첫인상을 남겨야 한다.

우연히, 운명적으로, 게다가 극적으로! 그런 만남의 방법이 없을까?

스승이 지공스님에게 했던 대로 스스로 질문에 질문을 거듭하고 답에 답을 찾아 간 끝에 한 가지 방도가 떠올랐다. 해 보자!

*** 열흘 후 ***

"내일 이성계가 사냥을 나온다고 합니다."

부하들에게 성계의 사냥터와 사냥 날짜, 성계의 외모 특성을 알아 오라고 한 지 일주일 만에 보고가 올라 왔다. 만만하게 보이면 절대 안되지만 너무 위협적으로 보여도 안된다. 다음 번 또 만날 구실을 만들어놔야 한다. 서두르지 말고 확실히 다가가야 한다. 위험한 방법 이긴 하지만 이정도 해 두어야 확실하다. 이제까지 목숨 한 두 번 걸어 봤나.

다음날 부하 이십여 명을 데리고 새벽같이 성계의 사냥터 근처로 달려 갔다. 평소 사냥 때보다 더 화려하게 차려 입고 부하의 수도 더 많이 데리고 나갔다. 정확한 경계가 있는 것은 아니지만 고려인과 우리 사이에는 서로 인정하는 각자의 영역이 있다. 오늘은 성계의 영역에 살짝 들어가는 것이다. 짐승을 몰아 올 만한 곳에 자리를 잡고 기다렸다.

두 식경쯤 지나니 멀리서 소란한 소리가 들려 온다. 곧이어 사슴과 멧돼지 몇 마리가 우리 곁을 달려 지나 간다. 말 발굽소리가 다가온다. 열 명 정도의 무리인 것 같다. 점 점 가까이 온다. 이제 약 백 보 정도로 가까워 진 것 같다.

이 때다!

잽싸게 숲에서 나와 활을 재워 맨 앞에 달려오는 사람을 향해 겨누었다. 내가 활을 재어 겨눈 것과 동시에 상대방도 급하게 말을 멈추는 동시에 화살을 재워 나를 향해 겨눈다. 그 동작이 번개 같다. 하나의 망설임이나 흐트림도 없다.

"이 사람이 이성계가 맞는 것 같다."

그 실력이 내가 예상 했던 이상이다. 동시에 그의 군사와 내 군사들도 일제히 화살을 재워 상대방을 향하고 대치하였다. 순간 숲에 적막이 흐른다. 그의 눈과 내 눈이 마주쳤다.

그는 나를 향해 화살을 날릴 것인가? 팽팽한 긴장감이 온 몸에 몰려온다.

* * * * * * * * *

[2020년 여름: 사건 39일 후]

▶ 킬러

우리 가문은 태종의 호위무사였던 율 장군의 후손이다.

가장 측근의 호위 무사로서, 태종이 많은 살해 위기를 넘기어 무사히 조선을 건국하고 오백 년 조선의 초석을 다지게 하실 수 있게 보좌했던 최대의 공신이라 한다. 그러나 그 분은 평생 일체 공직에서 벗어나 그림자 호위무사로 일생을 바치셨다고 한다.

시조께서는 2대 시조께 태종의 호위무사 직을 물려 준 뒤에 태종께 받은 검과 '충'이란 혈서, 그리고 태종의 수결이 담긴 동전 징표와 함께 유훈을 남기시고는 홀연히 사라지셨다.

'대를 이어 태종대왕을 보위하라. 우리 자손이 끊기기 전까지는!'

몇 년 후 2대 시조께서 사람을 풀어 온 나라를 찾아 헤맸는데 한참 지난 후에 왠 약초 캐는 사람의 제보를 받고 가서 확인해 보니 바로 시조였다고 한다. 아무것도 써 있지 않은 위패 앞에 무릎을 꿇은 상태 그대로 죽어 있었는데, 사당 바로 뒤에는 크고 잘 차려진 묘가 하나 있었다고 한다.

궁금하여 그 묘를 조심스레 팠더니 거의 썩은 얼굴에는 복면이 씌어져 있었고 목에는 깊은 상처가 있는데 비단실로 정성스레 꿰맨 자국이 있었다고 한다. 아마 시조의 절친한 누군가가 살해 당했는데 그 사람의 원수를 갚고 나서 절친의 죽은 얼굴을 차마 볼 수가 없어 복면을 씌우고는 넋을 위로 하다가 돌아가신 것으로 추측하여 시조의 의리를 칭송하였다 한다.

우리 집안은 대대로 시조의 유훈을 가문의 유지로 삼아 왔다. 태종의 묘를 훼손하거나 명예를 더럽히거나, 그 업적을 폄하한다던 지 하는 세력을 모두 제거하는 것과 태종의 후손들을 보호하는 것이 임무이다.

이를 위하여 가문에서는 날랜 아이들을 어릴 때부터 선발하여 살인교육을 시켜 왔다. 나도 7세 때부터 교육을 받았다. 종가가 있는 시골에 가서 2대 시조께서 십여 개 나라의 무술을 종합하여 만들었다는 가문의 비전 무술을 연마하고, 12세 때부터는 살인기술을 배웠다. 흉기, 독침, 총기를 포함한 각종 무기 사용법, 독극물, 자살위장기법, 변장, 잠입, 도주, 유괴 기법 등. 그리고 20세부터는 실전에 투입되었다.

종갓집의 비밀 방에는 태종대왕께서 시조께 직접 하사하셨다는 장검이 화려한 장식 단에 올려 놓여 있고 그 밑단에는 시조께서 직접 쓰셨다는 '충' 이라는 혈서가 모셔져 있다. 입문의 첫 의식은 그 앞에서 혈서로 충성을 맹세하는 것이다.

일제시대부터 가문의 고유 임무 외에 소위 부업이 생겼다고 한다. 일제의 최고 권력자들이 우리 집안에서 무사들을 양성한다는 정보를 용케 입수하여 우리 가문에 살인 청탁을 해 온 것이었다. 이를 두고 가문 어른들의 의견이 양분이 되어 서로 의절까지 갔으나 결국 가문이 살아남아야 한다는 의견이 우세하여 극히 제한적으로 외부청탁을 수행하게 되었다 한다. 일제시대의 권력자들이 해방 후에도 계속 권력을 잡게 됨에 따라 자연스레 그 인연이 아직까지 이어져 왔다고 한다.

내가 어릴 때 집안의 최고 어른들 서너 분이 술이 거나하게 취해서 나눈 격한 논쟁을 우연히 들은 적이 있었다. 암살 대상자들 중에는 우리나라 정치 판도를 뒤흔들만한 거물 정치인들이 있었다는 것이었다.

'그 때 그 임무들은 수행하지 말았어야 된다. 우리나라 정치사를 엄청 후퇴시킨 결과를 낳았다.'는 것과 '그 때는 가문을 살리기 위해 어쩔 수 없었다.'는 설전이 오고 갔다.

누구를 살인 했는지는 가문의 몇몇 최고 어른 분들과 이를 수행한 사람만이 알고 있다. 그래서 그 분들이 돌아가시면 가문의 흑역사는 그냥 사라져 버린다.

방의 비밀문서함을 열어 보니 가문의 새로운 암살 지령이 있다. 오늘 내가 형사와 맞닥뜨리기 전에 보낸 것 같다.

'김석, 씨알대학 교수.'

천상 이 지령은 따르지 못하겠네. 누군가가 나대신 임무를 수행하겠지.

또한 당연히 조직의 다른 킬러가 나를 잡으려던 형사의 암살을 시도 할 것이다. 그놈은 징표와 나를 연결하고 집요하게 추적하여 나까지 잡을 뻔한 놈이다. 도리어 우리 가문이 노출될 위기에 빠질 수 있을 지도 모른다. 이번 일은 여기서 그만 두는 것이 좋겠다고 가문에 건의를 해야 하나? 받아 들여지지도 않고 혼만 나겠지만……

어쨌든 오늘은 운이 좋았다.

마침 사람이 많은 곳에서 맞닥뜨렸길래 망정이지 한적한 곳이었다면 그의 총알이 내 몸을 뚫었을 것이다. 날아오는 화살과 단검을 피하는 연습은 많이 했지만 총알을 피하는 연습은 못 해봤다.

그 형사의 마지막 눈빛이 생각난다.

패배자의 겁에 질린 눈빛이 아니었다. "너 꼭 다시 붙어 보자!"라는 도전적인 눈빛이었다. 무술을 수련할 때 사부가 하던 얘기가 떠 오른다.

"죽자 사자 덤벼드는 놈은 겁내지 않아도 된다. 그러나 싸움을 즐기는 놈은 가급적 피하라!"

○◆○ **1401년 가을: 지란 70세** ○◆○

■ **지란**

"댕 댕 댕!"

점심 공양을 알리는 종소리에 오랜 회상에서 퍼뜩 깨어 났다.

사십여 년 전 목숨을 건 첫 만남 때의 성계 눈빛이 아직도 생생하다.

청수물로 빈 그릇을 설거지 한 후 다시 예불을 들이며 생각에 잠긴다. 성계를 마지막으로 만나 보았었으면 이 아픔이 덜 했을까? 보고 싶다. 그런 마음이 나를 성계가 있는 곳에서 멀지 않은 이 곳에 머물게 한 것이리라. 지금이라도 가 볼까?

간다면 성계에게 내 칼을 바치며 내 목을 쳐달라고 할 것이다. 허나 성계가 내 목을 친다고 성계에 대한 나의 미안함이 조금이라도 덜어질까? 성계가 내 목을 안친다면 나에게 물을 것이다.

"네가 나를 배신하고 방원의 편에 선 이유가 무엇이냐?"

대답할 수가 없다. 이리 대답해도 저리 대답해도 성계가 원하는 답이 될 수 없을 것이다. 게다가 나도 그 질문에 대한 답을 몇 마디 말로 설명할 자신이 없다.

역린이 무엇인지 일찍 얘기해 주지 않은 스승이 야속하다.

옛날에 꼽추에게 사주를 보았으면 지금의 나를 미리 알 수 있었을까? 내 삶이 달라 졌을까? 아아. 다 부질 없는 생각이다. 바뀐 삶이 지금보다 나을 것이란 보장이 어디 있겠나? 성계의 삶은 나보다 나은가? 몽주의 삶은? 도전의 삶은? 그렇게 따지고 보면 삶의 값어치를 어떻게 비교할 수 있겠나. 그저 현생의 내 업보는 내가 안고 가는 것이지.

밤늦게 까지 예불을 드리다 새벽에 잠깐 잠이 들면 또 스승의 목소리가 들린다.

"그 많은 피를 흘린 업보를 어떻게 감당할꼬?"

잠이 깨자 마자 일어나 또 절을 시작한다. 하루 종일 부처님께 수백 번, 수천 번 절을 드린다.

성계에게 나를 용서하고 건강하게 오래 살라고 빈다.

한씨 부인의 명복을 빈다.

인찬 아우! 곧 만나게 되면, 같이 밤새 술 잔을 기울이며, 가슴 속에 감추어만 왔던 내 속이야기들을 꼭 좀 들어 주시게나!

방원이 훌륭한 군주가 되라고 빈다.

몽주, 도전도 다 이루지 못한 꿈에 대한 아쉬움을 잊고 극락왕생하라고 빈다.

최영 장군, 약속하신 대로 제가 하늘나라에 가면 꼭 신선주 한 잔 따라 주십시오.

그렇게 미워했던 강씨의 얼굴도 떠오른다.

우리 악연이 하늘나라에서는 좋은 인연으로 되어 만납시다.

몽이, 율이, 용이, 향이…… 그리고 방석, 방번, 또……

내 칼에 죽은 수많은 사람들의 얼굴도 떠 오른다. 군령을 어긴 죄로 내 칼에 목이 잘린 부하들이 떠 오른다. 나중에는 피에 얼룩진 채 내 칼에 죽어가던 그 수많은 적군들의 얼굴까지도 하나 하나 떠오른다. 너무 많아 하루 종일 해도 끝나질 않는다. 이제는 허리에 통증도 무뎌졌다. 안 꺾이는 무릎을 손으로 잡아 꺾어 꿇는다. 이렇게 하다 탈진하면 그 자리에서 그냥 쓰러져 잠이 든다.

밥은 하루 세끼 꼭 찾아 먹는다. 이 업보를 다 갚기 전에 죽을 수는 없기 때문이다.

삼 백 육십 개의 뼈마디가 다 아스러지고, 팔만 사천 개의 털구멍이 다 터지도록 예불을 드린다고 업보가 다 갚아 질까?

"스승님, 업보를 어떻게 해야 다 갚을 수 있는지 제발 알려 주십시오."

[2020년 여름: 사건 45일 후]

◆ 형사 강철

그간 다른 동료들이 본청 태스크포스팀에 파견되는 바람에 남은 내가 다른 사건들을 도맡아 바쁘게 지냈다. 그래도 그 사건은 계속 내 머리에 맴돈다. 이제는 박찬이 살해 당했다는 것을 확신하게 되었다. 본청에 보고 하여 본격적인 수사를 건의하여 볼까 생각도 했으나, 이미 서장은 이

건을 재론하지 않겠다고 뜻을 분명히 밝혔고, 물증이 없다. 킬러와의 일도 잘 못하면 지나가는 시민에게 폭행을 가한 행위로 해석되어 도리어 내가 징계를 받을 지도 모르겠다. 포기하는 수뿐이 없다고 생각은 하고 있으나 킬러 조직의 정체와 범행동기가 궁금해 미치겠다.

어쨌든, 바쁜 일들이 마무리 되면, 김 교수의 갑질에 대한 응징부터 끝내자!

그런 와중에 한 번 들르라는 은사님 전화에 바로 찾아 뵈었다.

"그 동안 나도 바빴지만 너도 바빴나 보구먼. 내 얘기를 들으러 바로 올지 알았는데…… 도리어 내가 입이 근질근질 해서 참을 수가 없어서 오라고 했어. 흐흐. 그 때 어디까지 얘기 했더라?"

"서찰을 쓴 사람이 이성계의 한씨 부인이라고 단정하셨는데 과연 누구에게 왜 준 것일까 하는 질문까지 얘기 하셨습니다."

"그래, 맞아. 이제부터가 본격적이지. 자, 글을 보게나.

　非忠如不孝
　見友知人性
　勇知者得世

뭐 대충 해석이 쉽게 되지.
'비충여불효, 충성을 안 하는 것은 불효와 같다.
견우지인성, 친구를 보면 그 사람됨을 알 수 있다.
용지자득세, 용맹하고 지혜로운 자가 세상을 얻는다.'

아마 한씨가 남편의 장도를 기원하며 써서 남편에게 준 것이라고 쉽게 생각할 수 있겠지만 너무 교훈적이고 문장의 맥락이 매끄럽지 않아.

전쟁터로 돌아다니며 정쟁에 휩싸여 있던 남편에 대한 그리움이나 무사무탈을 기원하는 그런 내용이 더 맞는 것 아니었을까?

아들들에게 준 것일 수도 있으나 또 그렇게 보기에는 따스함이 너무 없어. 모정 냄새가 안 나는 것이지. 이런 말들이야 공자, 맹자를 읽으면 수 없이 나오는 내용이고, 스승들이나 주위 어른들한테도 수 백 번 들었을 것 아니겠나? 군이 어머니가 자식들에게 써 주지는 않았을 것 같단 말이야.

내용도 그렇지만 두 쪽으로 나뉘어져 있던 밑단을 정성스레 붙여 놓은 것은 더 이상하지. 뭔가 두 사람을 이어 주는 징표 같지 않아? 흡사 주몽이 동강난 단도를 맞추어 아버지를 찾아 냈듯이.

그래서 호기심이 생겼어. 남편이나 자식들이 아닌 제3의 인물에게 주었던 것이 아닐까? 그렇다면 혹시 내용도 쓰여 져 있는 것 그대로가 아니라 다른 뜻을 담은 것이 아닐까? 이런 질문이 떠올랐던 것이야. 서찰에 한 번 빠지니 헤어 날 수가 없더군. 허허.

당시에도 소위 암호문이 있지 않았겠어? 암호문이라면 그 열쇠가 되는 단서는 편지를 전달하는 사람에게 제2의 비표나 구두로 전달했겠지. 그거야 말로 지금의 우리는 알 수 없는 거지. 허지만 그때로부터 600여 년이나 지난 우리에겐 새로운 무기가 있지."

❁❁ **1402년 4월 9일: 지란 71세** ❁❁

■ **지란**

며칠 전부터는 서 있을 수도 없어 부처님께 예불도 못 드린다.

살아서 성계를 만나기는 이래저래 어려울 것 같다. 그래도 그에게 뭔가 얘기는 남기고 싶다. 그러나 아무리 고민해도 마땅한 글이 생각이 안

난다. 초조하다. 이렇게 그냥 죽는 것 아닌가? 일단 붓을 들자.

마지막 안간힘을 들여 의복을 갈아 입고 성계가 있는 쪽을 향해 정좌를 했다. 붓을 들었다. 그래도 무엇을 써야 할 지 모르겠다. 붓의 먹물이 하얀 화선지 위에 떨어진다. 얼마 지나지 않아 화선지는 떨어진 먹물로 까맣게 물든다. 앉아 있기가 힘들다. 누웠다.

한참 만에 다시 일어났다. 다시 붓을 든다. 화선지는 다시 까맣게 변했다. 새로운 화선지를 꺼낸다. 이렇게 십 수 차례를 하고 나니 더 이상 앉아 붓을 들 힘이 하나도 없다. 성계 쪽을 향해 엎드렸다.

"형님, 형님께 글도 제대로 못 올리고 가는 이 못난 아우를 부디, 부디……"

말을 맺지 못하겠다. 적당한 맺음 말이 떠오르지를 않는다.

아련히 성계의 목소리가 들려온다.

"이보게, 아우님. 내가 보고 싶지도 않은가? 한 번 건너 오시게나."

방원의 목소리도 들린다.

"숙부님, 제 걱정은 마시고 편히 지내십시오."

그리고, 그렇게 다시 듣고 싶었던 목소리가 아스라히 들려온다.

"지란 도련님, 한 평생 수고 많았어요. 이제 좀 편히 쉬세요. 하늘로 보내 주신 댕기는 제가 여기서 잘 매고 있답니다."

아아. 형수님, 형수님! 형수님이 가시면서 제게 당부하신 것을 끝내 해 내기는 했습니다만, 워낙 미욱한 놈이라 꾀가 부족하여 성계의 마음을 아프게 했고 많은 피를 뿌릴 수 밖에 없게 되었었습니다.

곧 찾아 뵙고, 그 긴 시간을 마음에 담아 두기만 했던 용서를 빌겠습니다.

*** 이틀 후 ***

● 성계

"상왕 전하! 우리 지란 장군께서 돌아가셨습니다."

지란을 오래 보필했던 몸종이 찾아 와 울먹이며 고한다.

"장군이 상왕전하께 드리라고 전한 서찰입니다. 자기가 죽으면 서찰이 있을 것이니 꼭 전하께 드리라는 말을 해 놓았었습니다."

흐느끼며 말을 띄엄띄엄 이어간다.

"어제 아침 늦게까지 방에 기척이 없어 들어갔는데, 글쎄 무릎 꿇고 이 쪽 방향으로 머리를 조아린 자세로 돌아가셨고, 그 머리맡에 이 서찰이 놓여져 있었습니다. 방안에는 먹물로 까맣게 물든 화선지 수십 장이 널려 있었습니다."

서찰을 받아 들었다. 가벼워야 할 종이가 왜 이렇게 무거운가?

"아이고, 그렇게 온 몸이 부스러져라 예불만 드리시더니 가실 때는 좀 편히 누워서 가시지." 몸종의 눈에서 눈물이 주룩 주룩 흐른다.

"알았으니 돌아가거라."

그러나 돌아갈 기색 없이 쉿소리로 말을 이어간다.

"장군의 시신을 수습하는데 글쎄 뼈가 다 아스러져 있지 않겠습니까? 아이고, 불쌍한 우리 장군님! 우리 장군님 어떻게 합니까. 그 고통을 어떻게 참고 그렇게 죽어라 예불을 드리셨을까. 죽어서라도 천당에 가셔야 하는데. 엉 엉 엉!"

이제는 자기가 누구 앞에 있는지도 까먹은 양 아예 가슴을 쥐어 뜯으며 주저앉아 땅을 치며 통곡을 한다. 그 절규가 '너 때문에 지란이 그렇게 힘들게 죽었으니 살려내라.'고 하는 것으로 들린다. 자기도 제발 죽여 달라는 애절한 울음으로도 들린다.

꺼이 꺼이 숨이 넘어 갈 것 같이 울부짖는 몸종을 끌어내려는 시종에게 그냥 울게 놔 두라고 명하고는 방으로 들어 왔다.

서찰을 펼쳤다.

글자는 없다. 여백의 반을 여기 저기 튄 먹물 자국이 차지하고 있다.

앉아서 펼쳐진 서찰을 응시했다.

먹물자국 하나 하나에 수많은 이야기들이 담겨 있다.

지란을 처음 만났을 때가 떠오른다.

서로 활을 겨루었던 그 때 내가 활시위를 당겼다면 결과가 어떻게 되었을까? 지란이 없었다면 조선을 세우기까지의 그 많은 난관을 넘을 수 있었을까? 생사를 같이 넘던 수많은 전투의 장면 장면들이 눈앞을 스쳐 간다. 뒤엉켰던 수많은 감정들이 하나 둘 사라지더니 결국 그리움만이 남는다.

지란, 할 말이 너무 많아서 한 글자도 못 썼구려. 우리 사이에 수십 년 동안 하고 싶었던 말들을 어떻게 달랑 한 장 서신에 담을 수 있었겠는가? 한 수레 가득 담을 만큼 쓴다 해도 부족하리라. 그래도 한 글자라도 적었으면 이렇게 내 마음이 허하지는 않을 텐데.

형 좋다는 게 뭔가. 아우의 잘못을 감싸 주는 것이 형의 몫 아닌가?

나에게 형 노릇 한 번 할 기회도 안 주고 가버리다니⋯⋯ 무심한 사람.

진짜 활 실력은 천상 저 세상에서나 겨루어야겠구먼.

그 때는 절대 부러 져 주지 마시게나.

[2020년 여름: 사건 45일 후]

◆ 형사 강철

은사님이 의기 양양한 표정으로 말을 이어간다.

"인공지능컴퓨터 분야에서 세계적으로 알아 주는 친구 놈을 찾아 갔던 거지. 이 정도는 풀 수 있겠다고 생각했지. 국수 잘 만드는 이가 수제

비를 못 만들까!

당시의 역사적 데이터를 기반으로 이 글 안에 담겨 있는 메시지를 슈퍼 컴퓨터로 찾아 내어 보라고 부탁 했지. 자네도 이 정도 수학은 알지? 15글자의 조합 수는 '15팩토리알' 이지. 즉 15×14×13…… 이렇게 해서 2까지 곱하면 무려 1조3천억개의 조합이라네. 정말 밤하늘의 별 세기지. 그래서 조건을 주었지.

첫째는 글자수 일세. 보통 한자(漢字)로 된 메시지는 세 자 혹은 네 자이면 충분하지. 암호까지 쓰는데 긴 문장을 쓸 필요도 없었을 것이고. 주어, 동사, 목적어 혹은 보어로 문장이 만들어 지잖아. 그래서 일단 세 글자의 조합만 검색하게 했지. 그러면 2,730개 조합이 나와. 그것만 가지고도 너무 많지. 그래서 고민하다가 일단 '비밀스런 남녀간의 사랑'이란 두 번째 조건을 넣었지. 멋진 표현 아닌가? 호호.

남녀관계와 돈관계면 99%가 설명이 되는 것이 인간사란 말이야. 이성계의 부인이 돈 문제로 고민했을 것 같지는 않고, 또 암호까지 사용했다면 비밀스런 얘기 아니겠어? 그렇게 해서 수백 개가 나오긴 했는데 영 맘에 와 닿는 문장이 없는 것이야. 낙담을 했지. 그래서 밤늦게 집에서 혼자 맥주를 마시고 있는데 우리 집에서 키우는 카나리아가 울더라고.

'아 소리 좋다!' 하는 순간 '아, 소리! 훈(訓)이 아닌 음(音)!'

암호라면 뭔가 한 번 더 꼬아 놓을 수도 있었겠다 는 생각이 퍼뜩 들더라고. 바로 친구에게 전화를 걸었지.

"소리로 돌려 봐!"

자다가 일어난 듯한 친구는 내 소리를 듣고 어안이 벙벙했겠지.

"뭐? 뭔 소리? 진짜 자다가 왠 봉창 두드리는 개소리냐?"

엄청 짜증난 목소리였지.

"한문자(漢文字)에서 훈 말고 음 말이야! 뜻 말고 소리! "

그 다음날 아침에 또 그 친구를 다그친 덕분에 이틀 후에 가져 왔어. 약 100여개 되더구먼. 그 중에 제일 위에 있던 문장이 무엇인지 알겠나? 왜 그런 느낌이 들었는지는 나도 설명할 수는 없었지만 그 문장이 가장 내 마음에 와 닿더구먼."

"아이, 뜸들이지 말고 빨리 말씀해 주세요."

5. 마지막 용틀임

● 성계

방원이 또 차사를 보냈다. 이번에는 오랜 벗 박순이다. 위화도 회군 때 철군 장계를 들고 개경에 갔었던 것도 박순이다. 그만큼 내가 믿고 아꼈던 사람이다. 나이 든 오랜 벗에게 이런 먼 곳까지 등 떠밀려 오게 하니 미안하다. 방원, 이 괘씸한 놈! 그렇게 경고를 했건만 또 보낸 것이다. 명분은 나를 개경으로 데려가기 위하여 설득하러 보낸다고 하지만 나의 동태를 살피고자 하는 목적도 있으리라.

"상왕전하, 잘 지내셨습니까?"

"아, 이 사람아! 이젠 그런 호칭 집어 치우고 우리 젊었을 때같이 이름 부르며 술이나 취해보세."

같이 산책을 하고 밤늦게까지 술을 마시며 옛날 얘기를 하였다. 방원 이나 정치 얘기는 일절 꺼내지 않았다. 그래도 오랜 친구가 오니 좋긴 좋다. 허나 미안하다. 다음 번에는 또 어떤 친구가 마음 안 내키는 먼 발 걸음을 할 것인가? 박순을 배웅해 주며 말했다.

"내가 부탁이 하나 있네. 자네가 강을 건너면 내 군사들이 자네 쪽으로 활을 쏠 것이네. 물론 자네를 맞히려고 쏘는 것은 아니니 걱정은 마시게. 화살촉으로 자네 목을 살짝 긁어 놓을게나. 개경에 돌아가면 다음에 오는 차사는 반드시 목구멍을 관통시키겠다고 내가 전하라 했다 하게. 벗에게 몹쓸 부탁을 하여 미안하이."

박순을 떠나 보내고 나를 기다리고 있는 호족장들을 만나러 갔다.

오늘도 나를 보채겠지?

*** 몇 달 후 ***

◇ **방원**

"상왕전하께서 저렇게 군사들을 키우시는 것을 그대로 내버려 두실 것입니까?"

하륜이 단도직입적으로 묻는다.

"저러시다가 언젠가 포기 하시겠지. 아버지가 직접 활을 들고 아들을 상대로 선두에 서지는 않을 것 아니겠소? 만에 하나 군사를 일으킨다 해도 많아야 일 만 정도 될 것인데 정부군 수 만명으로 충분히 진압가능 할 것이요."

"민심이 흉흉합니다. 시간이 지날수록 더 해질 것이고요. 백성들 사이에서도 상왕전하께서 함주 촌구석에 박혀 안 나오시는 것은 전하의 불효 때문이다라는 말들이 많습니다. 옥새도 궁으로 빨리 가져와야 되지 않겠습니까? 어쨌든 상왕전하를 빨리 개경으로 모셔와야 합니다."

"차사를 보내도 죽이겠다고 하며 만나 주지를 않으시는데 누가 어찌 설득하여 모셔 오겠소?"

"차라리 상왕전하의 한을 빨리 풀게 하는 것은 어떨지요?"

"한? 그건 나에 대한 분노이실텐데 아버지에게 내 목을 내 놓으란 말씀이시오? 허허."

"상왕전하의 한은 전하에 대한 분노가 첫째겠지만, 아들에게 당하고도 아무것도 못했다는 세간의 치욕도 그에 못지 않으실 것입니다. 그 치욕을 씻기 위해 군사를 준비하시는 것 아니겠습니까? 동북면의 호족들도 상왕전하를 부추기고 있다 합니다."

"계속 말해 보시오."

"적합한 인물을 상왕전하 주위에 보내, 차라리 빨리 일으키시게 하는 것이 어떠하실런지요?"

"흠" 예상치 못했던 해결책이지만 솔깃하다.

"누가 있소?"

"조사의란 작자가 적격인 듯싶습니다."

조사의.

똑똑하긴 하나 말에 거침이 없어 여러 구설수에 오른 놈이다.

"강비의 조카뻘이라고 하니 난의 이유로도 충분합니다. 어차피 상왕전하도 꼭 이기리라고는 생각을 안 하고 계실 것입니다. 한 번 한풀이를 하신 것만으로도 마음을 돌리실 가능성은 있다고 사료됩니다. 그 분노와 치욕을 죽을 때까지 가지고 가고 싶지는 않으시지 않겠습니까?"

"그래, 그런 다음에는 아버지를 어떻게 할 것이오?"

"그건 부자지간의 문제라 제가 감히 말씀 올릴 사안이 아니라고 생각됩니다. 저는 이 상황을 빨리 끝내는 계책을 말씀 드린 것이고, 후에 어떻게 끝낼 것인가는 의견을 물으시면 그 때 말씀 올리겠나이다."

하륜은 자기가 넘지 않아야 할 선을 정확히 안다.

[2020년 여름: 사건 45일 후]

◆ 형사 강철

"너의 아들이다'란 문장이지!"

한참 뜸을 드리고 침을 한 번 삼킨 다음에야 은사님이 답을 한다.

"예? 그게 어떻게 나온 것입니까?"

"여기 가운데 세 글자를 보면 '같을 여(如), 알 지(知), 놈 자(者)' 이렇게 되어 있지.

이 음을 따서 다른 자들을 넣어 시뮬레이션을 했겠지. 그리고 역사적인 자료와 조건 등을 넣어서 만든 것 중 가장 유력한 것이 이 문장이란 것이야.

'너 여(汝), 소유를 의미하는 지(之), 아들 자(子)'로 변환한 것이지."

"아, 진짜 '너의 아들이다'란 뜻이 되네요!"

"흐흐, 만일 이 해석이 맞는다면 한씨가 누군가에게 '네 아들이다.' 이렇게 말하는 것이라 볼 수 있지. 그렇다면 아마 이 서찰을 주면서 '가운데 글자들을 같은 음을 가진 다른 문자로 치환하여 다시 해석하라.'라는 뜻의 메시지를 별도로 전달했을 거야. 그렇다면 아들이다라고 지정한 그 아들이 누구일까? 한씨 아들일까? 남의 아들일까?"

"그거야 한씨 아들이겠지요. 한씨가 남의 애를 아들이다 아니다 어떻게 얘기 할 수 있겠습니까? 당시에는 DNA검사도 없었는데요."

"그렇겠지. 자, 그럼, 누구한테 이 이야기를 한 것일까?"

"당연히 남편인 이성계…… 어? 아닌가?"

"당연히 아니지. 자기 남편에게 자기 아들이 네 아들이다라고 얘기할 멍청한 아내가 어디 있겠어? 만일 내 마누라가 나한테 '둘째는 당신 아들이야.'라고 했다면 내가 어떻게 생각하겠어. 어? 그럼 첫째 아들은 내 아들이 아니라는 거야? 혹은 둘째를 딴 놈의 씨라고 내가 생각하니까 그게 아니라고 우기는 거야? 뭐 이런 식으로 생각하겠지."

"아, 그렇긴 하네요."

"물론 별 일이 다 벌어지는 인간사에 이런 상황이 절대 있을 수 없다 고는 말할 수 없겠지만 부부 사이에 만일 이런 상황이 벌어진다 해도 단 둘이 말로 하지 암호까지 쓴 글로 하지는 않겠지. 많은 아들들 중에 누 구를 특별히 지칭한 것도 아니고."

"그렇네요. 그렇다면 이성계가 아닌 제3의 인물에게 그 두 사람만이 알고 있는 특정 인물을 지칭하여 한 이야기겠네요."

"여기서 스토리가 더 흥미진진해지는 것이지."

은사님과 내가 동시에 침을 꼴깍 삼킨다.

"종합해 보면, 한씨에게는 씨 다른 아들이 있었다는 것이지."

"그렇다면 다섯 아들 중에 누구 일까요?" 반사적으로 질문이 나왔다.

"허어, 성급하긴. 질문의 순서가 잘못되었네. 그 아들이 여섯 아들 중 하나 일까요? 를 먼저 물어야지. 한씨 죽기 전에 이미 일찍이 사망한 막 내인 방연까지 넣으면 여섯이니까.

그런데 만일 이성계의 알려진 아들 이외의 자식에 대한 것이라면 그 냥 조용히 넘어가면 되지 굳이 이렇게 암호까지 써서 문서로 남길 필요 가 있었을까? 그리고 그렇다고 하면 너무 스토리가 불확실하고 복잡해 추론 하기가 어렵지.

그래서 일단 여섯 아들 중 하나 일 것이라고 가정하였지. 나이가 들었 거나 병약한 상태라 하면 죽기 직전일 가능성이 높지. 한씨가 죽은 시점 이 이성계가 왕이 되기 일 년 전이니 왕이 되는 것은 거의 확정적인 시기 야. 그렇다면 후계구도, 혹은 정변 가능성과 관련이 있을 것이네. 절박 하게 쓴 것이야. 이성계와 권력을 다툴만한 인물의 아들일 가능성이 높지. 혹은 이성계 다음으로 왕위를 이을만한 아들에 대한 얘기였을 수도 있고.

그렇게 따지면 첫째인 방우가 용의선상에 제일 먼저 떠오르지. 성계와 결혼 전 다른 남자와의 사이에서 생긴 애일 수도 있지. 그리고 장남이니 왕위를 물려 받을 것이고, 게다가 방우는 아버지에게 삐딱하였지. 그러나 방우였다면 세자 자리도 팽개치고 술 먹다 일찍 죽었으니 얘기가 너무 싱거워. 그래서 그 다음 대상자를 찾아 보았지.

역시 방원이야. 사료를 보면 성격이 가장 튀지. 과거에 급제한 것도 형제들 중 방원이 유일하고, 하여간 좀 달랐어. 게다가 성계의 뜻에 반하여 정몽주, 정도전, 방석을 모두 죽였잖아.

자, 방원이라고 가정한다면 생부는 누구일까? 한씨가 굳이 이 글을 남겼다는 것은 말로 할 만큼 가까운 친인척 이나 가속 관계가 아니었을 것이란 얘기지. 그리고 방원이 나기 전부터 한씨 죽을 때까지 30여년을 알고 지낸 사람!"

침이 또 꼴깍 넘어가는 순간, 스승님의 핸드폰 벨소리가 울린다.

"아 참, 오늘이라고 했지? 알았어. 지금 빨리 갈게!"하며 전화를 끊는다.

"오늘 세미나 발표 하는 날인데 너 때문에 깜빡했네. 또 연락 해."

황급히 앞서 나가시며 혼잣말로 중얼거린다.

"이거 DNA검사라도 할 수 있으면 속시원하게 알 수 있겠구먼······"

＊＊＊ 한 달 후 ＊＊＊

● 성계

조사의가 안변 부사로 왔다고 한다.

그 동안 여러 사건에 휘말리며 면직과 연금, 유배, 복직을 계속하던 순탄치 않은 관직생활을 하여 왔다고 한다. 자신의 처지와 아울러 방석의 죽음으로 강씨 가문이 약화된 것에 대한 불만 등으로 방원에 반감을 가지고 있을 것이다. 그걸 잘 아는 방원이 왜 조사의를 내 가까운 이곳으로 보냈을까? 내가 가별초를 비롯한 동북면 고을들의 군사를 점검하고 정비하고 있다는 정보도 이미 어느 정도는 듣고 있을 텐데.

몽주 주살 때는 강비의 만류로, 방원의 정변 때는 와병과 방심으로, 방간과 방원의 싸움 때는 아들들 싸움에 끼어드는 것이 내키지 않아 그냥 지나갔지만 내 방원을 용서할 수는 없다. 아들에게 당했다는 자괴감과 모멸감은 사라지지 않는다.

이성계가 아직 살아있다는 것을 만천하에 알리리라. 지란이 죽었으니 가별초도 쉽사리 동원할 수 있다. 지란이 살아 있었다면 가별초가 누구의 명을 따를지는 나도 자신이 없다.

* * * 며칠 후 * * *

조사의가 부임인사를 하러 왔다.

술을 한잔 하며 이리저리 면모를 살폈다. 다혈질이긴 하나 말에 조리가 있고 힘이 실려 있다. 눈빛이 살아 있다. 특히 백성들에 대한 애정이 있다. 내가 먼저 방원에 대한 욕을 살짝 던지자 예상 했던 대로 목에 핏줄을 세우며 방원을 비난한다. 그래 이놈이다! 선봉에서 지휘도 잘 할 것 같지만, 개인의 영달을 위해 무모하게 군사와 백성의 목숨을 해칠 인물은 아닐 것 같은 것이 안도가 되었다. 일단 돌려 보냈다.

마지막 결심을 해야 한다. 사실 이기리란 보장은 없다. 또한 지금 방원을 대신할 만한 왕재도 달리 없기는 하다.

나는 무엇을 위해 군사를 일으키고자 하는 것인가?

분노에서 시작한 질문은 이어져 간다.

내가 이대로 함주에서 죽는다면 나를 영웅시 하는 이곳 북도 민심의 방원에 대한 반감은 더욱 커질 것이다. 결국 나라가 나의 파와 방원 파로 남아 언제 끝날 지 모를 반목을 계속 할 것이다. 정리를 한 번 해야 한다. 북도 주민들의 한 풀이를 한 후에 하나된 조선이 되어야 한다. 지방 호족들이 나를 찾아 와 가만히 있을 것이냐고, 자기들의 분노를 풀어 달라고 눈물까지 흘리며 애원하지 않던가. 이들의 응어리가 그냥 사라지지는 않을 터, 길게 보면 조선의 미래를 위해 한 번은 겪어야 할 것이다. 나의 분노를 대신해 줄 대의명분으로 충분하지 않은가?

그래, 방원이놈이 던진 미끼를 물어 버리자!

*** 며칠 후 ***

더 이상 시간 끌 필요 없다. 조사의를 불렀다.

"사내 목숨을 이렇게 헛되이 흘려 보내려나? 자네가 앞장만 서면 내가 뒤를 다 봐 주겠네."

조사의의 눈이 휘둥그래 진다.

"농이 지나치십니다."

"내가 자네와 농이나 할 사이인가?"

"상왕전하, 송구 하옵니다! 죽을 죄를 졌습니다."

황급히 머리를 조아린다.

"고개를 들고 이리 가까이 오너라!"

살짝 고개를 들어 내 눈빛을 살피고는 바짝 다가온다.

"군사의 수는 어느 정도 입니까?"

"일만여 명은 족히 되네. 알다시피 정예부대들이니 조정의 수 만 군사 정도는 능히 이길 수 있네. 거기다 우리는 준비된 군사이고, 정부군은 소집하고 정비하려면 시간이 걸리니 초반에 승기를 잡을 수 있어."

조사의가 침을 꼴깍 삼킨다. 한참 동안 말이 없다. 가문의 운명을 거는 일이다.

"하겠습니다. 어차피 이렇게 지방 말단직을 떠돌다가 내쳐질 인생, 상왕전하의 뜻을 받들어 사나이의 목숨을 걸어 보겠습니다!"

며칠 밤을 새워 작전 계획을 짰다. 짐작했던 대로 조사의는 배포가 있고 명석하다. 내 편에 선 지방 호족들의 명단과 군사 수를 조사의에게 건네 주며 맘속으로 당부 했다.

'전투를 하다가 전세가 기울어지면 빨리 투항하거라. 죄 없는 백성들의 목숨을 낭비하지 말고.'

[2020년 여름: 사건 45일 후]

◆ 형사 강철

은사님을 만나고 돌아 오는 길에도 흥분이 가라 앉지 않는다. 이 살인 사건이 혹시 이 엄청난 비밀 때문에 일어난 것은 아닐까? 은사님의 말씀을 반추 해 본다. 몇 가지 단어들이 다시 내 머리를 때린다.

'역사학자들의 죽음, 방원의 징표, 태종의 태실, 역사학자의 사망사건을 파던 형사의 죽음, 정체불명의 킬러 조직, 한씨 부인의 서찰, 방원의 생부! 그리고 DNA 검사!'

수천 년, 수만 년 전의 미이라나 화석도 DNA 검사가 가능한데 하물며 수백 년 된 것이야 당연히 가능하겠지? 그러면 박찬은 혹시 DNA검사를 위하여 태실을 도굴하려 했던 것 아닐까? 그도 은사님께서 말씀하신 스토리와 비슷한 생각을 했던 것일까? 그렇다면 방원의 친부가 누구인지도 추정을 해 놓은 것은 아닐까?

추정 가능한 단서가 어딘가에 있을까? 아무래도 박찬 죽음과 가장 연관이 많은 김 교수가 혹시 열쇠를 쥐고 있지 않을까? 박찬이 태실을 침입한 것은 김 교수가 지시한 것이 아닐까?

곰곰이 생각하다가 김 교수 행적이 떠올랐다.

북한 학자와의 회동이 있었다고 했지? 그 때는 좀 의아해 하면서도 그냥 그러려니 넘어 갔었는데 혹시 관련이 있는 것 아닐까?

지푸라기라도 잡아 보자.

북한 학자의 이름은 습관대로 따로 기록해 놓았다.

혹시나 하여 은사께 전화를 걸어 여쭈어 보았다.

"아, 그 북한 학자, 나도 한 번 만난 적이 있었지. 북한에서는 떠오르는 샛별로 알아 주는 역사학자야. 그렇지 않아도 다음 주에 중국에서 〈한 ·북·중 공동 학술회〉가 있어서 가는데 그 친구도 참석자 명단에 있던데."

"그 분을 만나면 몇 달 전에 김석 교수를 만났을 때 단 둘이 무슨 얘기를 나누었는지 물어 봐 주시겠습니까?"

"김석이는 또 왜? 그 친구가 또 뭐 일 저질렀나?"

"아닙니다. 중국에서 열린 어떤 행사에서 북측과 사소하지만 좀 민감한 일이 하나 있었는데 김석 교수가 마침 그 때 그 행사에 참석 했고 북한학자와 만났다고 되어 있어 혹시 참고할 만한 사항이 있나 해서요."

"그러면 김석한테 직접 물어보지 그래?" 짜증이 섞인 말투이다.

"아, 나중에 물어 보긴 할 텐데 무슨 일이든 크로스 체크하는 습관을 들이라고 은사님께서 가르쳐 주시지 않았습니까? 흐흐."

은사님으로부터 국제 전화가 왔다.

"북한에서 인종구조 조사프로젝트의 일환으로 역사에 이름을 남긴 인물들의 묘 보수나 이장 할 때를 활용해 DNA 채취사업을 하고 있는데 김석이 어떻게 알고 그 대상자 리스트를 구해 달라고 부탁했다는군. 왜 달라는지 이유가 애매모호하고, 또 자기 결정사항이 아니라 줄 수 없을 것이라고 하던데……"

그 순간 전화 너머로 누군가가 은사님을 부르는 소리가 난다.

"이제 세미나 또 시작이란다. 전화 끊어야 하겠다. 서울 가면 보자."

DNA 리스트? 그것을 왜? 누구의 것을 보려고?

번뜩 이름 하나가 떠 오른다.

김 교수가 조선 건국의 일등공신이라고 제일 많이 언급했던 사람, 그리고 은사께서 한씨 서찰의 대상자로 추론하셨던 '30년 이상을 한씨 부인과 알고 지냈던 사람!'

＊＊＊ 한 달 후 ＊＊＊

◦❀◦ 1402년 11월 ◦❀◦

◇ **방원**

이숙번의 사 만 군대가 조사의의 일 만 군사를 청천강에서 이기고 조사의를 개경으로 압송 중이라는 보고가 들어 왔다. 초기에 반란군의 속도가 예상보다 훨씬 빨라 놀라웠다. 본인이 직접 진두 지휘를 안 해도 저 정도이니 역시 아버지답다. 발톱을 계속 갈고 계셨던 거야. 맹장 밑에 약졸 없다는 말이 틀린 적이 없다. 반란군은 함경도에서 시작하여 평안도 덕천·안주 방면으로 파죽지세 진군하며 세를 불렸다. 지란 숙부 말대로 가별초 본진은 후방에서 대기만 하고 있지 전투에 나서지는 않았다고 한다.

어차피 청천강 이북 땅은 아버지의 영역이다. 무리하여 그 곳에 들어갈 필요는 없었다. 상대방을 방심하여 가까이 오게 만들어 놓고 결정적인 순간에 한 방에 끝내면 된다. 그 동안 이숙번과 수 차례 구체적인 작전을 짜 놓았었다. 숙번이 작전대로 전투를 잘 치러 주었다. 게다가 이화영을 비롯한 지란 숙부의 아들들이 직접 전장에 나서서 도와 준 것이 전투의 조기 진압에 큰 힘이 되어 주었다.

허지만 큰 일은 이제부터이다. 아버지를 어떻게 하지?

[2020년 여름: 사건 52일 후]

◆ 형사 강철

'이지란!'

머리를 스쳐가는 것이 있어 핸드폰에서 찬의 살해 현장의 방에 걸려 있던 어떤 선비의 초상화 사진을 찾아냈다. 그리고 인터넷에서 이지란의 초상화를 검색하였다.

아아, 박찬은 바로 이지란의 초상화를 태조, 태종의 어진과 같이 붙여 놓고 비교했던 것이다.

박찬은 이지란이 방원의 생부라고 추정했던 것인가? 김 교수는 이것을 가능성 있는 가설이라 생각해서 박찬을 밀어 붙였고? 그런데 무엇을 근거로 가능성을 추정했지?

지금까지의 일들을 다시 한 번 쭉 기억해 보는데 한 군데서 딱 멈춘다.

혹시 한씨부인 서찰? 전체 스토리의 빠진 이빨을 메워 줄 수 있는 핵심이 서찰에 담겨 있지 않았던가!

그렇다면 한씨 부인의 서찰감정을 은사께 의뢰한 사람이 김 교수인 것은 아닐까?

그래서 은사께서 서찰 감정 의뢰자에 대하여 그렇게 굳이 입을 굳게 다무신 것 아닐까? 그 때 은사께서 '일반 교수들 레벨에서는 만나기 힘든 진짜 전문가에게 서찰 감정을 의뢰했다고.'라고 무의식 중에 말씀하셔서 의뢰자가 교수였겠거니 생각은 했었지만 당시에는 김 교수라고는 연결을 못시켰었다. 게다가 은사님은 수업 서너 번 하신 후에는 학생들 학번과 이름을 다 외우시던 분이다. 가끔 십여 년 전 제자의 이름, 학번, 특징과 에피소드들을 장난 삼아 얘기 하곤 하셨다. 김 교수와 관계가 이십 년 가까이 되긴 했겠지만 많이 튀는 타입에 과대표까지 했던 김 교수에 대해 가물가물 하다라고 얼버무리며 말을 끊었던 것도 좀 생소했다. 그리고 보니 김석에 대해서 물었을 때 의아한 표정이 아니라 당황한 표정이었던 같기도 하다.

만일 그렇다면 김 교수는 그 서찰의 의미를 알고 나서는 이 가설에 어느 정도 확신을 가지게 되었고, 그것을 확인하기 위하여 이지란의 DNA검사를 하려고 북한에서 리스트를 입수하려 하였고, 박찬을 사주해 태종과 태조의 태실을 파 보려 했던 것일까? 논문이 절박했고, 정신 이상 증세를 보이던 박찬은 그런 허무맹랑한 일을 진짜 시도 한 것이었고, 이에 태종을 숭배하는 비밀 결사 조직이 박찬을 응징하여 살해한 후 관련 증거를 완전히 없애기 위하여 박찬의 노트북을 디가우징 한 것이고!

아아! 드디어 조각났던 퍼즐이 다 맞추어 진 것인가?

● 성계

> "수많은 태어남 그 윤회 속에 헤매어 왔네.
> 집을 짓는 자가 누구인지 알려고
> 찾아 헤매다 찾지 못했네.
> 거듭거듭 태어남은 괴로움이어라.
> 이 집을 짓는 자여!
> 마침내 너를 찾아 냈도다.
> 너는 이제 다시는 집을 짓지 못하리라.
> 모든 서까래는 부서졌고
> 대들보는 산산 조각이 났도다.
> 너의 마음은 열반에 이르렀고
> 모든 칼은 사라졌네."

무학이 낭랑하게 읊는 부처님의 오도송을 들으며 새벽잠을 깼다.

조사의를 비롯한 주모자들에 대한 국문이 진행 중이라고 했다. 다행히 조사의는 전세가 불리해지자 신속히 퇴각하여 추가적인 사상자를 최소화 했다 한다. 조사의 전투 직후에 나는 금강산으로 거처를 옮겼다. 함주에 계속 있는 것이 마음이 편치 않았다.

그런 와중에 무학이 찾아 온 것이었다.

반가웠다. 술과 자연과 부처님과 옛날 얘기를 섞어 삼 일을 같이 지냈다. 그 삼 일 동안 무학은 저녁식사 이후에 자지도 않고 동틀 때까지 밤새워 오도송을 읊었다. 그 소리를 들으며 오랜만에 평안한 잠이 들었고 그 소리를 들으며 맑은 마음으로 잠에서 깨어 날 수 있었다.

내가 깨어 난 것을 보고는 이제 길을 나서겠다고 짚신을 신는다.

나도 모르게 그를 안았다. 그도 나를 안아 주었다.

[2020년 여름: 사건 한달 여 후]

◆ **교수 김석**

형사가 나를 살인 용의자로까지 밀어부치더니 왜 오랫동안 연락이 없지? 언제 불쑥 영장을 들고 들이 닥칠지 요즘 계속 불안하긴 하다. 내가 그동안 물불 안 가리며 어떻게 여기까지 왔는데 한낱 대학원생 사망사건 때문에 이런 상황에 처하다니. 일개 형사 나부랭이가 씨알대 교수이자 보혁당 자문위원장인 나를 감히 겁도 없이 살인 용의자로 몰아 붙여? 그놈은 내 이력사항도 안 봤나?

그런데 내 스스로 도취되어 그놈에게 너무 말을 많이 했어. 그 동안 말빨 덕분도 많이 보긴 했지만 자리가 높아 질수록 말을 조심해야 해서 말을 줄이자고 그렇게 결심해도 막상 발동이 걸리면 어쩔 수 없네. 게다가 그놈이 역사학 전공했다고 하니 꼭 학생에게 강의 하는 느낌이 들어서 그런지 더 오버했어. 그놈 꼼수에 넘어 간 것이었나?

잠자리에서 뒤치락거리다 거실로 나와 위스키를 마신다.

'결국 그 서찰이 이 사단을 만들었어!'

그간의 일들이 떠오른다.

이십 년 전쯤 역사학회 연구원으로 재직할 당시 청해 이씨[14] 가문이 보관하고 있던 고문서 기증작업에 참여하였다.

문서 분류 작업을 하던 중 책갈피 사이에 끼어 있던 그 서찰을 발견하고는 오래된 것 같고 비단이 너무 고와 몰래 가방에 숨겨 가지고 나왔다.

오랫동안 잊고 있었는데 박찬의 논문을 보다가 생각이 나서 꺼내 놓고 보니 누가 쓴 것일까 궁금도 하고 혹시 논문에 참고 자료가 될 수 있을까 하여 여기 저기 전문가들에게 문의하였지만 시원한 답을 얻을 수가 없어, 많이 망설인 후에 결국 은사께 자문을 받았고, 엄청난 서찰이란 것을 알게 된 것이었다.

실질적으로는 훔친 것이고, 미리 얘기하면 은사님이 서찰을 감정하는 데 혹시 예단을 가질 것을 우려해 청해 이씨 가문에서 나온 문서라고 얘기를 안 했는데도 은사님은 기가 막히게 논문의 부족한 핵심 부분을 채워 줄 해석을 이 서찰에서 찾아 내 주었다. 나를 미워 할 것 같은 은사님이 왜 내 부탁을 들어 주었는지는 아직도 잘 모르겠지만, 하여튼 이 서찰로 인해 박찬의 논문이 전혀 허당한 것은 아니라고 생각했다.

게다가 마침 북한에서 국경지역의 인종구성분석 프로젝트의 일환으로 일부 가능한 역사적 인물들의 DNA를 채취하는 작업을 하고 있다는 얘기를 듣고는 지란의 DNA를 얻을 수도 있겠다는 생각이 들어 그 리스트를 입수하려고 백방 노력 중이었다.

태종의 DNA도 얻을 수만 있다면 논문의 엄청난 가설을 증명할 수 있고, 그 가설이 맞는다면 핵폭탄을 터트린 역사학계의 거물이 될 수 있으며, 박찬에게는 예전에 끄적거리던 논문 하나 주고 박사학위 줘 버리면

---

14) 청해 이씨: 이지란을 시조로 하는 가문. 가문의 고문서들을 2002년 경기도박물관에 기증했음.

찍소리 못하겠거니 생각했다.

그러나 크레인을 동원해야 할 수 있는 태종묘를 어떻게 도굴하고, 그리고 묘 안에 DNA가 정말 남아 있을 지도 모르고, 또 태종의 태는 행방이 묘연하고…… 어떻게 다른 방법이 없나? 이렇게 속으로 이런 저런 상상을 하며 고민하다가 결국 박찬의 논문을 내 재임용논문으로 쓰겠다는 생각은 어느 정도 접고 다른 방법을 찾는 것이 좋지 않을까 하는 생각이 들기 시작했었다.

그러던 어느 날, 내 연구실에서 또 이리저리 머리 굴리며 투덜대고 있는데 박찬이 찾아 와 논문 진도가 안 나간다고 우물쭈물하며 이 정도에서 그냥 패스 시켜 주면 안되겠냐고 징징대었다. 그 순간 쌓였던 열이 터져 버렸다.

'야! 이놈아! 그런 썩어 빠진 정신 상태로 어떻게 박사를 따려고 해! 정 안되면 태종묘를 파보던지, 태실에 가서 태를 찾아 보던지, 하다못해 네 고향집 앞마당이라도 파보던지 뭐라도 죽자 사자 해봐야 할 것 아니야! 당장 튀어 나가서 뭐라도 들고 오란 말야!'라고 책을 집어 던지며 소리쳤다.

내 얘기를 정신이 오락가락했던 찬이가 진담으로 알아 듣고 무모하고 황당하게 도굴 시도를 했던 것이고, 당연히 실패하니까 좌절해서 자살한 것이라고 생각했다.

그런데 형사는 타살이라고 생각하는 것 같다. 그냥 넘겨 짚는 것은 아닌 것 같고, 눈매나 포인트를 짚어가는 것으로 보아 보통 형사는 아닌 것 같은데 왜 그렇게 생각할까? 타살이라면 도대체 누가 죽인 것일까?

아아, 그것까지 내가 신경 쓸 필요는 없고, 그나저나 그 형사 놈이 쉽게 그만 두지는 않을 것 같은 기세던데 돈을 좀 쥐어 주어야 하나? 아니, 그놈이 진짜로 나를 용의자로 보고 있다면 더 의심을 하겠지. 살인 용의야 결국은 벗겨지겠지만 갑질에 의한 자살 교사와 연구비 횡령에 걸리면 교수직도 위태로울 수 있다.

검찰 쪽에 미리 손을 써 놔야 하나? 그 간 자녀들 학사문제와 취업 등을 도와 주었으니 내 청을 거절은 못하겠지. 어쩌면 손자들까지 내 덕을 봐야 될지도 모를 텐데. 흐흐.

그건 그렇고, 육성그룹에 부탁한 것은 왜 아직 소식이 없지? 그 쪽 재단의 문화역사연구소에 얘기해서 쓸만한 미발표 논문 한, 두 편 골라서 보내 준다고 했는데……

* * * 열흘 후 * * *

◇ **방원**

"두 가지 입니다.

첫째는 상왕 전하께서 귀경하실 때 전하의 목을 걸고 마중 나오라는 것입니다.

둘째는 난에 관련된 자의 처벌은 열 명 이내로 최소화하고 조사의와 그의 맏아들을 뺀 나머지 가족은 손대지 말란 것입니다."

하륜이 내 명을 받고 며칠 전 아버지를 만나고 돌아와 보고한다. 무슨 조건이든 다 들어 드릴 테니 꼭 개경으로 돌아 오시게 하라고 명했었다.

"개경에 돌아오시는 조건으로 내 목에 살을 박겠단 말씀이신게요?"

"그런 말씀은 아니고 정확히 제가 전해 드린 대로 말씀하시고는 돌아가라고 하셔서 더 이상 여쭈지 못하였습니다."

"어찌 해야 하겠소?"

하륜이 즉답을 못한다. 이런 경우는 처음이다. 하기사 왕의 목숨을 건

도박에 어찌 쉽게 답하랴.

한참 만에 말문을 연다.

"소신의 미천한 눈으로는 상왕전하의 용안에 분노의 잔상을 찾지는 못하였습니다. 목소리도 차분하셨고 패전에도 불구하고 당당함과 자신감이 넘치셨습니다. 그리고 제가 찾아 뵙기 며칠 전에 무학대사가 들렀었다고 합니다."

하륜은 조심스레 도박을 걸어 보라는 뜻을 비추었지만 아버지 화살에 죽을 것인지, 아니면 살아서 이 불편한 상황을 끝낼 수 있을 것인지의 결정은 결국 온전히 내 몫이다. 아니, 이 결정은 내 몫이 아니라 아버지 몫인가?

[2020년 여름: 사건 55일 후]

◆ 형사 강철

중국에서 돌아 오신 은사님을 다음날 바로 찾아 뵈었다.

"한씨 부인 서찰 해독을 의뢰한 사람이 김석 교수이지요?"

보자마자 밑도 끝도 없이 던지는 나의 질문에 화들짝 놀라신다.

"아니, 단 둘만 아는 비밀을 네가 어떻게 알아냈어?"

"서찰에서 언급한 방원의 생부로 은사님께서 추정하시는 인물이 이지란이지요?"

"뭐? 그건 또 어떻게 알아 맞추었어? 너 요새 작두 타냐?"

역시 나의 추리가 맞았네!

박찬 사망 사건, 박찬의 논문 포인트, 김 교수와의 일들, 의문의 킬러, 그리고 은사님의 서찰 해독 등을 종합한 내 전체적인 스토리를 은사님께 침을 튀기며 말씀 드렸다.

"허어, 놀랍구먼! 그간 그렇게 복잡하고 극적인 일들이 있었다니! 쇼 킹하면서 그럴 듯한 얘기야. 어째 네가 김석에 대해 물고 늘어지는 게 좀 수상하긴 했었지. 네 얘기를 들어보니 김석 그놈 정말 나쁜 놈이구먼! 그런 놈이 우리나라 교육뿐 아니라 사회 전체를 망치는 놈이야. 그런 놈 들을 뿌리째 뽑는 것이 네가 하는 일이지?

사실 조선 건국사에는 미스터리 한 부분들이 많긴 해. 그런데 태종을 숭배하는 그런 결사 조직이 지금이 어느 때인데 아직까지 있겠어? 너 추 리소설을 너무 많이 본 것 아니야? 허긴 국사학계에서는 예로부터 태종 이방원에 대하여 깊이 발담그면 제 명을 다 채우지 못한다는 은밀한 괴 담이 있긴 해. 그거야 뭐 고대 이집트왕 무덤 발굴한 사람들은 다 일찍 죽었다는 것과 마찬가지로 호사가들이 만든 근거 없는 얘기겠지만.

아! 그러고 보니 십여 년 전에 내 후배 교수 하나도 조선 건국에 대하 여 연구하다가 심장마비로 갑자기 죽었던 일이 기억나네. 건강했고 그 전날 마라톤까지 뛰었던 친구였는데…… 이거 오싹 하구먼. 너도 몸조 심하거라. 참, 그리고 김석에게도 조심하라고 일러 줘. 그놈도 내 제자인 데 챙겨 줘야지. 흐흐.

아마도 실력 좋은 조폭인데 네가 느닷없이 덤벼드니 반사적으로 반격 한 것 아니야? 아, 네가 범인이냐고 물었는데 아무 말도 안 했다고 했지?

혹시 홍콩에서 놀러 온 삼합회 행동대장이 재수 없게 너한테 걸린 것 아니냐? 그래서 한국말을 못 알아 들은 것이고. 하하하!

네가 너무 이 사건에 몰입해서 자꾸 타살이라는 예단을 가진 것이구먼.

옛날에 내가 너 가르칠 때, 몇 번이나 강조했던 '오컴의 면도날'[15]을 아직도 기억하지?

필요 없이 복잡하게 만들지 말란 말이야! 타살의 확실한 증거가 없으면 자살이지 뭐 그렇게 꼬고 꼬아서 복잡하게 만들어 사서 고생이니?"

은사님은 킬러에 대해서는 아예 믿지 않는 것 같다.

"어쨌든 만일 네가 말한 것들이 사실이라면 국사학계의 엄청난 사건이 될 사안이겠지. 하지만 네가 짜 맞추어 본 스토리의 근거라고는 달랑 한씨 부인 것이라고 내가 우기는 서찰 한 장과 어디서 나왔는지도 모르는 방원의 징표뿐이지 않은가.

게다가 킬러라는 놈도 너만 아는 정체불명의 그림자이고. 나머지는 다 우리 상상과 추론이지. 태조, 태종, 이지란의 DNA를 진짜 비교해 보지 않고서는 그걸 누가 믿겠나. 그런데 그걸 어떻게 구해? 모두 비현실적인 얘기지.

재임용논문 때문에 똥줄이 타서 죄 없는 박찬을 정신이상자가 되게까지 밀어 부쳤다는 김석이도 결국은 이게 가능한 것이라고 생각은 안 했겠지. 하여간 나야 재미로 했던 일인데 자네는 진지했었구먼. 역시 좋은 스승 밑에서 공부한 놈은 다르네. 허허허."

허탈해 하는 내 표정을 보시더니 은사님께서 내 어깨를 가볍게 두드려 주신다.

"하여간 애 많이 썼구나. 네가 내 애제자라는 데 정말 뿌듯함을 느낀다. 그런데 한씨 부인 서찰에는 극적인 반전이 있지!"

---

15) 오컴의 면도날(Ockham's Razor) : 14세기 영국 오컴 지역 출신 논리학자인 윌리엄이 창시한 개념. 다른 요소가 동일할 때 가장 단순한 설명이 최선이라는 의미임.

◇ **방원**

"으악!"

연회장에 모인 모든 대신들과 시종들이 일제히 외마디 소리를 내 지른다.

아버지 활에 재워져 있던 화살은 사라지고 없다. 가마에서 내리자 마자 아버지는 화살을 재워 나를 향해 쏘았다. 그 빠르고 확고한 움직임이 내 눈에는 한창 때였던 아버지의 모습과 다르지 않았다. 나는 움직이지 않고 그냥 아버지를 응시하며 서 있었다. 너무 짧은 순간이라 어찌된 상황인지 퍼뜩 파악할 수가 없었다.

귀에 '응~' 하는 팽팽한 떨림 소리가 난다. 곁눈 질로 옆을 보니 내 바로 뒤의 기둥에 아버지의 화살이 깊이 박혀있다. 아버지의 마음을 나에게 전하고자 하는지 아직 그 떨림을 그치지 못하고 있다.

딱 내 목의 높이이고 내 목에서 한치 정도만 벗어나 있다.

잔잔해지는 화살의 떨림 소리를 아버지의 우렁찬 목소리가 이어 받는다.

"하늘이 방원이 네 놈 편이구나! 허. 허. 허!!"

호탕하게 웃으시며 성큼 성큼 내 앞으로 걸어 오신다.

무릎을 꿇었다. 눈물이 난다.

아버지, 고맙습니다. 이 못 된 아들을 그래도 용서해 주시는군요.

마지막 화살에 온갖 좋지 않았던 기억과 감정은 다 실어 날려 버리셨기를 바랍니다.

"와!" "와! 와!!"

팽팽하던 긴장을 깨뜨리며 주위에서 환호성을 질러댄다.

풍악이 울려 퍼진다.

◆ 형사 강철

"예? 무슨 반전이요?"

"응, 그 필적학자란 친구 놈을 어제 횟집에서 만나서 술 한잔 했는데 서찰 얘기가 당연히 나왔지. 이 친구도 그 서찰에 이상하게 관심이 끌려 좀 더 정밀한 분석을 해보았다더군. 그래서 추가로 발견한 것은 제일 처음 글자가 제일 마지막에, 그것도 한참 있다가 쓰여진 것 같다는 것이야. 먹의 농도와 마른 정도가 미세하게 차이가 있다는 거야. 게다가 다른 글자들이 천천히 쓴 것에 비해 이 글자는 급하게 써 버린 느낌이 든다는 거야."

"제일 처음 글자라 하면 '아닐 비(非)' 자 아닙니까?"

"그렇지!"

"그것이 무슨 의미가 있지요?"

"이 친구 놈이 육백여 년 전 쓰여진 열 다섯 자의 서찰을 갖고 완전 소설을 쓰듯이 이렇게 얘기 하더구먼.

'다른 문장을 다 쓰고 첫 글자를 남겨 두었다는 것은 서찰을 쓰면서도 마지막까지 마음의 결정을 못한 것이다. 뭔가 중요한 메시지 인데 그것을 얘기 할까 말까 많이 고민했다는 것을 뜻한다. 그리고 보통 사용하는 불충(不忠)이라는 단어 대신 비충(非忠)이라는 단어를 사용한 것이 처음부터 아무래도 개운치 않았었지만 옛날에는 그렇게도 썼었나 보다 생각 했었는데, 그렇다면 그 비(非)자는 특별한 의미를 갖고 있는 글자가 아닐까? 혹시 그 후에 나오는 메시지를 전부 부정하는 의미로 볼 수 있지 않을까? 하는 의문이 남았어.'

거기까지 듣고 내가 서찰을 해독한 얘기를 해 주었더니 이 친구가 손

뻑을 막 치며 흥분하며 말을 풀어 놓는 거야.

'거봐! 내가 그럴 줄 알았어. 스토리가 딱 맞아 떨어지지 않나? 상대 남자에게 이 아이가 당신 아들이라고 얘기를 한다는 것이 쉽지 않잖아. 당연히 고민을 많이 했겠지. 그래도 해야 하겠다고 마음 먹고 쓰면서도 또 갈등을 한 거지. 그래서 첫 자를 비워둔 것이고. 그러다가 편지를 보내기 직전에 맘을 바꾼 것이야. 정말 고민스러운 것을 그냥 확 저지르고 끝내자 하며 내 팽개치듯이 갈겨 버린 그런 느낌이 그 '비'자에서 풍긴다는 말이야.

처음에는 '네 아들이다.'라고 전하려고 하다가 막판에 '네 아들인 것은 아니다.' 이렇게 메시지를 전한 것이지. 그런데 그렇다면 가만히 있으면 되지 왜 굳이 비밀 메시지를 보냈을까? 이 서찰 땜에 역사가 바뀔만한 엄청난 일이라도 있었던 것 아닌가?

그렇다면 그 여인네의 심장이 마지막까지 얼마나 시커멓게 타들어 갔었을까! 그리고 그 서찰을 받은 남정네는 그 여인의 마음을 헤아리며 또 얼마나 애달파 했을까!'

이렇게 주절주절 말을 늘어 놓더니 이 친구 놈이 글쎄 소주 석 잔을 연거푸 들이키고는 눈물까지 흘리는 거야.

그런데 나도 모르게 그놈 손을 잡고 같이 울어 버리고 말았어.

둘 다 미친 놈이 되었던 것이지. 허허허."

○❀○ **1391년 9월, 한씨 죽기 직전: 한씨 54세** ○❀○

▲ 한씨 부인

똑똑하고 믿을 만한 몸종을 불렀다.

"오늘 밤 이것을 지란 장군 댁에 갖다 드리거라. 장군은 지금 북쪽 국경 지역에 가 계시다고 하니 집사에게 건네주고, 지란 장군께서 돌아 오시면 반드시 직접 드리라고 전하거라. 다른 사람 누구에게도 발설 않겠다는 다짐을 받거라. 그리고 이 서찰을 주면서 반드시 이 말도 지란 장군께 전하라 하거라."

전할 말을 불러 주고 그 말을 몇 번 반복 해 보라고 했다.

몸종이 한 자 안 틀리고 잘 반복한다.

몸종이 서찰을 소중하게 품속에 집어 넣는다.

"그리고……"

"예?"

그 순간 파리가 둘 사이를 웽웽거린다.

"그리고…… **'가다가 힘들면 맨 처음으로 돌아가라'**는 말도 꼭 덧붙여 전하거라."

몸종이 귀에 어른대는 파리를 쳐내느라 부산하다.

"알아 들었느냐?"

"예? 마지막 말씀을 파리 때문에 정확히 못 들었습니다. 송구합니다."

"가다가 힘들면 맨 처음으로 돌아가라고!"

"예, 예. 알겠습니다."

"밤이 늦었지만 바로 가거라."

수많은 고민을 했지만 결국은 이도 저도 아닌 서찰이 되어 버렸네. 지란은 명석한 사람이니 내 암호를 제대로 풀겠지. 맨 첫 자인 '비(非)'자의 의미까지 풀고 나면 왜 이 서찰을 보냈을까 의아해 하겠지. 그렇지만 곧 내가 얼마나 고심했는지, 그리고 왜 고심할 수밖에 없었는지를 헤아릴 수 있을 것이야. 그러길 바랄 뿐이다.

아아. 이제는 나도 모르겠다. 나는 이 세상을 뜨면 그만이고, 남아 있는 사람들은 자기들이 알아서 살아가겠지.

그래도 서찰을 보내고 나니 내 할 일을 다 했다는 생각에 가슴이 후련하다.

아, 이제 졸음이 몰려 오네……

▲ 한씨 부인의 몸종

가을밤 바람이 쌀쌀하네.

이런 심부름은 낮에 시키시면 더 좋았을텐데.

허기사 은밀히 전하려고 하셨으니 밤에 보내시겠지.

마님께서 돌아 가실 날이 얼마 안 남으신 것 같은데 아마 자기가 죽은 후에라도 이성계 대감님과 조카들을 잘 돌봐달란 부탁이겠지. 평소에는 지란 장군을 그렇게 무심하게 대하시더니 이제 가실 때가 되니 그래도 제일 믿을 만한 사람은 지란 장군인가 보네.

아, 슬슬 힘이 들기 시작한다.

절반쯤 온 것 같은데 왜 이렇게 힘이 들지? 바람이 세서 그런가? 어차피 자시가 넘어야 도착 할 것 같다. 좀 쉬다 갈까?

안되지!

가다가 힘들면 맨 처음으로 돌아왔다 가라고 마님께서 말씀 하셨잖아. 그 얘기는 쉬지 말고 빨리 갔다 오란 말씀을 나에게 에둘러 하신 게지.

자, 마님을 위해서 힘을 더 내자.

심심한데 겸사 겸사 이 서찰과 함께 전할 말씀을 외우며 가야겠다.

'언제나 가운데 길로 가고, 자신의 소리를 들으며 그 뜻을 달리 새겨 보시라!'

언제나 가운데 길로 가고, 자신의 소리를 들으며 그 뜻을 달리 새겨 보시라!

'언제나 ……'

▣ 은사

"그래, 김석의 처단을 보류하자고?"

"예, 죽음보다 더 고통스런 방법으로 처단할 것이니, 이번에도 저에게 맡겨 주십시오."

"허허! 이번엔 또 무슨 꿍꿍이냐? 그래, 알아서 처리하고 결과만 보고 해!"

수장이 다른 멤버들을 슬쩍 둘러 보며 묻는다.

"혹시 뭐 다른 의견들 있으시오?"

다들 아무 말 없이 고개를 끄떡인다.

십 여 년간 가문의 총괄집사로서 정보와 조직을 장악하고, 단 한 번의 실수도 없이 과업들을 처리 해 온 나의 말에 토를 다는 사람은 원로회의 멤버 중에 아무도 없다. 대부분 80세가 넘는 원로회의의 실질적인 의사 결정은 내가 제안하면 수장이 이를 재가해 주는 식으로 운영되고 있다. 연로하신 어르신들을 피곤하게 하는 것은 도리가 아니다.

김석에 대해서는 이미 결정되었던 처단 명령을 보류하자고 오늘 재건의 한 것이다. 그렇게 김석이 처단 대상이라는 것을 가문에 공식적으로 각인을 시켜 놓아야, 만에 하나 내가 혹시 어떻게 되더라도 김석이 죽을 때까지 가문의 칼날이 그 놈을 옥죌 것이다.

"그리고, 강철에 대해서는 처단 말고 다른 계획이 있다고?"

"예! 우리 가문의 해외사업이 더 커지려면 인터폴의 정보와 조직력이 필요합니다. 물론 인터폴 고위층에 네트워크를 어느 정도 구축해 놓았습니다만, 진짜 살아 있는 정보와 실질적 수사 자원을 이용하려면 팀장급의 우리 요원이 필요합니다.

강철을 인터폴에 파견시켜 그 역할을 하게 만들 것입니다. 그놈 정도면 곧 인터폴 내에서 핵심 역할을 할 것이고, 제가 직접 관리 하여 확실한 거물로 키워 놓겠습니다!"

"역시, 네 생각은 우리 같은 노땅들 하고는 차원이 다르구먼. 우리 때는 그냥 모두 그 자리에서 단칼에 목을 날렸는데, 네 놈은 다 계획이 있구나! 껄껄껄!"

다른 몇 가지 안건을 더 보고한 후 내 방으로 돌아 왔다. 당초 계획과는 좀 달라지긴 했지만 더 잘 되었고, 이제 슬슬 마무리만 하면 되겠네.

김석은 학생 시절부터 눈에 거슬렸던 놈이다. 강의 중에 잦은 농담으로 강의 분위기 망쳐놓고, 거만하고, 야비하고 등등 하여간 내가 제일 싫어하는 타입이었다. 특히 내가 F학점을 주니 말도 안 되는 유언비어를 퍼트려 내 강의 보이콧을 선동했던 것도 용서할 수가 없었는데, 몇 해 전부터는 가끔 매스컴에 나와 턱없는 가짜 뉴스까지 지어내며 국민들의 공포를 조장하고, 나라를 분열시키는 꼴을 보고는 정말 그냥 놔 둘 수 없다고 마음먹었다.

내 말 한 마디면 그 다음날에 쥐도 새도 모르게 숨을 끊어 놓을 수도 있으나, 이런 놈은 쉽게 죽으면 안 된다. 인생이 한 순간 나락으로 떨어져 헤어날 수 없는 고통을 겪어야 한다. 너무 일찍 꺾어 놓으면 다시 살아날 수 있으니, 이놈 인생이 피크에 다다르기 직전에 꺾어서 재기불능 상태로 만들자는 생각을 했었다.

단순히 목숨 줄을 끊어 놓는 가문의 전통적 처단 방식에서 느끼는 무료함도 작용을 좀 한 것 같기도 하다.

국회의원이 곧 될 거라고 희망에 부풀어 있다는 정보를 듣고는 때가 되었다고 생각하고 기회를 노리고 있던 차에 마침 이놈이 뻔뻔하게도 한씨 부인 서찰을 들고 온 것이다. 면상에 집어 던지려고 하다가 얼핏 보는 순간 예사 것이 아니라고 판단되어 해독 청탁을 받아들였다.

서찰을 해독하고 나서는 나도 너무 놀랐었다. 집히는 곳 몇 군데와 김석의 행적들을 체크해 보고는 청해 이씨 고문서 기증 프로젝트 때 홈쳐 간 것으로 추정했고, 이 사실은 서찰 해독의 신빙성을 더 높여 주었다.

　어떻게 할까 고민하다가 가문에 보고 안 했다. 엄청난 파문을 일으킬 것이고, 잘 못하면 도리어 내가 처단 당할지도 모를 일이다. 대신 김석을 치는데 이용하기로 하고, 해독한 내용을 김석에게 그대로 이야기해 주었다. 아닐 비(非)자 의미는 나도 나중에야 알게 되었으니 김석은 당연히 모르고 있었다.

　학계에서 이름을 날리고 싶어 하는 놈이 이런 엄청난 것을 그냥 흘려 보낼 놈이 아니고, 그것을 가지고 일을 더 크게 벌일 것이라 예상했다. 이놈이 그 서찰을 근거로 뭔가를 발표했을 때, 그게 아니고 김석은 사기꾼이라고 내가 한마디하고 그간 모아 놓은 그 놈 비리를 여기저기 흘려주기만 하면 그놈은 학계에서 추락하고 정치권에서도 버리는 카드가 될 것으로 생각했다.

　그런데 얘기치 않은 일이 일어났다. 김석의 강압에 못 이긴 박찬이 억울하게 불충의 죄로 처단된 것은 안타까운 일이기는 하지만 이 일로 김석을 더 큰 덫으로 잡을 수 있게 된 것이다.

　이제 김석은 살인죄와 똑같이 형량이 무거운 '위계 또는 위력을 사용한 자살방조, 교사죄'로 교도소에 갈 것이다. 물론 업무방해죄, 뇌물수수죄, 횡령죄 등도 모두 상에 올려야지.

　김석같은 놈은 단죄해야 된다고 넌지시 말해놓기까지 했으니 그렇지 않아도 분개하던 강철이 절대 그냥 지나가진 않을 것이다. 그간 모아 놓은 김석의 갑질을 비롯한 온갖 부정행위 증거를 강철에게 슬쩍 흘려주기만 하면 된다. 법정 증언할 사람들도 여러 명 매수해 놓았다. 검찰과 법원에 얘기해 놓으면 적어도 20년 정도는 썩게 할 수 있겠지.

김석도 나름 검찰에 손을 쓰겠지만 급이 다른 것을 어찌하겠는가? 김석은 기껏해야 부장검사 레벨이겠지만, 우리 가문은 대법원장과 검찰총장이 임명되면 제 발로 찾아와 인사를 하는 정도인데. 후후.

이 일에 강철이 끼어 들 것 까지는 예상하지 못했었다.

대학 때 유도 동아리 지도교수를 맡고 학생들과 상견례를 하는 자리였다. 킬러로 큰 것은 아니지만 나도 기본 무술은 했기에 장난 삼아 제일 잘하는 놈 나랑 붙자 했을 때 주저하지 않고 뛰쳐나와 나를 잡자 마자 패대기치고는 미안해하며 해맑게 웃던 놈이 바로 강철이다. 순수하고 투명한 눈빛이었다. 그 후로 이놈과 같이 있으면 기분이 좋았다. 오랜만에 보니 그간 나이는 좀 먹었지만 옛날 그 눈빛은 아직 살아 있었다.

징표를 들고 나를 찾아왔을 때 내심 놀랐고 이 사건에서 손을 떼게 할까 잠시 고민했었으나, 내가 아끼던 강철이 공공의 적인 김석을 잡으면 더 의미가 크겠구나 하는 생각과 아울러 강철이 이 사건을 어떻게 풀어갈지 궁금하기도 해서 게임 하듯 그 과정을 즐겨보자는 생각을 했다.

강철에게 필요한 정보를 선별적으로 주려고 하긴 했지만 옛날 가르칠 때 기분이 들어 강철에게 너무 열정적으로 자세히 얘기하긴 했지. 그러나 오랫동안 근질근질했던 내 입을 풀어주니 정말 시원하기긴 했어. 흐흐.

그런데 강철이 사건의 전모를 거의 정확히 추론하여 가문의 살인요원까지 잡을 뻔한 것을 보고 깜짝 놀랐었다. 강철이 이렇게 컸나? 얘가 더 파면 골치 아플 수도 있겠다 하는 생각까지 들었다.

그러나 한 번 시작한 게임이니 제대로 끝내보자고 생각했다.

강철에게 서찰의 해독 내용을 이야기 해 줌으로써 김석이 박찬이 자살하게끔 강압적으로 몰고 갔다는 확실한 결론을 스스로 도출케 하려 했다.

그런데 강철은 놀랍게도 우리 가문의 개입을 포함한 사건의 전모까지 거의 정확히 추론해 낸 것이다.

그래서 막판에 결사 조직을 호사가들의 이야기라고 치부하여 박찬은 자살한 것이라고 유도했고, 아닐 비(非)자 얘기로 끝맺음 한 것이다.

　이제 강철은 조선 건국에 대한 비사와 비밀 조직 이야기 보다는 김석을 잡는데 몰두할 것이다. 김석을 기소까지만 하고 나면 바로 경찰청에 손을 써 그렇게 원하던 인터폴로 해외 장기 파견 보내주면 이 사건 관련된 것들은 관심에서 점점 멀어지겠지.

　강철을 우리 가문 일에 끼여 들게 할 생각은 없다. 그럴 놈도 아니고!

　그래도 이 놈이 어려운 일이 생길 때 또 나를 찾아 와 스스로 사건의 자초지종을 다 털어 놓는다면 굳이 마다할 필요는 없겠지. 후후후.

　강철에게 한씨 부인 서찰 얘기를 해 주면서 감히 태종대왕님의 어명(御名)을 휘하지[16] 못한 불충은 내 정체를 숨기기 위한 것이니 어쩔 수 없었지만 가슴에 찔리기는 했었다. 가문에서 알면 파문 감이다.

　서찰 진본은 이미 모조품과 몰래 바꾸어 놓고 찾아왔다.

　천상 이 서찰은 가문의 비밀문서 창고 깊고 은밀한 곳에 모셔 두어야겠다. 600년 만에 세상에 나오셨는데 또 얼마 후에나 빛을 다시 보게 되실지……

　후세에 누군가가 발견해서 해독한다면 또 경악하고 고심하겠지.

　박찬을 살해한 요원은 해외로의 잠적을 허가했다.

　형사를 한 방에 보냈다고 보고하더니만, 강철 얘기를 들어 보니 자기도 많이 맞았네. 혼쭐이 났었겠구먼. 흐흐흐……

　아! 그런데 두 놈이 각자 해외에서 돌다가 혹시 또 어딘가에서 맞닥뜨리는 것 아니야?

---

16) 휘하다: 諱하다. 입 밖에 내서 말하기를 삼가다.